RENÉ ANOUR

TÖDLICHES GEBET

EIN FALL FÜR COMMISSAIRE CAMPANARD

Kriminalroman

WILHELM HEYNE VERLAG
MÜNCHEN

Der Verlag behält sich die Verwertung der urheberrechtlich geschützten Inhalte dieses Werkes für Zwecke des Text- und Data-Minings nach § 44 b UrhG ausdrücklich vor.
Jegliche unbefugte Nutzung ist hiermit ausgeschlossen.

Penguin Random House Verlagsgruppe FSC® N001967

Originalausgabe 03/2025
Copyright © 2025 dieser Ausgabe
by Wilhelm Heyne Verlag, München,
in der Penguin Random House Verlagsgruppe GmbH,
Neumarkter Str. 28, 81673 München
produktsicherheit@penguinrandomhouse.de
(Vorstehende Angaben sind zugleich
Pflichtinformationen nach GPSR)

Redaktion: Lars Zwickies
Umschlaggestaltung: Nele Schütz Design, unter Verwendung
von Bildern von Shutterstock/Sina Ettmer Photography,
Lerner Vadim, ER_09, Valentyn Volkov, vveronka,
KAUNAZ, N KURTARAN, Merfin
Satz: Uhl + Massopust, Aalen
Druck und Bindung: GGP Media GmbH, Pößneck
Printed in Germany
ISBN: 978-3-453-44265-8

www.heyne.de

PROLOG
DER HÄFTLING

VOR EINIGEN JAHREN

Wie konnte jemand auf die perfide Idee kommen, eine Lerche zu rupfen?

In Frère Bernards Gedanken hallte ein altes Kinderlied wider. *Alouette, gentille alouette, alouette, je te plumerai* ...

Eine merkwürdig fröhliche Melodie, wenn man darüber nachdachte, dass die Lerche in dem Text des Liedes Stück für Stück auseinandergenommen wurde. Beinahe unheimlich. Bernard vermutete außerdem, dass es darin in Wahrheit gar nicht um einen Singvogel ging, sondern um das unfreiwillige Entkleiden einer Frau, was das Ganze noch abgründiger machte.

Er vertrieb das Lied aus seinen Gedanken, schirmte sein Gesicht gegen die Sonne ab und betrachtete die Feldlerche, die wild flatternd über die von Mohnblumen übersäte Wiese flog und sich die Seele aus dem Leib sang.

Er lächelte. Kaum ein Geräusch ließ ihn den Frühling so sehr spüren wie der Gesang dieses kleinen Vogels.

Das Schöne an seinem Leben war, dass es Zeit für Momente wie diesen erlaubte. Zeit, in der er nicht fürchten musste, dass das Smartphone in seiner Tasche vibrierte oder er manisch seine WhatsApp-Nachrichten checkte. Er konnte hier stehen, beobachten, wie der Wind durch die frischgrüne Blumenwiese wogte, die warme Luft einatmen, die nach sandiger Erde, Blüten und dem nahen Meer roch, und der Feldlerche und den Grillen zuhören. In der Gewissheit, dass es gerade absolut nichts Besseres zu tun gab.

Nach einer Weile senkte Bernard schließlich den Blick und ging die kleine Landstraße entlang auf ein wuchtig wirkendes Steingebäude zu.

Es war früher einmal ein mittelalterliches Fort gewesen. Frère Bernard wusste nicht genau, wem es gehört hatte. Heute diente es nicht unbedingt einem heitereren Zweck.

Ein uniformierter Wachposten nickte ihm zu und öffnete die Tür. Sobald Bernard in den schattigen Gang trat, spürte er Kälte auf seiner Haut, so als würden die Steinmauern noch einen letzten Hauch von Winter abstrahlen.

»Der Directeur erwartet Sie bereits im ersten Stock, Frère.«

»Vielen Dank.«

Bernard stieg die Steintreppe hinauf wie schon viele Male zuvor. Im ersten Stock war die Verwaltung untergebracht, und kein Teil des alten Forts wirkte moderner und freundlicher. Durch die Fenster der Büros überblickte man die liebliche Landschaft außerhalb des Gebäudes, nicht den Innenhof. In den Räumen waren Parkettböden verlegt, es gab Vorhänge und Zimmerpflanzen. Vielleicht, damit man vergessen konnte, wo man eigentlich arbeitete.

Er klopfte an die Eichenholztür und trat kurz darauf ein.

Der Mann hinter dem Schreibtisch war verblüffend jung für diesen Job mitten im Nirgendwo – und mit einer so großen Verantwortung. Kaum älter als dreißig hatte Frère Bernard ihn geschätzt, als sie sich zum ersten Mal begegnet waren. Mit seinem Anzug und der Krawatte sowie der dickrandigen Brille und dem ordentlich gegelten Scheitel erinnerte er ihn an einen angehenden Investmentbanker.

»Bonjour, Frère. Nehmen Sie doch Platz!«

Er zeigte auf einen Stuhl vor seinem Schreibtisch. Bernard setzte sich langsam und stellte seinen Leinenbeutel neben den Stuhl, während der Blick des Directeurs nervös über seine schwarz-weiße Kutte glitt. Selbst nach all der Zeit im Kloster hatte Bernard sich immer noch nicht ganz an diese Reaktion gewöhnt. Die meisten Menschen wussten nicht, wie sie mit ihm umgehen sollten. Ob sie überhaupt mit ihm sprechen durften, ohne dass er damit gegen irgendwelche Klosterregeln verstieß. Oder ob sie einen eigenbrötlerischen Frömmler vor sich hatten, der in jedem Satz die Worte *Sünde* und *Buße* einstreute, um ihnen ihren verkommenen Lebensstil vor Augen zu führen.

Dabei hatte Bernard vor ein paar Jahren noch einen anderen Eindruck erweckt, bevor er sich zu diesem Weg entschieden hatte. Wie seltsam, dass die Leute jetzt nur wegen seiner Kleidung überzeugt waren, er würde aus einer gänzlich anderen Welt kommen.

Der Directeur verschränkte die Finger ineinander.

»Ich war etwas überrascht, als Sie sich angekündigt haben. Ihr normaler Termin ist doch erst nächste Woche?«

»Ich bin wegen Ihres Neuzugangs hier.«

Der junge Mann wischte sich über die Stirn.

»Das habe ich befürchtet«, flüsterte er. »Wieso wissen Sie überhaupt, dass man ihn hierhergebracht hat?«

»Sie vergessen, dass es mein Beruf ist, mit Menschen zu sprechen.«

Sein Gegenüber wich seinem Blick aus. »Ich kann das nicht gutheißen.« Er trommelte eine Weile mit den Fingern auf den Tisch. »Wir haben ihn hergebracht, weil diese Einrichtung so abgelegen ist … Weil ihn hier nicht jeder kennt … Zu seiner eigenen Sicherheit.«

»Wieso Sicherheit?«

»Ich denke, das können Sie sich vorstellen, wenn Sie überlegen, wer er vorher war.«

»Oder noch immer ist«, fügte Bernard ungerührt hinzu.

Der Directeur schluckte. »Fahren Sie einfach wieder heim nach Sénanque. Kommen Sie zu einem Ihrer regulären Termine wieder. Der hier ist ein Sonderfall, und ich habe … Sicherheitsbedenken.«

Bernard nickte leicht. »Dann werde ich einfach hierbleiben, bis ich meinen nächsten regulären Termin habe.«

»Wie bitte?«

»Ja, wenn Sie gestatten. Wir Mönche brauchen keinen Komfort. Ich schlafe auf dem Boden.«

»D… das ist verboten. Bei uns darf niemand übernachten, der hier nicht arbeitet.«

»Ich arbeite doch hier.«

Bernard stand auf, legte sich in der Mitte des Raums auf das Parkett und verschränkte die Arme hinter dem Kopf.

Der Directeur sprang auf.

»Bringen Sie mich nicht dazu, Sie abführen zu lassen.«

»Natürlich kann ich Sie nicht davon abhalten, Directeur. Aber Sie wissen ja: Wenn es einen Zwischenfall mit einem Mönch gibt, ist die lokale Presse immer besonders interessiert. Und ich hatte den Eindruck, im Moment wollen Sie Aufmerksamkeit eher vermeiden.«

Bernard räusperte sich, dann schmetterte er wie aus dem Nichts: »Halle-e-e-e-e ... luu-u-u-u-jaa ...«

»Was machen Sie da?«, rief der Directeur panisch.

»Was Mönche eben so tun: Ich bete. Ich singe. Manchmal stundenlang. Halle-e-e-e ...«

»Nein, bitte, hören Sie auf. Also gut, von mir aus. Sie können ihn sehen.«

»Wunderbar«, sagte Bernard, insgeheim erleichtert, dass er nicht noch länger dort liegen musste. Sein Rücken hätte ihm das nicht verziehen. Er erhob sich vom Fußboden und nahm seinen Leinenbeutel wieder an sich. »Meinen ergebenen Dank.«

»Den müssen wir vorher durchsuchen«, erklärte der Directeur mit Blick auf sein Gepäck. »Bei ihm besonders.«

* * *

Wegen der Steinmauern des Forts erinnerte der Raum etwas an einen alten Kerker. Aber immerhin gab es darin ein schlichtes Bett, ein Waschbecken, einen schmucklosen Holztisch und zwei Stühle. Das vergitterte Fenster ging zum Innenhof des Gebäudes, in dem ein paar verwilderte Feigenbäume wuchsen, sodass man ein wenig Grün sehen konnte, wenn man wollte.

Wie erwartet saß der Gefangene in Einzelhaft. Er war so groß und breit, dass ihn die Enge des Raums zu zerquetschen drohte. Mit hängenden Schultern saß er an seinem Holztisch und starrte aus dem Fenster. Die graue Gefängniskleidung spannte an mehreren Stellen seines Oberkörpers. Obwohl er die Tür und Bernards Schritte bemerkt haben musste, war er reglos sitzen geblieben.

»Bonjour«, sagte Bernard leise.

»Lassen Sie mich bitte allein«, flüsterte der Häftling, ohne sich ihm zuzuwenden.

»Mir scheint, Sie sind hier ziemlich viel allein«, bemerkte Bernard und wartete auf eine Reaktion.

Der Häftling schwieg und senkte den Kopf.

»Ich komme regelmäßig hierher.« Manchmal half es, einfach ein bisschen zu reden. »Aus dem Kloster Sénanque, falls Sie das kennen. Diese Einrichtung hier ist weniger furchtbar, als Sie glauben. Im Innenhof können Sie ein wenig Sport machen, frische Luft atmen, sich strecken, damit Ihr Körper gesund bleibt. Mich können Sie als kleine Hilfe betrachten, damit Ihre Seele gesund bleibt.«

»Wieso sprechen Sie?«, fragte der Häftling mit rauer Stimme.

»Wie bitte?«, antwortete Bernhard verwundert.

Jetzt wandte sich der Häftling ihm zu. Das Auffälligste an seinem Gesicht waren die hellen Augen und die dunklen Augenbrauen. Er hatte dunkle Haare, doch sein Bart war bereits silbern geworden.

»Wenn Sie aus Sénanque kommen«, erklärte der Häftling, »dann sind Sie Zisterzienser. Ich dachte, die würden nur schweigen?«

Bernard lächelte. »Sie kennen sich aus. Das Silentium ist jedoch keine durchgehende Schweigepflicht – nicht mehr, jedenfalls. Im Klosteralltag gibt es Anlässe, bei denen nicht gesprochen werden darf. Aber im Rahmen meiner Tätigkeit als Gefängnisseelsorger gibt es keine Beschränkungen.«

Der Häftling blinzelte. Sein Schnauzer war deutlich länger als der Rest des Vollbarts, der sein Gesicht zuwucherte.

»Warum sollte man sich in den schönsten Dingen des Lebens beschränken?«, fragte er Bernard. »Dem Gespräch mit einem geliebten Menschen ... Der Freiheit, dort hinzugehen, wo man möchte. Zu essen, was – und zu schlafen, mit wem man will?«

»Für mich liegt in der Beschränkung auf das Wesentliche die größte Freiheit, die ich je erfahren durfte.« Bernard wies auf den zweiten Stuhl. »Darf ich mich zu Ihnen setzen?«

»Eine seltsame Frage, da ich nicht davonlaufen kann.«

»Sie könnten mich aggressiv ignorieren.«

Für einen Moment schien der Häftling zu lächeln, ehe die dumpfe Schwere in seine Miene zurückkehrte.

»Setzen Sie sich, Frère. Aber seien Sie nicht enttäuscht. Hier haben Sie keinen Auftrag. Hier drin«, er hob seine Pranke matt zur Brust, »wohnt kein bisschen Seele mehr.«

»Nun.« Frère Bernard trat weiter in die Zelle hinein und setzte sich dem Häftling gegenüber, was diesen noch größer wirken ließ. »Hier muss ich naturgemäß eine andere Meinung vertreten, nicht wahr? Ich glaube nicht, dass Sie *irgendetwas* tun könnten, um Ihre Seele zu zerstören.«

Sein Gegenüber betrachtete ihn einen Moment, dann schüttelte er den Kopf. »Das sagen Sie nur, weil Sie nicht wissen, *was* ich getan habe.«

Bernard hob seinen Zeigefinger. »Die Wahrheit ist, dass ich es doch weiß. Ich habe in der Zeitung gelesen, dass ...«

»Sie wissen *nichts*«, unterbrach der Häftling ihn ein wenig lauter und beugte sich nach vorn, sodass Bernard beinahe versucht war zurückzuweichen.

»Da mögen Sie recht haben. Aber ich kann Ihnen anbieten, die Beichte abzulegen, wenn Sie das wollen.«

Der Häftling fuhr sich durch die Haare. »Das letzte Mal, als ich gebeichtet habe, war ich sieben Jahre alt. Vor der Erstkommunion. Ich hatte keine Ahnung, was ich sagen sollte, also erfand ich ein paar kleine Sünden. Was dann genau genommen die eigentliche Sünde war.«

Bernard lachte leise. »Ich würde nicht verlangen, dass Sie etwas erfinden.«

»Nein, Frère. Ich halte einfach nichts davon. Ich würde mich nicht besser fühlen, nur weil Sie behaupten, dass meine Sünden vergeben sind.«

»Wie Sie wollen.«

»Damit bin ich wohl gänzlich uninteressant für Sie geworden.«

Bernard zuckte mit den Schultern, während der Häftling ihn aufmerksam betrachtete. »Dann könnten wir vielleicht einfach so tun, als wären wir Freunde?«

Der Häftling blinzelte. »Wie bitte?«

»Wir unterhalten uns. Wie Freunde eben.« Bernard sah sich in der engen Zelle um. »Ich dachte mir, Sie könnten vielleicht einen brauchen, Commissaire Campanard.«

Campanards Mundwinkel zuckte ein wenig.

»Einfach nur Campanard, fürchte ich.«

»Na, dann eben Einfach-nur-Campanard.« Er streckte dem Häftling seine Hand entgegen, die dieser zögerlich ergriff.

»Also«, erklärte Bernard lächelnd. »Was könnte ein Freund sagen, um Sie aufzuheitern? Vielleicht, dass Sie in Untersuchungshaft sitzen und zumindest die Chance besteht, dass Sie hier wieder rauskommen?«

Campanard schüttelte leicht den Kopf. »Das möchte ich gar nicht.«

Bernard runzelte die Stirn. »Aber was ist mit den guten Gesprächen, mit all den Orten, an die Sie gehen könnten, dem guten Essen? Und dann mit all denjenigen, mit denen Sie schlafen könnten?«

»All das ... hat keinen Wert mehr.« Campanard sah aus dem Fenster. »Als ich hier reinkam, habe ich gleich versucht, diese Gitterstäbe herauszubrechen.«

»Das wäre ein ziemlich unglücklicher Fluchtversuch gewesen. Einen Sprung aus dieser Höhe würde niemand überle...«

»Ich weiß«, murmelte Campanard.

Bernard spürte, wie sich seine Kehle verengte. Nach einer Weile räusperte sich der Mönch.

»Das ist jetzt etwas unangenehm.« Er beugte sich über den Tisch. »Ich hatte gehofft, Sie würden mich auch nach meinem Tag fragen«, flüsterte er.

Campanard schüttelte verwirrt den Kopf.

Bernard grinste. »Nun, wenn wir Freunde sind, kann es nicht immer nur um einen von uns gehen, nicht wahr? Also ...« Er machte eine auffordernde Handbewegung und lehnte sich mit verschränkten Armen wieder zurück.

»Wie ... wie war Ihr Tag?«

Bernard lächelte.

»Wunderschön«, erwiderte er. »Es ist April. Die Wiesen hier in der Gegend sind ein wahres Blütenmeer. Man hört die Grillen und Lerchen und spürt eine warme Brise auf der Haut. Ein bisschen muss man achtgeben, damit man keinen Sonnenbrand bekommt, weil man die UV-Strahlung nach dem Winter nicht mehr gewohnt ist. Also habe ich mir das Gesicht eingecremt ... wegen der Falten natürlich. Bei uns in der Abtei wird jetzt ständig gebacken, die Osterfeiertage stehen an, und ich kann kaum singen, weil mir ständig das Wasser im Mund zusammenrinnt, allein bei dem Gedanken an all die Köstlichkeiten.«

»Was für ein merkwürdiger Mönch Sie sind!«

»Eigentlich will ich nur sagen, die Welt dort draußen ist immer noch schön.«

»Die Welt dort draußen ist ohne jede Farbe.«

»Ah!« Bernard hob den Zeigefinger und fasste in seinen Beutel. »Da kann ich vielleicht ein wenig Abhilfe schaffen.«

Campanard hob seine buschigen Augenbrauen, während er beobachtete, wie der Mönch etwas umständlich an dem Beutel herumzog, ehe er sich aufrichtete und etwas auf den Tisch stellte.

Zufrieden beobachtete Bernard, wie Campanard den großen Blumentopf und die frischgrüne Pflanze darin betrachtete, mit ihren vielen Stängeln und den schmalen Blättern.

Langsam hob er seine breite Hand, fuhr über die Blätter und schließlich den leuchtend violetten Topf.

»Silikon?«, fragte Campanard.

Bernard zuckte mit den Schultern. »Ich muss Kompromisse eingehen. Man hat mir nicht erlaubt, einen Tontopf mitzubringen.« Mit einem kritischen Blick musterte Bernard Campanards breitschultrige Gestalt. »Dabei, ganz unverblümt, wenn Sie jemanden angreifen wollten, bräuchten Sie wohl keine Tonscherbe dazu.«

Zu seiner Erleichterung lächelte Campanard, obwohl sie beide wussten, warum die Gefängnisleitung wirklich vermeiden wollte, dass er etwas Spitzes zu fassen bekam.

»Die Pflanze ist hier drin verschwendet. Zu wenig Licht.«

»Dauerhaft, ja«, räumte Bernard ein. »Aber ich denke, Sie

überlebt, bis Sie hier rauskommen. Sie ist ziemlich robust. Und ich glaube, Monsieur Einfach-nur-Campanard, diese Eigenschaft teilt sie mit Ihnen.«

Neugierig beugte sich sein Gegenüber nach vorn. »Was für eine Pflanze ist das überhaupt?«

»Sehen Sie sie genau an. Man kann es schon erkennen.«

Campanard beugte sich weiter über die Pflanze. Beim genaueren Hinsehen fielen ihm die vielen Blütenstängel auf, die aus der Mitte der Pflanze herauswuchsen. Und der Hauch von Blau, den man an der Spitze der Knospen bereits erahnen konnte.

»Lavendel.«

»O ja, meine Lieblingssorte. Wir bauen sie bei uns in Sénanque an. Nicht draußen auf dem Feld, sondern in unserem Kräutergarten. Eine alte Sorte. Bleu des Collines. Sie blüht mehr blau als violett und duftet besonders intensiv.«

Campanard presste die Lippen zusammen.

»Ich will sie nicht.«

»Sie ist ein Geschenk. Es zurückzugeben, wäre unhöflich.«

»Ich *scheiß* auf höflich!«, brüllte Campanard. Seine Worte hallten eine Weile in der Zelle wider, während er heftig atmete. Dann vergrub er das Gesicht in seinen Händen. »Ich bin irreparabel beschädigt. Kaputt, zerbrochen, ohne Aussicht, je wieder heil zu werden.« Er sah auf und lächelte traurig. »Also packen Sie Ihren Lavendel und Ihre Fröhlichkeit ein und lassen Sie mich in Ruhe. Glauben Sie mir, ich verdiene nichts davon.«

Bernard betrachtete ihn schweigend.

»Ich weiß, wie es Ihnen geht«, erklärte er nach einer Weile.

»Nein«, flüsterte Campanard und schüttelte heftig den Kopf. »Sie wissen gar nichts.«

Bernard senkte den Blick. »Man spürt diese unerschütterliche Gewissheit, dass es einem nie wieder gut gehen wird. Man glaubt, was man getan hat, wird einen für immer verfolgen, einen zu Boden drücken wie ein Fels, der auf der Brust liegt und einen Schritt für Schritt zermalmt.« Er sah auf und suchte Campanards Blick. »Kommt das hin?«

Campanard öffnete leicht den Mund.

»Man ist so besessen davon, darüber nachzudenken, wie aussichtslos die eigene Lage ist, dass man etwas Wichtiges aus den Augen verliert.«

»Was …? Das Gebet?«

Bernard neigte den Kopf ein wenig. »Nicht ganz.«

»Sondern?«

»Den ersten Schritt zur Heilung.«

»Welcher wäre das?«

Bernard erhob sich. »Wir sind alle so sehr mit uns selbst beschäftigt, dass wir etwas Wichtiges übersehen: Das Beste, das man tun kann, um die eigene Seele zu heilen, ist, anderen dabei zu helfen, wieder ganz zu werden.« Er zwinkerte Campanard zu, der ihn mit großen Augen ansah.

»Wollen wir uns morgen wieder hier treffen?«

Campanard starrte einen Moment lang das satte Grün der Lavendelpflanze an.

»Ich schätze, ich werde hier sein.«

»Gut. Spielen Sie Backgammon?«

»Nein.«

»Dann kann Ihnen dieser hinterwäldlerische Mönch noch etwas beibringen.« An der Zellentür wandte er sich ihm noch einmal zu. »Au revoir, Monsieur Einfach-nur-Campanard!«

KAPITEL 1
CHEFLÄNGEN

GRASSE, GEGENWART

»Das ist eine verdammte Lüge.« Linda warf Pierre einen finsteren Blick zu.

»Der Wurf war *wirklich* nicht so schlecht«, erwiderte dieser und breitete lachend die Arme aus.

Sie wandte sich der Schotterbahn zu, auf der sie gerade Pétanque spielten. Das Ziel war es, die faustgroße Metallkugel möglichst nah zu der kleinen Kugel zu werfen, die Olivier zuvor auf die Bahn geschmissen hatte. Linda hatte jedoch viel zu viel Schwung in den Wurf gelegt und war weit über ihr Ziel hinausgeschossen.

In Grasse spielte *jeder* Pétanque. Das war Linda schon aufgefallen, als sie aus Paris hierhergezogen war. Und seither hatte ihr Kollege, Inspecteur Pierre Olivier, mehrere Versuche unternommen, sie zu einem Spiel zu überreden.

»Schau, du bist gar nicht so weit weg«, erklärte Pierre nur mühsam beherrscht.

»Pierre, das sind mindestens zwei Cheflängen.«

»Bitte was?«

»Zwei Commissaire-Campanard-Längen.«

»Du meinst ...«

»Meiner Schätzung nach etwa drei Meter neunzig.«

»Ah.« Pierre kratzte sich am Kopf. »Ich bin mir nicht sicher, ob du da richtig liegst.«

»Mit der Körpergröße des Commissaires oder wie weit ich danebengeschossen habe?«

»Ähm ... Jedenfalls probier beim nächsten Wurf einfach mehr aus dem Handgelenk zu werfen, dann kannst du die Kugel besser kontrollieren. So ...«

Olivier warf seine Kugel wohldosiert auf die Bahn. Sie rollte nach dem Aufprall noch etwas weiter und blieb ein paar Zentimeter neben dem Ziel liegen.

»Angeber«, brummte Linda. »Wann hast du damit angefangen, im Mutterleib?«

»Da habe ich schon regionale Meisterschaften gewonnen.«

Linda knuffte ihn in die Seite.

Der Platz lag im Jardin des Plantes, einem kleinen Park am Rand der Altstadt von Grasse, in Sichtweite der berühmten Parfümerie Fragonard. Im Schatten der Palmen und Platanen war es noch angenehm kühl, während sich die schmalen Gassen und Plätze der Stadt bereits aufheizten.

»Na gut«, sagte Linda und versuchte halbherzig, Oliviers Wurfbewegung nachzuahmen.

»Ah.« Olivier blinzelte. »Mindestens eine halbe Cheflänge näher am Ziel.«

Linda grinste. »Wie läuft's eigentlich auf dem Revier?«

Olivier bedachte sie mit einem entschuldigenden Blick. Die Sache war ein wunder Punkt. Linda war Psychologin und hatte früher am Forensischen Institut in Paris gearbeitet. Nach einem traumatischen Erlebnis, über das Linda nur ungern sprach, war sie nicht mehr in der Lage gewesen, ihrer alten Arbeit nachzugehen. Campanard hatte sie nach Grasse geholt und ihr eine zweite Chance gegeben. Linda half ihm und Olivier beim Lösen besonders heikler Fälle. Das bedeutete aber auch, dass ihre Arbeit abseits der offiziellen Polizeiermittlungen stattfand – der Commissaire nannte ihren Zusammenschluss liebevoll *Projet Obscur*. Trotzdem fühlte sich Linda immer ein wenig außen vor, wenn Campanard und Olivier ihrer normalen Arbeit auf dem Revier nachgingen.

»Ziemlich ruhig momentan. Der Chef ist an so einer dubiosen Drogengeschichte dran, die von Marseille zu uns herüberschwappt. Er will dir morgen ein paar Videoaufnahmen von Verhören zeigen. Er denkt, die Leute verbergen was und du sollst sie *delacouren*.«

»Wie bitte?«

»Er meint, dein Talent im Mimiklesen verdient ein eigenes Verb.«

»Das sehe ich übrigens auch so.« Sie seufzte. »Eine dubiose Drogengeschichte. Wie spannend …«

Der erste Fall, in dem sie hier ermittelt hatte, war so nervenaufreibend gewesen, dass sie die ruhigen Wochen, die seither vergangen waren, wirklich gebraucht hatte. Aber allmählich stellte sich Langeweile ein.

»Der Chef wittert dahinter was Größeres«, erwiderte Olivier, während er mit einem weiteren Wurf sogar die kleine orangefarbene Kugel touchierte. »Die Bande hatte sich eigentlich vor ein paar Jahren aufgelöst, aber Campanard glaubt, dass deren Chef wieder aufgetaucht ist. Ein Typ namens Caché.«

»Oh, das klingt toll.«

»Wie bitte?«

»Ach nichts. Ich fühle mich nur ein wenig unnütz.«

»Du bist unser Ass im Ärmel, das weißt du.«

»Lieber wäre ich eine Piksieben auf der Hand. Ich krieg schon fast ein schlechtes Gewissen, weil ich so wenig für mein Gehalt tue.«

»Für unseren letzten Fall sollten wir dich die nächsten zehn Jahre ohne Gegenleistung bezahlen.«

»Darum geht's doch nicht, Pierre. Weißt du, jetzt, wo ich endlich wieder so weit die Alte bin, *will* ich einfach auch wieder arbeiten.«

»Schon klar. Der nächste Fall für *Projet Obscur* kommt bestimmt. Einstweilen ... genieß einfach die Zeit.«

»Mach ich doch«, erklärte sie verbissen, blies sich eine blonde Strähne aus dem Gesicht und warf frustriert ihre Boule. Linda konnte sich nicht erklären, wie, aber die Kugel traf die von Olivier und kickte sie zur Seite.

»Ha-haa!«, rief sie triumphierend und riss die Arme in die Höhe.

»Wie ist das denn passiert?«, brummte Olivier.

»Wir sollten die Bedeutung von *delacouren* auf *exzellent Pétanque spielen* ausdehnen.«

»Wegen eines Glückstreffers?«

Linda legte sich die Hände auf die Brust. »Wahrscheinlich sollte ich jetzt am Höhepunkt meine Pétanque-Karriere beenden«, erklärte sie melodramatisch.

»Ein bisschen habe ich gehofft, dass du's magst«, murmelte Olivier ein wenig verletzt.

Linda zwinkerte ihm zu. »Tu ich doch, Quatschkopf. Komm, wir holen uns ein Eis. Der Verlierer zahlt.«

***

Später am Abend machte sich Linda auf den Weg zu ihrem Freund Manu, der sie zum Abendessen eingeladen hatte. Er war ein angehender Parfümeur, der hier in Grasse eine Ausbildung zur *Nase*, zum Duftkreateur, machte. Die beiden hatten sich kennengelernt, als Linda in ihrem ersten Undercover-Einsatz das Institut de la Parfumerie besucht hatte.

Als sie sich schwitzend die steile Gasse zu dem orange gestrichenen Steingebäude nahe dem Place aux Herbes hochkämpfte, winkte ihr Manu bereits von dem kleinen Balkon.

»Ah, Madame Delacours!«, rief er und verbeugte sich, dann wandte er sich dem Inneren der Wohnung zu. »Matthieu, sie ist da. Hör auf, an dem Kuchen herumzutüfteln, und zieh dir ein Hemd an!«

»Salut!«, keuchte Linda grinsend. Seit sie im Frühling nach Grasse gezogen war, hatte sich ihre Ausdauer zwar schon deutlich verbessert. Aber das ständige Bergauf und Bergab brachte sie jetzt im Hochsommer noch immer an ihre Grenzen.

Im Inneren des Gebäudes herrschte angenehme Kühle, als sie sich die Treppen hinaufkämpfte. Die Hoffnung, dass irgendein Gebäude in Grasse einen Aufzug haben könnte, hatte sie sich rasch abgewöhnt.

Noch bevor sie Manu sah, roch sie bereits den Hauch eines ausgeklügelten Parfüms.

»Oh«, flüsterte sie, als sie Manu erblickte, der sie in einem violett gemusterten Hemd an der Tür erwartete. »Du hast etwas Neues kreiert.«

»Wenn du uns schon endlich mal besuchst«, lachte Manu, nahm sie in die Arme und küsste sie auf die Wange.

Linda konzentrierte sich. Hier in der Stadt der Düfte hatte sie gelernt, einzelne Duftnoten zu unterscheiden und deren harmonisches Miteinander zu beurteilen. »Im Vordergrund das süßliche Harz der Schirmpinien, ein bisschen herber Ginster und … Mandarinenblüte?«

Manu hob den Zeigefinger. »Schwarzkiefer, Rosmarin und Zitronenblüte. Trotzdem dicht dran, du hast es immer noch drauf.«

»Klar«, erwiderte Linda gequält und folgte Manu in den Flur. »Matthieu, kommst du?«, rief er in die Wohnung hinein.

»Ja, ja«, brummte eine tiefe Stimme, und kurz darauf kam eine breitschultrige Gestalt um die Ecke. Matthieu war fast einen Kopf größer als Manu, mit einem schwarzen Bart und Oberarmen wie Baumstämmen. Er trug ein leuchtend gelbes T-Shirt, auf dem in großen Lettern *Hug me!* stand. Darunter war der grantig dreinblickende Kopf eines Bären zu sehen, mit dem Zusatz: *If you can bear it!*

Manu seufzte beim Anblick des T-Shirts.

»Möchtest du eigentlich, dass die Leute sich vor dir fürchten?«, fragte er gereizt.

»Pardon!«, lachte Matthieu und kratzte sich am Kopf. »Aber Linda kennt mich ja schon.«

Bevor sie etwas erwidern konnte, war Matthieu schon bei ihr, schloss sie in eine feste Umarmung und hob sie kurz vom Boden hoch.

»Salut, Matthieu!«

»Ich hoffe, du bist hungrig«, sagte Manu und führte sie weiter in die Wohnung hinein. Alles wirkte wunderbar heimelig. Die dunklen Holzbalken an der Decke, die weinrote Couch, hinter der eine Collage von Fotos an der Wand hing, die das Paar auf Reisen vor unterschiedlichen europäischen Sehenswürdigkeiten zeigten.

Auf dem dunklen Nussparkett lag ein rot, weiß und schwarz gemusterter Webteppich. Lindas Finger glitten über den Schirm einer eleganten Stehlampe, auf dem die Mairosenernte mit der Silhouette der Stadt Grasse abgebildet war.

»Bei euch ist es richtig gemütlich«, stellte sie fest und wollte sich gerade an den einladend wirkenden Holzesstisch setzen, als Manu sie an der Schulter berührte.

»Ich dachte, wir essen lieber draußen. Komm mit.«

Linda runzelte kurz die Stirn. Der Balkon, von dem aus Manu ihr gewunken hatte, schien ihr viel zu klein dafür. Folgsam ließ sie sich durch eine Küche mit einem Kachelofen mit blau-weißen Keramikfliesen führen, ehe sie durch eine schmale Tür auf eine Terrasse traten.

»Oh, Wahnsinn«, murmelte Linda und bewunderte den Ausblick. Man konnte von hier oben nicht nur über die sanften Berghänge hinunter bis zur Côte d'Azur sehen – der Außenbereich selbst war ein wahrer Blickfang.

»Das ist ja wie ein Garten«, hauchte Linda begeistert und blinzelte. Auf der Terrasse hatte man das Gefühl, man befände sich irgendwo in der Natur. Das lag daran, dass Manu und Matthieu dafür gesorgt hatten, dass alles von Blumen überwuchert wurde. Weiße und violette Bougainvilleen erinnerten an blühende Wasserfälle, die über die Hauswand flossen. Das Geländer war von Kletterrosen und Klematis zugewachsen. Sogar zwei Bäume wuchsen aus schwer wirkenden Keramiktöpfen mit Schachbrettmustern – ein knorrig aussehender Olivenbaum auf der einen und ein Zitronenbaum mit reifen Früchten auf der anderen Seite wirkten wie die Wächter der Terrasse.

Die Blumenkästen waren mit abwechselnd blauem und

weißem Lavendel bepflanzt, dessen Duft alles andere überlagerte. Obwohl es langsam Abend wurde, herrschte an den Blüten immer noch das Gebrumm der Bienen und Hummeln.

Zu Lindas Überraschung drang das Murmeln von Wasser an ihr Ohr. Im Schatten des Zitronenbaums stand ein Steinbecken mit einem kleinen Brunnen, in dem eine blassviolette Lotusblüte schon in voller Pracht blühte, während eine zweite gerade dabei war, sich zu öffnen. Es schwammen sogar winzige weiß-silberne Fische in dem Becken.

»Medaka«, erklärte Manu, als er ihren Blick bemerkte. »Japanische Reisfischchen. Hier in Grasse kann man sie das ganze Jahr über draußen halten. Sie verhindern, dass unser kleiner Teich zur Brutstätte für Stechmücken wird. Wollen wir uns setzen?«

Linda blinzelte und erblickte einen schön gedeckten Esstisch aus weiß lackiertem Gusseisen sowie drei gemütlich gepolsterte Stühle.

»Gern«, erwiderte Linda. »Ich bin noch ein bisschen fassungslos … Manu, ihr habt euch hier einen richtigen kleinen Märchengarten geschaffen.«

Manu setzte sich mit ihr an den Tisch, und Matthieu verschwand wieder in der Küche.

»Das ist der Vorteil gegenüber Bordeaux«, erklärte Manu. »Hier sind die Mieten einfach günstiger, und Matthieu verdient als Installateur ja auch gut, im Gegensatz zu mir.« Er lachte und kratzte sich verlegen am Kopf.

»Voilà, Linguine mit Steinpilzsauce«, erklärte Matthieu, als er mit zwei dampfenden Töpfen aus der Küche kam. Der verführerische Duft ließ Linda das Wasser im Mund zusammenlaufen.

»O Gott, ist das gut«, seufzte Linda, nachdem sie davon probiert hatte. »Kocht er so was öfter für dich?«

Manu nickte. »Hab ihn mir schon gut ausgesucht. Mein Schatz steckt voller Talente.« Er berührte Matthieu liebevoll an der Schulter, während dieser ein wenig errötete.

»In letzter Zeit komm ich gar nicht so oft zum Kochen, wie ich gern würde«, erklärte er. »Die Kunden rennen mir die Bude ein. Die Installationen hier in der Umgebung sind uralt, und ständig funktioniert irgendwas nicht.«

»Und all die alleinstehenden Kundinnen würden Matthieu am liebsten gleich behalten, so begeistert sind sie von ihm«, ergänzte Manu etwas echauffiert. »›Wollen Sie vielleicht noch auf ein Tässchen Tee bleiben, Monsieur le plombier?‹«

»Das liegt nur daran, dass ich ihnen immer deine Duftmischungen mitbringe, Schatz. Das begeistert sie spannenderweise mehr, als wenn ihr Abfluss wieder funktioniert«, lachte Matthieu und goss Linda ein Glas Rosé ein.

Manu schenkte ihm ein verschmitztes Lächeln und steckte sich einen Bissen Steinpilzlinguine in den Mund. Als Linda sich zurücklehnte und an ihrem Wein nippte, durchbrach ein schrilles Pfeifen die kurze Gesprächspause. Ein kleiner Vogel zischte über ihre Köpfe und verschwand in einer Mauerritze zwischen den Bougainvilleen.

»Mauersegler«, kommentierte Manu mit vollem Mund. »Sie brüten hier. Hab nachgelesen, dass die sonst nie landen. Machen alles im Flug. Schlafen. Fressen. Sex.«

»Stürzen die dabei nicht ab?«, fragte Linda verwundert.

»Müssen wohl in großer Höhe anfangen, damit sie rechtzeitig fertig sind«, brummte Matthieu. Linda und Manu lachten auf.

»Also, so gehetzt würde ich's ja nicht mögen«, japste Manu.

»Nein«, prustete Linda, während sie mit einer Serviette verhinderte, dass ihr der Wein aus der Nase floss. Als sie sich ein wenig gefangen hatte, legte sie den Kopf in den Nacken und beobachtete die anderen Mauersegler, die über den Abendhimmel schossen und dabei akrobatische Flugmanöver vollführten.

»Wie läuft's denn bei dir? Ich meine, soweit du es eben erzählen darfst.«

Dass sie für die Polizei arbeitete, hatte Linda Manu erzählt. Was sie jedoch genau tat, darüber musste sie Stillschweigen bewahren. Immerhin war es möglich, dass sie eines Tages wieder irgendwo verdeckt ermitteln würde.

»Nicht viel los momentan. Zu wenig, um ehrlich zu sein.«

»Verstehe«, erwiderte Manu. »Dann vertreib dir doch die Zeit mit diesem heißen Typen ...«

Matthieu räusperte sich.

»Diesem *absolut durchschnittlichen* Typen, mit dem du dort arbeitest, diesem ...«

»Pierre«, ergänzte Linda. »Wir waren heute zusammen Pétanque spielen. Er gibt sich echt Mühe, damit ich mich nicht langweile.«

»Ach, er gibt sich Mühe, soso«, kommentierte Manu beiläufig, ohne von seinem Teller aufzusehen.

»Du brauchst mehr Trash«, kommentierte Matthieu und zeigte mit der Gabel auf Linda.

»Wie bitte?«

»Trash TV. Schlechte Reality-Shows. *Bachelor*, *Top Model*, *Koh Lanta*, *Drag Race France* ... All so was. Die beste Ablenkung, die man sich vorstellen kann.«

»So was halte ich nicht aus, zu viel Fremdschämen«, erwiderte Linda.

»Probier's doch mal. Du wirst sehen, das wirkt Wunder.«

»Weil sich die Leute in diesen Shows komplett zum Affen machen?«

Manu und Matthieu wechselten einen Blick. »Kann sein«, erwiderte Matthieu schulterzuckend. »Oder einfach, weil ich mein Hirn dabei entspannen kann.«

»Vielleicht braucht es für dich was Netteres ...« Manu hob den Zeigefinger. »Warte mal!«

Er stand auf und verschwand im Inneren der Wohnung. Kurz darauf kam er mit einem Tablet bewaffnet wieder zurück.

»Ich liebe diesen Kanal, der bringt mich nach einem stressigen Tag sofort runter«, erklärte Manu, während er YouTube öffnete.

»Du weißt schon, dass ich näher am Bore-out als am Burnout bin?«

»Das gefällt dir.«

Er stellte das Tablet auf den Tisch und wartete, bis Matthieu zu ihnen herübergerückt war.

»*Un coin de paradis*«, murmelte Linda, als sie den Namen des Kanals sah. Ein Stückchen Paradies. Klang schon mal nett.

»Der Kanal wird von einem Kloster irgendwo in der Provence betrieben. Sédanque oder so.«

»Sénanque«, korrigierte Matthieu augenrollend. »Die Abtei ist berühmt. Uralt. Falls du dich erinnerst, Schatz, wollte ich schon vor Monaten mal mit dir dorthin, aber da kanntest du diesen großartigen Kanal noch nicht und hattest kein Interesse.«

»Ich wollte einfach nicht vom Blitz getroffen werden. Geweihter Boden und so«, erklärte Manu. »Aber jetzt wäre ich sofort dabei. Dort muss es echt traumhaft sein. Jedenfalls«, er wandte sich wieder Linda zu, »ist das pure Entspannung. In den Videos wird nie geredet. Zum Beispiel hier …«

Er öffnete eines der Videos, und eine Hand sowie der Ärmel einer weißen Mönchstunika erschienen auf dem Bildschirm. Die Handfläche glitt über die Blütenköpfe eines Lavendelstrauchs. Schmetterlinge und Bienen flogen auf. Es gab keine Musik, man hörte nichts weiter als das Zirpen der Grillen und ein leises Schaben. Linda konnte nicht sagen, wieso, aber das Geräusch verursachte bei ihr eine wohlige Gänsehaut.

»Oder das hier …«, sagte Manu.

Man sah jemanden ein Gebetbuch halten, in einem uralten Säulengang. Dahinter ein blühender Garten. Nichts als das Tschilpen der Spatzen war zu hören und das leise Rascheln des Papiers, wenn der unsichtbare Leser umblätterte.

»Der Kanal geht gerade durch die Decke«, brummte Matthieu.

»Wahrscheinlich Balsam für die vielen gestressten Großstädter da draußen.« Linda runzelte die Stirn. »Schau mal, die machen gerade einen Livestream.«

»Komisch«, erklärte Manu. »Machen die sonst nie. Stört es euch, wenn ich kurz reinklicke?«

»Nein, gerne«, erklärte Linda.

Dieses Video war anders als die vorherigen. Sie befanden sich in einem dunklen Raum vor einem Altar. Jemand hatte ein paar Kerzen angezündet, in deren Licht man das Gesicht eines Mönchs sehen konnte, der davor Platz genommen hatte.

»Was tut der denn da?«, flüsterte Manu.

Linda neigte den Kopf.

Der Mönch, ein junger Mann mit kohlrabenschwarzem Haar, hatte die Augen geschlossen, doch seine Lider schienen zu flackern. Sein Mund stand offen, bevor er begann, vor und zurück zu wippen, und dabei Worte flüsterte, die Linda nicht verstehen konnte.

Plötzlich hielt der Mönch in seiner Bewegung inne, und Linda zuckte unwillkürlich zusammen.

»Was ist das denn?« Manu kratzte sich am Kopf. »Sieht aus wie …«

»Blut«, kommentierte Linda leise.

Zwei Blutstropfen, um genau zu sein. Sie rannen dem Mönch aus den Augen und über seine Wangen.

»Hast du auf dem Kanal schon mal so ein Video ges…«

Manu brachte sie mit einer hektischen Bewegung zum Schweigen. »Ich glaube, er will was sagen.«

In der Tat drang ein tiefes Seufzen aus der Kehle des Mönchs.

Sein Blick schien seltsam an der Kamera vorbeizugehen.

»Der Teufel lebt innerhalb der Mauern«, erklärte er abwesend. Er blinzelte. »Ich sehe …« Seine Lippen bebten. »Ich sehe …« Mit einem Mal schien er Linda direkt über die Kamera hinweg anzusehen. »… den Tod!«

Manu stoppte das Video hastig.

»Die haben wohl auch nicht verstanden, warum die Leute ihren Kanal mögen. Oder mochten.« Er kratzte sich am Kopf. »Scheiße, war das gruselig.«

»So viel zu Entspannung«, seufzte Matthieu und hob die Augenbrauen. »Wer mag Kuchen?«

Als die beiden abservierten, vibrierte das Handy in Lindas Hosentasche. Sie zog es heraus und las die Nachricht.

Meine teure Madame Delacours,
ich darf Sie morgen zu einem gemeinsamen Termin mit der Polizeipräfektin Christelle Dalmasso einladen. Olivier holt Sie gegen zehn Uhr ab.
Herzlichst,
Commissaire Campanard

KAPITEL 2
CHEZ CHEF

Olivier schlug die Augen auf und starrte in zwei große grüne Augen mit schlitzförmigen Pupillen. Heftiges Schnurren drang an sein Ohr, dann rieb der silbern getigerte Kater den Kopf an seiner Wange.

»Gott, Trépied!«, brummte er, strich dem Kater über den Rücken und hob ihn dann vorsichtig vom Bett herunter.

Er musste etwas vorsichtiger sein, als es mit einer anderen Katze der Fall gewesen wäre. Trépied fehlte das rechte Hinterbein, daher auch sein Name. Vor drei Monaten hatte er ihn bei einer Dienstfahrt nach Nizza am Straßenrand liegen gesehen. Ein kleiner Streuner, der von einem Auto angefahren worden war. Er war bei Bewusstsein gewesen, und zu Oliviers Überraschung hatte er gemaunzt und dann sogar geschnurrt, als er ihn aufhob, der kleine Dummkopf.

In einer Tierklinik in Nizza hatte man ihm für stolze vierhundert Euro das unrettbar zersplitterte Hinterbein amputiert. Kein Chip. Kein Besitzer. Und wer wollte schon einen dreibeinigen Kater? Also war der Kleine bei Olivier eingezogen und hatte wirklichen Kampfgeist bewiesen. Beim Laufen merkte man mittlerweile kaum noch, dass er nur drei Beine hatte, so geschickt balancierte er sein Gewicht aus. Und unpraktischerweise hatte er beschlossen, Olivier zu Hause keinen Moment von der Seite zu weichen. Entweder um seine

Beine streichend oder noch lieber auf seiner Schulter sitzend und ihm ins Ohr schnurrend.

Olivier griff nach einer kleinen Fernbedienung und schaltete das Radio an.

Aus den Boxen schallte die Stimme der Sängerin Zaz. Olivier begann die Musik mitzusummen, stellte Trépied sein Frühstück hin und tanzte weiter zu seiner Küchennische, um sich Teewasser aufzusetzen. Der Song hatte sich so eingebrannt, dass er ihn nach einer Tasse Tee auf seinem winzigen Balkon noch immer vor sich hinsang, während er sich im Bad die Zähne putzte, die Konturen seines Dreitagebarts nachrasierte und mit dem Kamm ein paarmal durch seine dunkelbraunen Locken fuhr.

»*Je veux de l'amour, de la joie, de la bonne humeur ...*«

Er öffnete den Badezimmerschrank, nahm einen länglichen Kunststoffgegenstand mit einem gelben Druckknopf heraus und befreite ihn aus einer durchsichtigen Plastikverpackung.

Ein Anflug von Unsicherheit flog über das Gesicht im Badezimmerspiegel.

Autoinjecteur, stand in roten Buchstaben auf dem Ding in seiner Hand. Für einen Moment biss Olivier sich auf die Lippe, dann begann er weiterzusingen.

»*Je veux de l'amour, de la ...*« Er setzte das Ende des Autoinjecteurs auf die Haut seines Bauchs und betätigte den Druckknopf. »*Joieeeee*«, stöhnte Olivier und krümmte sich vor Schmerz, »*de ... la ... bonne ...*« Der *humeur* ging in einem gepressten Stöhnen unter.

***

»Salut, Pierre.« Linda stieg neben ihm in den Dienstwagen, einen schwarzen Renault, den er vor dem verwitterten Steinhaus geparkt hatte, in dem die Pension Les Palmiers lag. Sie bedachte seine Sonnenbrille mit einem kurzen Blick aus ihren grünen Augen. »Schlecht geschlafen?«

»Geht so.« Er startete den leisen Elektromotor und lenkte das Fahrzeug aus der Parklücke.

Linda runzelte die Stirn.

»Wo ist der Commissaire?«

»Das Treffen findet in seinem Haus statt.«

Aus den Augenwinkeln konnte Olivier sehen, wie Linda die Augenbrauen hob, während er vorsichtig durch das steile Gassengewirr von Grasse manövrierte.

»Die Präfektin will einen Termin bei ihm daheim?«

»Die beiden haben ein besonderes Verhältnis. Kennen sich lang, glaube ich.« Er grinste. »Manchmal ganz amüsant, ihnen zuzuhören.«

»Wieso das denn?«

»Wirst du schon sehen.« Er bog auf die etwas größere Route Napoléon nach Westen, wo sich das Autofahren etwas entspannter gestaltete, weil einem nicht jeden Moment ein Tourist vor die Motorhaube springen konnte.

»Weißt du schon, worum es geht?«

»Ich habe nicht die geringste Ahnung. Der Chef hat kein Sterbenswort verraten. Vielleicht weiß er auch noch nichts Genaues.«

»Ungewöhnlich.«

Olivier schenkte ihr einen Seitenblick. »Alles an dem, was wir hier tun, ist ungewöhnlich. Vielleicht ist jetzt Schluss mit der Langeweile.«

Er bog in die kleine Gasse ein, in der Campanards Haus lag, und parkte den Renault am Straßenrand.

Sie waren nicht zum ersten Mal hier. Nach Abschluss ihres ersten gemeinsamen Falls hatte Campanard sie zum Essen eingeladen. Damals hatten sie sich zwar fast ausschließlich im idyllischen Garten des Commissaires aufgehalten. Trotzdem hatte Olivier das Gefühl gehabt, dass Campanard ihnen Einblicke in Bereiche seines Lebens erlaubte, die er sonst von der Außenwelt abschirmte.

»Lassen Sie uns das künftig öfter machen«, hatte der Chef gesagt, als er die beiden verabschiedete. Worte, die Olivier eigentümlich berührt hatten. Eine Geste des Vertrauens.

Linda stieg aus und blinzelte in die Sonne. Sie trug eine sommerliche Leinenbluse und Jeans.

Da die Sonne schon kräftig auf sie herabbrannte, zog Olivier sich seine Jeansjacke aus, unter der er ein schwarzes T-Shirt trug.

»Wir sind zu früh«, stellte Linda mit einem Blick auf ihr Handy fest. »Zehn Uhr. Der Commissaire hat *gegen zehn* geschrieben. Hier in Grasse heißt das ja, frühestens in fünfzehn Minuten.«

»Keine Sorge, der Chef öffnet die Tür, auch wenn er noch im Schlafanzug ist. Habe ich selbst mal erlebt.«

Linda grinste. »Und was war drauf?«

»Was meinst du?«

»Auf dem Schlafanzug.« Sie beugte sich verschwörerisch zu ihm. »Violette Giraffen?«

Olivier lachte leise. Campanards eigenwilliger Modegeschmack fiel einem spätestens bei der ersten Begegnung mit ihm auf.

»Rote Mohnblüten, David Bowies Gesicht in Gold oder lachende Babys in Regenbogenfarben, ich denke, das sind alle Schlafanzüge, die ich besitze.«

Olivier wandte sich überrascht der Haustür zu, in der ein grinsender Campanard stand.

»Aber für violette Giraffen könnte ich mich durchaus erwärmen, Delacours.«

Olivier erkannte, wie Linda rot wurde.

»Pardon, Commissaire, das war …«

»… absolut verzeihlich, keine Sorge.«

Er trat zur Seite und bat sie herein. Heute trug er Bermudashorts und Hausschuhe aus Leder. Seine breiten Schultern wurden von einem Hawaiihemd mit einer Melange bunter Kolibris darauf bedeckt, als wäre er auf dem Weg ins Freibad. Man durfte allerdings nicht den Fehler begehen, zu glauben, dass Campanard einen Termin wegen seines legeren Stils nicht ernst nahm.

»Gehen Sie einfach durch. Die Präfektin wartet schon im Garten.«

»Kann ich mir vorher noch kurz die Hände waschen?«, fragte Olivier, während Linda bereits durch den Flur und das gemütlich aussehende Wohnzimmer lief.

»Sicher, Olivier.« Er wies nach rechts. »Die zweite Tür.«

Olivier musste grinsen, als er die Klomuschel erblickte. Eine kleine Person würde mit den Beinen in der Luft baumeln. Auf einem Wandregal stand eine Wasserschale mit Orangenblüten, daneben lag ein Buch. Typisch Chef, dass er das Lesen nicht einmal hier lassen konnte. *Dans le jardin de l'ogre,* Im Garten des Ungeheuers, stand auf dem Cover. Wahrscheinlich nur eine Frage der Zeit, bis Campanard ihm nahelegen würde, es zu lesen. Er betätigte die Toilettenspülung und wusch sich die Hände.

Draußen auf dem Gang konnte er in eine etwas altmodisch wirkende Küche hineinsehen, mit einem großen, holzgerahmten Fenster zum Garten hinaus. Die Sonnenstrahlen, die durch das üppige Grün eines Rosenstrauchs hereinfielen, zauberten ein hübsches Schattenspiel auf die Granitanrichten. Weiter hinten vermutete er das Schlaf- und Arbeitszimmer. Er wandte sich ab, als ihm ein Bilderrahmen auf einer Kommode aus dunklem Holz auffiel.

Das Foto zeigte zwei Kinder, Teenager, soweit Olivier das im schummrigen Licht des Flurs sagen konnte. Ehrlicherweise wusste er nicht, ob Campanard Kinder oder Nichten und Neffen hatte. Das Bild war schon etwas rotstichig.

Er kniff die Augen zusammen. Ein Junge und ein Mädchen. Vielleicht dreizehn. Das blonde Mädchen hatte die Arme um den Hals des Jungen geschlungen und den Kopf auf seine Schultern gelegt. Sie streckte der Kamera die Zunge entgegen. Der Junge lachte. Er hatte dichte schwarze Haare und trug ein rotes Hemd mit weißen Punkten, das …

»Ich werd verrückt«, murmelte Olivier vor sich hin und grinste. »Sind Sie das, Chef?«

Man konnte ihn an den damals schon breiten Schultern, aber vor allem an den hellen Augen und den dichten Augenbrauen erkennen. *Bonne Anniversaire, lieber Louis! Charlotte*, hatte jemand mit silbernem Lackstift auf den unteren Rand des Bilds geschrieben. Charlotte – ob die beiden noch Kontakt hatten?

Mit einem letzten Blick auf den kleinen Campanard wandte Olivier sich ab.

Als er in den Garten hinaustrat, hörte er ein wütendes Kläffen, und ein kleines, weißbraun gesprenkeltes Etwas wuselte zähnefletschend auf ihn zu.

»Buddha! Zurück!«, befahl eine strenge Stimme.

Das kläffende Ding im Gras bremste abrupt ab. Sobald Oliviers Augen sich an das Sonnenlicht gewöhnt hatten, erkannte er einen Jack Russell Terrier. Der Hund betrachtete ihn hechelnd, winselte leise und machte dann auf der Stelle kehrt, um zurück zu einem kleinen Cafétisch zu laufen, den der Commissaire unter seinem Orangenbaum aufgestellt hatte.

»Im Garten des Ungeheuers«, murmelte Olivier amüsiert.

Der Terrassengarten des Commissaires hatte etwas Beruhigendes. Man konnte weit in die provenzalische Landschaft blicken, und überall zwitscherten Vögel. Die blühenden Rosen und der seltsamerweise eher blaue Lavendel schaukelten im Wind. Wie von fern drang der Duft in sein Bewusstsein. Olivier hatte lange gedacht, dass er nie wieder etwas riechen können würde. Dass er nun einen Hauch Lavendel wahrnehmen konnte, versuchte er als Fortschritt zu werten.

Linda saß bereits am Tisch, und der Commissaire goss ihr Kaffee ein. Neben ihnen saß eine kleine Frau mit gekräuseltem Haar und etwas verkniffener Miene, die bereits an einer Tasse nippte. Der Jack Russell Terrier ließ sich neben ihr im Gras nieder und betrachtete sie hechelnd.

»Bonjour, Préfet«, sagte er, als er herankam.

Die Präfektin sah von ihrer Tasse auf und musterte ihn aus ihren aufmerksamen, dunklen Augen.

»Ah, da sind Sie ja, Inspecteur. Dann können wir ja beginnen.«

»Wie trinken Sie Ihren Kaffee heute, Olivier?«, fragte Campanard und hob einen metallenen Espressokocher.

»Das hier ist kein Kaffeekränzchen, sondern Arbeit«, wies ihn die Präfektin zurecht.

»Ich sehe keinen Grund, warum es nicht beides sein kann, Christelle.«

Olivier grinste und nahm rasch Platz. »Mit Milch und Zucker, merci, Chef.«

Die Präfektin räusperte sich.

»Zuerst«, sie wandte sich Linda zu, »freut es mich, dass wir uns endlich persönlich begegnen, Madame Delacours. Ich hoffe, der Commissaire hat Ihnen meinen aufrichtigen Dank für Ihre bisherige Arbeit ausgerichtet.«

»Hat er, danke!«, erwiderte Linda und wurde ein wenig rot.

»Gut, dann hätten wir das.« Sie sah in die Runde. »Ich möchte nicht weiter um den heißen Brei herumreden. Ich habe einen neuen Auftrag für *Projet Obscur* und seine unorthodoxen Methoden.«

Olivier verschränkte neugierig die Finger und beobachtete, wie sich die Miene des Commissaires vom jovialen Gastgeber zum ernsten Ermittler wandelte.

»Was ist passiert?«, fragte sein Chef.

Für einen Moment zögerte die Präfektin. »Das ist nicht so leicht zu beantworten.«

»Kein Mord?«, fragte Olivier.

»Nein«, erwiderte die Präfektin. Sie griff in die Ledertasche, die neben ihr im Gras stand, und holte eine Mappe daraus hervor. »Zumindest nicht bestätigt.«

»Ist Ihnen allen das Kloster Sénanque ein Begriff?«

Campanard nickte, während Linda und Olivier gleichzeitig den Kopf schüttelten.

Die Präfektin holte ein foliertes Bild aus der Mappe. Es

zeigte ein uraltes Steingebäude, das nur von Wald, Bergen und einem Lavendelfeld umgeben war. Olivier kam das Bild bekannt vor, aber dort gewesen war er noch nie.

»Ah«, murmelte Linda.

»Kennt man das etwa in Paris?«, fragte Olivier.

»Nein, aber ich habe gestern ein YouTube-Video von dort gesehen. Ein etwas verstörendes, muss ich zugeben.«

Die Präfektin zückte ihr Smartphone und zeigte ihnen das Display. Olivier sah das Standbild eines jungen Mönchs, dem ein Blutstropfen aus dem Auge rann.

»Das hier?«, fragte die Präfektin.

»Genau«, erwiderte Linda.

»Sie waren bei Weitem nicht die Einzige, die das gesehen hat, Delacours. Bevor die Betreiber des Kanals es offline gestellt haben, ist es längst viral gegangen. Kein Wunder, bei einem Mönch, der düstere Prophezeiungen macht.«

Campanard räusperte sich. Sein Blick war immer noch auf das Bild des Klosters gerichtet. »Aber du hast uns heute nicht wegen dieses Videos einberufen.«

Aus den Augenwinkeln sah Olivier, wie Linda den Commissaire konzentriert musterte. Hatte seine Miene ihr irgendetwas verraten?

»Nicht nur. Aber es gibt da ... seltsame Zusammenhänge.«

Sie holte ein weiteres foliertes Bild aus der Mappe. Es zeigte einen älteren Mann mit einem kurzen schneeweißen Bart und kurzen Haaren. Er trug eine helle Mönchskutte mit einem schwarzen Überwurf und lächelte freundlich in die Kamera.

»Das hier ist Frère Arbogast.«

»Spannender Name«, murmelte Olivier und betrachtete das Bild genauer.

»Nach dem heiligen Arbogast de Strasbourg«, ergänzte die Präfektin.

Eine Orangenblüte fiel auf das Bild, genau auf das Gesicht des Mönchs. Die Präfektin wischte sie mit der flachen Hand beiseite.

»Arbogast ist seit drei Tagen verschwunden.«

»War er viel unterwegs?«, fragte Campanard.

»Meist nur in Gordes, dem nächsten Dorf. Er hat keine Reise oder Verwandtenbesuch angemeldet. Unsere Kollegen von der Gendarmerie haben das Kloster und die Ländereien auf den Kopf gestellt, sind mit Spürhunden da durch … Der Mann ist spurlos verschwunden.«

»Haben die Mönche dort Smartphones? Hat man versucht, ihn zu orten?«, fragte Linda.

»Das Kloster hat eine Standleitung, die die Mönche nutzen können, wenn sie das Kloster verlassen oder mit ihren Familien sprechen wollen. Außerdem gibt es auch Diensthandys für unterwegs. Arbogast hatte allerdings keines bei sich.«

»Keines von denen zumindest«, brummte Campanard.

»Das ist nicht alles«, fuhr die Präfektin nüchtern fort und blätterte in ihrer Mappe weiter. »Vor seinem Verschwinden wurde die Polizei *deswegen* alarmiert …« Sie zeigte ein neues Bild in die Runde, das vermutlich die Außenmauer des Klosters darstellte. Jemand hatte sie mit großen, roten Lettern beschmiert: *Der Teufel hat ihn geholt.*

KAPITEL 3
EIN NEUER AUFTRAG

Die Präfektin blickte der Reihe nach in ihre betroffenen Gesichter.

»Wie alt ist das Foto von Arbogast?«, fragte Campanard.

»Es wurde etwa einen Monat vor seinem Verschwinden gemacht.«

Campanard wandte sich an Linda. »Delacours, wenn Sie so freundlich wären? Was können Sie uns über seinen Gemütszustand zu diesem Zeitpunkt sagen?«

Linda zog das Bild zu sich heran, neigte den Kopf und musterte es mit konzentrierter Miene. Sie fuhr mit dem Zeigefinger die Gesichtszüge des Mönchs entlang.

Nach einer Weile hob sie den Kopf. »Fröhlich«, erklärte sie. »In diesem Moment hat nichts auf ihm gelastet, oder er hat es geschafft, es völlig auszublenden. Allerdings ...«

»Ja?«, fragte die Präfektin.

»Sein Gesicht ist etwas verwirrend, ich meine *körperlich*«, fuhr sie fort.

Olivier verkniff sich ein Lachen, während die Präfektin die Stirn runzelte. »Erklären Sie mir das.«

»Ich weiß nicht, wie ich das beschreiben soll, aber ... es passt irgendetwas nicht zusammen«, erwiderte Linda.

»Sie meinen, das Bild wurde manipuliert?«, fragte Campanard.

»Nein, nein. Ich glaube, es liegt wirklich an seinem Gesicht. Es ist ein wenig schief«, antwortete sie.

»Aber es gibt doch viele Leute mit schiefen Gesichtern«, sagte Olivier.

»Manchmal wirkt das sogar ausgesprochen charmant«, ergänzte Campanard mit erhobenem Zeigefinger.

Linda schloss für einen Moment die Augen. »Aber hier passt nichts zusammen. Das Gesicht ist schief, allerdings stehen seine Muskulatur, die Haut, die Falten dazu im Widerspruch. Verzeihen Sie, wenn ich das nicht klarer ausdrücken kann, aber: Sein Gesicht hat sich noch nicht ans Schiefsein gewöhnt.«

Campanard verengte die Augen. »Weil es nicht immer schief war. Das könnte bedeuten, dass Arbogast kurz vor dem Foto ein Trauma erlitten hat, einen Unfall vielleicht, der die Symmetrie seines Gesichts gestört hat.«

»Möglich«, ergänzte Linda. »Den Zeitraum würde ich allerdings mit Wochen bis Monaten beziffern. Immerhin sind da keine Hämatome oder sonst irgendwelche Verletzungen zu erkennen.«

Campanard wandte sich an die Präfektin. »Wurde den Kollegen irgendetwas von einem Unfall berichtet? Oder gar von einem Angriff auf Arbogast?«

Die Präfektin schüttelte den Kopf.

»Jedenfalls tappen wir im Dunkeln, die Drohung an der Mauer könnte auf ein Gewaltverbrechen hindeuten. Es ist ein Fall, für den ich *Projet Obscur* nutzen möchte.«

»Wie genau sollen wir in dem Fall ermitteln?«, fragte Linda eifrig. Wieder gebraucht zu werden, tat ihr sichtlich gut.

Ein kleines Lächeln erschien auf der Miene der Präfektin.

»Wenn ich Ihnen genaue Anweisungen geben könnte, würde ich Sie nicht brauchen, dafür habe ich die Gendarmerie vor Ort. Seien Sie kreativ, innerhalb der bestehenden Genehmigungen natürlich. Louis, du weißt Bescheid.«

Campanard nickte.

»Ich muss an dieser Stelle etwas gestehen«, erklärte er. »Da gibt es von meiner Seite eine Art Interessenskonflikt. Einer der Brüder in Sénanque, Frère Bernard, ist ein Freund von mir.«

»Definiere *Freund*.«

»Wir haben uns lange nicht gesehen. Das Klosterleben erlaubt ihm nicht, einfach auf einen Kaffee vorbeizusehen. Aber ich würde trotzdem sagen, er ist ein Herzensmensch. Wir schreiben einander Briefe.«

»Briefe, Chef?«, fragte Olivier. »Wer macht denn so was noch? Haben Sie nicht gehört, auch Mönche haben Smartphones.«

»Oh, ich finde, das hat eine ganz andere Qualität, Olivier. Wer mit der Hand schreibt, bringt ein kleines Stückchen Herz auf das Papier. Einen Brief zu erhalten, fühlt sich wie ein Geschenk an. Das ist bei einer WhatsApp anders.«

»Vielleicht ist das gar nicht so schlecht«, unterbrach die Präfektin die beiden. »Nutze die Verbindung. Sieh zu, was du herausfinden kannst.«

Campanard nickte.

»Hat er in seinen Briefen angedeutet, dass etwas im Kloster nicht in Ordnung sein könnte?«

»Nein. Sein letzter war nicht ungewöhnlich. Er erzählte von diesem YouTube-Kanal, den ihr angesprochen habt. Er ist da wohl involviert. Allerdings sollte es dabei eigentlich nicht um düstere Prophezeiungen gehen, sondern um schöne und besinnliche Dinge.«

»Tut es eigentlich auch«, erwiderte Linda. »Die anderen Videos haben etwas unglaublich Entspannendes.«

Die Präfektin seufzte und fasste in ihre Tasche. »Jedenfalls möchte ich, dass Sie vor Ort sind. Aus der Ferne lässt sich dieser Fall nicht lösen.«

Sie reichte jedem von ihnen ein Kuvert.

Als Olivier es öffnete, fand er darin das Bild eines charmant aussehenden Landhotels. Viel Holz und Stein. Rosenbüsche vor den Mauern und ein Schild vor dem Eingang, mit singenden Vögeln verziert, und dem Schriftzug *Hôtel d'Alouette*. Hotel zur Lerche.

»Ich habe Ihnen Zimmer in diesem Hotel in Gordes reservieren lassen, der Ortschaft, die Sénanque am nächsten liegt. Zusätzlich einen kleinen Seminarraum für Ihre Besprechungen.«

»Wann sollen wir aufbrechen?«, fragte Olivier.

»Wenn es sich für Sie einrichten lässt, bereits morgen«, erwiderte die Präfektin.

Keiner von ihnen widersprach.

***

Christelle blieb noch, als Olivier und Delacours sich verabschiedet hatten. Auch wenn Campanard lieber allein gewesen wäre, um seine Gedanken zu ordnen.

»Kann ich dir noch etwas anbieten?«, fragte er, als er zurück in den Garten kam und die Präfektin vor seinem Lavendelbeet stehen sah.

»Ich kann mich nicht erinnern, dass du diesen Lavendel früher schon hattest. Dieses kräftige Blau, ziemlich anders, ziemlich schön.«

Sie strich über die Blütenköpfe und scheuchte eine Hummel auf, die mit einem unwirschen Summen zur nächsten Blüte taumelte.

»Bleu des Collines«, ergänzte Campanard. »Eine alte Sorte, die kaum noch angebaut wird. Ein Geschenk. Eines der besten, die ich je bekommen habe.«

Für eine Weile beobachteten sie das Gebrumm in dem Beet und rochen den angenehmen Duft, der sich mit dem von Campanards Delbard-Rosen mischte. Ein Osterluzeifalter mit seinen großen schwarz-weiß-rot gemusterten Flügeln gaukelte vorbei und begann, heftig flatternd an einer der Blüten zu saugen.

Die Präfektin sog die Luft ein und hob den Kopf. »Die Freundschaft zu Frère Bernard – ist sie zu der Zeit entstanden, die ich vermute?«

Campanard war nicht überrascht. Christelle war viel zu klug, um den Zusammenhang nicht herzustellen.

»Du liegst richtig.«

»Er weiß also alles?«

Campanard zögerte. »So gut wie.«

Christelle rieb sich die Stirn. »Wieso um Himmels willen musstest du das rumerzählen?«

Campanard schluckte. »So kann man das wohl kaum nennen. Und hätte ich damals niemanden gehabt ... wäre ich heute wohl nicht hier.«

»Die Sache darf nicht hochkochen, hörst du? Wenn es den Medien in den Kram passt, stürzen sie sich darauf, egal, wie lange es her ist. Und ich weiß nicht, wie groß mein Einfluss dann noch wäre, um dich …«

»Du musst mich nicht beschützen«, erwiderte Campanard sanft. »Ich werde aufpassen. Und wenn die Sache hochkochen sollte … dann liegt das ohnedies in meiner Verantwortung.«

Die Präfektin sah ihn lang an, dann schürzte sie die Lippen und nickte. »Delacours … Sie erinnert mich ein wenig an Charlotte. Komisch, nicht?«

»Ein wenig vielleicht«, erwiderte Campanard gepresst.

Für einen Moment schien die Präfektin etwas sagen zu wollen, dann wandte sie sich ab. »Buddha!«, rief sie scharf.

Ein Kläffen erscholl, dann sprang ihr Jack Russell durch die Wiese auf sie zu. »Komm, wir gehen!«

»Tust du mir einen Gefallen?«, bat Campanard.

»Was denn?«

»Der Garten. Ich kann nicht alles verdorren lassen. Würdest du dich um ihn kümmern, wenn wir in Gordes sind? Ich schreibe dir alles auf, was zu tun ist.«

Die Präfektin verschränkte die Arme.

»Was glaubst du eigentlich, wie viel Zeit ich habe?«

»Mach es einfach wie ich. Die meisten meiner Fälle löse ich beim Blumengießen.«

Christelle hob eine Augenbraue.

»Ein bisschen Demut, Louis.«

Campanard richtete sich zu seiner vollen Größe auf und grinste. »Sieh mich an, ich *strotze* vor Demut!«

***

Olivier und Delacours warteten am nächsten Morgen bereits vor dem Haus, als Campanard mit seinem Koffer aus der Tür kam.

»Guten Morgen, Delacours, guten Morgen, Olivier«, begrüßte er beide mit etwas barschem Tonfall.

Olivier hob die Augenbrauen und grinste.

»Warum so missgelaunt, Chef?«

»Hm«, brummte Campanard, während er sein Gepäck im Kofferraum verstaute und seine Sonnenbrille mit den kreisrunden Gläsern zurechtrückte. »Wir hätten genauso gut mit dem Zug fahren können. Zuerst nach Cannes, von dort über die bezaubernde Küstenstrecke entlang dem Esterel nach Marseille, dann die Lokalbahn nach ...«

»Sie wissen doch genauso gut wie ich, dass wir vor Ort einen Wagen brauchen. Was glauben Sie, wie oft wir von Gordes nach Sénanque fahren müssen.«

»Und auf Ihr heiliges E-Bike passen wir zu dritt nicht«, ergänzte Delacours mit einem verschmitzten Lächeln.

»Mein E-Bike ist für Sie für immer tabu, Delacours«, erklärte Campanard scharf. Linda errötete. Sie hatte es bei ihrem ersten Fall ohne seine Erlaubnis ausgeliehen.

»Und Sie, Olivier, kommen Sie mir nicht mit Logik und kommentieren das Offensichtliche. Ich mag einfach keine Autos.«

»Aber unlängst haben Sie sogar selbst mal wieder eins gefahren.«

»Ich mag sie in Ausnahmefällen nur ein bisschen weniger *nicht*.«

»Stört es Sie, wenn ich vorne sitze, Commissaire?«, fragte Delacours. »Mir wird hinten so leicht übel.«

»Ganz und gar nicht«, erwiderte Campanard. Er versuchte sich hinter Delacours auf die Rückbank einzufädeln.

»Wären Sie so freundlich, ein wenig nach vorn zu rücken?«, bat er, während seine Knie so weit angewinkelt waren, dass sie sich fast auf Kinnhöhe befanden.

»O ja, natürlich, pardon.«

Besser. Aber fern von angenehm. Selbst wenn man von den vielen objektiven Gründen absah, aus denen er Autos nicht mochte, gab es auch kaum eines, das für Campanards Ausmaße gebaut zu sein schien.

Als sie auf die Schnellstraße hinausfuhren und Grasse allmählich ihren Blicken entschwand, erfasste ihn eine gewisse Wehmut. Aber der größte Teil von ihm freute sich auf die Reise. Er hatte durch Bernard so viel vom Leben in Sénanque gehört, dass er das Gefühl hatte, den Ort bereits zu kennen. Und er hatte sich unzählige Male vorgenommen, seinen Freund zu besuchen. Zu seiner Schande war es jedoch nie dazu gekommen. Etwas, das er jetzt nachholen würde, auch wenn der Anlass keine Urlaubsreise war.

Gestern hatte er noch den restlichen Tag genutzt, um seine Abwesenheit am Commissariat mit Inspecteur Madère zu regeln, schließlich musste das Tagesgeschäft reibungslos fortlaufen. Obwohl man in Zeiten von Smartphones und Onlinemeetings ohnehin nie wirklich weg war. Schade eigentlich.

Ein lang gezogenes Maunzen riss ihn aus seinen Gedanken.

Campanard runzelte die Stirn. Neben ihm auf der Rückbank lag eine große Tasche mit offenem Reißverschluss, aus der der Kopf einer silbergrau getigerten Katze hervorlugte, die ihn mit ihren grünen Augen ansah.

»Olivier, warum sitzt da eine Katze neben mir auf der Rückbank?«

»Kater«, korrigierte Olivier. »Gestatten, Chef, das ist Trépied.«

»Wieso haben Sie den armen Kerl denn eingepackt?«

»Er ist nicht arm. Er hat sein Bett da drin, das mag er. Und ich konnte ihn nicht allein lassen. Ich habe im Hotel angerufen, die haben nichts dagegen.«

Eine Weile musterte Campanard den Kater misstrauisch, dann streckte er seine Hand aus und kraulte ihn am Kopf. Der Kater begann sofort zu schnurren.

»Niedlicher kleiner Kerl.«

Er sah Oliviers Augen im Mittelspiegel lächeln.

Campanard lehnte sich zurück und sah aus dem Fenster, während die provenzalische Landschaft an ihm vorbeiglitt. Zypressen, Olivenfelder. Manchmal das violette Schimmern eines Lavendelfelds über den Hügeln, dann Pinienwälder. Er spürte das Schnurren des Katers unter seinem weichen Fell mehr, als er es hörte. Nach einer Weile schloss er die Augen.

***

»Und so wird das Spiel gespielt.« Frère Bernard hob einen weißen und einen schwarzen Spielstein, die seine weiße Kutte und das schwarze Skapulier zu spiegeln schienen.

»Hell gegen dunkel! Für was davon entscheidest du dich?«

In Bernards Augen blitzte es. Campanard schätzte, dass sie annähernd gleich alt waren. Der Mönch hatte dunkle Haare, die ihm in die Stirn fielen, ein kantiges Gesicht und einen Vollbart, der im Gegensatz zu Campanards schon silbern wer-

dendem Bart noch das gleiche Nussbraun wie sein Kopfhaar hatte.

Campanard streckte die Hand aus und nahm ihm den hellen Stein aus der Hand.

»Fabelhaft«, erklärte Bernard und legte die Steine auf das Spielfeld. »Ist doch schön«, erklärte er dabei. »Es geht darum, von einem fremden, feindlichen Ort nach Hause zu kommen.«

Campanard hob den Blick und betrachtete die kleine Zelle, in der sie saßen. In der Nacht hatte er manchmal das Gefühl, die Wände würden sich auf ihn zubewegen.

Bernard reichte ihm den Lederbecher mit den beiden Würfeln.

»Ah, nicht schlecht«, kommentierte Bernard seinen ersten Wurf.

»Ich bin mir nicht sicher, ob zu Hause noch ein Ort ist, wo ich sein kann, ohne dass es mir das Herz bricht«, murmelte Campanard und bewegte seinen ersten Stein weiter.

Bernard betrachtete ihn. »Du kannst schwer hier drinbleiben, wenn sie dich entlassen.«

»Und draußen überlebe ich nicht.«

»Nun, der erste Schritt ist klar«, erklärte Bernard und betrachtete den Blumenstock in dem Silikontopf, den Campanard ans Fenster gestellt hatte. Die Blütenstände waren schon aus dem Stock herausgeschossen, die Knospen an ihren Spitzen hatten sich allerdings noch nicht geöffnet und schimmerten bläulich im matten Licht, das zwischen den Gitterstäben hereinfiel.

»Der Stock will an die Sonne. Er sollte bald eingesetzt werden. Du hast mir erzählt, du hast einen Garten. Da gibt es doch bestimmt ein nettes Plätzchen.«

Campanard versuchte, sich seinen Garten vorzustellen, und

die dumpfe Leere, die ihn im Inneren des Hauses erwarten würde, auszublenden.

»Es gibt ein Plätzchen an einer alten Steinmauer«, erklärte er. »Dort habe ich nie viel gemacht. Es ist ein schöner Ort. Einmal habe ich beobachtet, wie eine Smaragdeidechse dort ein Sonnenbad nahm.«

Bernard nickte und würfelte. »Das klingt genau richtig. Und wenn du möchtest, pflanz ihm ein paar Rosenstöcke zur Gesellschaft bei. Die beiden kommen gut miteinander klar. Wenn sich der Tau vom Meer an den Rosen fängt, befeuchtet er den Lavendel. Recht viel mehr Nässe mag er gar nicht.«

»*Woher weißt du das alles?*«

Bernard lachte. »Das sind so die Dinge, die man im Kloster lernt. Ich beschäftige mich meistens mit unseren Kräutergärten und den Blumen. Zwischen den gemeinsamen Gebeten kann jeder sich nach seinen Talenten einbringen, und da ich handwerklich nicht das geringste Geschick habe, erledige ich Besorgungen im Ort und bin eben der Kräutermönch.«

Campanard lächelte. »Klingt nach einem Ort für mich. Stille. Ein anderer Name ...« *Vielleicht, und das wäre Campanard am wichtigsten, ein Ort, an dem man vergessen konnte – und vergessen werden konnte.*

Bernard neigte den Kopf. »Bist du denn gläubig?«

»*Ich glaube, dass Menschen im Grunde gut sind, sie vergessen es nur manchmal.*«

»*Und Gott?*«

»*Eine große, wohlwollende Macht im Hintergrund? Daran möchte ich gern glauben. Es fällt mir in letzter Zeit allerdings ein bisschen schwer.*«

Bernard beugte sich vor und stützte den Kopf auf die Hände.

»*Ich fürchte, das ist ein bisschen wenig für den Eintritt ins Kloster*«, murmelte er.

Campanard seufzte. »*Es klingt jedenfalls gut. Alles so einfach. Kein Morgen, kein Gestern. Keine Pläne. Nur das Jetzt.*«

»*Vielleicht ist das, was du suchst, eher die Fremdenlegion.*«

»*Dafür verachte ich den Krieg viel zu sehr*«, erklärte Campanard. »*Da verbringe ich meinen Tag lieber mit Selbstkasteiung und nie endendem Gebet.*« *Er sah Bernard in die Augen.* »*Verzeihung, das war respektlos.*«

Zu seiner Überraschung lachte Bernard. »*Ganz im Gegenteil, ich freue mich, dass du langsam wieder auflebst. Dinge nicht zu mögen, ist ein ganz natürlicher Bestandteil davon.*«

Campanard zögerte.

»*Warum bist du ins Kloster eingetreten? Mit Verlaub, aber du scheinst mir auch nicht so strenggläubig zu sein …*«

Bernard betrachtete ihn lange.

»*Mir ist ein Wunder geschehen.*«

Campanard suchte vergeblich nach dem schalkhaften Blitzen in Bernards Augen, das er so zu schätzen gelernt hatte.

»*Und das ist meine Art, etwas zurückzugeben.*« *Er besann sich.* »*So, und jetzt mach deinen Zug, Einfach-nur-Campanard!*«

KAPITEL 4

GORDES

Der Commissaire schlief immer noch, als Linda sich zu ihm umwandte. Witzigerweise war auch Trépied unter seiner Hand eingeschlafen. Der Anblick nötigte ihr ein Lächeln ab.

»Soll ich ihn aufwecken?«, flüsterte sie Pierre zu.

»Wenn wir da sind«, erwiderte er kurz. Die Fahrt würde etwas mehr als zwei Stunden dauern, und sie waren schon eine ganze Weile unterwegs. »Später treffen wir uns mit der Ermittlungsleiterin in dem Fall.«

»Ich darf dabei sein?«

»Aber sicher. Ist nicht auf dem Revier. Bis jetzt hat der Chef nichts davon gesagt, dass wir dich irgendwo undercover einsetzen.« Er hob den Zeigefinger. »Noch nicht.«

Linda sah einen Moment aus dem Fenster.

»Weißt du, was komisch ist? Letztes Jahr, diese Sache in Paris ...« Sie brach ab, als sie merkte, wie ihre Hände zu zittern begannen. Für einen Moment dachte Linda, die Angst würde sie wieder überkommen, genau wie damals. Nur um Haaresbreite hatte sie den Angriff überlebt und sich danach wochenlang nicht vor die Tür gewagt. Sie schloss für einen Moment die Augen und wartete, bis die Angst gewichen war.

»In der Zeit danach«, fuhr sie schließlich fort. »Da habe ich manchmal mit dem Gedanken gespielt, ins Kloster zu gehen.«

»Du machst Witze.«

»So richtig ernst war es mir nicht. Ich weiß auch gar nicht mehr, wann ich zuletzt bei einem Gottesdienst war. Aber der Gedanke an einen Ort, wo man sicher ist, wo ich verschwinden kann, wenn ich will, hat mich irgendwie beruhigt.«

Olivier schenkte ihr einen kurzen Seitenblick. »Muss man nicht jungfräulich sein, wenn man ins Kloster eintritt?«

»Keine Ahnung, aber wer sollte das denn bitte testen? Und überhaupt ...« Sie kniff die Augen zusammen. »Woher willst du wissen, dass ich keine Jungfrau mehr bin?«

Olivier prustete los, bis er Lindas scharfen Blick bemerkte. »Pardon, ich wollte dich wirklich nicht ...«

»Quatsch, ich hab dich nur veralbert.« Linda lachte auf. »Ich bin ja schließlich keine Nonne.«

»Ich wüsste aber, welchen Nonnennamen du kriegen würdest.«

»Ach ja, und welchen?«

»Deflorata.«

»Gefällt mir. Dann müsste ich mir den Rang der verruchtesten Schwester nicht erst mühsam erkämpfen. Aber was ist denn überhaupt mit den Mönchen? Warum fragt da niemand nach Jungfräulichkeit?«

»Ah, ich wäre da für komplette Gleichberechtigung – allein das Testen stelle ich mir lustig vor.«

»Ich finde ja, Jungfräulichkeit sollten Männer erst dann offiziell verlieren dürfen, wenn die den Frauen gebotene Qualität stimmt. Nicht bloß, wenn sie einmal randurften.«

»Du meinst also eine Art Gütesiegel, wie: *Sie werden die gemeinsame Nacht nicht bereuen?*«

Linda zuckte mit den Schultern. »Ein bisschen marketingtauglicher vielleicht. So was wie ... Monsieur de Plaisir.«

»Könnte etwas falsch rüberkommen. Bonjour, ich heiße Pierre Olivier, zertifizierter Monsieur de Plaisir.«

Linda lachte erneut auf. »Ich geb dir fünf Euro, wenn ich dabei sein darf, wenn du dich *so* vorstellst.«

»Pack zwei Nullen drauf und wir haben einen Deal.«

»Hey«, sagte Linda dann, als sie den Blick wieder nach vorne richtete. »Ist das da vorn Gordes?«

Olivier hob für einen winzigen Moment den Blick von der kleinen Straße, die sich an einem Berghang entlang schlängelte.

»Glaub schon«, murmelte er.

Linda betrachtete das kleine Städtchen fasziniert. Wie viele Dörfer der Provence lag es auf einer Bergkuppe. Doch was hier völlig fehlte, war jede Art von Zersiedelung am Stadtrand. Linda glaubte, eine alte Steinkirche und eine Art Festung zu erkennen, darum Steinhäuser, die sich an eine dramatisch aussehende Klippe schmiegten. Tief in einer Schlucht wand sich das schimmernde Band eines Flusses um den Berg.

Ihr Blick wurde von einem Schild unterbrochen, auf dem *Parc naturel régional de Luberon* stand.

»Ein Naturpark?«, fragte Linda.

»Ja, die Landschaft sieht schon seit Jahrhunderten so aus und ist besonders geschützt. Sie umgibt Gordes und die Ländereien von Sénanque, die selbstverständlich der Kirche gehören«, vernahmen sie eine Stimme von hinten.

»Ah, Sie sind ja wach, Commissaire.«

»Als jemand den Begriff Monsieur de Plaisir genannt hat, war ich zu neugierig, um weiterzuschlafen.«

»Das müssen Sie geträumt haben, Chef«, murmelte Pierre. »Schauen Sie mal, wir sind gleich da.«

Linda sah im Mittelspiegel, wie der Commissaire nachdenklich aus dem Fenster blickte. »Es sieht wunderschön aus«, brummte er ohne den kleinsten Hauch Ironie.

Olivier folgte der kleinen Bergstraße ins Innere von Gordes, immer wieder aufs Navi schielend, um sich in dem Gewirr winziger Gassen nicht zu verfahren. Schließlich bog er in einen Innenhof, in dem Linda das Schild mit der Lerche erkannte: *Hôtel d'Alouette*.

»Da sind wir«, seufzte Pierre, als er den Wagen in eine schmale Parklücke manövrierte.

»Ausgezeichnet, Olivier«, erklärte Campanard. Er sah auf die bunte Swatch an seinem Handgelenk. »Wir haben eine Stunde bis zum Briefing mit unserer Kontaktperson von der Gendarmerie, einer gewissen Capitaine Dubac. Machen Sie sich ein bisschen frisch, und werfen Sie ruhig noch einen Blick in die Unterlagen.«

»Klingt gut«, murmelte Linda, während sie ausstiegen und ihr Gepäck aus dem Kofferraum holten. Sie musste grinsen, als sie erkannte, dass ihr grüner Koffer mit Abstand der kleinste in der Runde war.

»Die ganzen Sachen für Trépied«, murmelte Pierre, als er ihren Blick bemerkte. Er schulterte die Tasche, aus der ein neugieriger Kater hervorlugte und interessiert schnupperte.

Linda konnte den Kater gut verstehen. Seit sie in den Süden gezogen war, hatte sie selbst gelernt, Düfte viel bewusster wahrzunehmen und in ihre Komponenten zu zerlegen. Hier in Gordes lag viel in der Luft; Sand, Kräuter und ein leichter Hauch, der von den Lavendelfeldern herüberwehte.

»Bonjour, bonjour!«, rief Campanard, als sie die holzvertäfelte Rezeption erreichten, hinter der niemand saß.

»Ah«, erwiderte eine freundliche Stimme. Ein kleiner Mann mit schwarzem Haar, Dreitagebart und kurzärmligem Hemd kam herangelaufen und lächelte ihnen freundlich zu.

»Willkommen im Hôtel d'Alouette«, erklärte er und musterte sie mit dunklen Knopfaugen. »Mein Name ist Georges, und mir gehört der Laden.«

»Sehr erfreut!« Campanard hielt ihm seine Hand hin, die der viel kleinere Georges energisch schüttelte.

»Monsieur Campanard, habe ich recht? Drei Einzelzimmer?«

Sein Blick glitt zu Pierre und Linda. Monsieur – nicht Commissaire. Georges war also offenbar nicht eingeweiht, was sie hier wirklich taten. In einem Nest wie Gordes hätte es sonst wohl auch rasch die ganze Stadt gewusst.

»Ganz richtig«, erwiderte Campanard.

»Ach ja«, Georges hob den Zeigefinger, »unser Besprechungsraum befindet sich im ersten Stock.« Er trommelte mit den Fingern auf den Tresen und musterte die drei interessiert. »Verzeihung«, platzte es aus ihm raus. »Es geht mich nicht das Geringste an, aber das hatte ich noch nie, dass jemand sich bei mir auf unbestimmte Zeit einmietet. Ich finde das interessant, ehrlich gesagt. Sind Sie denn geschäftlich hier, wenn man fragen darf? Natürlich müssen Sie mir nichts erzählen, aber …«

Campanard seufzte, dann beugte er sich über den Tresen, winkte Georges näher zu sich heran und nahm langsam die Sonnenbrille ab.

»Kann ich mich darauf verlassen, dass das, was ich Ihnen sage, unser Geheimnis bleibt?« Er fixierte Georges mit einem festen Blick.

»Ja, ja, natürlich«, flüsterte dieser.

»Wir drei«, er deutete verschwörerisch auf Linda und Pierre, »arbeiten gemeinsam an einem neuen Theaterstück. Wir sind wegen der Ruhe hier. Wenn es fertig ist, reisen wir wieder ab.«

»Theaterschaffende also, das klingt aber aufregend.«

Campanard hob lächelnd die Augenbrauen. »Sie haben ja gar keine Ahnung ...« Er richtete sich auf. »Nun, wir würden uns freuen, unsere Zimmer beziehen zu dürfen.«

»Aber gerne.«

Georges reichte ihnen drei Schlüssel mit Messinganhängern in Lerchenform. »Frühstück serviere ich Ihnen zwischen halb sieben und zehn Uhr. Die Sauna hat bis zehn Uhr abends geöffnet.«

»Oh«, erklärte Campanard überrascht. »Was für eine willkommene Überraschung.«

»Ist nicht besonders groß, aber man kann von dort direkt in den Garten gehen, wo ich ein paar Liegen zum Entspannen aufgestellt habe.«

»Wunderbar, wunderbar, vielen Dank!« Campanard lüftete seinen Panamahut, dann gingen sie an Georges vorbei und stiegen eine Holztreppe empor.

»Dritter Stock ohne Lift. Wie daheim in Grasse«, stöhnte Linda, die bereits ins Schwitzen kam, während Pierre und der Commissaire kaum außer Atem waren. Musste daran liegen, dass man in Grasse auch ständig bergauf lief und es in der ganzen Stadt keine Rolltreppe gab. Jedenfalls keine, die Linda entdeckt hätte ... und sie hatte *gesucht*.

»Immerhin ist dieser Georges freundlicher als Martine«, bemerkte Pierre.

»Das stimmt, aber ich habe ihren herben Charme mittlerweile schätzen gelernt«, erwiderte Linda.

Martine, bei der Linda in der Pension Les Palmiers zur Miete wohnte, hatte allerdings eine etwas gewöhnungsbedürftige Art. Als Linda heute Morgen aufgebrochen war, hatte sie kaum von ihrer Illustrierten aufgesehen. Trotzdem hatte sie sie ermahnt, nicht so zu schlurfen, weil sie damit angeblich lauter Schmierer am Boden hinterließ. Linda hatte nur geseufzt und das liebevoll verpackte Lunchpaket vom Tresen genommen, das die Pensionsbesitzerin ihr vorbereitet hatte.

Im Stockwerk oben liefen sie über knarzenden Parkettboden zu den drei Zimmern, die Georges für sie reserviert hatte. Linda nahm das erste, das nächste dann Pierre und das Zimmer neben ihm der Commissaire.

»Bis gleich«, sagte Pierre mit einem Zwinkern, als sie bei ihren Zimmern angekommen waren, und verschwand hinter der dunklen Eichentür.

Linda sperrte ihr Zimmer auf und schlüpfte mit ihrem Koffer hinein. Das Innere erinnerte sie ein wenig an ihr Zimmer in Grasse, es war aber deutlich kleiner. Die Holzmöbel waren von Hand bemalt, und helles Sonnenlicht fiel auf einen kleinen Tisch, auf dem in einer Vase ein Sträußchen weiß blühender Rosmarin stand, dessen Duft sich mit dem Holzgeruch des Zimmers mischte. Linda ließ ihren Koffer stehen und öffnete quietschend die Balkontür. Als sie ans Geländer trat, machte sie große Augen.

Der Holzbalkon schien über dem Abgrund zu schweben. Unter ihr befand sich eine mit Ginstergebüsch bewachsene Felswand. Unendlich weit unter sich hörte sie das Gurgeln des Flusses.

Ein paar Schwalben nutzten die Thermik an der Felswand und vollführten spektakuläre Flugmanöver.

Linda hob eine Augenbraue. »Nett!«

***

»Chef, wo treffen wir uns denn mit dieser Dubac von der Gendarmerie?«, fragte Olivier, als Campanard die Treppen herunterkam.

»Im Zentrum von Gordes gibt es ein kleines Bistro, dort erwartet sie uns.«

»Kennen Sie sie?«

»Leider noch nicht. Ich hoffe, sie wird uns über die Modalitäten in Sénanque aufklären und uns auch sagen, wann wir dort hinkönnen.«

»Planen Sie, Befragungen durchzuführen?«

»Zuerst muss ich die Rahmenbedingungen besser verstehen.«

Auf dem Weg zum Bistro sah Olivier sich in den Gassen um. Gordes war winzig. Jeder Schritt schien überlaut von den Steinfassaden widerzuhallen, an deren Fenstern Blumenkästen mit Hängepelargonien angebracht waren. Eine getigerte Katze schlich vorbei, blieb stehen und musterte sie, ehe sie mit ein paar Sprüngen hinter einem Mauervorsprung verschwand.

»Fehlt nur noch, dass eine Buschkutsche vorbeirollt«, bemerkte Linda.

Sie kamen auf einen deutlich belebteren Platz, auf dem ein paar mächtige Platanen wuchsen. Im Schatten der Bäume lagen die Gastgärten von zwei Restaurants und einem kleinen Café.

»Bistro Bleu Merle«, erklärte Campanard und wies auf das erste der beiden Restaurants. »Hier sind wir mit der Kommissarin verabredet.«

Sie nahmen an einem leeren Tisch Platz, und Olivier ließ seinen Blick über die anderen Gäste schweifen. Hauptsächlich Touristen, die über ihre Smartphones und Reiseführer gebeugt waren.

»Jetzt sind wir extra hergekommen, und dieses Sénanque hat geschlossen«, hörte er eine junge Frau betrübt zu ihrem Freund sagen, der gerade in seinen mit Spinat und Käse gefüllten Crêpes herumstocherte.

Kein Wunder. Touristen konnte man dort momentan nicht brauchen.

Eine junge Frau mit einer weißen Bluse kam an ihren Tisch.

»Bonjour«, sagte sie freundlich.

»Ein Soda mit einer Zitronenscheibe, bitte«, murmelte Olivier abwesend.

Die junge Frau lächelte. »Damit kann ich leider nicht dienen, Inspecteur Olivier.«

KAPITEL 5

DAS MYSTERIUM

»Ich bin Capitaine Claire Dubac, nicht Ihre Kellnerin«, erklärte die junge Frau selbstbewusst.

Olivier blinzelte verwirrt, dann spürte er, wie er rot anlief.

»Pardon, Capitaine. Freut mich.«

Aus den Augenwinkeln konnte er Lindas Grinsen erkennen. Immerhin schien die Gendarmin nicht weiter darauf eingehen zu wollen.

»Commissaire Campanard, über Sie ist mir schon das eine oder andere zu Ohren gekommen.«

Campanard erhob sich gemessen und küsste die Hand der Gendarmin. »Das Vergnügen ist ganz auf meiner Seite, Capitaine.«

»Unter anderem über Ihre Umgangsformen«, erwiderte sie amüsiert. Olivier fragte sich, wie die junge Frau es so schnell in eine Führungsposition in der Gendarmerie geschafft hatte. Sie musste gut sein. Und wahrscheinlich half es auch, dass sich nur wenige um den Posten hier draußen rissen. Was konnte schon Spannendes passieren …

»Salut. Linda Delacours«, erklärte Linda und winkte ihr.

»Von Ihnen wiederum habe ich nichts gehört. Wie lange arbeiten Sie schon für die Polizei in Grasse?«

»Noch nicht sehr lange«, antwortete Linda schlicht. »Ich bin forensische Psychologin.«

Die Gendarmin hob eine Augenbraue. »Ah, wie schön, dass es in Grasse Gelder für so etwas gibt.«

Campanard räusperte sich.

»Capitaine, wir haben die Ergebnisse Ihrer, wie ich sagen muss, sehr gründlichen Ermittlungen studiert. Danke, dass Sie sich die Zeit nehmen, uns noch ein paar Fragen zu beantworten, bevor wir uns ans Werk machen.«

Ihr Gesicht verdunkelte sich ein wenig.

»Das werde ich, aber ich würde es begrüßen, wenn Sie meinen Leuten dabei möglichst nicht im Weg sind. Ich bin nicht unbedingt begeistert, dass die Präfektin mir ein Team vor die Nase setzt, das hier parallel ermitteln soll. Ich verstehe auch den Sinn dahinter nicht.« Sie neigte den Kopf und verengte die Augen. »Oder meint sie etwa, wir würden hier keine gute Arbeit leisten?«

»Doch, doch, das tut sie«, erwiderte Campanard behutsam. »Und wir sind nicht hier, um Ihnen den Fall zu stehlen, ganz im Gegenteil. Unsere Arbeit wird Ihre lediglich ergänzen, und Sie werden wenig davon bemerken.«

»Ich kann trotzdem nicht behaupten, dass mir das gefällt.« Dubac nahm Platz und schlug die Beine übereinander. »Hier in Gordes ticken die Uhren anders. Das Dorf hat tausendeinhundert Einwohner. In Sénanque lebt eine Handvoll Mönche. Was, glauben Sie, könnte ich hier übersehen haben?«

»Gewiss gar nichts«, beschwichtigte Campanard.

Ein junger Kellner kam und nahm ihre Getränkebestellungen auf. Dubac bestellte ein Bitter Lemon, Linda eine Cola, und zu Oliviers Überraschung zuckte der Kellner nicht einmal mit der Braue, als Campanard sein grässliches Lavendelsoda bestellte. Dabei schmeckte das Zeug wie eine Aromadusche.

»Capitaine, ich habe mich gefragt, ob der verschwundene Frère noch irgendwo Familie hat oder vielleicht sogar enge Freunde.«

»Sie werden es nicht glauben, das habe ich gleich am ersten Tag nach seinem Verschwinden in Erfahrung gebracht. Die Antwort ist leider nicht hilfreich: nein und nein. Das ist auch der Grund, warum es mir schwerfällt, zu glauben, dass er einfach abgehauen sein soll.«

»Sie glauben, ihm ist etwas zugestoßen …«

»Nun ja, die Schmierereien an der Mauer sind nicht unbedingt beruhigend.«

»Verzeihung«, meldete sich Linda zu Wort. »Der junge Mönch aus dem YouTube-Video mit den blutenden Augen …«

»Das ist Luc. Kein Mönch, ein Novize«, erklärte Dubac augenrollend. »Nicht gerade leicht, ihn zu verhören. Er leidet an einer ausgeprägten Form des Asperger-Syndroms. Wenn er nicht will, redet er nicht. Punkt. Deshalb fühlt er sich im Kloster auch so wohl. Dort ist es hauptsächlich still.«

»Er hat gesagt: ›Der Teufel lebt innerhalb der Mauern‹«, führte Linda aus. »Erinnert doch an die Schmierereien.«

»Ja, dachte ich auch«, erklärte Dubac spürbar ungeduldig. »Blöd nur, dass Luc gerade zu Besuch in Lérins, dem Mutterkloster von Sénanque, war. Lérins liegt auf der Insel Saint-Honorat, direkt vor der Küste.«

»Und die Mönche bauen dort einen hervorragenden Wein an«, ergänzte Campanard. »Vermutlich war der Novize Luc nicht allein unterwegs, wenn man seine besondere Persönlichkeit bedenkt?«

»Natürlich nicht. Er war in Begleitung eines gewissen Frère Bernard.«

Campanard gab mit keiner Regung preis, dass ihm der Name etwas sagte.

»Dieser Bernard, versteht er sich mit Luc?«

»Der ist das genaue Gegenteil. Kommunikativ und charmant. Man fragt sich, warum ihm im Kloster nicht langweilig wird.«

Campanard lächelte.

»Wie lange waren die beiden auf Saint-Honorat?«

»Kurz. Ein, zwei Tage. Wären wohl noch länger geblieben, aber Bernard wollte zurück, sobald er von Arbogast erfuhr.«

»Ah ja. Wie war der Verschwundene denn so?«

Dubac zuckte mit den Schultern. »Nicht besonders redselig, sogar noch etwas asketischer als die anderen. Hat sich nie beschwert und sich jeden Tag für die Suppe und das Löwenzahngemüse bedankt.«

»Hat auch eher mager auf dem Bild ausgesehen, das wir uns angeschaut haben«, ergänzte Olivier.

Die Getränke wurden serviert. Campanard hob sein violettes Lavendelsoda und nahm einen kleinen Schluck.

»Gab es unter den Brüdern welche, mit denen er enger befreundet war?«, fragte der Commissaire.

Dubac zuckte mit den Schultern. »Schwer, das rauszufinden. Von den Mönchen hört man nur, dass sie alle …« Sie räusperte sich und sprach dann in besonders salbungsvollem Tonfall weiter. »Dass sie alle in einer eng verbundenen Gemeinschaft leben, in der kein Bruder von geringerem oder höherem Wert ist als der andere.«

Olivier sah, wie Linda unmerklich mit den Augen rollte. In einem Nonnenkloster hätte sie es keine Stunde ausgehalten, egal, was sie damals geglaubt hatte.

»Aber wenn Sie mich fragen«, fuhr Dubac fort, »dann lag er Frère Bernard wohl besonders am Herzen. Er konnte am meisten über ihn erzählen.«

»Ich verstehe«, erwiderte Campanard. »Eine Sache interessiert mich ganz besonders. Wie Sie bereits erwähnten, gehören die Mönche in Sénanque dem Zisterzienserorden an. Ein Bruder verschwindet nach, nennen wir es, einer gefährlichen Drohung. Gab es vonseiten des Ordens bereits Reaktionen? Ich könnte mir vorstellen, dass sie auch selbst den Vorfall untersuchen möchten.«

Dubac lachte. »Denken Sie, das hätte der Abt mir verraten? Über alles, was nicht direkt Bestandteil der Ermittlungen ist, bewahren die Mönche beharrlich Stillschweigen.«

Campanard nickte. »Innere Angelegenheiten des Ordens mit der Außenwelt zu teilen, ist den Brüdern verboten. Das ist so weit alles, was ich wissen muss.«

Dubac wirkte mit einem Mal etwas verunsichert. »Und ... was werden Sie nun unternehmen?«

»Darüber werden wir in Ruhe beraten. Ich informiere Sie selbstverständlich, falls es relevante Neuigkeiten gibt.«

Dubac nahm ihr Bitter Lemon und trank es langsam aus. »Tun Sie das, Commissaire. Halten Sie mich nicht für die bockige Dorfgendarmin, die sich vor den profilierten Ermittlern aufspielt. Ich will Arbogast genauso finden wie Sie.«

»Ich weiß«, erwiderte Campanard.

Sie nickte unmerklich, dann erhob sie sich.

Olivier sah ihr noch eine Weile hinterher, während sie sich entfernte. Sie war eine Erscheinung, wie sie mit hocherhobenem Haupt davonstolzierte, das musste er ihr lassen.

»Was halten Sie von ihr, Delacours?«, fragte Campanard.

»Minderwertigkeitskomplex, kompensiert durch unfreundliches Auftreten«, antwortete Linda, ohne von ihrer Cola aufzusehen.

»Ich meinte, von dem, was sie erzählt hat und wie sie dazu steht.«

»Oh, sie sagt die Wahrheit. Aber sie ist verunsichert, was das alles zu bedeuten hat. Vielleicht ist da sogar etwas mehr.« Linda neigte den Kopf und blinzelte. »Einmal habe ich geglaubt, Angst zu sehen. Etwas an diesem Fall lehrt sie das Fürchten.«

Campanard schmunzelte.

»Was ist so komisch, Chef?«, fragte Olivier.

»Nichts, nichts, Olivier. Nur eine kleine Albernheit meinerseits.«

»Jetzt müssen Sie es uns auch sagen«, setzte Linda nach und rückte ihre Brille zurecht.

»Nun.« Campanard schien ein Lachen zu unterdrücken. »Ich habe mich mit Ihnen gerade ein wenig gefühlt wie Captain Picard, der Counselor Troi um Rat fragt.«

»Wer fragt wen um Rat?«, fragte Linda verwirrt, während Olivier das Gesicht in den Händen vergrub.

»Ehrlich Chef? *Raumschiff Enterprise?*«

Campanard hob die Hand. »Counselor Troi spürt die Emotionen anderer und wird deshalb immer vom Captain nach ihrer Meinung befragt. Eigentlich genau wie Delacours.«

»Weiß diese Counselor Troi auch, wie wir bei diesem Fall weitermachen?«, fragte sie unbeeindruckt.

Campanard räusperte sich. »Das Erste, was ich tun werde, ist Kontakt mit Bernard aufzunehmen. Sein monatlicher Brief kam leider nicht mehr an, bevor wir abgefahren sind, doch das macht nichts. Ein Telefonat ist ohnedies ergiebiger. Ich werde ein Treffen vereinbaren, idealerweise hier in Gordes. Und ich will, dass Sie beide dabei sind.«

»Vertrauen Sie ihm, Chef?«, fragte Olivier.

»Mit meinem Leben.«

»Und was tun Linda und ich bis morgen?«

»Nachforschungen anstellen«, erwiderte Campanard schlicht.

»Und das heißt …«

»Ich will verstehen, wie sich das Kloster hier im Ort versorgt. Idealerweise sollten wir herausbekommen, welche Mönche das Kloster am häufigsten verlassen und ob Arbogast öfter dabei war. Zuerst müssen wir ausschließen können, dass er sich hier in Gordes bei irgendeinem Bekannten versteckt, von dem niemand etwas weiß.«

»Oder *einer* Bekannten«, warf Olivier ein. »Sprache schafft …«

»… Realität. Völlig korrekt, Olivier.« Campanard versank für einen Moment in seinen Gedanken. »Und woher die Brüder die Gewänder beziehen, ist mir ein besonderes Anliegen. Es wäre gut, wenn wir das bis zum Abend wüssten.«

* * *

»Ha-ha«, rief Linda triumphierend und streckte sich, während sie durch die engen Gassen von Gordes marschierten. »Endlich darf ich mal dabei sein, wenn du ermittelst.«

Olivier verzog den Mund, während er auf Google Maps starrte. »Bei einem unglaublich spannenden Einsatz.«

Linda blinzelte. »Warum, glaubst du, will der Commissaire wissen, wo die Mönche ihre Kleidung shoppen gehen?«

»Die Wege des Chefs sind unergründlich. Jedenfalls gibt es hier in Gordes genau *eine* Schneiderei, Maître Martin, Coutourier. Vielleicht verdient er sich mit Aufträgen aus dem Kloster was dazu. Drei Gassen weiter.«

»Und als was geben wir uns diesmal aus? Touristen? Journalisten?«

»Polizisten«, erwiderte Pierre. »Warum sollte uns der Schneider sonst etwas sagen? Aber eben mit möglichst wenig Aufsehen.«

Die Schneiderei besaß ein alt aussehendes, schmiedeeisernes Gildeschild. Die Schaufenster und der dahinterliegende Laden strahlten im Kontrast dazu eine geradezu kühle Moderne aus.

Aus den hinteren Räumlichkeiten hörte Linda das Rattern von Nähmaschinen. Es roch so stark nach verschiedenen Stoffen, dass sie niesen musste.

»Sie wünschen?«

Eine schwarzhaarige Frau mit strahlend blauen Augen kam nach vorne an den Tresen marschiert. Linda gefiel das, was sie trug, eine körpernah geschnittene Bluse mit Tuschzeichnungen von Vögeln aus der Region über bequem aussehenden Leinenhosen in zartem Fliederton.

»Bonjour. Kriminalpolizei.« Olivier zeigte rasch seine Dienstmarke. »Wir hätten gerne mit Maître Martin gesprochen.«

»Sie steht vor Ihnen«, erklärte die Schneiderin.

»Wirklich? Wieso dann nicht *Maîtresse*?«, platzte es aus Linda heraus.

»War ich mal«, erwiderte Madame Martin. »Die Einheimischen wissen schon, was ich kann. Aber ich mache dreißig Prozent mehr Umsatz bei den Touristen, seit die denken, dass hier ein Mann die Oberaufsicht hat. Gott sei Dank leben wir in einer Welt der absoluten Gleichstellung. Was kann ich für Sie tun?«

Olivier räusperte sich und stützte sich auf dem Tresen ab. »Wir interessieren uns für das Kloster Sénanque. Wissen Sie, wer die Kleidung für die Zisterzienser dort herstellt?«

»Aber ja, Sie steht schon wieder vor Ihnen. Dem Abt, Frère Gérard, ist es wichtig, sie in der Gegend herstellen zu lassen. Obwohl sein Orden wohl auch Möglichkeiten anbietet, den Habit aus Cîteaux zu importieren. Dort liegt angeblich der Ursprung der Zisterzienser.«

»Wie sieht dieser Habit eigentlich aus?«, fragte Olivier.

»Die Tunika ist weiß und dann ein schwarzes Skapulier darüber, ein schulterbreiter Überwurf.«

»Ah, vielen Dank. Liefern Sie nach Sénanque oder kommt jemand die Kleidung holen?«

»Einmal im Monat kommt jemand vorbei. Frère Bernard, ganz freundlicher Kerl. Meistens hat er noch einen zweiten dabei, älter, grinst immer viel, sagt aber wenig. Ein Frère A… Komischer Name. Ich kenn ihn schon lange, aber den Namen kann ich mir nie merken.«

»Arbogast?«, fragte Olivier.

Die Schneiderin nickte. »Ja, genau!«

Pierre warf Linda einen vielsagenden Blick zu.

»Wann waren die beiden denn zuletzt hier?«

»Hmm …« Madame Martin schien zu überlegen. »Vor zwei Wochen war das.«

Linda konnte sehen, wie Pierre die Luft einsog. Nicht lang vor Arbogasts Verschwinden.

»Haben Sie Arbogast seither irgendwo gesehen?«

»Nein. Das hätte ich mir gemerkt, die Mönche sind ja keine unauffällige Erscheinung.«

»Wie waren die beiden denn so drauf bei ihrem letzten Besuch?«

Die Schneiderin zuckte mit einer Schulter. »Der eine charmant wie immer. Dass dieser Bernard ausgerechnet ein Zisterzienser ist, wo bei denen doch so wenig gesprochen wird, ist mir sowieso ein Rätsel. Der andere freundlich und schweigsam. Ich bereite den beiden immer einen Espresso vor, wenn sie kommen. Darüber freuen sie sich besonders.«

Linda konnte die Enttäuschung in Pierres Miene fast schon spüren. Alles wie immer. Das war nicht das, worauf er gehofft hatte.

»Wissen Sie, wohin die beiden sonst noch gehen, wenn sie zu Ihnen kommen? Wäre ja blöd, die Fahrt nicht gleich auch für Einkäufe zu nutzen, oder?«

Die Schneiderin runzelte die Stirn. »Verraten Sie mir auch, warum Sie mich das alles fragen? Haben Sie in Sénanque ein illegales Cannabis-Feld entdeckt, oder was?«

Linda musste grinsen. In der friedlichen Umgebung eines Klosters einen Joint zu rauchen, hatte etwas Reizvolles.

»Arbogast wird vermisst. Deshalb versuchen wir, ihn zu finden.«

Die Schneiderin verengte die Augen. »Und da fragen Sie mich zuerst nach den Tuniken?«

»Wir versuchen herauszufinden, mit wem er Kontakt hatte, und müssen Sie bezüglich dieser Befragung auch um Stillschweigen bitten.«

Linda beobachtete die Miene der Schneiderin genau. Ihr

Misstrauen wich ehrlicher Betroffenheit. Sie hatte definitiv nichts vom Verschwinden des Mönchs gewusst. Ihre eher harsche Art verbarg, dass es hier nicht nur ums Geschäft ging. Linda schätzte, dass sie die beiden Mönche in Wahrheit gut leiden konnte, sich vielleicht sogar jedes Mal auf das Gespräch mit ihnen freute.

»Sie kommen immer mit diesem schwarzen Ford Galaxy. Zuerst machen sie Besorgungen hier im Ort, alles, was eben so anfällt. Dann fahren sie noch zum Monoprix, einem Supermarché, an der Bundesstraße, dann wieder heim. Bei ihrem letzten Besuch hatten sie zwei Tuniken vergessen, die habe ich ihnen zum Wagen nachgetragen. Da habe ich noch gehört, wie Bernard gesagt hat: ›Von Marseille brauchen wir mehr als eine Stunde nach Sénanque, vielleicht verpassen wir das Abendgebet.‹«

»Marseille?« Olivier hob die Augenbrauen, während Linda sich vor ihrem inneren Auge eine Landkarte vorzustellen versuchte. Die Hafenstadt musste ein ganz schönes Stück südlich von Gordes liegen, und soweit sie wusste, führte keine Autobahn hierher. Kein Trip, den man jeden Tag machte.

»Was könnten zwei Zisterzienser aus Sénanque dort gewollt haben?«, fragte Pierre.

»Das kann ich Ihnen nicht sagen.« Die Schneiderin wirkte einen Moment lang abwesend. »Ich lasse die Mönche einfach erzählen, was sie erzählen wollen. Wenn ich richtig informiert bin, müssen sie schwören, dass sie Stillschweigen über alles bewahren, was ihren Orden betrifft. Deswegen frage ich nie.«

Linda nickte. Nicht nur deshalb konnte es der Capitaine mit dem Minderwertigkeitskomplex schwergefallen sein,

Arbogast aufzuspüren. Vermutlich bekam sie immer nur karge Aussagen zu hören. Linda drängte die Schadenfreude zurück. Ein Mensch wurde vermisst. Sie musste sich konzentrieren.

»Die Mönche brauchen jeden Monat neue Kleidung?«, fragte Linda. Pierre schenkte ihr einen Seitenblick. Vermutlich war das nicht gerade die Richtung, die er der Befragung geben wollte.

Die Schneiderin schien sich zu besinnen.

»Ehrlich gestanden, habe ich mich das auch schon gefragt. Aber die Tuniken sind aus sehr leichter Biobaumwolle, die ist nun mal nicht besonders strapazierfähig, und die Mönche arbeiten sehr viel. Ich produziere deshalb immer auf Reserve, nicht auf Anfrage.«

Linda überlegte kurz. »Bekommen Sie auch schmutzige Gewänder zum Reinigen zurück?«

Madame Martin senkte das Kinn. »Sieht das hier etwa aus wie eine Reinigung?«

»Natürlich nicht.« Linda spürte, wie sie rot wurde.

Die Schneiderin seufzte. »Aber sie bringen mir auch keine gerissenen Gewänder. Vielleicht versuchen die Herren selbst ihr Glück, und wenn's nicht funktioniert, entsorgen sie sie.«

Pierre räusperte sich. »Aber wenn Sie schon gerade dabei sind, sich zurückzuerinnern ...« Er schenkte der Schneiderin ein Lächeln. Ein minimales Öffnen ihres Mundes und ein kurzer Blick zur Seite verrieten Linda, dass es seine Wirkung auf die Schneiderin nicht ganz verfehlte. »Wir wissen, dass Frère Arbogast vor einigen Monaten mal verletzt war. Vielleicht ist Ihnen das ja aufgefallen.«

»Ach das, ja, ja. Das war vor etwa einem halben Jahr. Ziemlich wild hat das ausgesehen.« Zu Lindas Überraschung lachte sie.

»Wissen Sie, was passiert ist?«

Die Schneiderin beruhigte sich ein wenig. »Verzeihung. Im ersten Moment war ich richtig geschockt, als sie hier reinkamen. Seine ganze linke Gesichtshälfte war schwarzblau angelaufen. Ganz furchtbar. Wie nach einer Prügelei. Trotzdem hat er gegrinst. ›Mein Bruder hatte eine schlimme Meinungsverschiedenheit mit einer unserer Ziegen‹, hat Bernard mir erklärt. Sein Freund wollte sie melken, aber die Ziege war anderer Meinung. Er hat mir die Szene so lustig nachgestellt … Ich dachte, es müsste wehtun, aber er war dabei so gut gelaunt, dass ich mir nichts gedacht habe. Ist auch gut verheilt, soweit ich sagen kann.«

»Was soll ich sagen, er hätte die Ziege erst um Erlaubnis fragen müssen«, erwiderte Pierre amüsiert, aber Linda erkannte einen Anflug von Enttäuschung in seiner Miene. Das Einzige, was Linda bisher zu den Ermittlungen beigetragen hatte, war in einer Sackgasse geendet.

»Melden Sie sich bei mir.« Pierre reichte Madame Martin eine Karte mit seiner Telefonnummer. »Falls Sie irgendwas von ihm hören oder sehen. Wir wollen nur sicher sein, dass es ihm gut geht.«

»Natürlich«, antwortete die Schneiderin.

»Salut«, rief Linda, nachdem Pierre sich abgewandt hatte, und folgte ihm auf die Gasse.

»Erste Befragung – check«, erklärte sie, während Pierre vor sich hinbrütete.

»Alles okay?« Hatte sie ihn verärgert, weil sie sich eingemischt hatte? Das nächste Mal würde sie sich professioneller verhalten.

»Was wir da gehört haben, gefällt mir nicht«, brummte Pierre.

»Weil Arbogasts Verletzung von einer Ziege stammt?«

»Quatsch. Dieser Frère Bernard. Der Chef ist gut mit ihm befreundet. Aber sowohl Dubac als auch Madame Martin bringen ihn mit Arbogast in Verbindung.«

»Das mit der Befangenheit könnte also zum Problem werden«, überlegte Linda.

»Vielleicht. Ich bin sicher, der Chef zieht sich sofort von dem Fall zurück, sollte Bernard etwas mit Arbogasts Verschwinden zu tun haben. Und das stört mich, ehrlich gesagt.«

»Wieso? Das wäre doch richtig.«

Pierre sah auf und schenkte ihr ein schiefes Lächeln. »Ich will den Fall aber mit dir lösen, Linda.«

»Nun, ich werde ganz gewiss dabei sein, wenn der Commissaire seinen alten Freund trifft.« Ein Lächeln umspielte ihre Lippen. »Und sichergehen, dass er uns auch alles sagt.«

KAPITEL 6

EINE STIMME AUS DER VERGANGENHEIT

»Ah, Monsieur Campanard.« Georges beeilte sich hinter dem Tresen hervor, um ihn zu begrüßen. »Haben Sie schon ein paar Ideen gewälzt? Zu Ihrem Theaterstück, meine ich.«

»Ähm.« Campanard schob seine buschigen Augenbrauen zusammen. »Wir sind gerade dabei, uns einen Überblick zu verschaffen.«

Georges spielte aufgeregt mit den Fingern. »Das stelle ich mir sehr aufregend vor.« Er musste den Kopf leicht in den Nacken legen, um Campanard ins Gesicht zu blicken. »Wissen Sie …« Georges errötete ein wenig. »Ich wollte es nicht vor Ihrem Team erwähnen, aber … ich schreibe auch.«

»Tatsächlich?«

»Ja, ja, Gedichte.«

»Oh, jetzt haben Sie meine Aufmerksamkeit.«

Georges lächelte verschmitzt. »Dürfte ich … Es würde mir viel bedeuten, die Meinung eines Profis zu hören.«

Seine Miene wirkte so hoffnungsvoll, dass Campanard es nicht übers Herz brachte abzulehnen. »Bitte, eines kann wohl nicht schaden.«

»Wirklich? Nun gut …« Georges räusperte sich und bemühte sich um eine ernste Miene. »*Gordes*«, deklamierte er. »*Du Ort der Stille. Wo Kinder widerwillig Grillen killen und wilde Katzen Kätzchen stillen.*«

Säugen, hätte Campanard am liebsten korrigiert, aber er verstand, warum man der Lautmalerei den Vorzug gab.

»*Wo hinter alten, rauen Mauern, graue Geheimnisse laut dauern.*« George hielt inne. Der dramatische Ausdruck in seiner Miene wich der üblichen Neugier. »Und, wie finden Sie's?«

Zu seiner eigenen Überraschung hörte Campanard sich leise lachen. »Auf eine ganz und gar schräge Weise gefällt es mir ein wenig.«

»Oh, wirklich?«

»Aber ja …« Campanard klopfte ihm auf die Schulter. »Jetzt muss ich aber weiter.«

»Darf ich Ihnen bei Gelegenheit wieder etwas vortragen?«

»Aber gern«, antwortete Campanard. Immerhin waren diese Gedichte nicht übertrieben lang.

»Ah, und noch etwas, ich stelle gerade das Menü für heute Abend zusammen. Mögen Sie lieber Loup de Mer oder Lamm?«

»Oh, unbedingt den Wolfsbarsch. Ich hoffe, für meine Kollegin Delacours gibt es auch eine vegetarische Alternative.«

»Gut, dass Sie das erwähnen. Ich lasse mir etwas einfallen.«

Campanard nickte ihm zu und wandte sich gerade ab, als hinter ihm die Tür aufging und eine brünette Dame mit Sonnenbrille ihm einen neugierigen Blick zuwarf. Er lächelte höflich und stieg die Treppe hinauf. Die kühle Ruhe in seinem Zimmer tat gut. Campanard nahm sein Telefon und trat auf den Balkon hinaus, wo Schwalben und Segler in der Thermik der Klippe Kunststücke vollführten. Irgendwo weiter unten wurde der Gesang eines Vogels von den Felswänden zurückgeworfen. Campanard atmete tief durch, dann wählte er eine Nummer. Es klingelte lange, bis sich eine heisere Stimme meldete.

»Abtei Sénanque?«

»Louis Campanard. Ich müsste in einer dringenden Angelegenheit mit Frère Bernard sprechen.«

»Gehören Sie zu seiner Familie?«

»Wir sind befreundet.«

»Bleiben Sie kurz dran, ja? Ich denke, er ist im Kräutergarten.«

»Vielen Dank.«

Campanard hörte ein Rascheln, dann Schritte auf Steinboden. Vermutlich nahm sein Gesprächspartner das Telefon gleich mit. Für einen Moment sah er sich selbst dem Mönch durch die verwitterten Steingänge des Klosters folgen, obwohl er noch nie dort gewesen war.

»Einfach-nur-Campanard?«

Bernards Stimme klang etwas schwächer, als er sie in Erinnerung hatte. Trotzdem fühlte Campanard Wärme in sich aufsteigen.

»Mein alter Freund.«

Ein leises Windgeräusch am anderen Ende der Leitung verriet ihm, dass Bernard sich tatsächlich im Freien befand.

»Dich zu hören, tut gut.«

»Ich bin in Gordes, Bernard.«

Stille.

»Du bist hier?«

»Ja, um Arbogasts Verschwinden aufzuklären.«

»Dann weißt du …«

»Können wir uns treffen? Es tut mir leid, dass unser Wiedersehen unter diesem Stern stattfindet, aber ich möchte helfen, und ich fürchte, die Zeit drängt.«

»Louis ... Ich muss dich warnen.« Er senkte seine Stimme. »Hier gehen seltsame Dinge vor sich. Ich weiß nicht, ob man hier noch sicher ist ... Das gilt selbst für die Polizei.«

»Was soll das heißen? Hat dich jemand bedroht? Wir können dich sofort abholen.«

»Nein, komm nicht her. Ich komme zu dir. Um zehn kann ich in Gordes sein. Wo finde ich dich?«

»Hôtel d'Alouette. Hier können wir in Ruhe reden.«

»Gut.«

Campanard hörte ein tiefes Seufzen.

»Es fühlt sich gut an, dass du da bist. Vielleicht gibt es doch einen Ausweg.«

»Was ist mit der Leitung eures Ordens? Dem Generalabt. Gibt es interne Untersuchungen?«

»Sie sind informiert, warten aber die polizeilichen Ermittlungen ab.«

»Bernard, erzähl mir nur ...«

»Ich kann nicht länger reden. Bin nicht allein.«

»Verstehe. Au revoir, mein Freund.«

»Au revoir.«

Campanard ließ das Telefon sinken und brummte leise.

In Sénanque herrschte eine Atmosphäre der Angst, die sogar die hartgesottene Capitaine Dubac nicht kaltgelassen hatte. Vermutlich waren andere Kräfte am Werk als ein Mönch, der ein bisschen Urlaub machen wollte.

***

»Erst sechs. Wir haben noch ein bisschen Zeit bis zum Abendessen.« Olivier senkte seine Uhr, dann grinste er. »Was hältst du davon, wenn wir den Wellnessbereich ausprobieren? Soll ganz gesund sein, habe ich gehört.«

»Meinst du nicht, wir haben heute schon genug geschwitzt?«

»Das ist was anderes. Das hier ist gewolltes Schwitzen.«

»Ah.« Linda schien einen Moment zu überlegen. »Warum nicht? Die Liegebetten im Garten klingen verlockend.«

»Na dann. Treffen wir uns in einer Viertelstunde unten?«

»Gern.«

Sie stiegen die Treppen hinauf. Georges war nirgends zu sehen. In seinem Zimmer angekommen, hörte Olivier ein protestierendes Maunzen. Trépied kam herangehoppelt und strich ihm um die Beine.

»Ey, mon ami.« Olivier kraulte dem Kater den Kopf, der sofort wild zu schnurren begann. »Was hältst du von einem Snack?«

Er ging zu Trépieds Schüssel und füllte sie mit Trockenfutter. Sobald der Kater zu fressen anfing, begann Olivier, sich umzuziehen. Dankenswerterweise befanden sich ein dunkelblauer Bademantel, Einwegbadeschuhe und ein paar Badetücher im Schrank. Olivier besaß keinen Bademantel, geschweige denn hätte er daran gedacht, einen mitzunehmen.

Für einen Moment spielte er mit dem Gedanken, auch Campanard zu fragen, ob er Lust hatte mitzukommen. Aber die Vorstellung war ihm dann doch zu seltsam – auch wenn der Chef ziemlich sicher eingewilligt hätte.

Olivier schloss die Tür ab und stieg langsam die Treppen herunter. Sein Körper gab ihm deutlich zu verstehen, dass er seine Energievorräte weit überschritten hatte. Sein Herz pochte beunruhigend schnell, und ihn schwindelte ein wenig. Nichts, womit er mittlerweile nicht schon zu leben gelernt hatte.

Im ersten Stock hörte er Schritte und hob den Kopf.

»Chef?«, hauchte er ungläubig.

Campanard kam ihm über den Gang entgegen, in haargenau dem gleichen Outfit wie Olivier. Nur dass sich sein Bademantel nicht komplett schließen ließ und sein dunkles Brusthaar zu sehen war.

»Ah, Olivier.« Campanards Wangen waren gerötet und glänzten ein wenig. »Ich nehme an, Sie wollen die Annehmlichkeiten des Hotels ebenfalls ausprobieren?«

»Ja, Linda und ich wollten die Zeit vor dem Abendessen nutzen.«

»Lassen Sie sich nicht stören. Ausgesprochen empfehlenswert, kann ich nur sagen.«

Olivier kniff die Augen zusammen.

»Der Wellnessbereich ist im Erdgeschoss, Chef.«

»Ja, ja, natürlich.«

»Was machen Sie dann hier?«

»Oh ... *oh*. Ich habe mich wohl im Stockwerk geirrt.«

Olivier runzelte die Stirn. »Das ist nicht mal unsere Seite des Gangs ...«

Campanard zuckte mit den Schultern.

»Manchmal, wenn ich in Gedanken bin, vergesse ich Zeit und Raum. Fröhliches Schwitzen, Olivier!« Er klopfte ihm auf die Schulter und ging die Treppen hinauf.

***

Olivier atmete tief durch. So langsam öffneten sich seine Poren, und er spürte, wie der Schweiß sich kitzelnd seinen Weg an die Hautoberfläche bahnte. Gott sei Dank handelte es sich um eine Biosauna mit einigermaßen erträglichen Temperaturen. Er war sich nicht sicher, ob sein Kreislauf eine finnische Sauna aushalten würde.

Linda saß mit übereinandergeschlagenen Beinen neben ihm, ein Badetuch um die Brust gewickelt, den Kopf in den Nacken gelegt.

Olivier versuchte, nicht zu oft hinzusehen, obwohl seine Augen beinahe magnetisch von ihren nackten Beinen angezogen wurden.

»Du hattest recht, das ist ziemlich angenehm«, seufzte sie.

»Mhm!« Olivier schloss die Augen. Es roch wunderbar, nach einer Mischung aus Rosmarin und Oregano.

»Ich habe den Chef getroffen. Er war wohl schon vor uns hier.«

»Ah ja? Na, ist doch schön für ihn.«

»Hm ...«

Linda hob den Kopf. »Was?«

»Ich habe ihn im falschen Stockwerk erwischt. Wenn ich's nicht besser wüsste ...«

Olivier grinste, während Linda die Stirn runzelte.

»Meinst du echt, dass er ...«

»Ich weiß nicht. Nur so ein Gefühl.«

Linda schüttelte den Kopf.

»Ich meine, wie lange hatte er Zeit, ein paar Stunden? Das ist nicht viel, um jemanden kennenzulernen.«

»Wenn man beim Kennenlernen spart ...«

»Ich glaube, du irrst dich.«

»Leider warst du nicht dabei, um ihn zu *delacouren*. Ich fand es jedenfalls verdächtig.«

Lindas Mundwinkel zuckten. »Pass auf, wir machen ein Spiel daraus. Heute beim Abendessen sehen wir uns die Gäste an und raten, wer es sein könnte. In Ordnung?«

»Weiß nicht, ich will ihn doch nicht in Verlegenheit bringen.«

»Wir machen das ganz heimlich. Und morgen tauschen wir unsere Tipps aus.«

Olivier beugte sich ein wenig zu ihr. »Da hast du mit deinem Talent aber einen unfairen Vorteil.«

»Dafür fehlt mir die Erfahrung eines Polizisten. Gleiche Voraussetzungen, würde ich sagen. Die Gewinnerin bekommt ein Eis ihrer Wahl.«

»Die Gewinner*in*?«

Linda schenkte ihm ein kleines Lächeln.

»Na schön. Aber nicht, dass du dich verkalkulierst.« Er streckte Linda die Hand hin.

Sie schlug ein. »Bestimmt nicht!«

***

»Leider muss ich Sie informieren, dass unser Arbeitstag noch nicht zu Ende ist.« Campanard spießte einen Bissen Wolfsbarsch zusammen mit einer gebratenen Zucchiniblüte auf die Gabel und schob sie sich genüsslich in den Mund.

Linda hob die Augenbrauen. Sie hatten dem Commissaire bereits alles erzählt, was sie in der Stadt herausgefunden hatten.

»Mein Freund Frère Bernard kommt heute noch aus Sénanque und wird uns hier im Hotel treffen. In unserem Besprechungsraum im ersten Stock.«

»So, so, im ersten Stock«, antwortete Linda beiläufig und biss in ein Stück gebratenen, mit hauchdünnen Auberginenscheiben umwickelten Ziegenkäse.

Aus den Augenwinkeln erkannte sie, wie Pierre sich die Stirn rieb. Wahrscheinlich doch kein geheimes Tête-à-Tête. Der Commissaire hatte sich vielleicht einfach ihren Arbeitsraum angesehen. Trotzdem ließ Linda für einen Moment ihren Blick über die Abendgesellschaft gleiten, während Georges ihnen eifrig Wein nachschenkte. Ein junges Paar, dessen Wanderrucksäcke am Tisch lehnten, während die beiden auf ihre Handys starrten. Ein älterer Herr mit Lesebrille, der konzentriert in einem Buch über die Dörfer im Luberon las. Eine sechsköpfige Frauenreisegruppe aus Australien, die unter lautem Gelächter versuchte, die französischen Namen der Speisen auf der Karte auszusprechen. Linda kniff die Augen zusammen. Vielleicht eine von denen ...

»Das klingt ein bisschen ungewöhnlich. So bei Nacht. Als würde er nicht wollen, dass seine Brüder etwas davon mitkriegen«, sagte Pierre.

Campanard zeigte mit der Gabel auf Pierre. »Ganz genau. Und wieso sollte er das nicht wollen?«

»Der Teufel lebt innerhalb der Mauern«, murmelte Linda. »Vielleicht hegt er den Verdacht, dass jemand im Kloster für das Verschwinden von Arbogast verantwortlich ist.«

Campanard seufzte und nahm einen Schluck Wein. »Ich hoffe, wir liegen falsch und unser lieber Arbogast vergnügt sich mal so richtig. Ich könnte es ihm nicht verdenken. So was kann wahre Wunder bewirken.«

Pierre räusperte sich.

»Olivier, ist mit dem Lamm alles in Ordnung?«

»Nur ein Rosmarinblatt in die Kehle bekommen. Chef, was könnten Arbogast und Bernard Ihrer Meinung nach in Marseille getrieben haben? Die Zisterzienser haben dort keine Niederlassung. Besorgungen können kaum der Grund gewesen sein. Von hier aus ist man schneller in Avignon oder Aix-en-Provence, wo es gleichzeitig ein bisschen, na ja, übersichtlicher ist als in Marseille.«

Campanard strich sich nachdenklich über den Bart.

»Marseille hat Bernard mir gegenüber ein paarmal erwähnt. Es klang nach einem Ort, der ihm vertraut war. Ich werde ihn danach fragen.«

Der Gedanke an die Vergangenheit löste etwas in der Miene des Commissaires aus. Linda konnte es deutlich erkennen. Leichte Kontraktionen der unteren Lidmuskeln, Anspannung der mittleren Oberlippe, bei ihm nur sichtbar durch das scheinbare Hinunterwandern seines Schnauzers.

Schmerz.

»Woher kennen Sie einander, wenn ich fragen darf?«

Die Augen des Commissaires flitzten einen Moment zur Seite, dann lehnte er sich zurück und betrachtete Linda mit offenem Blick. Ein Gesichtsausdruck, der sagen sollte, dass er nichts verbarg.

»Das war, bevor ich die Stelle in Grasse angenommen habe. Wir kamen ins Gespräch und trafen uns eine Zeit lang regelmäßig auf ein Spielchen Backgammon.«

Sie nippte an ihrem Wein und wartete, bis sich die Aromen des Rosés auf ihrer Zunge entfalteten. Süße und Säure. Hand in Hand.

Campanard räusperte sich. »Da ist noch etwas, auf das wir achten sollten. Sie beide haben heute gehört, dass Arbogast und Bernard eine Art Dream-Team waren. Immer gemeinsam unterwegs, um Aufträge für das Kloster zu erledigen, hier in Gordes, sogar in Marseille. Außer das eine Mal, das uns besonders interessiert …« Er sah Pierre und Linda erwartungsvoll an.

»Als die Klostermauern beschmiert wurden und Arbogast verschwand«, schloss Pierre. »Bernard war auf der Klosterinsel Saint-Honorat, aber nicht mit seinem Kumpan, sondern mit dem jungen Luc. Eine seltsame Wahl, wenn wir Capitaine Dubacs Beschreibung heranziehen. Luc scheint niemand zu sein, der gern neue Leute kennenlernt.«

»Vielleicht wollte jemand die beiden trennen und Bernard aus dem Weg haben«, überlegte Linda.

Campanard wollte etwas sagen, verstummte aber, als Georges erneut herankam und die Teller abservierte.

»Monsieur Campanard«, erklärte er mit vor Aufregung geröteten Wangen. »Darf ich Ihnen schon die Crème brûlée servieren?«

»Ja, gern, vielen Dank«, brummte Campanard und wich seinem Blick aus.

Erst jetzt schien Georges Linda und Pierre zu bemerken. »Ihnen natürlich auch, ja? Ich meine, kreatives Schaffen verbraucht viel Energie, nicht wahr?« Er klopfte Campanard auf die Schulter, dann strich er sich über seinen Bauch und lachte. »Davon kann ich ein Lied singen.«

»Klar, können Sie gerne schon bringen«, erwiderte Pierre.

»Ziemlich enthusiastisch«, bemerkte Linda, nachdem Georges davongeeilt war.

Campanard seufzte und vergrub das Gesicht in seinen Händen. »So scheint es.«

Pierre sah sich um. »Schmeißt er den ganzen Laden allein?«

»Nein, er hat zwei Küchenhilfen und vier Angestellte für die Reinigung.«

»Sie haben heute wohl schon mit ihm geplaudert?«

»Sagen wir, ich habe den Guten ein wenig ermutigt – vielleicht ein bisschen zu viel.« Campanard nahm einen bedächtigen Schluck Wein und sah auf seine bunte Swatch. Auf dem ausladenden Zifferblatt sah Linda ein bekanntes Gemälde vom Sonnenkönig Ludwig XIV. – mit Sonnenbrille und Zigarre.

Le roi, c'est moi, stand in roten Lettern darüber. Der König bin ich.

»Die Crème brûlée müssen wir rasch genießen. Bernard wird in fünfzehn Minuten hier sein.«

»Fällt mir nicht schwer, ich steh auf das Zeug«, erwiderte Pierre und streckte sich, was ihm einen vorwurfsvollen Blick einer brünetten Dame am Nachbartisch einbrachte.

Kurz darauf kam Georges mit einem Tablett angehastet und servierte jedem von ihnen eine großzügige Schüssel der Crème.

»Ich bereite sie mit einem kleinen Extra zu und aromatisiere die Crème mit Orangenschalen aus unserem Garten, das harmoniert wunderbar mit der Karamellkruste«, erklärte er an Campanard gewandt.

Linda spürte, wie ihr das Wasser im Mund zusammenlief. Immer wieder fiel ihr auf, wie wichtig die Leute in der Provence das Essen nahmen. Irgendetwas schnell zwischendurch zu essen, so wie Linda das früher in Paris immer praktiziert hatte, das passierte hier kaum. Inzwischen hatte sie sich schon so sehr daran gewöhnt, dass sie der Gedanke daran, nur fünfzehn Minuten Zeit für ihr Dessert zu haben, bereits irritierte.

»Vielen Dank, Georges.« Linda beobachtete amüsiert, wie der Commissaire den Hotelbesitzer mit einem freundlichen Nicken zu verscheuchen versuchte. Zumindest ließ dieser sich nicht zweimal bitten.

Linda wandte sich ihrer Crème brûlée zu, schlug mit der Löffelunterseite gegen die Karamellkruste und lauschte auf das leise Knacken. Als sie aufsah, erkannte sie, dass Pierre schon gut ein Drittel davon verputzt hatte.

»Sie haben wieder mehr Appetit, Olivier?«

Linda sah, wie Campanard Pierre aufmerksam musterte, während dieser beim Essen innehielt, Linda einen kurzen Seitenblick zuwarf und dann den Kopf senkte.

»Alles gut«, murmelte er.

Linda runzelte die Stirn. »Was …«

Eine Sirene unterbrach ihr Gespräch. Die Gespräche um sie herum verstummten. Der junge Mann und seine Freundin hoben ihre Köpfe.

Die gemütliche Atmosphäre im Speisesaal wich von einem Moment zum nächsten einem Gefühl von Bedrohung, das Linda nicht genau fassen konnte. Immerhin war es nur eine Sirene, wie sie sie daheim in Paris einmal die Woche testeten. Das laute Auf- und Abschwellen verklang. Kurz darauf hörte Linda neue Sirenen, diesmal waren sie in Bewegung.

»Einsatzwagen«, kommentierte Pierre und wechselte einen Blick mit Campanard.

Die Polizeisirenen in Grasse kannte Linda mittlerweile. Diese hier klangen anders, langsamer und in Moll gehalten.

»Feuerwehr, Rettung ... und Gendarmerie«, murmelte Campanard mit geschlossenen Augen.

»Gordes ist winzig«, murmelte Olivier. »Was immer passiert ist, es muss in der Nähe sein. Chef, vielleicht können wir helfen.«

Campanard nickte. »Lassen Sie uns hinausgehen.«

Sie erhoben sich und verließen den Speisesaal. Linda lauschte auf die Sirenen, die sich immer weiter zu entfernen schienen.

»Nein«, murmelte sie. »Das ist außerhalb des Orts. Vielleicht sehen wir vom Balkon aus besser.«

»Ich rufe Dubac an«, hörte sie Campanard sagen, während sie in den dritten Stock hinaufliefen. Linda war die Erste, die ihr Zimmer aufgesperrt hatte. Einen Moment lang fühlte es sich seltsam an, ihre Kollegen in ihr Zimmer einzuladen. Aber was gab es hier schon zu sehen?

Mit ein paar Schritten durchquerte sie den Raum und öffnete die Balkontür. Ein angenehm kühler Wind schlug ihr entgegen und blies ihr ein paar Haarsträhnen ins Gesicht. Es war immer noch dämmrig, nicht völlig dunkel. Am hellblauen Nachthimmel leuchteten die Sterne, im Westen hatten sich ein paar dunkle Wolkentürme aufgebaut. Nur das Zirpen der Grillen und das ferne Heulen der Sirenen drangen an ihr Ohr.

Doch das alles nahm Linda nur am Rande wahr.

»Feuer«, flüsterte Pierre.

KAPITEL 7
INFERNO

Campanards Blick saugte sich an dem lodernden Feuerball fest, der den schwarzen Pinienwald in ein paar Kilometern Entfernung erhellte. Weiter entfernt sah er das Blaulicht der Einsatzfahrzeuge, die sich dem Brandherd näherten.

»Sieht nach einem Autounfall auf der Landstraße nach Gordes aus«, kommentierte Olivier.

Campanard blickte auf die Uhr. Fünf vor zehn. Sein Herz begann heftig zu pochen.

»Kommen Sie, wir fahren«, stieß er gepresst hervor.

»Aber was ist mit Frère …«, fragte Delacours.

»Wir *fahren*«, unterbrach Campanard sie und durchquerte bereits mit ausladenden Schritten das Zimmer.

Er lief die Treppen hinunter und hörte, wie Olivier und Delacours ihm folgten.

»Monsieur Campanard, Ihre Crème …«, rief ein verdutzter Georges am Treppenabsatz, aber Campanard brachte ihn mit einer entschiedenen Handgeste zum Schweigen.

Er ließ Delacours vorn im Auto Platz nehmen und setzte sich auf die Rückbank.

»Ich bin nicht sicher, wohin ich fahren soll«, erklärte Olivier, sobald er am Steuer saß.

»Route de Sénanque«, erklärte Campanard. »Zweigt kurz nach der Ortsausfahrt rechts ab.«

Das braune Schild in Richtung des Klosters war ihm bei der Ankunft in Gordes aufgefallen.

»Sie glauben …«

»*Fahren Sie*, Olivier.«

Das Auto glitt quälend langsam durch die engen Kopfsteinpflastergassen von Gordes, bis sie endlich die Ortsausfahrt erreichten. Campanard musste nichts sagen, damit Olivier das Gaspedal durchdrückte.

Sie sausten die steile Bergstraße hinunter und bogen scharf auf die winzige Landstraße ab. Die Abtei war keine drei Kilometer entfernt. Pinienwälder, Wacholdergebüsch und die dunklen Schatten einzelner Olivenbäume glitten an ihnen vorbei, ehe die Straße von orangefarbenem Feuerschein erhellt wurde.

Campanard lehnte sich nach vorn und sah zwischen den beiden Vordersitzen hindurch.

Ein Van, vielleicht ein Ford Galaxy, stand am Straßenrand, die Front komplett eingedrückt vom Stamm einer mächtigen Zeder, deren Äste sich über die Straße streckten.

Der Wagen, oder was von ihm übrig war, war ein einziger lodernder Feuerball. Die Flammen hatten bereits auf den Baum übergegriffen und die unteren Äste in Brand gesteckt.

»Scheiße«, flüsterte Olivier.

»Halten Sie an«, rief Campanard und sprang aus dem Wagen, als dieser noch ein wenig rollte.

Ein kleiner Feuerwehrwagen stand in der Nähe des brennenden Autos. Etwas abseits ein Gendarmerie- und ein Rettungswagen.

»Sie können hier nicht durch. Hier ist es gefährlich.«

Ein Gendarm stellte sich Campanard in den Weg. Dieser

streckte den Arm aus und schob den Mann beiseite, seine Augen immer noch auf den glühenden Feuerball gerichtet.

»Stopp!«, rief der Gendarm.

»Warten Sie ...« Das war Oliviers Stimme, der dem Polizisten offensichtlich gerade seine Dienstmarke zeigte.

»Was treiben Sie da!«, rief einer der Feuerwehrmänner, als Campanard auf den lodernden Wagen zulief.

Ein Schwall von Hitze schlug ihm entgegen, und er hielt sich den Arm schützend vors Gesicht. Sein Blick glitt an dem brennenden Fahrzeug vorbei zum Rettungswagen, vor dem zwei junge Sanitäterinnen standen und betroffen in die Flammen starrten.

»Ist da noch jemand drin?«, rief er über das Lodern hinweg.

Die Hitze brannte auf seiner Haut, keine Chance, näher an das Auto heranzukommen.

»Wasser marsch!«, rief jemand.

Ein Hochdruckwasserstrahl schoss an Campanard vorbei auf den Brand zu. Ein ohrenbetäubendes Zischen war zu hören, als sich Dampfschwaden in alle Richtungen ausbreiteten.

Instinktiv wich er ein paar Schritte zurück.

Sobald der Wasserstrahl verebbte und das verkohlte Wrack zwischen den Schwaden auftauchte, lief Campanard darauf zu.

»Sind Sie verrückt, Mann?«, rief irgendjemand, aber er nahm es kaum wahr.

Die Seitenfenster. Wenn man jemanden aus einem Fahrzeug befreien wollte, dann war es das Beste, diese einzuschlagen.

Er bückte sich und hob einen babykopfgroßen Stein auf,

dann schlug er ihn mit voller Wucht gegen das Fenster, das in tausend Splitter zerbrach.

Campanard fasste ins Wageninnere. Der Griff der Autotür war schmerzhaft heiß, aber er ließ sich noch betätigen.

Mit geschlossenen Augen beugte er sich ins Innere des Wagens hinein. Dieser Geruch ... nicht nur der stechende Qualm, sondern noch etwas anderes. Verbranntes Fleisch ...

Für einen Moment hielt er die Luft an, um den Brechreiz zurückzudrängen.

Qualm stach ihm in die Augen, trotzdem konnte er sich nicht abwenden. Eine verkohlte Gestalt saß über das Lenkrad gekrümmt auf den Überresten des Fahrersitzes. Gewänder und Haut waren wie miteinander verschmolzen. Am rechten Handgelenk der Gestalt blitzte etwas.

Campanard presste die Lippen zusammen.

»Machen Sie Platz!« Jemand ergriff ihn an der Schulter und zog ihn zurück. Diesmal gab er nach.

Ein Feuerwehrmann bückte sich in den Wagen hinein, während eine der Sanitäterinnen ihn mit blasser Miene beobachtete. Genau wie die anderen Umstehenden musste sie wohl gewusst haben, dass niemand diese Flammenhölle überlebt haben konnte.

»Chef.« Olivier kam auf ihn zugelaufen, Delacours ein paar Schritte hinter ihm. Während Olivier ihn noch fragend anblickte, schien Delacours ein kurzer Blick in sein Gesicht genügt zu haben, um zu wissen, was er gesehen hatte.

»Ist es ...«, fragte Olivier und brach ab, als er das Beben in Campanards Miene erkannte.

***

»Na dann, bonne chance«, erklärte Bernard und ließ die Würfel springen. Er rieb sich zufrieden die Hände, als er zwei Sechsen erkannte. »Pasch!«

»Mir scheint, du hast einen unfairen Vorteil«, brummte Campanard und deutete mit dem Zeigefinger zum Himmel. Bernard grinste und zog mit seinen schwarzen Steinen über das Feld. Er schlug einen von Campanards Steinen und legte ihn auf die Bar, den Mittelbalken des Spielfelds.

»Ich fürchte, der Herr hat keine Zeit, um jemandem ein glückliches Händchen im Spiel zu gewähren. Mein Erfolg ist wohl nur meinem bescheidenen Talent zu verdanken.«

»Bescheiden«, wiederholte Campanard, hob eine Augenbraue und musterte den hin und her wackelnden Goldanhänger an Bernards Handgelenk, während dieser einen weiteren Spielstein zog und noch einen von Campanards Steinen vom Spielfeld verbannte.

»Apropos, mir war nicht bewusst, dass Mönche Goldschmuck besitzen dürfen.«

Bernard richtete sich auf. »Tss! Tss! Tss! Die katholische Kirche ist doch keine Sekte, die allen ihre Besitztümer abnimmt, mein Freund.«

»Dazu gibt es unterschiedliche Meinungen, habe ich gehört.«

Der Mönch beugte sich ein bisschen nach vorn und hielt den Anhänger still, sodass Campanard ihn genauer betrachten konnte.

Eine Figur in einer Kutte mit einer Bibel und einem Stab. »Mein persönlicher Glücksbringer. Bernhard von Clairvaux. Vielleicht der wichtigste Heilige unseres Ordens. Seinetwegen wurden die Zisterzienser früher auch Bernhardiner genannt.«

»Ich habe eine Ahnung, warum sich dieser Name nicht durchgesetzt hat.«

Bernard ließ seinen Arm sinken. »Etwas zu belächeln, ist immer einfacher, als sich für etwas starkzumachen, das einem am Herzen liegt.«

Campanard wich seinem Blick aus und starrte das Backgammon-Brett an. »Ich muss einräumen, der heilige Bernhard scheint ein ausgesprochen guter Glücksbringer zu sein. Immerhin begleitet und beschützt er Dante in Die Göttliche Komödie, bevor dieser die erste Stufe der Hölle betritt.«

»Das wusste ich gar nicht«, *entgegnete Bernard mit hochgezogenen Augenbrauen.*

»Bestell ihm beste Grüße, vielleicht hat er dann bei der nächsten Partie Erbarmen mit mir.«

Bernard stützte den Kopf auf die Ellbogen.

»Weißt du, was das Schöne ist, Einfach-nur-Campanard? Um Erbarmen braucht man nicht zu bitten.«

* * *

»Was zum Teufel tun Sie hier?«

Das flackernde Blaulicht schimmerte auf Capitaine Dubacs wütender Miene.

Campanard blinzelte. Die Erinnerung verflog.

»Ich dachte, Sie brauchen vielleicht Hilfe.«

»Von Ihnen? Bei einem Autounfall?«

»Wir haben den Brand vom Hotel aus gesehen«, ergänzte Olivier, der still neben Campanard aufgetaucht war. »Aus der Ferne hätte das hier sonst was sein können.«

Dubac verschränkte die Arme. »Zum Beispiel?«

»Wir haben die Lage falsch eingeschätzt«, erwiderte Campanard. »Und Sie haben recht, Capitaine, hier waren wir leider überflüssig.«

»Aha, überflüssig. Deshalb sind Sie also auf einen brennenden Wagen zugerannt?«

»Kommt der Wagen aus Sénanque?«, fragte Campanard und bemühte sich, Dubac nicht merken zu lassen, wie aufgewühlt er war.

Die Gendarmin funkelte ihn kurz an, dann nickte sie.

»Was ich gesehen habe, lässt mich vermuten, dass es sich bei dem Toten um Frère Bernard handelt.«

Bebte seine Stimme? Es kam ihm jedenfalls so vor.

Delacours musterte ihn von der Seite. Campanard wünschte, sie würde wegsehen.

»Sie meinen das Unfallopfer?« Dubac wirkte verwirrt.

»Den Toten«, wiederholte Camapanard. »Es ist Bernard. Sie gestatten doch, dass wir uns das Fahrzeug ansehen?«

Ohne Dubacs Antwort abzuwarten, wandte er sich wieder dem Wagen zu und näherte sich ihm.

Die Sanitäter hatten die Leiche mithilfe der Feuerwehrmänner aus dem Wagen geholt.

»Ich habe ein paar Fotos gemacht«, murmelte Olivier.

Campanard antwortete nicht.

Die verkohlte Leiche lag auf einer Trage. Gekrümmt, als hätte sie sich im Tod in den Mutterleib zurückgesehnt.

Campanard ging an dem Wrack vorbei und bückte sich.

Der glitzernde Anhänger des heiligen Bernhard an seinem Handgelenk war das Einzige an Bernard, das unversehrt geblieben war. Eigentlich das Gegenteil dessen, was man sich von einem Schutzheiligen erhoffte.

Campanard seufzte, streckte die Hand aus und berührte für einen Moment das verkohlte Fleisch an Bernards Wange.

Nach einer Weile erhob er sich wieder.

»Olivier«, sagte er etwas lauter, als nötig gewesen wäre. »Wieso hat dieser Wagen gebrannt?«

»Keine Ahnung, Chef … Reibung, Hitze, geplatzter Benzintank … So was vielleicht?«

»Der Benzintank«, murmelte Campanard. »Normalerweise sitzt er unter der Rückbank oder über der Hinterachse. Platzen könnte er bei einem besonders heftigen, seitlichen Aufprall im hinteren Drittel des Wagens, wohl kaum bei einem Frontalcrash.«

»Dann die Batterie?«, fragte Olivier.

Campanard schüttelte den Kopf. »Das ist kein Elektroauto. Es gibt nur einen klassischen Bleiakku, die Energiedichte ist anders als bei Lithium und in der Regel zu gering, um einen Brand zu ermöglichen.«

Olivier hob die Augenbrauen.

»Was?«, fragte Campanard.

»Nichts, nur ein wenig überrascht, dass Sie doch ein bisschen was von Autos verstehen.«

»Sehen wir uns den Wagen an. Sie bitte auch, Delacours.«

Sie wandten sich dem ausgebrannten Fahrzeug zu.

Schritt für Schritt. Wenn Campanard sich ganz auf die Ermittlung fokussierte, ließ sich seine Verzweiflung vielleicht im Zaum halten.

»Die Karosserie ist abgekühlt. Olivier, würden Sie die Motorhaube öffnen?«

»Welche Motorhaube?«

Eine berechtigte Frage. Die Front des Vans war so stark

eingedrückt und verkohlt, dass sie sich kaum abgrenzen ließ.

»Was machen Sie da?«

Dubac hatte sich zu ihnen gesellt und bedachte Olivier mit einem finsteren Blick. »Murksen Sie mir nicht an der Unfallstelle herum. Wir haben bereits ein forensisches Team aus Avignon angefordert. Sie sind unterwegs und werden den Unfallhergang rekonstruieren.«

Campanard nickte. »Ausgezeichnet. Und dazu bitte noch die Todesursache feststellen.«

»Ich denke nicht, dass es dabei große Überraschungen geben wird.«

»Da mögen Sie recht haben. Aber vielleicht nur deshalb, weil der Körper so stark verkohlt ist, dass gewisse Einflüsse nicht mehr nachweisbar sind.«

»Gewisse Einflüsse? Sehen Sie sich diesen Wagen an.«

»Danke, das wollte ich gerade. Olivier, öffnen.«

Die Finger des Inspecteurs fanden eine Stelle, wo der Schlitz der Motorhaube noch abgrenzbar war, und stemmten sie auf.

Kohlepartikel rieselten in den Motorraum, während sie sich darüberbeugten.

»Wäre der Brand von der Batterie oder dem Motor ausgegangen, dann wäre hier drin alles miteinander geschmolzen«, brummte Campanard.

Olivier kniff die Augen zusammen. »Sieht trotzdem nicht gut aus. Scheint aber größtenteils der mechanische Schaden durch den Aufprall zu sein.«

»Was wollen Sie sagen?« Dubac richtete sich auf und stemmte die Hände in die Hüften.

»Meine Meinung gilt nicht viel, bevor die Spezialisten den Tatort untersucht haben.«

»Sie meinen Unfallort …«

»Delacours, Olivier, kommen Sie. Wir wollen Capitaine Dubac nicht weiter bei der Arbeit stören.«

»Das fällt Ihnen früh ein.«

»Eine wunderbare Nacht wünsche ich noch.« Campanard nickte mechanisch und ging an ihr vorbei.

Zurück in ihrem Wagen vergrub er für einen Moment sein Gesicht in den Händen, ehe er zwischen seinen Fingern Delacours' grüne Augen im Mittelspiegel erkannte.

Er richtete sich auf und schnallte sich an.

Ohne ein Wort betätigte Olivier das Gaspedal und wendete. Während sie davonfuhren, sah Campanard sich noch einmal um, bis sie um die nächste Kurve gefahren waren.

Wenige Minuten später parkte Olivier wieder vor dem Hôtel d'Alouette. Schweigend stiegen die *Obscurs* aus dem Wagen.

»Wir sind fertig für heute«, erklärte Campanard matt. »Mein Vorschlag wäre, dass wir uns morgen um sechs Uhr dreißig beim Frühstück treffen. Es gibt viel zu tun.«

»Chef … Täusche ich mich oder ermitteln wir jetzt in einem Mordfall?«, fragte Olivier.

Einen Augenblick lang sah Campanard ihn schweigend an. »Das Feuer ging vom Innenraum des Vans aus«, erwiderte er schlicht.

Einen Moment lang wartete Olivier darauf, dass der Commissaire noch etwas sagte. Dann nickte er kurz und wandte sich ab.

»Ich komme gleich«, erklärte Delacours, als er sich nach

ihr umdrehte. Sie wartete, bis er im Hotel verschwunden war, dann wandte sie sich wieder Campanard zu.

Vorsichtig hob sie die Hand, zögerte kurz, dann streckte sie sie aus und berührte ihn an der Wange. Sie schien etwas sagen zu wollen, aber dann nickte sie nur, ließ ihren Arm sinken und verschwand mit raschen Schritten im Hotel.

Campanard blieb allein zurück, das Echo ihrer Berührung war der einzige Wärmehauch in der kalten Nacht.

KAPITEL 8
DER FREMDE MÖNCH

Trépied rieb seinen Kopf wild schnurrend an Oliviers Wange, als sein Handywecker wild zu vibrieren begann.

Olivier stöhnte und rieb sich die Stirn. Er hatte die Balkontür über Nacht offen gelassen, jetzt drang Vogelgesang zu ihm herein, und Blumenduft kitzelte ihn in der Nase. Vorsichtig strich er dem jungen Kater über den Kopf, dann hob er ihn vorsichtig vom Bett herunter.

Er lauschte in seinen Körper hinein. Es hatte Tage gegeben, da war selbst das Aufsetzen im Bett unmöglich gewesen. Heute schien alles in Ordnung zu sein. Dass es aufwärts mit ihm ging, war sogar dem Chef aufgefallen. Blöd nur, dass er das vor Linda hatte kommentieren müssen. Der Gedanke, dass sie ihn für schwach und bemitleidenswert halten könnte, behagte ihm nicht. Sobald er diesen mühseligen Weg beendet hatte und wieder bei vollen Kräften war, konnte er es ihr immer noch erzählen. Wenn das alles eine Erinnerung war, die ihre Bedrohlichkeit verloren hatte. So lange behielt er diese Geschichte lieber für sich.

Olivier streckte sich. Was für ein verrückter erster Tag gestern. Das Treffen mit Dubac, die Ermittlungen und dann am Abend dieser furchtbare Todesfall. Bernard war der Dreh- und Angelpunkt ihrer weiteren Ermittlungen gewesen. Das warf alle Pläne über den Haufen.

Olivier setzte seine nackten Füße auf den Holzboden und tappte auf den Balkon hinaus. Trépied folgte ihm und strich ihm um die Beine. Dass er nicht hochspringen konnte, war hier ausnahmsweise ein Vorteil, weil Olivier ihn auf den Balkon lassen konnte, ohne sich Sorgen machen zu müssen.

Die frische Morgenluft half ihm, wach zu werden. Gott, Gordes lag wirklich mitten im Nirgendwo – er hörte nicht ein einziges Auto. Mochte vielleicht auch daran liegen, dass es noch ziemlich früh war.

Er sah zu Lindas Balkon hinüber. Ihr Tablet stand auf einem Stuhl. Davor lag eine Yogamatte. Olivier grinste. Sie hatte da irgendeinen Kanal mit einer sehr motivierten Yoga-Trainerin und zog das durch, obwohl es ihr nicht wirklich Spaß machte. Am liebsten wäre er hier stehen geblieben und hätte darauf gewartet, dass sie rauskam. Wenn Linda da war, fühlte er sich gleich ein wenig lebendiger.

Er wandte sich ab und ging ins Zimmer zurück, nahm eine Dusche, zog sich Jeans und ein schwarzes T-Shirt an.

»Bonjour, Monsieur«, rief ein fröhlicher Georges, als Pierre die Lobby betrat. Er hatte einen Korb frischer Baguettes in den Händen. »Ist Monsieur Campanard etwa schon wach?«

»Keine Ahnung – wird wohl auch bald hier auftauchen.«

»Gibt es etwas, das er besonders gern zum Frühstück hat?«

»Oh ja. Ruhe. Am frühen Morgen reagiert er besonders empfindlich, wenn ihn jemand anspricht.«

»Mon dieu.« Georges wirkte betroffen. »Wie gut, dass Sie das erwähnen.«

Olivier zwinkerte ihm zu. »Keine Ursache.«

Er betrat den Speisesaal. Außer ihm befand sich nur eine weitere Person im Raum. Eine brünette Dame, vermutlich von der australischen Gesellschaft. Vielleicht irrte er sich aber auch. Sie trug ein blaues Sommerkleid und las in einem Reiseführer, während sie an ihrem Kaffee nippte.

Sofort fiel ihm wieder die kindische Wette ein, die er mit Linda abgeschlossen hatte. Gestern, bevor alles aus dem Ruder gelaufen war, war genau diese Dame seine Favoritin gewesen. Sie wirkte elegant, könnte vom Stil her auch Französin sein, und Olivier hatte gestern das Gefühl gehabt, dass sie wusste, wie man Spaß hatte.

»Bonjour«, sagte er lächelnd, bevor er sich an seinen Tisch setzte.

»Hi«, erwiderte sie und bedachte Olivier mit einem interessierten Blick.

In diesem Augenblick betrat die etwas zerrupft aussehende Linda mit gestreiftem T-Shirt und Jeans den Speisesaal.

»Salut, Pierre«, gähnte sie.

Die Australierin ließ ihren Blick rasch sinken und widmete sich ganz ihrem Kaffee. Linda blinzelte, als sie den leeren Stuhl neben ihm bemerkte. »Mach mich nicht fertig. Da stehe ich so früh auf, und der Commissaire ist noch nicht mal da?«

»Und ich dachte, Yoga hält fit?«

»Wenn ich mich dann auch dazu aufgerafft hätte.« Linda ließ sich auf den anderen Stuhl neben ihm fallen.

»Was darf ich Ihnen bringen? Kaffee, Tee?«

»Doppelten Espresso«, erwiderte Linda.

»Cappuccino, bitte«, ergänzte Pierre.

»Das Büfett ist dort hinten. Wir haben verschiedene Brotsorten von meinem Lieblingsboulanger – seine neueste Kreation ist ein Bauernbaguette mit Feigen- und Olivenstückchen. Dann natürlich frische Butter, verschiedene Käsesorten ...«

»Danke, danke, wir finden uns zurecht«, unterbrach Pierre freundlich.

Georges zögerte kurz. »Ich wollte es Ihnen nur besonders genau erklären, weil Monsieur Campanard ja nicht gestört werden will. Aber so könnten Sie einspringen, falls er Fragen hat.«

»Ich verstehe kein Wort«, brummte Linda.

»Ich übernehme das, keine Sorge. Vielen Dank, Georges.« Olivier nickte ihm zu und wartete, bis er gegangen war.

»Ich schwör's, der hat irgendwo einen Campanard-Schrein«, flüsterte Linda und lehnte sich zurück. »Ernsthaft, wieso habe ich nicht noch eine halbe Stunde länger geschlafen?«

»Schlechte Nacht gehabt?«

Lindas Miene verfinsterte sich. »Hattest du nach gestern etwa eine gute Nacht?«

Olivier betrachtete sie lange, dann schüttelte er den Kopf.

»Trotzdem. Ich freue mich, dass mir jemand Frühstück macht. Das verstehst du nicht, du wirst ja daheim immer noch von Martine bewirtet.«

»Ja, deswegen ...« Linda rutschte ein wenig auf ihrem Stuhl herum. »Ehrlich gesagt, überlege ich, ob ich nicht ausziehen soll.«

»Wie bitte? Du bekommst jeden Tag ein Bombenfrühstück, von deinem Balkon sieht man aufs Meer, und was sie dafür berechnet, ist echt ein Witz.«

»Ja, schon.« Linda atmete tief durch. »Aber jetzt, wo ich in Grasse bleibe ... Irgendwie denke ich, ich sollte eine richtige Wohnung haben, so wie du. Mit einer Dusche, wo man nicht erst über den Gang laufen muss.«

Georges servierte ihnen den Kaffee und entfernte sich

rasch. Linda warf zwei Stück Würfelzucker in ihren doppelten Espresso und rührte gedankenverloren um. »Wahrscheinlich wäre sie sowieso froh, mich los zu sein. Neulich hat sie mir ernsthaft vorgeworfen, ich wäre die ganze Zeit nur daheim. ›Ich hab hier am Haus zu tun, da sind Sie mir im Weg.‹ Und dann meinte sie noch, ich soll auf dem Balkon keine Antistechmückenkerzen mehr anzünden.«

»Was hat sie denn dagegen?«, fragte Olivier amüsiert.

Linda räusperte sich, um Martines Stimme zu imitieren. »›Na ja, da Sie ja nur Gemüse essen, können Sie jederzeit ohnmächtig werden. Und dann brennt mir noch die ganze Bude ab.‹«

Olivier lachte. »Ich liebe diese Frau.«

Linda schüttelte den Kopf. »Ich frage mich, ob sie als Kind mal von einem Vegetarier gebissen wurde.«

Olivier hob die Augenbrauen. »Astérix wird allerdings untröstlich sein, wenn du auszieht.«

Bei der Erinnerung an den zutraulichen Zwerghahn in Martines Garten musste sie grinsen. »Den nehm ich mit. Du kennst sicher viele Leute in Grasse, die hühnerfreundliche Appartements vermieten, oder?«

»Dutzende«, erklärte Olivier mit ernsthafter Miene.

Nach einer Weile schlenderten sie zum Büfett hinüber. Linda schnitt sich ein kleines Stück Olive-Feige-Baguette ab und nahm sich eine Portion Butter, während Olivier sich auch von den verschiedenen Wurst- und Käsesorten etwas auf den Teller lud.

Wieder am Tisch angelangt, kaute er langsam an dem noch ofenwarmen Brot. »Langsam frage ich mich wirklich, wo der Chef bleibt. Ich meine, es ist schon sieben.«

Linda senkte für einen Moment den Blick.

»Ich mache mir Sorgen, Pierre. Er zeigt es nicht, aber in seinem Inneren sieht es finster aus.«

»Na ja, kein Wunder. Ein guter Freund ist tot, einfach so.«

»Er ist ... aufgewühlt. Da ist ein ganz tiefer Schmerz. Das Gefühl scheint er gut zu kennen. Ich weiß nicht, wie ich es besser beschreiben soll, aber es hat ein Echo in seinen Zügen hinterlassen.«

»Verstehe. Ich rede mit ihm. Vielleicht ist es besser, er lässt die Finger von diesem Fall. Spätestens jetzt ist das Ganze persönlich.«

»Mit Sicherheit.«

Linda wirkte so niedergeschlagen, dass er fieberhaft nach etwas suchte, um sie aufzuheitern.

»Apropos persönlich.« Pierre grinste. »Was ist mit unserer Wette?«

Linda hob die Augenbrauen. »Durch den Unfall war nicht genug Zeit, um sich ein Bild zu machen.«

»Ach ja? Das klingt, als würdest du mir kampflos den Sieg überlassen – und das Eis versteht sich.«

Linda verengte die Augen. »Niemals.«

»Na gut, also? Auf wen tippst du?«

»Ich wähle die Null.«

»Was soll das denn heißen?«

»Ich glaube, dass er gestern gar keinen Sex hatte.«

»Die Null zählt nicht.«

Linda zuckte mit einer Schulter. »Aber wenn es nun so war?«

»Na gut. Ich tippe auf die elegante Dame ein paar Schritte hinter uns.«

»Ah ja?« Linda sah an seiner Schulter vorbei.

»Sieht eher so aus, als wäre sie von dir verzaubert.«

»Das ist die *Basisempfindung* der meisten Damen.«

Linda gab ihm eine leichte Kopfnuss. »Quatschkopf. Wie entscheiden wir nun, wer recht hat?«

»Überlass das mir, die Tipps sind eingeloggt, ich werde es in den nächsten Tagen herausfinden«, erwiderte Olivier.

»Polizeiliche Ermittlung?«

»Darauf kannst du Gift nehmen.«

Oliviers Telefon vibrierte.

»Eine Nachricht vom Chef«, murmelte er. »Wir sollen in den Besprechungsraum kommen – sobald wir *ausgiebig gefrühstückt* haben.«

»Ausgezeichnet. Ich wollte mir noch einen Joghurt mit frischen Feigenstückchen machen …«

Olivier antwortete nicht. Wenn der Chef auf sein Frühstück verzichtete, dann braute sich etwas zusammen.

***

Praktischerweise war der Besprechungsraum im ersten Stock mit einem goldenen Schild versehen, sodass sie nicht lange suchen mussten.

Olivier öffnete die Tür – und erstarrte. Im Inneren des Raums stand ein dunkler Holztisch mit einem Strauß weißer Rosen darauf. Ein großes Fenster war zum Garten des Hotels ausgerichtet. Hinter der Glasscheibe sah er ein grünes Gemisch an Olivenbäumen und Zypressen sowie einen Zitronenbaum. Aber es war nicht die Aussicht, die ihn irritierte.

Vor dem Fenster stand, mit dem Rücken zu ihnen, ein Mönch.

Olivier blinzelte. Der Mönch trug einen Zisterzienser-Habit, wie die Schneiderin ihn beschrieben hatte: eine weiße Tunika, darüber einen schulterbreiten schwarzen Überwurf, ein Skapulier mit Kapuze sowie einen schwarzen Gürtel.

Der Zisterzienser war erstaunlich groß, und als er sich umdrehte ...

»Chef!«, keuchte Olivier.

»*Frère* Chef, bitte.«

»Woher haben Sie das?«, fragte Linda.

»Von der Schneiderin unseres Vertrauens. Madame Martin.« Er zupfte an seiner Tunika. »Ich hatte Glück. Zwei Sets in 3 XL lagernd.«

»I... Ich verstehe das nicht.« Olivier schüttelte den Kopf.

Campanard schenkte ihm einen langen Blick.

»Der Teufel lebt innerhalb der Mauern, Olivier. Dieser Satz geht mir nicht mehr aus dem Kopf. Und nun ist jemand tot, der mich vor den Vorgängen *innerhalb* von Sénanque warnen wollte.«

»Sagen Sie nicht, Sie wollen sich in das Kloster einschleichen.«

»Nein, ich werde ganz offiziell dort auftauchen. Als ernannter Inspektor des Generalabts.«

»Das können Sie doch nicht ... Chef, damit brechen wir sicher ein Dutzend Regeln. Wenn das auffliegt ... Die Präfektin hat sicher nicht ...«

»Lassen Sie das meine Sorge sein – und seien Sie versichert, nichts davon wird an die Öffentlichkeit gelangen.«

»Nehmen Sie's nicht persönlich, aber Sie sind ein ziemlich

bunter Vogel. Niemand wird Ihnen den Mönch abnehmen. Und abgesehen davon, Sie wissen doch selbst, dass man sich für einen derartigen Einsatz wochenlang vorbereiten muss.«

Campanard kam auf die beiden zu und nickte. »Sie vergessen, dass ich mich schon seit Jahren auf diesen Einsatz vorbereite. Bernard und ich waren Freunde. Ich weiß viel über den Tagesablauf in Sénanque. Wann die Mönche reden, wann sie schweigen, wann sie beten, wann sie arbeiten, wann sie sich ihren eigenen Interessen widmen ...«

Linda schluckte. »Commissaire, ich sehe da noch ein Problem, das vielleicht weniger dringlich ist als die anderen, aber ... Diese Kleidung, die Sie da anziehen wie ein Kostüm – ein Mönch muss ein langes Noviziat durchleben, er widmet sein Leben dem Glauben und bindet sich an sein Kloster, um sich das hier zu verdienen. Finden Sie das nicht – nun ja, etwas pietätlos?«

»Das ist es«, erwiderte Campanard ernst. »Und das ist der Aspekt dieses Unterfangens, der es mir am schwersten macht. Mir liegt nichts ferner, als respektlos gegenüber der Lebensweise der Mönche zu sein. Aber was können wir sonst tun, das Dubac nicht schon versucht hat? Wie lange wollen wir abwarten, ob noch mehr Menschen sterben?«

»Ich glaube, Sie sind befangen«, platzte es aus Olivier heraus. Die Worte taten ihm noch im selben Moment leid, vor allem, als er Campanards gequälten Gesichtsausdruck erkannte.

»Delacours, würden Sie uns einen kleinen Moment entschuldigen?«

Linda nickte kurz und verließ den Raum.

Campanard atmete tief durch.

»Sie haben recht, Olivier.«

»Wie bitte?«

»Selbstverständlich bin ich befangen. Ein enger Freund ist tot, vielleicht durch Fremdverschulden, und es geschah direkt vor meiner Nase, *direkt*, Olivier!«

Sein Mund wirkte verkrampft, die Augen glänzten, ohne dass sich eine Träne löste.

»Chef«, erwiderte Olivier ruhiger. »Was da passiert ist ...«

»Ich bitte Sie nicht um Ihr Mitgefühl, auch wenn ich die Geste schätze. Sagen Sie mir verdammt noch mal, warum ich unrecht habe.«

Olivier schüttelte verständnislos den Kopf.

»Ich bin befangen ... Also brauche ich jemanden, der macht, wozu ich derzeit nicht in der Lage bin. Jemanden, der sich meinen Plan ansieht und mir sagt, dass ich falschliege, sollte das der Fall sein. Und darum bitte ich Sie.«

»Habe ich das nicht gerade?«

»Doch, aber lassen Sie mich noch ein paar Informationen hinzufügen. Diesen Plan hege ich nicht erst seit heute Morgen. Alle Indizien haben von Anfang an darauf hingedeutet, dass jemand vom Inneren des Klosters aus agiert. Dubac ist eine fähige Frau, aber ihre Ermittlungen blieben ergebnislos. Ich habe noch vor unserer Abreise mit dem Generalabt der Zisterzienser telefoniert, ihn um Zurückhaltung gebeten und dargelegt, wie sehr uns das helfen würde, das Verschwinden von Arbogast aufzuklären, bevor der Orden in ein schiefes Licht gerät. Das Telefonat mit Bernard gestern hat mir bestätigt, dass er sich an diese Vereinbarung hält.«

»Weiß er, was Sie vorhaben?«

»Nein«, erwiderte Campanard. »Wie gesagt, ich gedenke alles zu tun, um zu vermeiden, dass es ans Licht kommt.«

»Meinen Sie nicht, der Abt von Sénanque würde Sie gegenüber dem obersten Chef des Ordens erwähnen, wenn Sie behaupten, dass der sie geschickt hat?«

»Die Mönche von Sénanque können nicht einfach so mit der Ordensleitung kommunizieren. Sie ist im Kloster Cîteaux angesiedelt, und die Hierarchie gebietet, dass man sich im Fall von Sénanque zuerst an die Mutterabtei wendet, die wiederum auf der Insel Saint-Honorat liegt. Es wäre ungewöhnlich, einen vermeintlichen Inspektor des Generalabts zu hinterfragen.«

»Und die Schneiderin? Sie hat Ihnen die Gewänder verkauft.«

»Und hat mir ihre Verschwiegenheit versichert. Sie war über die Nachricht von Bernards Tod erschüttert – und möchte helfen.«

Olivier schwieg und rieb sich die Stirn.

»Diese Identität gibt mir die Möglichkeit, Informationen zu bekommen, die uns als Polizisten verschwiegen werden. Keine Restriktionen werden die Brüder davon abhalten zu antworten.«

Campanard machte noch einen Schritt auf Olivier zu und legte ihm die Hand auf die Schulter.

»Also sagen Sie mir, dass ich unzurechnungsfähig bin. Denn ich will ehrlich sein, genauso fühle ich mich gerade. Sagen Sie mir, dass dieser Plan keinen Sinn ergibt, und ich bleibe hier.«

Olivier zögerte. Nach einer Weile schüttelte er langsam den Kopf.

»Kann ich nicht, Chef.«

KAPITEL 9
ABSCHIED

»Oh, Monsieur Campanard?«

Georges kam gerade aus dem Speisesaal gelaufen, als Campanard, wieder in Zivilkleidung und mit Reisetasche, die Treppen herunterkam.

»Ja, Georges?«

»Ich habe mich gefragt, ob Sie heute Nachmittag vielleicht eine Pause brauchen könnten? Ich würde Ihnen gerne …«

»Leider muss ich ablehnen.«

Georges' Blick fiel auf Campanards Reisetasche. »Sie verlassen uns?«

»Nur für einige Zeit. Recherchearbeit.«

»Ah, verstehe, für das Stück. Ihre Kollegen bleiben?«

»Einstweilen.«

»Dann freue ich mich schon auf Ihre Rückkehr.«

»Das Gefühl teilen wir, mein lieber Georges.« Bevor der Hotelier ihn aufhalten konnte, ging er hinaus auf den Parkplatz, wo Delacours und Olivier bereits auf ihn warteten.

Campanard wäre eigentlich gern zu Fuß gegangen oder mit seinem geliebten E-Bike gefahren. Von Gordes führte ein wunderschöner Fußweg entlang einer verwitterten Steinmauer durch den Wald nach Sénanque und ins Tal der Sénancole. Außerdem hätte ihm das Zeit verschafft, einen möglichst klaren Kopf zu bekommen. Aber es wäre unplausibel gewesen, dass ein Inspektor des Generalabts ohne Auto anreisen würde, besonders da weder Gordes noch Sénanque über eine regelmäßige öffentliche Anbindung verfügten.

Sie schwiegen, während Olivier den Wagen wie in der Nacht zuvor durch Gordes auf die Landstraße hinauslenkte.

Die Unfallstelle hatte man in der Nacht noch geräumt, nur ein paar verkohlte Stellen am Stamm der mächtigen Zeder erinnerten an das Feuer. Olivier lenkte den Wagen an den Straßenrand.

»Also dann«, seufzte Campanard und zwängte sich aus dem Wagen.

Während Olivier und Delacours ebenfalls ausstiegen und sich ein wenig die Beine vertraten, verschwand Campanard hinter dem Stamm der Zeder, des einzigen Baums in der Gegend, der ausladend genug war, um ihn vor neugierigen Blicken zu schützen.

Nach ein paar uneleganten Momenten beim Ausziehen seiner Hose hatte er sich wieder mit dem Mönchsgewand bekleidet. Langsam kam er hinter dem Baum hervor, während er den schwarzen Gürtel, das sogenannte Zingulum, wie die Schneiderin ihn genannt hatte, um seine Hüften schlang.

»Wie fühlen Sie sich, Commissaire?«, fragte Delacours, als er die beiden erreicht hatte.

»Verstörend farblos«, murmelte er.

»Apropos«, erwiderte Delacours. »Die Uhr …«

»Ah ja«, brummte Campanard und löste die Swatch von seinem Handgelenk. »Olivier, bewachen Sie sie mit Ihrem Leben.«

»Sicher, Chef«, erwiderte der Inspecteur augenrollend und nahm sie entgegen.

»Sonst irgendwelche Anordnungen?«, fragte er.

Campanard hob sein Smartphone. »Das hier gebe ich nicht ab, Olivier. Bis Sie Weiteres von mir hören, bleiben Sie in Gordes und lassen sich von Dubac auf dem neuesten Stand der Ermittlungen zum Unfallhergang halten.«

»Juhu, mehr Kontakt zu Dubac«, erwiderte Delacours trocken.

»Delacours, ich muss Sie bitten, hier auf Olivier zu warten. Wenn ich in Begleitung einer jungen Frau käme, würde das Fragen aufwerfen.«

»Ein bisschen bin ich das schon gewohnt«, erwiderte sie und senkte den Blick.

»Hören Sie.« Campanard fasste in seine Tasche und zog eine kleine Schachtel daraus hervor. »Ich wünschte, ich hätte Ihnen das schon früher geben können. Ich hatte es gestern als Überraschung in unserem Besprechungsraum deponiert. Heute schien mir das nicht mehr passend.«

Campanard bemerkte, wie Delacours und Olivier einen kurzen Blick tauschten, dann nahm sie das Päckchen mit ihren feingliedrigen Fingern.

»Eine Schleife?« Sie zog an dem gekräuselten Geschenkband und sah Campanard fragend an.

»Es ist zwar kein Geschenk, trotzdem hoffe ich, Sie freuen sich.«

Linda löste das Band und öffnete das kleine Päckchen. Darin lag ein Lederetui.

Delacours klappte es neugierig auf und betrachtete die eingeschweißte Karte.

»Linda Delacours«, las sie vor und hob den Blick. »*Sonderermittlerin?*«

»Sie waren mir immer schon zu schade, um Sie nur in besonderen Fällen einzusetzen, Delacours. Ich brauche Sie in der ersten Reihe, immer und überall. Verzeihen Sie, dass ich Ihnen das nicht früher überreichen konnte. Verdient hätten Sie es, doch Genehmigungen dieser Art brauchen Zeit.«

»Bedeutet das ...«

»Dieser Status gibt Ihnen jede Freiheit eines Kriminalpolizisten, abgesehen von Ausübung körperlicher Gewalt oder Schusswaffengebrauch, versteht sich. Sie dürfen selbstständig Befragungen durchführen, Ermittlungsergebnisse einsehen, im Prinzip alles, was auch Olivier und ich dürfen. Die Erfolge bei unserem letzten Fall – und auch die Tatsache, dass Sie bereits in Ihrem alten Job Verhörerfahrung sammeln konnten – haben die zuständige Behörde überzeugt.«

Aus Oliviers Richtung kam ein anerkennendes Pfeifen, und Campanard sah, wie sich Lindas Wangen röteten.

Sie schluckte.

»Danke, Ch... Commissaire.«

Campanard grinste. Er hatte so sehr gehofft, dass ihr diese Überraschung ein »Chef« abnötigen würde. Immerhin war er dicht dran.

»Passen Sie auf sich auf.«

Er schenkte ihr einen langen Blick, dann stieg er wieder in den Wagen. Als Olivier losfuhr, beobachtete er noch kurz im Rückspiegel, dass sie ihren neuen Ausweis wie ein Kronjuwel betrachtete.

»Nun sehen Sie uns an, Olivier. Gemeinsam unterwegs in ein Kloster, in dem seltsame Dinge vorgehen. Wie William von Baskerville und Adson von Melk.«

»Wer?«

»Olivier«, echauffierte er sich. »*Der Name der Rose*. Ich kann nicht glauben, dass Sie das nicht gelesen ...«

»Chef, ich glaube, Sie müssen sich da drin ein bisschen anders verhalten. Sonst nimmt Ihnen niemand den Mönch ab.«

Campanard hob den Zeigefinger. »Ein Mönch zu sein, bedeutet nicht, keine Interessen zu haben. Was glauben Sie, worüber ich mich mit dem lieben Bernard die ganze Zeit so vorzüglich unterhalten habe?«

»Keine Ahnung. Aber Sie wissen ja: auf keinen Fall auffliegen. Also vielleicht einfach ein bisschen weniger Humor.«

Campanard senkte den Kopf. »Ich werde mich bemühen.«

Olivier trommelte mit den Fingern auf dem Lenkrad. »Und seien Sie da drin bitte vorsichtig. Ich meine, ein Mönch, der etwas ausplaudern wollte, ist tot. Wenn Sie dort als Inspektor des Generalabts reingehen, dann ...«

»... dann mache ich mich zur Zielscheibe, das ist mir bewusst.«

»Gut.«

Olivier bog auf einen Seitenweg ab, der zu einem geschotterten Parkplatz führte. Kein einziges Auto war darauf abgestellt. Im Sommer besuchten normalerweise Tausende von Touristen Sénanque. Nicht auszudenken, wie viel Geld dem Kloster gerade entging.

»Hier geht's noch etwas weiter. Ich denke, ich sollte Sie direkt bis zum Kloster fahren.«

»Einverstanden. In meiner Rolle würden wir kaum auf dem Touristenparkplatz warten.«

Olivier steuerte den Wagen trotz Fahrverbots auf eine kleine Allee, die bis zum Kloster führte. Zu ihrer Linken tauchte zwischen den Bäumen ein blühendes Lavendelfeld auf. Campanards Blick saugte sich an den Blütenköpfen fest, die sich der Sonne entgegenstreckten. Selbst bei geschlossenem Fenster konnte er das Zirpen der Zikaden hören. Kurz darauf öffnete sich die Allee, und vor den blühenden Feldern, eingekesselt von sanften Bergrücken, ragte Sénanque wie ein trotziger Felsbuckel aus den blühenden Feldern und dem üppigen Grün des Waldes empor.

»Wie eine Postkarte«, murmelte Campanard.

»Ja.« Olivier kniff die Augen zusammen. Am Himmel herrschte eine eigenartige Mischung aus strahlendem Blau und schweren grauen Wolken. Gerade schob sich wieder eine davon vor die Sonne und warf ihren Schatten auf das Tal.

»Und etwas unheimlich.«

Campanard schwieg.

Es gab kein Tor oder etwas Ähnliches. Olivier hielt einfach, sobald der Weg zu Ende war, und zog die Handbremse an. Langsam stieg Campanard aus und lauschte. Viel war nicht zur hören. Das Geräusch seiner Schritte auf Sand und Kies. Das ferne Brummen der Insekten auf dem Lavendelfeld. Die Zikaden in den Pinien, die hier überall wuchsen. Der Gesang einer Samtkopfgrasmücke im Wacholderdickicht. Und der Wind, der durch die Äste der Bäume fuhr und die unzähligen Nadeln der Pinien aneinanderschlug.

Campanard schloss die Augen. Kein Autolärm, keine Stimmen ... nichts, was die Gegenwart anderer Menschen verriet. Er konnte nicht anders, als das für einen Moment zu genießen.

»Und jetzt?«, fragte Olivier.

»Ich gehe hinein. Sie fahren zurück nach Gordes.«

Olivier betrachtete ihn unschlüssig, dann zückte er sein Telefon.

»Mist«, murmelte er.

»Alles in Ordnung?«

»Ganz und gar nicht. Sehen Sie mal auf Ihr Handy.«

Campanard fummelte etwas umständlich an seinen Gewändern herum, ehe er die Innentasche mit seinem Telefon erreichte. Natürlich hatte er nicht erwartet, dass eine Zisterziensertunika modernen Anforderungen entsprechen würde.

»Kein Empfang«, murmelte er.

Olivier sah sich um. »Hab ich mir fast gedacht. Wegen des Talkessels. Je höher Sie raufkommen, desto besser die Chance, dass es funktioniert.« Er sah sich um. »Der Glockenturm des Klosters zum Beispiel. Oder wenn Sie ein Stück den Berg raufwandern.«

Campanard nickte. »Ich werde Wege finden, Sie zu kontaktieren. Vielleicht nicht so regelmäßig wie gedacht. Aber wer weiß, vielleicht haben die hier ja auch Brieftauben.«

Olivier trat von einem Fuß auf den anderen. »Wie wollen Sie sich da drin eigentlich nennen? Nur für den Fall ...«

»Oh, ich dachte an Frère Albéric. Das war ein berühmter Zisterzienser aus dem Gründungskloster Cîteaux. Aber auch ein Zwerg aus der Nibelungensage.«

Olivier runzelte die Stirn. »Sehr passend, Chef.«

»Also dann, ich denke, Sie sollten Delacours nicht zu lange warten lassen ...«

»Apropos. Was Sie da für Linda getan haben, war ein feiner Zug.«

»Nein, das war das Mindeste. Sie ist eine von uns. Und ich

habe einen sehr schlechten Job gemacht, sie das spüren zu lassen. Das wird jetzt anders.«

Olivier nickte. »Also dann ...«

Er machte einen kleinen Schritt auf Campanard zu, schien für einen Moment die Arme heben zu wollen, ließ es dann aber.

»Au revoir, Chef.«

Olivier wandte sich ab und stieg in den Wagen.

Campanard beobachtete ihn geduldig dabei, wie er wendete und davonfuhr. Seltsam. Kaum war er hier angekommen, fühlte es sich an, als hätte er mit einem Mal alle Zeit der Welt. Ein Trugschluss. Sein Freund war tot, und er musste verhindern, dass noch jemand zu Schaden kam.

Sobald Oliviers Wagen außer Sicht war, schulterte er seine Tasche und wandte sich dem Kloster zu. Rechts von ihm begann ein länglicher Gebäudetrakt mit einem markanten Seiteneingang. Campanard verharrte und las das Schild neben dem Eingang. *Abtei Sénanque, Tickets und Shop.* Darüber ein Zettel mit der Aufschrift *Temporär geschlossen.* Er rüttelte kurz an der Tür. Es gab keine Klingel oder sonst irgendetwas.

Campanard vermutete, dass dieser Trakt hauptsächlich für den Fremdenverkehr gedacht war, und entschloss sich, einfach weiter durch das Klostergelände zu spazieren. Irgendwo würde er mit Sicherheit jemandem begegnen.

Als hinter dem Lavendelfeld eine verwitterte Steinmauer begann, verharrte der Commissaire. Die Reste eines roten Schriftzugs. Anscheinend hatte jemand bereits versucht, ihn von der Mauer zu waschen, aber die blassen Umrisse waren immer noch erkennbar.

Der Teufel hat ihn geholt.

Arbogast ...

Campanard strich einen Moment über den verwitterten Stein, bevor er seinen Weg fortsetzte. Nach ein paar Schritten stieß er auf das Hauptgebäude des Klosters. Zumindest suggerierten das die wuchtigen Mauern. Campanard hatte sich heute Morgen einen Plan von Sénanque angesehen und schätzte, dass es sich um die Schlafsäle handeln musste, auf welche die Sakristei und schließlich die Klosterkirche folgten.

Eine schmale Holztür führte ins Innere des Gebäudes. Campanard drückte die Klinke hinunter, und diesmal hatte er Glück. Dunkle Kühle umfing ihn. Erst nach einer Weile passten sich seine Augen an, sodass er mehr erkennen konnte.

Nüchterne Steinmauern, eine Treppe, die nach oben führte.

»Bonjour?«, rief Campanard.

Seine Stimme hallte durch den länglichen Flur. Mit angehaltenem Atem horchte Campanard auf das Geräusch von Schritten, aber es blieb still. Einen seltsamen Moment lang beschlich ihn das Gefühl, die Mönche könnten das Kloster einfach aufgegeben haben, aber das war natürlich Blödsinn. Das Areal war weitläufig und wurde nur von einer Handvoll Zisterzienser bewohnt. Alle anderen – die Verkäufer, die Fremdenführer, die Handwerker – waren im Augenblick fort.

Schräg gegenüber von ihm befand sich eine weitere Tür. Campanard öffnete sie und fand sich im Innenhof des Klosters wieder.

Dieser war ... bezaubernd schön. Besser hätte Campanard es nicht ausdrücken können. Ein doppelreihiger Säulengang, der ein wenig an maurische Bauwerke erinnerte, führte um einen quadratischen Garten herum, in dem Rosen blühten und in dessen Mitte sich ein kleiner Teich befand, in den sich ein murmelnder Brunnen ergoss.

Campanard verharrte. Aus der Steinmauer starrte ihm eine Dämonenfratze entgegen. Mit wilden Augen, spitzen Zähnen und herausgestreckter Zunge ging ihr Blick durch eine offene Tür in einen riesigen quadratischen Raum hinein. Zwischen den Säulen des Raumes sah Campanard ein paar Holzstühle stehen. Einer davon war wie ein Thron gegenüber der Dämonenfratze platziert. Vielleicht der Kapitelsaal. Laut Bernard trafen sich die Mönche hier, besprachen Allfälliges und gestanden dem Abt, wenn sie die Klosterregeln gebrochen hatten.

Campanard wollte gerade einen Schritt hinein machen, als er ein Rascheln aus dem Klostergarten hörte. Ein Mönch, der das gleiche Gewand wie Campanard trug, stand im Innenhof und stutzte mit einer Heckenschere eine Zypresse. Sein Gesicht wurde von einem breiten Strohhut verdeckt.

»Bonjour!«, sagte Campanard freundlich.

Der Zisterzienser zuckte zusammen und ließ seine Heckenschere fallen. Seine untersetzte Statur erinnerte Campanard ein wenig an einen Hobbit. Mit babyblauen Augen musterte er den Commissaire erschrocken. Campanard verstand seine Verwirrung. Vertraute Kleidung, aber darin ein völlig Fremder.

»Verzeihen Sie mein plötzliches Auftauchen. Leider konnte ich telefonisch niemanden erreichen.«

Das war nicht gelogen. Er hatte heute Morgen versucht, von einem Prepaid-Handy im Kloster anzurufen.

Der Mönch wirkte immer noch erschrocken. Campanard ging auf ihn zu und streckte die Hand aus.

»Frère Albéric. Ich komme aus dem Kloster Cîteaux.«

Der Mönch beäugte Campanards riesige Pranke misstrauisch, dann nahm er sie so vorsichtig, als würde er erwarten, dass Campanard ihm seinen Arm abreißen würde.

»Michel«, antwortete er. »Verzeihung, ich wusste nicht, dass wir Besuch erwarten.«

»Das konnten Sie auch nicht. Wären Sie so freundlich, mich zum Abt zu bringen? Ich muss in einer dringenden Angelegenheit mit ihm sprechen.«

»Es ist ... Natürlich. Ich bin gerade nicht sicher, wo er ist, aber wir finden ihn bestimmt.« Er zögerte. »Sind Sie ... Ich nehme an, Sie wissen, was passiert ist. Wenn Sie extra aus Cîteaux kommen, einen Tag, nachdem ...«

»Ich bin im Bilde.«

Frère Michel schob die Augenbrauen zusammen und musterte ihn prüfend.

»Wir sind uns schon einmal begegnet«, stellte er fest.

»Pardon?«

»Ich bin mir sicher. Wissen Sie, Bruder, ich vergesse niemals eine Stimme – und Ihre kenne ich.«

Campanard zögerte einen Moment, dann lachte er und klopfte Michel auf die Schulter. »An eine Begegnung mit Ihnen würde ich mich bestimmt erinnern. Aber wer weiß, vielleicht sind wir uns mal in Cîteaux über den Weg gelaufen.«

»Dort bin ich nie gewesen.«

Wie seltsam. Dieser Mönch konnte unmöglich seine Stimme kennen, es sei denn ... Verdammt. Sein gestriger Anruf im Kloster. Dieser Mönch hatte das Telefon zu Bernard gebracht.

»Mit der Zeit finden wir es bestimmt heraus«, erklärte Campanard. »Zuerst muss ich aber mit dem Abt sprechen.«

»Natürlich. Gehen wir ihn suchen.«

KAPITEL 10
DIE TEUFEL HINTER DEN MAUERN

Michel führte Campanard durch ein weiteres Gebäude in einen Kräutergarten. Intensiver Duft nach Thymian, Oregano und Rosmarin schlug dem Commissaire entgegen. Ein junger Mann mit einer strahlend weißen Tunika stand neben einem Beet und strich mit seiner Handfläche über die bläulich schimmernden Blütenköpfe eines Lavendelstrauchs.

»Das ist Luc, unser einziger Novize momentan.«

Der Name ließ Campanard aufhorchen. Er beobachtete den Novizen interessiert. Der Junge hielt den Kopf geneigt, als würde er dem leisen Rascheln lauschen, das seine Handflächen erzeugten.

»Was tut er da?«

»Luc ist besonders lärmempfindlich, deshalb ist er auch so geeignet für das Leben hier bei uns. Er kann sich stundenlang einem einzigen Geräusch widmen, wenn man ihn lässt.«

»Beneidenswert. Und was hält er von düsteren Prophezeiungen?«

So zu tun, als hätte er das YouTube-Video nicht gesehen, würde ihn nur verdächtig wirken lassen. Also konnte er auch gleich danach fragen.

»Solche Prophezeiungen hat er immer wieder mal gemacht. Ich habe mir nie besonders viel dabei gedacht. Aber jetzt … Mittlerweile bin ich nicht ganz sicher, ob der Herr nicht wirklich durch ihn spricht – wenn man bedenkt, was hier Furchtbares geschehen ist.«

»Sie glauben wirklich, Gott schickt ihm Visionen?«

Michel hob den Kopf und sah ihn an.

»Ich *hoffe* es. Die Alternative wäre unaussprechlich.«

Campanard sah ihn prüfend an.

»Sie meinen ...«

»Kommen Sie, Bruder. Ich denke, ich weiß, wo unser Abt sich aufhält.«

Der Commissaire warf noch einen Blick über die Schulter zu Luc. Unvermittelt hob der Novize den Kopf und starrte ihnen mit finsterer Miene hinterher. Campanard winkte freundlich, bevor er sich abwandte und Michel folgte.

»Ein wuchtiger Bau für diesen Bach«, kommentierte er, als sie eine alte Steinbrücke überquerten, die aus dem Kloster herausführte.

»Die Sénancole war früher ein wilder Fluss. Im Mittelalter kam es zu einem Erdbeben, das viel von ihr verschüttete. Zu einem Großteil fließt sie seither unterirdisch.«

Der Mönch führte ihn einen Hang hinauf, durch eine von Geröll, Wiesen und Steineichen geprägte Landschaft. Das Blöken von Schafen drang an Campanards Ohr, ohne dass er eins der Tiere sehen konnte. Sie folgten dem Pfad bis zu einer besonders knorrigen Steineiche, unter der eine verwitterte Steinbank stand, die vermutlich so alt war wie Sénanque selbst. Vielleicht stammte sie sogar aus der Römerzeit. Die ganze Region war voll von antiken Ruinen.

Ein Mönch saß auf der Bank. Er hatte den Kopf gesenkt und die spitze schwarze Kapuze seines Skapuliers übergezogen, sodass sein Gesicht im Schatten lag. In seinen Händen lag ein

Rosenkranz. Während sie sich ihm näherten, trug ihnen eine Brise rasch geflüsterte Gebete zu, von denen Campanard nur einzelne Worte aufschnappte.

»Voller Gnaden ... unter den Frauen ... Leibes ... gegrüßet ... Maria ...«

Campanard konnte sehen, wie die Finger des Zisterziensers eine Perle weiterwanderten.

»Bruder Gérard?«, fragte Michel vorsichtig.

Für ein paar Momente ging das Geflüster unbeirrbar weiter, dann verebbte es, und der Mönch hob ganz langsam den Kopf.

Wenn Campanard Rasputin hätte malen sollen, dann hätte dieser auf seinem Bild so ähnlich ausgesehen wie Gérard. Intensive dunkle Augen richteten den Blick auf ihn. Der fast brustlange schwarze Bart war mit einigem Grau durchsetzt. Langsam zog Gérard sich die Kapuze vom Kopf und entblößte einen sauber rasierten Schädel.

Der Abt erhob sich mit einer erstaunlich geschmeidigen Bewegung. Er war kleiner als Campanard, aber nicht viel.

»Michel«, sagte er mit rauer Stimme, ohne den Blick von Campanard abzuwenden. »Du bringst einen Gast.«

Der Commissaire lächelte und deutete eine Verbeugung an.

»Frère Albéric, bevollmächtigter Inspektor des Generalabts.«

Er reichte Gérard die Hand, der sie so fest ergriff, als könnte er Campanard damit seine Geheimnisse entreißen.

»Willkommen in Sénanque«, erwiderte der Abt. »Hätte man mich von Ihrer Ankunft informiert, hätte ich Ihnen einen freundlicheren Empfang bereitet.«

»Die traurigen Umstände sind der Grund für meine sehr unvermittelte Entsendung. Der Generalabt entschuldigt sich für die Unannehmlichkeiten, und auch ich verstehe sehr gut, wie es Ihnen nach dieser schrecklichen Nacht gehen muss.«

»Wie haben Sie von dem Unfall erfahren?«, fragte Gérard.

Gute Frage. Die Polizei hätte keinen Grund gehabt, die Information an ein anderes Kloster weiterzutragen. Und Gérards Mitbrüder zu beschuldigen, kam nicht infrage.

»Ich erhielt nur den Auftrag, hierherzukommen und Sie in dieser schweren Zeit zu unterstützen.«

»Unterstützen?« Gérard hob seine dunklen Augenbrauen. Jetzt wandte er sich an Michel. »Die Vesper muss noch vorbereitet werden, Bruder.«

»Natürlich.« Michel wirkte erleichtert, als er Campanard kurz zunickte und sich dann entfernte.

»Ich war einmal zu einem mehrwöchigen Studienaufenthalt in Cîteaux. Sie habe ich dort nicht kennengelernt, Frère Albert.«

»Albéric«, korrigierte Campanard freundlich. »Meine Sonderaufgabe lässt mich viel zwischen Rom und Cîteaux pendeln.«

»Ist das vereinbar mit Ihrem Gelübde?«

Zumindest auf dieses Thema war Campanard vorbereitet.

Und wenn ihr Mönche einmal reisen wollt? Sagen wir, nach Kuala Lumpur, nehmt ihr euch dann Urlaub?

Campanard erinnerte sich noch immer an Bernards Lächeln.

Urlaubsreisen, so etwas ist in unserem Leben nicht vorgesehen. Wir geloben Stabilitas loci. Wir binden uns an ein bestimmtes Kloster, wo wir den Großteil unseres Lebens verbringen.

»Sie wirken etwas abwesend ...« Gérard durchleuchtete Campanard mit seinen dunklen Augen.

»Pardon.« Campanard lächelte. »Ich habe die Stabilitas loci in unserem großen Mutterkloster gelobt. Später wurde mir mein Sonderamt verliehen, in dessen Ausübung mir bestimmte Freiheiten eingeräumt werden.«

»Haben Sie eine Bestätigung für Ihren Auftrag bei uns?«

»Er befindet sich in Ihrer Mailbox.«

Olivier hatte mit tatkräftiger Hilfe von Inspector Madère am Commissariat in Grasse in wenigen Stunden ein Schreiben erstellt, das überzeugend genug wirken sollte.

»Wie lange bleiben Sie bei uns?«

»So lange es nötig ist.«

»Unsere Gemeinschaft ist schwer erschüttert. Ihre Anwesenheit wird uns nicht gerade helfen, die Wunden zu heilen.«

»Aber sie kann helfen, dass euch nicht noch mehr Wunden geschlagen werden, geschätzter Abt.«

Gérard sah ihn nachdenklich an.

»Nun, bitte zeigen Sie mir, wo ich schlafen darf. Danach brauche ich unverzüglich Zugang zu den Quartieren von Bruder Arbogast und Bruder Bernard.«

Gérard sog die Luft ein und erhob sich. Ohne ein weiteres Wort ging er voran.

***

Campanards Klosterzelle unterschied sich deutlich von dem heimeligen Hotelzimmer, das er in Gordes genossen hatte. Eine steinerne unverputzte Mauer, ein Bett, das schon auf den ersten Blick zu kurz und zu schmal für einen Mann seines Ausmaßes war. Ein kleines Fenster zu den Lavendelfeldern hinaus, ein schmuckloser Schreibtisch mit einem Kruzifix darüber.

»Wenn es Ihnen zu bescheiden ist, kann ich den Hoteltrakt aufsperren, den wir für die Touristen eingerichtet haben.«

»Aber nein, ganz wunderbar«, erklärte Campanard und stellte seine Tasche ab. Ein Bad und ein WC waren vorhanden, auch wenn er bezweifelte, dass er sich in der engen Duschkabine würde umdrehen können.

»Wohnen Sie auch in diesem Trakt?«

»Natürlich.«

»Ausgezeichnet. Gehen wir dann weiter zu den Quartieren von Bernard und Arbogast?«

»Wie Sie wünschen.«

Sie schritten auf einen dunklen Gang hinaus, in dem schwere Eichenholztüren zu den Quartieren der Mönche führten.

»Hier«, erklärte Gérard kühl und wies auf die Tür vor ihm. »Bernards Quartier. Die nächste Tür ist die von Arbogast.«

»Nebeneinander, wie praktisch«, stellte Campanard fest.

»Seit etwa einem Jahr. Einer unserer Brüder starb letzten Herbst in hohem Alter. Bernard bat, sein Quartier zu übernehmen.«

»Hat er gesagt, warum?«

»Wegen der Aussicht.«

»Einleuchtend.«

Gérard sperrte die Tür auf und öffnete sie. Campanard bückte sich und trat ein.

Das hier entsprach viel mehr dem, was er sich nach Bernards Erzählungen vorgestellt hatte. Es wirkte wie ein kleines, einfach eingerichtetes Appartement mit freundlich hell gestrichenen Wänden. Eine Kochecke, ein Kleiderschrank und ein Nachttischchen waren zu sehen, ebenso ein Schreibtisch vor einem deutlich größeren Fenster.

Für einen Moment traf ihn die Trauer wie ein Schlag, als ihm ein Hauch des vertrauten Geruchs von Bernards Rasierwasser in die Nase stieg.

»War die Polizei schon hier drin?«

»Wieso sollte sie?«, fragte Gérard. »Dass man die Wohnung eines Unfallopfers durchsucht, wäre mir neu.«

»Richtig«, murmelte Campanard. »Ich denke, Sie können sich nun wieder Ihren Pflichten widmen, Bruder Gérard. Wären Sie noch so freundlich und sperren mir das Quartier von Arbogast ebenfalls auf?«

Der Abt starrte ihn lange an, dann nickte er.

»Und bitte hinterlegen Sie in meinem Quartier einen kleinen Plan, der den Tagesablauf in Sénanque skizziert.«

»Sicher sind Sie mit unserem Tagesablauf vertraut, er unterscheidet sich nicht von dem der anderen Klöster.«

Campanard lächelte. »Meine Erfahrung zeigt, dass das Leben in jedem Kloster stets ein paar Eigenheiten aufweist.«

»Natürlich. Gedenken Sie auch daran teilzunehmen?«

»Sofern es mir meine Pflichten erlauben ... Und bitte, bereiten Sie Ihre Brüder darauf vor, dass ich mit ihnen sprechen möchte.«

»Vergessen Sie eines nicht, wenn Sie mit meinen Brüdern sprechen: Wir sind eine sehr enge Gemeinschaft. Dass der Herr entschieden hat, uns gleich zwei Brüder zu nehmen, hat uns tief erschüttert.«

»Arbogast lebt vielleicht noch.«

Gérard verengte die Augen. »In der Tat, aber wenn es sein Wunsch wäre zurückzukehren – meinen Sie nicht, dass er sich gemeldet hätte?«

Campanard nickte anerkennend.

Der Abt richtete sich auf. »Ich hoffe, der Herr wird Ihnen Erleuchtung schenken, Bruder Albéric. Nun gestatten Sie, dass ich mich wieder dem Gebet widme.« Er zögerte. »Für Bernard.«

»Natürlich.«

Nachdem der Abt sich entfernt hatte, wandte Campanard sich wieder Bernards Quartier zu. Sein Magen zog sich unangenehm zusammen. Das hier fühlte sich falsch an. Er hätte gemeinsam mit seinem Freund durch diesen Trakt spazieren sollen. Dann hätte Bernard ihm die Tür geöffnet und ihm sein Zuhause gezeigt, vielleicht sogar einen Espresso gebraut. Campanard hätte frische Navettes mitgebracht und eine Unterhaltung über das Leben im Kloster begonnen.

Wieso war er nicht gekommen?

Er hatte fast drei Jahre Zeit gehabt, aber irgendetwas war ihm immer wichtiger und dringender erschienen. Und jetzt stand er im Zuhause seines toten Freundes und sollte es durchsuchen. Campanard hatte keine Worte dafür, wie sich das anfühlte.

»Vergib mir, mon ami«, murmelte er, dann kramte er sein Smartphone aus der Tunika hervor. Noch immer kein Empfang. Campanard machte ein paar Fotos, dann sah er sich um.

Zuerst öffnete er den Kleiderschrank. Ein paar sorgsam auf Kleiderhaken aufgehängte Zisterziensersets. Unterwäsche. Drei Paar Schuhe, zwei davon aus schwarzem Leder, ein Paar braune Sandalen. Und auch ein wenig Zivilkleidung. Drei Paar Jeans, karierte Hemden, eine gefütterte Winterjacke, Strohhut und ein paar Wintermützen.

Für einen Moment versuchte Campanard sich seinen Freund in normaler Kleidung vorzustellen. Es gelang ihm kaum.

Langsam ging er zu dem Bett hinüber und öffnete eine Lade unter dem Nachttischchen. Darin befanden sich ein Rosenkranz und ein Stapel Briefe. Campanard blinzelte. Kurz schossen ihm Tränen in die Augen, als er seine eigene, ein bisschen schnörkelig aussehende Handschrift erkannte.

Campanard ging die Briefe durch, bis er zu einem der allerersten kam.

Mein teurer Freund,

ich habe den ersten Schritt getan. Ich habe den jungen Polizisten besucht, von dem ich dir erzählte. Sein Name ist Pierre Olivier, und er befindet sich gerade an einem sehr dunklen Ort.

Campanard stieß die Luft aus. Bernard hatte Oliviers Namen sogar unterstrichen, damit er ihn sich gut merken konnte.

In der Lade befand sich auch ein verschlossenes Kuvert – adressiert an ihn. Einen Moment lang betrachtete er den Umschlag, unfähig, ihn zu öffnen, als hätte er immer noch ein letztes Gespräch mit seinem Freund in der Hinterhand, wenn er ihn verschlossen ließ. Bestimmt ein Dutzend Mal hatte Bernard ihn in den vergangenen Jahren nach Sénanque eingeladen. Warum hatte er sich nicht einfach in den Bus gesetzt und war gekommen? War er wirklich so beschäftigt damit gewesen, sein neues Leben aufzubauen? Er schob das tiefe Bedauern einen Moment beiseite und öffnete den Umschlag.

Lieber Einfach-nur-Campanard,

ich schreibe dir in einer verzweifelten Stunde. Es ist mir etwas unangenehm, dich darum zu bitten, aber ich brauche deine Hilfe. Ein lieber Freund, Bruder Arbogast, ist verschwunden. Ich kenne ihn gut, er hätte das Kloster niemals freiwillig verlassen. Ich selbst war in Lérins, als es passierte. Ein höchst merkwürdiger Zufall. Ich fürchte, jemand hier im Kloster ist dafür verantwortlich. Ich kann niemandem trauen. Wäre ich kein Mann Gottes, dann würde ich meinen, dunkle Kräfte sind am Werk. Pardon. Ich weiß, wie das klingen muss.

Bitte hilf mir, Licht in diese Sache bringen. Ich kann mir niemand Besseren vorstellen.

Bernard

Campanard nickte unmerklich. Unglücklich, dass Bernard ihm nicht mehr Details verraten hatte, aber vermutlich hatte er vorgehabt, ihm mehr unter vier Augen anzuvertrauen.

Er steckte den Brief in die Innentasche seiner Tunika und sah auf. Über dem Bett hing ein prachtvolles Gemälde. Es zeigte einen Heiligen, der vor einem Wolkenthron kniete. Vermutlich der heilige Bernhard von Clairvaux, zumindest ähnelte die Figur der auf Bernards Anhänger. Auf dem Thron saß die heilige Mutter Maria mit dem kleinen Christus auf dem Schoß. Sie hatte ihre Brust entblößt und drückte sie. Tatsächlich schoss daraus ein Milchstrahl hervor, den der kniende Bernhard mit offenem Mund dankbar auffing.

Campanard runzelte die Stirn. Sah er richtig? Dieses Bild wirkte für eine Heiligendarstellung geradezu obszön sinnlich.

Er fotografierte es zuerst ab, dann griff Campanard den Rahmen an beiden Seiten und hob das Bild von der Aufhängung.

Die Wand dahinter war nicht verputzt, genau wie in seiner eigenen Zelle. Raue, unförmige Steine aus dem Mittelalter.

Campanard strich über die Wand, fühlte ihre Unebenheiten. Ein Stein gab unter dem Druck seiner Finger ein wenig nach.

»So klassisch, mein Freund ...«

Campanard ruckelte ein wenig an dem Stein und zog ihn dann vorsichtig heraus. Gespannt fasste er in den Hohlraum dahinter. Was würde er darin finden? Eine kostbare Reliquie, wertvollen Schmuck oder ...

Campanard hob eine Augenbraue und betrachtete die bunten Kondome in seiner Hand. Das passte gar nicht zu dem Bernard, den er kennengelernt hatte. Campanard tastete den Hohlraum sorgfältig ab, aber sonst konnte er nichts finden.

Wofür hatte Bernard die gebraucht? Gut, die Frage erübrigte sich wohl. Aber wenn Bernard es mit Keuschheit nicht so eng gesehen hatte, mit wem hatte er dann Sex gehabt? Oder hatte er die Kondome in der Hoffnung gekauft, er würde jemanden kennenlernen, mit dem er sich ein wenig vergnügen konnte?

Die Kondome liefen erst in einigen Jahren ab.

Ein kühler Hauch streifte seinen Nacken. Campanard fuhr herum. Für einen winzigen Moment – und er war nicht sicher, ob er sich nicht täuschte – glaubte er einen Schatten aus dem Zimmer huschen zu sehen.

KAPITEL 11
DER NOVIZE

Einen Herzschlag lang fühlte Campanard sich wie erstarrt, dann lief er zur Tür und auf den Gang hinaus. Nichts. Auch keine andere Tür, die sich bewegte.

So lautlos konnte kein Mensch sein. Campanard verscheuchte den Gedanken und das unheimliche Gefühl in seinem Inneren. Entweder hatte er sich das gerade eingebildet, oder jemand interessierte sich ein wenig zu sehr dafür, was er hier tat. Wenn jemand bei Bernards Tod nachgeholfen hatte, dann hatte er dessen Aufmerksamkeit vielleicht schon auf sich gezogen. Kein sehr angenehmer Gedanke.

Er atmete tief durch, dann fiel ihm auf, dass er immer noch die Kondome in der Hand hielt. Nichts, womit ihn die Brüder hier unbedingt sehen sollten. Er kehrte zurück in Bernards Zimmer, fotografierte das Versteck und die Kondome und hängte das Gemälde wieder an seinen Platz.

Die restliche Durchsuchung verlief unspektakulär. Nichts deutete auf einen Streit oder eine Verschwörung hin. Nach einer Weile ließ Campanard es gut sein und beschloss, in Arbogasts Quartier weiterzumachen.

Er trat auf den Gang hinaus. Quartiere nebeneinander, extra auf Bernards Wunsch hin. Kondome in einem Geheimversteck. War es möglich, dass die beiden mehr als nur Freunde gewesen waren?

Campanard überdachte die Möglichkeit gründlich. Verglichen mit Bernard war Arbogast deutlich älter gewesen, aber das schloss seine Theorie nicht aus. Vielleicht hatte das geheime Verhältnis der beiden Mönche jemanden wütend gemacht, der eine Drohung auf die Klostermauern geschmiert und anschließend Arbogast und schließlich auch Bernard aus dem Weg geräumt hatte. Die Theorie war zu stimmig, um sie gleich wieder zu verwerfen. Allerdings hatte Bernard ihm gegenüber nie erwähnt, dass er homosexuell war, und nach ihren langen Gesprächen musste er gewusst haben, dass Campanard ihn deshalb nicht weniger gemocht hätte.

Er trat in das Zimmer, als er hinter sich ein kaum hörbares Knarzen vernahm. Vielleicht wieder der Schatten, der ...

Campanard zuckte unwillkürlich zusammen und wich einen Schritt zurück. Direkt hinter ihm stand Luc und starrte ihn mit schräg geneigtem Kopf an.

»Mon dieu«, flüsterte Campanard empört und musterte die schneeweißen Gewänder des jungen Mannes. Er sah aus wie ein Schlossgespenst. Campanard fasste sich und lächelte. »Bruder Luc, nicht wahr? Mein Name ist Albéric. Schön, dass wir uns ...«

»Sie dürfen hier nicht sein«, murmelte Luc unverwandt. Die Art, wie sein Blick an Campanard vorbeiging, obwohl dieser ihn ansah, hatte etwas Unangenehmes.

»Machen Sie sich keine Sorgen, der Abt persönlich hat es mir erlaubt. Es ist alles in Ordnung.«

»Nein ...«, erwiderte Luc. »Er will Sie hier nicht haben. Er wird Sie holen kommen.«

»Von wem sprechen Sie?«

Luc schluckte.

»Er lebt innerhalb der Mauern.«

»Hat Ihnen jemand gesagt, dass Sie das sagen sollen?«

Luc starrte ihn an.

Campanard seufzte. Dieser Junge war offensichtlich ziemlich aufgewühlt. Wenn er klare Antworten von ihm haben wollte, musste er es anders angehen.

»Ihnen gefällt das Geräusch, wenn man mit der Handfläche über Lavendelköpfe streicht, habe ich recht?«

Campanard imitierte die bedachte Bewegung mit seiner Handfläche. Luc blinzelte und hielt seinen Kopf gerade, dann schloss er die Augen und streckte ebenfalls die Hand aus.

»Bleu des Collines, hab ich recht?«, murmelte Campanard. »Eine ganz besondere Sorte. Fühlt sie sich anders an als die Sorte draußen auf dem Feld?«

Luc öffnete den Mund und schloss ihn wieder. »Weicher.«

Campanard lächelte.

»Sie waren in Lérins, nicht wahr?«, fragte Campanard freundlich. »Gibt es dort auch Lavendel?«

Luc öffnete die Augen. »Auf der Insel wächst Wein.«

Seine Miene wirkte jetzt viel entspannter. Wenn er einen mit seinen grauen Augen auf diese Weise ansah, würde niemand den Verdacht hegen, dass er sich von anderen Menschen unterschied. Mit seinem schwarzen Haar, den hohen Wangenknochen und dem schlanken Körperbau hätte er als Model arbeiten können.

»Wie schön.« Campanard nickte. »Gewiss war es eine schöne Reise mit Bruder Bernard.«

Unvermittelt kehrte Furcht in Lucs Miene zurück.

»Etwas kam mit uns …«, flüsterte er. »Ich konnte es nicht

sehen, aber es war da. Ich konnte es nachts atmen und heulen hören. Er hat unseren Herrn verflucht. Der Teufel.«

»Hat noch jemand gehört, was Sie gehört haben? Vielleicht Bernard? Oder die Brüder in Lérins?«

Luc sah auf. Für einen Moment erschien ein Lächeln auf seiner Miene.

»Ich glaube, er hat die ganze Zeit unter uns gelebt und wir haben ihn nicht gesehen. Seine Worte sind wie Honig.«

Luc hob den Zeigefinger und drückte ihn an die Stelle zwischen Campanards Augen.

»Er gräbt sich in deinen Verstand … und der Rest kriecht hinterher, bis du ihm gehörst, mit Haut und Haaren.«

Lucs Fingerkuppe fühlte sich seltsam kalt an.

»Hat dieser Teufel einen Namen?«

»Luc!«

Ein weiterer Mönch war in der Tür aufgetaucht. Er hatte eine rundliche Gestalt, einen auffällig roten Bart und Locken, die ein wenig dunkler waren.

»Ich habe dich schon überall gesucht, wir wollten doch für das Abendessen Löwenzahn sammeln.«

Erst jetzt schien er Campanards riesige Gestalt zu bemerken.

»Oh. Wer sind Sie denn?« Er lachte. »Verzeihung, das war etwas plump. Mein Name ist Jacques.« Er kam auf Campanard zu und streckte ihm eine sommersprossige Hand mit kurzen, breiten Fingern entgegen.

»Albéric.« Campanard mahnte sich, konzentriert zu bleiben. »Aus Cîteaux. Ich bin hier wegen der schlimmen Verluste in eurer Gemeinschaft. Um euch in dieser Zeit zu unterstützen. Mein Beileid dafür.«

Er senkte ein wenig den Kopf.

Jacques nickte. »Ich wüsste nicht, wie ich die Tage ohne unsere gemeinsamen Gebete überstehen würde. Nichts gibt mehr Halt.«

»Das kann ich mir vorstellen«, erwiderte Campanard. »Kochen Sie hier?«

»Früher hatten wir eine Köchin. Aber die Renovierung vor ein paar Jahren hat alle finanziellen Reserven des Klosters aufgebraucht. Jetzt wechseln wir uns ab. Immer zu zweit für eine Woche. Und in dieser Woche sind Luc und ich an der Reihe.« Jacques zuckte mit den Schultern. »Ich glaube, ich werde mit unserem Abt reden, ob ich die Aufgabe nicht dauerhaft übernehmen kann. Kann man sich kaum vorstellen, aber mir macht es wirklich Spaß.«

»Oh, das kann ich mir sogar sehr gut vorstellen«, erwiderte Campanard.

»Ich versuche, den Wochenplan immer so zu gestalten, dass es viel Abwechslung gibt, und ergänze die Speisen mit Gemüse, das hier wild oder in unseren Beeten wächst.«

»Interessant. Ich bin immer auf der Suche nach Inspirationen für neue Gerichte.«

»Ach ja? Kochen Sie auch für Ihre Brüder?«

»Meine Zeit erlaubt es selten, aber ich tue es gern. Vielleicht darf ich Sie einmal begleiten?«

»Wäre mir eine Ehre. Jetzt komm aber, Luc, wir müssen bis zur Vesper fertig mit allem sein. Sie entschuldigen …«

»Natürlich.«

Jacques legte Luc die Hand auf die Schulter und führte ihn aus Arbogasts Quartier heraus.

»Hm«, brummte Campanard. Der Schatten, den er in

Bernards Quartier gesehen hatte – hätte das Luc oder Jacques gewesen sein können?

Nein. Es war etwas Dunkles gewesen. Schwarz. Ohne eine Spur von Weiß.

Er fragte sich, ob hier doch noch irgendwo Leute arbeiteten, die nicht zum Kloster gehörten. Alle, die etwas mit dem Tourismus zu tun hatten, waren natürlich beurlaubt, aber vielleicht schlich hier noch der eine oder andere Handwerker oder Erntehelfer herum.

Er wandte sich wieder Arbogasts Quartier zu. Viel erwartete er sich hier nicht. Dubac und ihre Leute hatten bestimmt schon alles durchsucht und relevante Hinweise auf den Verbleib des Mönchs sichergestellt. Vom Aufbau her war das Quartier nahezu identisch mit dem von Bernard.

Campanard öffnete den Kleiderschrank. Ein paar Hosen und Poloshirts, aber kein Mönchsgewand. Seltsam. Von jemandem, der geplant hatte, das Kloster zu verlassen, hätte er das Gegenteil erwartet. Dubac hätte jedenfalls keinen Grund gehabt, die Kleider mitzunehmen, genauso wenig wie Arbogasts Brüder, die vermutlich noch darauf hofften, dass er gefunden wurde. Campanard schloss seine Suche ab, ohne etwas Interessantes zu finden.

Auf dem Weg zurück in seine Zelle überlegte er sich, wie er Olivier erreichen konnte. Es gab etwas, das er den beiden *Obscurs* dringend mitteilen wollte. Dort angekommen, fand er ein Blatt Papier auf dem kleinen Schreibtisch neben seinem Bett vor, auf dem jemand handschriftlich den Tagesablauf festgehalten hatte.

4:30 Uhr Frühstück
5:15 Uhr Vigilien
6:00 Uhr Laudes
6:25 Uhr Konventmesse – an Sonn- und Feiertagen ist die Konventmesse erst um 9:30 Uhr
12:00 Uhr Terz und Sext, danach Mittagessen
12:55 Uhr Non
18:00 Uhr gesungene lateinische Vesper, danach Abendessen
19:45 Uhr Komplet und Salve Regina (danach Silentium nocturnum)
20:10 Uhr Rosenkranz vor dem Allerheiligsten in der Kreuzkirche

Ein leises Stöhnen drang aus Campanards Kehle. Frühstück um halb fünf? Das war ja mitten in der Nacht. Viele der Begriffe auf der Liste sagten ihm nichts, aber er war sicher, jeder von ihnen bezeichnete eine Art von Gebet oder Gottesdienst. Er vermisste Programmpunkte wie *gute Gespräche*, *Café mit Navettes* und *Bücher lesen*, aber immerhin gab es ein paar Lücken zwischen den Fixpunkten.

Er ließ sich auf das Bett sinken, das unter seinem Gewicht lautstark knarzte und rieb sich das Gesicht. Das konnte ja was werden.

* * *

Linda starrte immer noch ihren neuen Ausweis an, als Pierre den Wagen vor dem Hotel parkte. Sonderermittlerin Delacours. Das klang verwegen, das klang cool, das klang …

»Dubac hat vorhin getextet. Sie will mit uns reden.«

… nicht nach jemandem, der Dubac treffen musste, wenn er nicht wollte.

»Wirklich? Wozu? Sie hat nichts Relevantes zum Fall beizutragen.« Linda streckte sich ausgiebig.

»Bis gestern nicht. Aber sie hat ja eine Untersuchung des Unfalls angeordnet.«

»Ah ja, da war was.«

»Du kannst sie nicht leiden.«

»Und ich dachte, ich wäre subtil gewesen.«

»Warum eigentlich nicht?«

»Meine überlegene Menschenkenntnis hat Alarm geschlagen.«

Pierre lachte. »Ach so.«

»Wo will sie uns denn treffen?«

»Im selben Bistro wie gestern.«

»Wie schön.« Linda blinzelte. »Was sagen wir ihr wegen dem Commissaire?«

»Dass er wegen einer wichtigen Sache nach Grasse zurückmusste und einstweilen den Einsatz von dort aus koordiniert?«

»Wir … könnten ihr auch einfach die Wahrheit sagen, oder nicht?«

»Der Chef war dagegen. Wir bewegen uns hier auf dünnem Eis. Wenn Dubac die Sache aufbauscht, könnte uns das in Schwierigkeiten bringen.«

Linda zuckte mit den Schultern. »Na, hoffentlich kriegt sie den Commissaire nicht zu Gesicht, wenn sie dort weiterermittelt.«

»Darauf muss er eben achten.«

Bis zu Dubacs vorgeschlagenem Termin blieb noch etwas Zeit. Linda beschloss, ihre Yogalektion nachzuholen. Während der Therapie hatten ihre Freundinnen ihr geraten, damit zu beginnen. Und obwohl sie so biegsam wie eine Eisenstange war, war sie irgendwie dabeigeblieben, vielleicht mehr aufgrund einer Ich-zieh-diesen-Mist-jetzt-durch-Einstellung denn aus wahrer Liebe für Yoga.

Die Nachmittagssonne schien auf den Balkon, als sie hinaustrat. Der Duft von Sand und Lavendel stieg ihr in die Nase.

Kurz darauf erschien ihre YouTube-Yoga-Lehrerin Angélina auf ihrem Tablet. »Bonjour, meine wunderbaren Yoga-Ladys!« Sie winkte in die Kamera. Gut gelaunt wie immer. Diesmal stand sie in einem Olivenhain, in dem Mohnblumenblüten wuchsen.

»Salut, Angélina«, erwiderte Linda unmotiviert.

»Wärmen wir uns zuerst ein wenig auf, mit …«

»… dem herabschauenden Hund«, ergänzte Linda zeitgleich mit der Yogalehrerin.

Ihre Muskeln spannten und zogen, als Linda ihr Gesäß hob und die Übung durchführte, doch dann ließ ein leises Maunzen sie aufsehen. Am Nachbarbalkon stand Pierre mit Trépied auf dem Arm, der Linda aus großen Augen betrachtete.

»He«, ächzte Linda. »Das ist privat.«

Pierre grinste. »Trépied und ich genießen nur unseren Balkon.«

»Dann schaut gefälligst in die Schlucht.«

»Zu Befehl, Sonderermittlerin Delacours.«

Pierre nahm sich einen Stuhl, platzierte Trépied auf seinem Schoß und ließ seinen Blick in die Ferne schweifen.

»Oh«, murmelte er. »Das sieht aber nicht gerade gut aus.«

»Fersen jetzt ganz fest durchdrücken«, hauchte Angélina. »Und die Dehnung genießen.« Linda drehte ihren roten Kopf.

Am Horizont türmten sich finstere Wolkentürme auf.

»Muss dieses Gewittertief sein, von dem ich im Radio gehört habe.«

Linda löste die Übung und lockerte ihre Gliedmaßen. »Ist doch gut. Hier ist alles staubtrocken. Und ich muss mich nicht ständig eincremen. Hat ja nicht jeder diese mediterranen Gene wie du.«

Pierre zuckte mit den Schultern und deutete mit dem Kaffee in ihre Richtung. »Dabei hast du mittlerweile einen richtig guten Teint. So golden ...«

Linda hob eine Augenbraue. »Du findest *meinen* Teint golden?«

Pierre wurde ein wenig rot.

»Meinte nur, dass das schöne Wetter dir gut steht.«

Linda konnte nicht anders und lächelte. »Manchmal kannst du echt ...«

»So, nächste Übung, meine Lieben.«

Lindas Blick wanderte zum Bildschirm. Angélina hatte sich mit gegrätschten Beinen hingesetzt. Linda tat es schon beim Zusehen weh.

»Jetzt fühlen wir uns ganz tief in unser Becken hinein.«

Angélina beugte sich mit gestreckten Armen so weit vor, dass ihr Oberkörper flach am Boden lag.

»Aber nicht vergessen, das ist kein Wettbewerb.«

»Natürlich nicht«, brummte Linda. Sie beschloss, dass es für heute genug Yoga war. »He, Pierre, was hältst du ...«

Aber Pierre war bereits im Inneren des Zimmers verschwunden. Nur Trépied hockte noch immer auf dem Balkon und beäugte sie. Linda seufzte. Sie stützte sich mit den Ellenbogen auf dem hölzernen Balkongeländer ab und starrte die Gewittertürme an, die sich in der Ferne auftürmten.

Ein leises Ächzen erklang, und sie blinzelte verwirrt. Trépied stieß ein tiefes Fauchen aus. Im selben Moment brach unter lautem Bersten das Geländer unter ihr weg. Linda stieß einen erschrockenen Schrei aus, taumelte über dem Abgrund und ruderte heftig mit den Armen.

Dann fiel sie.

KAPITEL 12
ANDOUILLETTE

»Linda!«, brüllte Pierre und rannte auf seinen Balkon.

Sein Blick streifte das geborstene Geländer und fiel dann auf seine Kollegin, die auf ihrem Hintern hockte und am ganzen Körper zitterte.

Es war haarscharf gewesen, ihr Schwerpunkt wäre beinahe vornübergekippt. Gerade so hatte sie sich armerudernd nach hinten lehnen können und war statt in die Schlucht rückwärts auf den Balkonboden gestürzt.

»Die Tür!«, rief Pierre, der kreidebleich geworden war.

»Offen«, murmelte Linda mit bebender Stimme.

Sie hörte, wie er ihr Zimmer betrat. Kurz darauf kauerte er neben ihr und schlang seine Arme um sie.

»Gott, Scheiße, Linda, geht's dir gut?«

Sie spürte das Zittern ihres Körpers in seiner Umarmung.

»Nein«, flüsterte sie. »Ich wäre gerade fast ...«

Sie starrte auf die Lücke im Geländer vor ihr und den dahinterliegenden Abgrund.

»Wie konnte das nur brechen«, flüsterte Pierre kopfschüttelnd.

Er kroch zu der Stelle, wo sie gestanden hatte, und fuhr vorsichtig mit den Fingerkuppen über die Bruchstellen am Geländer. Langsam sog er die Luft ein.

»Alles klar«, meinte er schließlich. »Komm, wir gehen in

mein Zimmer rüber. Ich will, dass du dich kurz hinlegst, während ich Georges hole, ja?«

Allmählich zog sich die Panik aus Lindas Gliedmaßen zurück. Zumindest hatte es sich immer so angefühlt, wenn ihre Panikattacken nachgelassen hatten.

»Was ist los?«, fragte sie. »War das Holz morsch?«

»So was in der Art«, erwiderte Pierre, ohne sie anzusehen. Seit sie sich kannten, war sie nur selten so sicher gewesen, dass er log.

»Komm«, meinte er sanft und half ihr auf die Füße. »Geht's?«

Ihre Beine zitterten, und für einen Moment war ihr schlecht, aber sie ließ sich von Pierre in sein Zimmer bringen und auf das Bett legen. Wie seltsam, es sah genauso aus wie bei ihr, nur dass hier alles nach Pierre roch. Das Aftershave, das sie an Pinienharz erinnerte, sein Haarwachs und natürlich er selbst.

Kurz darauf kam er mit einem Glas Wasser zurück und reichte es ihr. Linda nahm einen kräftigen Schluck und spürte, wie das kalte Nass ihre Kehle hinunterrann.

»Ich komme gleich wieder, okay?«

»Alles gut.«

Ein Miauen riss sie aus ihren Gedanken, sobald Pierre verschwunden war. Trépied stand neben dem Bett, eine Pfote auf die Decke gelegt. Linda war sicher, hätte er gekonnt, er wäre zu ihr heraufgesprungen.

»Na komm.« Sie hob den Kater zu sich hinauf und ließ zu, dass er sich auf ihrem Bauch zusammenringelte. Sein Schnurren schien ihren ganzen Körper vibrieren zu lassen und hatte eine angenehm beruhigende Wirkung. Linda schloss die Augen.

Wenig später hörte sie Pierres und Georges' aufgeregte

Stimmen, ohne Details verstehen zu können. Georges wirkte völlig außer sich und schien Pierre gegenüber ständig etwas zu beteuern. Nach einer Weile wurde es wieder ruhig, dann kam Pierre zurück ins Zimmer und setzte sich zu ihr ans Bett.

»Besser?«, fragte er mit einem schiefen Grinsen.

»Natürlich, ich hatte gute Gesellschaft.«

Pierre lächelte und nahm Trépied von ihr herunter, während Linda sich aufsetzte.

»Georges ist am Boden zerstört. Anscheinend hat er die Geländer erst letztes Jahr erneuern lassen.«

»Die daheim in Grasse sehen älter aus.«

»Er hat die Baupolizei alarmiert. Die werden nachsehen, ob bei der Renovierung gepfuscht wurde. Wenn du willst, können wir umziehen.«

»Wozu?«, fragte Linda. »Ist doch alles gut, ich gehe einfach nicht mehr auf den Balkon.«

Etwas in Pierres Miene gefiel ihr ganz und gar nicht. »Jetzt sag mir, was du wirklich glaubst.«

Pierre sah einen Moment zur Seite, dann holte er sein Smartphone aus der Tasche seiner Jeansjacke.

»Hier ... Wie sieht das für dich aus?«

»Wie ein paar abgebrochene Holzbalken«, kommentierte Linda das Foto von der Unfallstelle auf dem Balkon.

Pierre nickte und vergrößerte es. Linda runzelte die Stirn. Die Bruchstelle war sonderbar glatt.

»Für mich sieht das nicht homogen aus. Wenn so ein Balken bricht, dann tut er das schräg und voller Späne und Splitter. Das hier ... Also für mich sieht das aus, als wären die Balken angesägt worden.«

»Was? Aber das ist doch absurd.«

»Vielleicht schätze ich das auch falsch ein, ich bin kein Spezialist.«

»Und wenn du recht hast?«

Pierre schenkte ihr einen langen Blick.

Linda rieb sich die Stirn. »Aber das ist doch idiotisch. Hier kennt mich keine Seele. Warum sollte mich jemand umbringen wollen? Ich meine, selbst wenn jemand wüsste, was wir hier tun, hätten sie doch viel eher den Balkon des Commissaires präpariert.«

»Der Täter oder die Täterin wussten vielleicht nicht, wer von uns in welchem Zimmer wohnt. Oder glaubt aus irgendeinem Grund, dass du gefährlich bist.«

Linda fasste sich an die Brust. »Was für ein Grund sollte das sein? Ich habe noch gar nichts Wesentliches zur Ermittlung beigesteuert.«

»Mir wäre wohler, wenn du heute Nacht hierbleibst«, brummte Pierre. »Keine Sorge, ich schlaf auf dem Boden.«

»Wieso glauben Männer immer, dass sie auf dem Boden schlafen müssen, wenn eine Frau Unterschlupf sucht? Es ist dein verdammtes Bett, ich hole mir einfach meine Matratze rüber.«

Pierre lachte leise. »Du wärst gerade fast gestorben und sorgst dich schon um Rollenbilder. Weißt du, wie ich dich dafür … Ich meine, du bist echt unverwüstlich.«

Für einen Moment wollte Linda ihn aushorchen, um herauszufinden, was er wirklich hatte sagen wollen. Aber das hier war kein Verhör, und Pierre versuchte, sich mit all seiner Liebenswürdigkeit um sie zu kümmern.

»Gut, dann mache ich mich fertig und richte mir hier ein Lager her. Wir treffen uns bald mit Dubac.«

»Nicht dein Ernst. Willst du dich denn nicht lieber erholen?«

»Von was? Einem Moment der Panik? Dann hätte ich mich in den letzten Jahren nur noch erholen dürfen.« Sie erhob sich rasch, um ihm zu zeigen, wie fit sie sich fühlte. Die Angst vor einem Mörder hatte sie schon viel zu lange gelähmt. Sie würde sich nicht von einem vagen Verdacht ins Bockshorn jagen lassen.

***

»Da sind Sie ja endlich«, kommentierte Dubac, als die beiden im Bistro auftauchten. Sie trug Jeans und ein schwarzes T-Shirt, das ihre sportliche Figur betonte. Das rot getönte Haar leuchtete in der Abendsonne, als sie es über ihre Schultern warf.

Dubacs Blick glitt über Pierre und Linda. »Was ist mit dem Commissaire?«

»Ist in einer dringenden Angelegenheit in Grasse«, erklärte Pierre, während sie sich zu ihr in den Schatten einer Platane setzten. »Koordiniert vorerst von dort.«

»Aha, die Präfektin glaubt also, Campanard schafft im Homeoffice, was ich vor Ort nicht zuwege bringe?«

Linda verdrehte die Augen. »Geht es hier um ein gekränktes Ego oder darum, wie wir diesen Fall lösen?«

»Den Fall«, erwiderte Dubac. »Noch ist mir allerdings schleierhaft, was Sie als Psychologin dazu beitragen. Wollen Sie den Mönchen Rohrschachbilder zeigen?«

»Linda ist Sonderermittlerin«, ergänzte Pierre.

»Pardon.« Dubac neigte den Kopf. »Dann zeigen Sie den Mönchen also Rohrschachbilder *und* Ihren Ausweis.«

Linda wandte sich Pierre zu. »Hast du eine Ahnung, warum Capitaine Dubac sich durch meine Kompetenz so verunsichert fühlt?«

»Ähm ... Bitte reden wir über den Fall, ja?«

Linda nickte. »Pierre hat recht. Ich für meinen Teil halte Sie für eine sehr fähige Ermittlerin. Kein Grund, den Eindruck zunichtezumachen.«

»Danke«, seufzte Pierre. »Kann ich kurz für kleine Jungs, ohne dass es hier zu einer Szene kommt?«

Dubac streckte sich und würdigte Linda keines Blickes. »Meinetwegen wird es das sicher nicht.«

Pierre nickte und entfernte sich mit einem misstrauischen Blick, als würde er dem Frieden nicht trauen. Aber Linda hatte kein Interesse, sich weiter mit Dubac zu streiten. Sie widmete sich stattdessen der Speisekarte. Immerhin hatten sie wegen dieses Treffens das Abendessen bei Georges abgesagt.

»Gibt es hier was Vegetarisches, das Sie empfehlen könnten? Mir ist nach etwas Leichtem.«

Dubac betrachtete sie mit verschränkten Armen und hob die Augenbrauen.

»O ja«, erklärte sie nach einer Weile. »Es gibt hier eine besondere Delikatesse, heißt Andouillette.«

»Andouillette«, murmelte Linda und suchte das Gericht auf der Karte. »Ah ja, hier bei den Spezialitäten. Steht gar nichts dabei.«

»Ist was für Kenner.«

»Was ist denn da drin?«

Dubac lächelte verschmitzt. »Trauen Sie sich etwa nicht, etwas Neues auszuprobieren, Delacours?«

»Warum fühle ich mich gerade wie ein sechzehnjähriger Junge? Klar probier ich das, warum nicht?«

Pierre kam im gleichen Moment zu ihnen an den Tisch wie ein Kellner. Dubac bestellte Lammkotelett und Pierre die Ravioli mit Schafskäse-Kräuterfüllung, die Linda auch angelacht hatten.

»Ich nehme die Andouillette, bitte«, erklärte Linda mit einem kleinen Lächeln. Aus den Augenwinkeln sah sie Pierre verwirrt blinzeln. Offensichtlich kannte er das Gericht auch nicht.

Der Kellner hob erstaunt die Augenbraue, als er Linda musterte, dann nickte er anerkennend. »*Ausgezeichnete* Wahl, Madame.«

»Also«, begann Pierre. »Können Sie uns vielleicht schon etwas über den Unfallhergang sagen?«

»Da kommt jemand schnell zur Sache«, antwortete Dubac.

Zu ihrer Überraschung erkannte Linda in der Art, wie sich Dubacs Lidspalte öffnete und sie gleichzeitig das Kinn minimal senkte, einen Hauch echter Anerkennung. Die Frage war nur, ob sie wirklich Pierres Aussage oder einfach nur Pierre gut fand. Zweiteres behagte ihr seltsamerweise gar nicht.

»Ein paar Dinge sind tatsächlich seltsam: Der Wagen ist bei guten Straßenverhältnissen in den Baum gerast, nach einer langen Gerade, die Kurve kam erst danach. Außerdem kann der Aufprall den Brand nicht ausgelöst haben, da sind sich die Experten sicher. Sie konnten Benzinreste in der Fahrerkabine sicherstellen. Der Tank und die Batterie waren intakt.«

Pierre wechselte einen Blick mit Linda. Genau wie der Commissaire vermutet hatte.

»Und die Leiche?«, fragte Pierre.

Dubac klopfte mit den Fingern auf den Tisch.

»Sie haben Sie ja gesehen, oder? Komplett verbrannt.«

Pierre starrte sie eine Weile lang erwartungsvoll an. Linda unterdrückte ein Lächeln. Das hatte er sich beim Commissaire abgeguckt. Erwartungsvolle Stille konnte sehr effektiv sein.

»Natürlich gab es ein paar Knochenbrüche wegen des Aufpralls, aber die waren wohl Bernards geringstes Problem ...«

Linda kniff die Augen zusammen. Jemand hatte die Fahrerkabine von innen mit Benzin übergossen. Wohl kaum Bernard selbst. Wer einen Unfall dieser Art inszenieren wollte, müsste sein Opfer vorher betäuben oder fesseln. Fesseln wären ein Risiko für den Mörder. Wenn diese nicht völlig verbrannten, würde niemand an einen Unfall glauben.

»Haben Sie die Leiche auf Drogen oder Medikamente untersucht?«

Dubac wandte sich Linda zu und schenkte ihr einen Blick, als zweifle sie an ihrem Verstand. »Was glauben Sie, welche Medikamente ein tausend Grad heißes Inferno überleben?«

»Diese Temperaturen haben nicht zwingend im Inneren des Körpers geherrscht«, antwortete Linda ungerührt.

»Das stimmt«, bestätigte Pierre. »Eine Toxikologie kann nicht schaden, nur für den Fall.«

»Wenn die Herrschaften meinen.« Dubac tippte etwas in ihr Telefon, von dem Linda hoffte, dass es ein Reminder war.

»Dubac.« Pierre beugte sich vor und verschränkte seine Finger. »Ihnen ist schon klar, dass wir hier vermutlich von Mord reden ... Vielleicht sogar von einem Doppelmord.«

»Werden wir sehen«, murmelte Dubac und besah sich ihre Fingernägel.

»Mesdames et Messieurs!« Der Kellner war zurückgekehrt. Er servierte Dubac das Lamm und Pierre seine Ravioli. »Und zu guter Letzt unsere Spezialität: die Andouillette.«

Linda konnte das Gericht riechen, bevor sie es sah.

»O mein Gott!« Sie presste sich ihre Serviette auf den Mund. »Was *ist* das?«

»Linda, was hast du da bloß bestellt?«, murmelte Pierre, dessen Gesicht ein wenig Farbe verloren hatte.

»Die sieht heute aber *hervorragend* aus«, kommentierte Dubac mit einem Grinsen, das Linda ihr am liebsten aus dem Gesicht geprügelt hätte.

»Natürlich«, erwiderte der Kellner stolz. »Sie ist sogar von der AAAAA zertifiziert.«

»Der *was*?«, fragte Pierre, während Linda gegen den Brechreiz ankämpfte.

Der Kellner räusperte sich. »Von der Association amicale des amateurs d'andouillettes authentique.«

»Wunderbar«, antwortete Dubac amüsiert. »Unsere Gäste sind hier noch etwas neu, könnten Sie Ihnen erklären, was eine Andouillette eigentlich ist?«

»Aber natürlich. Im Prinzip ist die Andouillette eine Wurst, aber eine ganz besonders feine. Sie besteht aus Magen und Darmstücken vom Schwein, früher auch von Kalb und Ente, ganz unverarbeitet und kaum gewürzt, damit der Geschmack der Innereien sich unverfälscht entfalten kann. Die Stücke werden nur lose von der Wursthaut zusammengehalten, man kann sie also einzeln genießen, sie purzeln einem beim Anschneiden geradezu entgegen. Es wird empfohlen, sie langsam zu kauen, da Magen und Darm sehr muskulöse Gewebe sind. Das Besondere ist, dass die Haut der Andouillette aus naturbelassenem Dickdarm besteht. Daher ihr unverwechselbarer und von Kennern geliebter Geruch, der …«

Linda musste würgen. Irgendwie schaffte sie es, sich hustend und keuchend unter den Tisch zu bücken.

»Madame!«, rief der Kellner echauffiert.

»O mein Gott, Delacours. Was haben Sie denn?« Die Worte konnten Dubacs Lachen kaum kaschieren.

»Linda, alles gut?« Sie spürte Pierres Hand auf ihrem Rücken.

»Nehmen Sie das weg, um Himmels willen!«, krächzte Linda.

»Verzeihung«, flüsterte Dubac laut genug, dass Linda es trotzdem hören konnte. »Sie ist wohl eher zartbesaitet.«

Ein Seufzen vom Kellner war zu hören. Seine Schritte entfernten sich, und langsam wich auch der Fäkalgeruch. Linda hustete noch einmal, dann richtete sie sich langsam auf.

»Was stimmt nicht mit Ihnen?«, fuhr sie Dubac an. Die Gäste an den Nachbartischen wandten sich um und warfen ihr überraschte Blicke zu.

»Was ist denn?«

»Ich habe Ihnen gesagt, dass ich etwas Vegetarisches bestellen möchte.«

»Oje.« Dubac legte sich die Hand auf die Brust. »Sie wollten etwas Leichtes, an den Rest habe ich nicht gedacht. Und die Andouillette ist leicht. Immerhin sind die Darmstücke hohl, und da man sie mindestens dreißigmal kauen muss, ist sie auch sehr bekömm…«

Linda verschwand gerade rechtzeitig unter dem Tisch, bevor sie sich wieder übergeben musste.

»Scheiße, Linda«, murmelte Pierre besorgt.

Zumindest dauerte es diesmal nicht mehr ganz so lange, bis sie sich wieder gefangen und aufgerichtet hatte.

»Es tut mir aufrichtig leid«, beteuerte Dubac.

»Sie lügen«, erwiderte Linda.

»Wie bitte?«, fragte Dubac amüsiert.

»Komm, wir gehen«, murmelte Pierre mit finsterer Miene und legte Geld auf den Tisch. Er half Linda auf. »Du ... du hast da was.«

Zuerst verstand Linda nicht, was er meinte, bis er sich mit dem Zeigefinger an die Wange fasste. »Oh.«

Linda spürte, wie sie rot wurde, und wischte sich das Bröckchen Erbrochenes von der Wange. Gott sei Dank hatte sich Pierre Dubac zugewandt. »Rufen Sie mich an, wenn es etwas Neues gibt.«

Dann gingen sie, nicht ohne dass Linda Dubac noch einen vernichtenden Blick zuwarf.

»Geht's dir gut?«, fragte er, sobald sie sich ein wenig entfernt hatten.

»Das zählt für mich als weiterer Anschlag«, erwiderte sie mit rauer Stimme.

Zwei Dinge hatte Linda in diesem Moment für sich festgelegt, von denen es kein Abrücken mehr gab. Nummer 1: Dubac war das pure Böse. Nummer 2: Sie würde es ihr heimzahlen.

»Ich frag mich, wie es dem Chef geht.« Pierres Stimme klang besorgt. »Hier ist irgendwas im Gange. Und was immer es ist, es ist nicht in Sénanque geblieben.«

KAPITEL 13
DAS NÄCHTLICHE KLOSTER

Abgesehen von Campanard erschienen acht Mönche zur Abendmesse, der Vesper, in der Klosterkirche.

Wie bei vielen romanischen Bauten wirkte das Innere der Kirche ausgesprochen nüchtern. Als hätten die Erbauer im Mittelalter damit das harte und einfache Leben der Mönche abbilden wollen. Die Kirche war wie auch der Rest des Klosters in gutem Zustand, nur im hinteren Bereich konnte Campanard schemenhaft ein paar Absperrbänder und ein Warnschild ausmachen. Vielleicht hatte das Geld doch nicht gereicht, um wirklich alles zu renovieren?

Ein paar neugierige Blicke streiften ihn, als er die Kirche betrat, in die die Brüder kurz zuvor in einer Art Prozession eingezogen waren. Campanard begegnete jedem von ihnen mit einem freundlichen Lächeln. Niemand sprach oder fragte nach seinem Namen, als er sich neben ihnen vor den einfachen Holzbänken der Kirche aufstellte. Man musste kein Experte für das Leben der Zisterzienser sein, um zu wissen, dass man sich während des Gebets nichts anderem widmen sollte, schon gar nicht dem Sprechen.

Der Abt funkelte ihn einen Moment lang unter seiner schwarzen Kapuze an, ehe er sie zurückschlug und sich mit gemessenem Schritt zum Altar begab, auf dem ein aufgeschlagenes Buch mit bunten Seidenbändern als Lesezeichen lag. Gérard atmete hörbar ein, dann breitete er die Arme aus und begann ein lateinisches Gebet zu singen. Seine Bassstimme schien jeden Winkel der Kirche zu durchdringen, in der nur flackernder Kerzenschein herrschte.

Die Brüder neben ihm wiederholten den Singsang. Campanard bekam das Gefühl, sein eigener Brustkorb würde in Vibration versetzt. Er sah zur Decke empor und lauschte auf den Widerhall.

Eine Weile ging es so weiter. Gérard betete vor, die anderen antworteten, alles gesungen, alles in Latein. Kaum jemand achtete auf Campanard. Nur Luc, der in seinen weißen Gewändern direkt neben ihm stand, musste bemerkt haben, dass er nicht mitsang.

Schließlich änderte sich der Ablauf der Messe. Gérard sang nicht mehr vor, sondern alle Mönche sangen gemeinsam ein lateinisches Chorgebet. Campanard verstand ein paar Fetzen, weil sie in ihrer Grundstruktur dem Französischen nicht unähnlich waren. Allmählich führte der Singsang dazu, dass die Spannung, die er seit gestern verspürte, von ihm wich. Und obwohl er niemand war, der gern lang und vor allem reglos an einer Stelle stand, fühlte er sich eigenartig entspannt und heiter, während er den Gesängen lauschte. Ein Blick in die Mienen der Brüder sagte ihm, dass er nicht der Einzige war, der so empfand. Viele hatten die Augen geschlossen. Auf Bruder Michels Lippen konnte er sogar den Anflug eines Lächelns erkennen.

Vielleicht war das einer der Gründe, warum sich auch in der heutigen Zeit noch immer Menschen für ein Leben im Kloster entschieden. Eine Art heitere Gelassenheit, die das ständige Gebet mit sich brachte, und die Gemeinschaft von

Menschen, die einem gleichgesinnt waren. Die immer um einen sein würden wie eine Art Familie.

Eine Familie, der zwei ihrer Mitglieder entrissen worden waren. Campanards Blick glitt noch einmal prüfend über die Gesichter der Brüder. Wer wirkte trauriger als die anderen, wer nervöser? Er wusste nicht, wie oft er sich schon Delacours' Talent gewünscht hatte.

Nach einer Weile begann ihm die Messe dann doch ein wenig lang zu werden. Campanard ertappte sich dabei, wie er bei den langen Passagen, in denen die Mönche standen, von einem Fuß auf den anderen trat, weil seine Muskeln zu schmerzen begannen. Immerhin war Gérard schon bei der Eucharistie angekommen und hielt gerade eine Hostie gut erkennbar über seinen Kopf. Die Mönche bildeten vor ihm eine Schlange, um die Kommunion zu empfangen.

Campanard zögerte.

Ich war schon lange nicht mehr in der Kirche, hörte er seine eigene Stimme. *Ich weiß nicht einmal, ob ich noch die Kommunion empfangen darf. Ihr habt unzählige Regeln, wie man davon ausgeschlossen werden kann.*

Bernard stützte sein bärtiges Kinn auf seine Faust. »Eigentlich nur zwei. Wer geschieden ist und danach jemand anderen zivil heiratet – ich finde im Übrigen, das sollte angepasst werden ... Und dann noch der zweite Grund ...«

»Und der wäre?«

Bernards Miene wurde mit einem Mal ernst.

»Eine Todsünde vor dem Herrn. Und das Verharren darin.«

Campanard blinzelte. Er merkte, dass er begonnen hatte, mit den Fingern auf die Holzlehne der Sitzbank zu trommeln, vor der er stand.

Er sollte nicht ... Aber das hier war eine Rolle. Kein Mönch würde die Kommunion verweigern, schon gar nicht der Inspecteur des Generalabts aus Cîteaux, der als besonders integer gelten musste.

Campanard atmete tief durch, dann reihte er sich als Letzter hinter Luc ein und ging mit gesenktem Blick Schritt für Schritt nach vorn, bis er direkt vor dem Abt zum Stehen kam. Der Mönch hob die Hostie vor sein Gesicht. Seine dunklen Augen schienen Campanard zu durchbohren.

»Corpus Christi«, murmelte er.

»Amen«, erwiderte Campanard.

Er öffnete den Mund, und Gérard legte ihm die Hostie bedächtig auf die Zunge.

»Merci«, ergänzte Campanard reflexartig – und hätte sich gleich darauf am liebsten auf die Zunge gebissen, als Gérard ihm einen misstrauischen Blick zuwarf. Niemand *bedankte* sich für die Kommunion. Er senkte den Kopf wie bei einem stummen Gebet und ging langsam zurück an seinen Platz.

Nachdem sie aus der Kirche ausgezogen waren, löste sich die Prozession der Mönche wie von Zauberhand auf. Manche begannen im Licht der untergehenden Sonne leise miteinander zu reden. Wieder andere warfen ihm neugierige oder ängstliche Blicke zu. Das Zirpen von Grillen und Zikaden hallte durch die dunklen Höfe von Sénanque.

»Sie haben nicht gesungen«, stellte eine Stimme neben ihm fest.

Campanard senkte den Blick. Bruder Michel war neben

ihm aufgetaucht und sah ihn mit seinen babyblauen Augen an.

»Ich hätte es gerne gehört. Wie Sie singen, meine ich. Damit mir einfällt, woher ich Ihre Stimme kenne.«

»Mein lieber Michel, nehmen Sie es mir nicht übel, aber zum einen kann ich mich hier nicht ausschließlich dem Gebet widmen, sondern muss immer auf meine Aufgabe konzentriert bleiben. Und zum anderen habe ich eine außerordentlich furchtbare Singstimme.«

Michel verengte die Augen ein wenig. »Ich glaube nicht, dass das stimmt. In der Regel kann ich das gut einschätzen – und ich bin mir sicher, Sie hätten eine passable Singstimme. Sie könnten wahrscheinlich sogar Chansons vortragen. Die von Jacques Brel oder Georges Brassens.«

Campanard drängte seine aufkeimende Begeisterung zurück. »Verzeihung, da müssen Sie sich irren. Ich bin außerordentlich unmusikalisch und würde nur Dissonanz in euren wunderbaren Chor bringen.«

»Hm.«

Sie betraten einen einfachen Speisesaal, in dem bereits auf langen Tischen eingedeckt war. Campanard stellte erfreut fest, dass man auch an ihn gedacht hatte, denn sein Magen knurrte schon beträchtlich. Er ließ sich neben Michel auf einer Holzbank nieder. Unspezifischer Essensgeruch lag in der Luft, und ihm lief das Wasser im Mund zusammen.

Das Abendmahl bestand aus einer Schale Suppe mit Sommergemüse und Grieß als Einlage, dann eine Portion gebratener Schafkäse mit Kräutern und Olivenöl, dazu ein Löwenzahngemüse. Wohlschmeckend, aber insgesamt kaum mehr als ein Hauch von Nichts. Das Knurren seines Magens war kaum leiser geworden, aber da er nicht wusste, wie üblich es hier war, Nachschlag zu verlangen, ließ er es bleiben. Alles, was man hörte, war das leise Klirren und Schaben des Geschirrs auf dem Holztisch und leises Schlürfen und Schmatzen. Campanard beobachtete, wie Jacques und Luc abservierten und begannen, in der Küche abzuwaschen.

Als alle Brüder fertig waren, erhoben sie sich stumm und verließen den Speisesaal. Campanard dachte schon, es ginge zurück in die Kirche und wollte sich bereits absentieren, da erkannte er, dass die Mönche an der steinernen Dämonenbüste in den Kapitelsaal abbogen. Dort, zwischen zwei wuchtigen Steinsäulen, stand ein Kreis aus Holzstühlen. In seiner Mitte wartete Abt Gérard vor einem Extrastuhl, bis alle den steinernen Saal betreten hatten. Es roch ein wenig feucht und nach Wachs. Flackerndes Licht von einem Dutzend dicker Kerzen erhellte den Raum.

Der Abt sah in die Runde, dann setzte er sich. Alle anderen taten es ihm gleich. Campanard landete zwischen Michel und einem Mönch, der ihn an den Weihnachtsmann erinnerte.

»Liebe Brüder.« Gérard ließ seinen Blick in die Runde schweifen. »Hat jemand die Regeln unserer Gemeinschaft gebrochen und möchte darüber berichten?«

Für Campanard klang es nicht anklagend. Eher nach einer Frage, die hier generell gestellt wurde. Der Weihnachtsmann neben ihm räusperte sich.

»Raphaël?«

»Ich habe die Nachtruhe gebrochen.«

»Wieder einmal?«

»Es war schon vor etwa einem Monat. Ich konnte nicht schlafen, also ging ich draußen spazieren … und habe gesungen, um mich zu beruhigen. Ich wusste nicht, dass ich jemanden gestört habe. Aber wie ich hörte, wurde Michel wach, das tut mir leid.«

»Zuerst dachte ich sogar, ich hätte auch eine Trommel gehört«, flüsterte Michel Campanard kopfschüttelnd zu. »Aber so was hat hier keiner.«

Gérard nickte und schloss die Augen. »Dir sei vergeben.«

»Dir sei vergeben«, wiederholten die anderen Mönche mit sonorer Stimme.

»Wenn es mit der Schlaflosigkeit nicht besser wird, mach dir einen Arzttermin.« Gérard sah in die Runde. »Sonst noch jemand?«

Niemand antwortete.

»Gut. Wir haben auch so schon eine schwere Nacht hinter uns. Die finsterste, an die ich mich erinnern kann, wenn ich ehrlich bin. Zwei Brüder fehlen in unserer Mitte. Bernard hat der Herr zu sich geholt. Und es gibt weiterhin keine Neuigkeiten von Arbogast. Diese Ungewissheit empfinde ich als genauso furchtbar wie den Verlust. Ich wünschte, wir könnten bereits die Totenmesse für Bernard lesen und ihn beerdigen. Für die Zurückgebliebenen ist es schwer, keinen Abschluss finden zu können. Leider wird sein Leichnam nicht zeitnah freigegeben. Man will noch einige Untersuchungen daran durchführen.«

»Was denn für Untersuchungen?«, fragte Bruder Michel betroffen. »Wir haben Bernard doch gestern noch gesehen. Er war nicht betrunken, das kann ich beschwören.«

»Die Gendarmerie war nicht gewillt, uns nähere Auskunft zu geben. Uns bleibt nur, abzuwarten.«

Unter den Mönchen wurde leises Murmeln hörbar.

Nach einer Weile wanderte Gérards Blick zu Campanard. »Abseits davon wird euch aufgefallen sein, dass wir einen Besucher unter uns haben.«

Alle Blicke richteten sich auf Campanard.

»Bruder Albéric wurde aus Cîteaux zu uns geschickt, um uns in dieser schwierigen Situation«, Gérards rechter Mundwinkel verzog sich zu so etwas wie einem Lächeln, »beizustehen.«

Campanard wartete darauf, dass der Abt noch etwas sagte, aber als dieser ihn lediglich mit regloser Miene musterte, räusperte er sich und stand auf. »Zunächst möchte ich euch mein Beileid aussprechen. Wie euer geschätzter Abt bereits angekündigt hat, bin ich hier, um zu helfen und Licht in das Verschwinden von Bruder Arbogast und den Unfalltod von Frère Bernard zu bringen. Dazu möchte ich euch bitten, mir ab morgen für ein Gespräch zur Verfügung zu stehen. Ich werde mich natürlich bemühen, dass euer Alltag möglichst wenig beeinträchtigt wird.«

Die Mönche starrten ihn mit großen Augen an. Obwohl Campanard freundlich lächelte, wirkten die meisten von ihnen eingeschüchtert. Kein Wunder. Aber er hätte kaum behutsamer mit seiner Ankündigung sein können.

»Meinen Sie …« Frère Jacques richtete sich ein bisschen auf. »Meinen Sie, einer von uns hat was mit Arbogasts Verschwinden zu tun?«

»Ich meine, dass wir ihn dringend finden müssen, damit wir wissen, ob er wohlauf ist.«

Ein paar der Mönche nickten zustimmend. Luc starrte mit regloser Miene auf den Boden.

»Und Bernard … Bernard hatte doch einen Autounfall«, fuhr Jacques fort. »Daran gibt es doch keinen Zweifel, oder?«

Campanard senkte bescheiden den Kopf. »Bestimmt werden unser aller Annahmen dahingehend bestätigt.«

»Fest steht«, mischte sich Gérard ein, »dass Albéric die Vollmacht des Generalabts besitzt, sich die beiden Fälle anzusehen. Jeder von uns ist ihm gegenüber zur Wahrheit verpflichtet, auch in Bezug auf innere Angelegenheiten des Klosters.«

»Wofür ich mich sehr bedanke«, ergänzte Campanard.

Eine Windböe fegte durch die offene Tür zu ihnen herein. In der Ferne meinte Campanard leises Donnergrollen zu hören.

Eine Gewitterfront. Er hatte schon vor seiner Abreise gelesen, dass sie in den nächsten Tagen turbulentes Wetter erwarten würde.

Die Kerzen flackerten wild und verloschen schließlich. Erschrockenes Raunen ging durch den Raum. Campanard sah zu der steinernen Dämonenfratze, die direkt auf den Abt zu starren schien.

»Es beginnt«, flüsterte Luc. »Bald holt er den nächsten.«

***

Laut Tagesplan würde bei den Mönchen bald wieder eine Art gesungenes Gebet, das Komplet und das Salve Regina, anstehen. Campanard wusste nicht genau, was es damit auf sich hatte, aber er gedachte auch nicht, daran teilzunehmen. Er würde die Zeit nutzen, um einen Weg zu finden, seine *Obscurs* zu kontaktieren. Dummerweise kam der Kirchturm nicht infrage, da die Mönche in dem Gebäude beten würden.

Campanard wartete in seiner Zelle, bis er die Schritte der

Brüder hörte und kurz darauf wie von Ferne den Widerhall ihres Gesangs. Er erhob sich und lief die Treppen hinunter. Der Innenhof des Klosters und die Säulengänge lagen ruhig vor ihm. Dann spazierte er durch den angrenzenden Kräutergarten, über den sich eine Totenstille gelegt hatte, jetzt wo das Brummen der Insekten verstummt war.

Es war bereits dämmrig und immer wieder konnte Campanard Donnergrollen hören. Eigentlich liebte er die Stimmung unmittelbar vor einem Gewitter. Zu Hause in seinem Garten saß er meist so lange unter seinem Orangenbaum, bis die ersten Tropfen fielen, und beobachtete, wie sich die imposanten Wolkentürme näherten, die Natur allmählich verstummte und ein kühler Wind den Sturm ankündigte.

Jetzt hätte er darauf verzichten können. Er überquerte die schmale Steinbrücke über die Sénancole und begann, den Hang mit den vereinzelten Olivenbäumen und Steineichen hinaufzusteigen. Immer wieder hielt er inne und betrachtete das Display seines Handys, das sich aber noch immer weigerte, den kleinsten Balken zu zeigen. Wenn er keinen Weg fand, musste er Olivier beauftragen, Funkgeräte aufzutreiben und irgendwo eins für ihn zu deponieren.

Er erreichte die Steinbank, an der Gérard gebetet hatte, und verharrte. Immer noch nichts.

»Na dann«, seufzte Campanard. Er ignorierte das immer bedrohlicher wirkende Wetterleuchten am Horizont und ging weiter.

Kurz darauf erreichte er den Waldrand. Der harzige Geruch der Pinien stieg ihm in die Nase. Ein Donnergrollen erscholl.

Und als hätte jemand Erbarmen mit ihm, waren da endlich zwei bescheidene Balken.

Er wählte Oliviers Nummer. Hoffentlich nahm der Junge ab.

***

»Mach dir nicht zu viel draus«, erklärte Olivier, der auf seinem Bett hockte. Linda hatte sich auf die Gästematratze am Boden gelegt und rieb sich die Stirn. Er hatte noch einmal versucht, ihr das Bett zu überlassen, aber dazu war sie viel zu stur.

»Du bist in guter Gesellschaft«, fuhr er fort und starrte auf sein Smartphone. »Meryl Streep hat sich auch schon mal versehentlich eine Andouillette bestellt.« Er runzelte die Stirn. »Außerdem irgendein Autor namens René Anou...«

Das Telefon in seiner Hand begann wild zu vibrieren. Ein Anruf von Campanard.

»Ja, Chef?«

»Olivier«, hörte er Campanards Stimme.

»Gott sei Dank.« Er wischte sich über die Stirn. »Ich mach Sie auf Lautsprecher.«

Knacken und Rauschen drang aus dem Telefon. Der Empfang war schlecht, außerdem schien beim Commissaire der Wind ziemlich zu pfeifen.

»Haben Sie Neuigkeiten von Dubac, Olivier?«

»Nicht viel. Wir haben Sie überzeugt, eine toxikologische Untersuchung der Leiche anzufordern. Lindas Idee.«

»Sehr gut.«

»Chef, da ist noch ...«

»Ich weiß nicht, wie lange die Verbindung hält. Ich hatte heute einen Austausch mit dem Novizen Luc. Er behauptet, jemand wäre Bernard und ihm nach Lérins auf die Klosterinsel gefolgt.«

»Wie bitte?« Linda hatte sich aufgerichtet und über das Telefon gebeugt. »Wer?«

»Er behauptet, der Teufel.«

»Ach so, nur der.«

»Aber vielleicht hat Lucs Aussage einen wahren Kern. Lérins ist bis jetzt ein blinder Fleck in unseren Ermittlungen. Einer von Ihnen muss hin und nachforschen, was Bernard und Luc dort getan haben – und wer sie verfolgt haben könnte.«

Es dauerte einen Moment, bis Olivier begriff, was Campanard meinte.

»Chef, ich halte es für keine gute Idee, uns zu trennen, nicht nachdem ...«

»Ich mache es, Commissaire«, erwiderte Linda rasch.

Olivier hob die Augenbrauen. »Dann fahren Linda und ich gemeinsam.«

»Nein, Olivier, ich brauche Sie dringend vor Ort. Als Bindeglied zu Dubac und als mein Mann in Gordes. Überlassen Sie das unserer Sonderermittlerin.«

Ein Lächeln stahl sich auf Lindas Miene, ehe sie Oliviers Gesichtsausdruck bemerkte.

»Chef, Sie sollten wissen, dass heute jemand versucht hat ...«

Ein Krachen erklang in der Leitung.

»Mon dieu!«, rief Campanard. »Hier wird es gerade ziemlich ungemütlich, melde mich morgen wieder.«

Campanard legte auf.

Olivier seufzte. »Was sollte das denn? Jemand hat versucht, dich zu töten, und du meldest dich für einen Einzeleinsatz?«

Linda zuckte mit den Schultern. »Ich ... ich dachte, so komme ich aus der Schusslinie. Wenn es ein Anschlag war, dann hatte der Mörder was dagegen, dass ich hier in Gordes bin. Also wäre es doch sicherer, nach Lérins zu fahren, oder nicht?«

»Nein.« Olivier schüttelte den Kopf. »Nichts kann einen besser beschützen als das eigene Team. Uns zu trennen, bedeutet, uns angreifbar zu machen. Der Chef ermittelt in Sénanque, du willst nach Lérins, und ich bleibe hier? Irgendwas ... irgendwas sagt mir, wir machen genau das, was der Mörder will.«

Linda betrachtete ihn mit leicht verengten Augen.

»Hör auf, mich zu lesen.« Er fuhr sich durch die Haare. »Ich meine, was ich sage.«

»Das ist doch Quatsch«, erwiderte sie. »Dort bin ich viel nützlicher als hier. Wenigstens kannst du mit Dubac ein normales Gespräch führen. Von deinen Qualitäten ist sie offenbar überzeugt, Monsieur de Plaisir.«

»Was soll *das* bitte heißen?«

Linda biss sich auf die Lippen. »Ich wollte nur sagen, dass sich die Zusammenarbeit zwischen mir und Dubac schwieriger gestalten würde. Und in Lérins ...« Sie hob die Arme und ließ sie auf ihre Matratze fallen. »Vielleicht finden sich dort Antworten auf unsere Fragen.«

»Und wenn du dich irrst? Wenn er dich verfolgt, bis nach Lérins? Du hast keine Waffe ...«

Linda lächelte matt. »Ich nehme mein Pfefferspray mit.«

Olivier starrte sie an.

»Ist das dein Ernst? Das letzte Mal, als du einfach auf eigene Faust ermittelt hast, da wärst du fast ...«

»Diesmal ist es anders. Der Commissaire ist einverstanden.«

»Alles klar, red es dir nur schön«, brummte Olivier. Wütend klopfte er sich sein Kissen zurecht und wandte ihr den Rücken zu.

Olivier hörte, wie Linda Luft holte, um etwas zu sagen, aber schließlich seufzte sie nur und schaltete das Licht aus. Still lagen sie da. Regen begann gegen die Terrassentür zu prasseln, und Donnerschläge waren zu hören.

KAPITEL 14
ABSCHIED

Campanard fluchte und steckte das Telefon ein. Innerhalb einer Minute hatte es aus allen Wolken zu schütten begonnen, aber das Gespräch war zu wichtig gewesen, um es aufzuschieben.

Ein Blitz flackerte auf. Für einen Moment glaubte Campanard, einen Schatten hinter einem Baumstamm zu sehen. Doch bevor er sicher sein konnte, hörte er ein Krachen, das ihn vor Schreck zusammenzucken ließ. Der Blitz musste in seiner unmittelbaren Nähe eingeschlagen haben. Das war ganz und gar nicht gut.

Campanard lief los. Der Hang war in der Dunkelheit nicht mehr zu erkennen. Manchmal, wenn der Himmel aufleuchtete, glaubte er in der Ferne die nassen Steinmauern des Klosters zwischen den Baumstämmen unten im Tal zu erkennen. Schon nach wenigen Minuten war seine Tunika völlig durchnässt und klebte an seinem Körper.

Plötzlich knackte etwas unter seinem Fuß. Campanard blinzelte, um die Regentropfen aus den Augen zu bekommen. Er war auf einer Lichtung, und in ihrer Mitte befand sich eine größere Feuerstelle. Um ihn herum standen ein paar ruinenartige Mauern. Die Feuerstelle war mit Steinen abgegrenzt. Aber worauf war er da getreten?

Campanard bückte sich und hob es auf. Es fühlte sich seltsam an, weich, aber an manchen Stellen hart und kühl. Er steckte den Gegenstand in sein Gewand und hastete weiter durch das Gewitter.

***

In den Räumlichkeiten des Klosters war alles finster und still, als Campanard zurückkehrte. *Silentium nocturnum*. Nachtruhe. So stand es auf seinem Plan.

Das bedeutete, die Mönche hatten sich bereits zurückgezogen oder saßen noch in der Kirche, um Rosenkränze zu beten. Grundsätzlich wäre er neugierig gewesen, welcher der Brüder noch eine Extraschicht nötig hatte, aber er war völlig durchnässt. Jeder seiner Schritte klang, als würde er auf eine Gummiente treten.

Mit der Taschenlampe seines Telefons tastete er sich zu seiner Zelle. Dort angekommen, atmete Campanard tief durch. Immerhin hatte ihn keiner der Brüder so gesehen. Das Weiß der dünnen Tunika war bei Nässe verstörend durchsichtig.

Er schälte sich aus den klitschnassen Kleidern und zwängte sich ohne Umschweife in die für ihn viel zu kleine Duschkabine. Campanard liebte es, heiß zu duschen, aber für seinen Geschmack war das, was da an Warmwasser aus dem Duschkopf kam, kaum mehr als ein Rinnsal. Trotzdem genoss er die Wärme und spürte, wie er sich ein wenig entspannte. Wie gern hätte er jetzt einen der Bademäntel vom Hôtel d'Alouette gehabt oder noch besser: den ganzen Wellnessbereich.

Kurz darauf rieb er sich die Haare und den Bart trocken und hängte die nasse Kleidung zum Trocknen auf. Da er nicht glaubte, dass Mönche fürs Schlafen irgendwelche Kleidervorschriften hatten, schlüpfte er in seinen eigenen Mohnblütenpyjama.

So simpel es war, es half ihm, sich wieder etwas mehr wie er selbst zu fühlen. Das Miniaturbett ächzte bedrohlich unter seinem Gewicht, als er sich setzte und das Fundstück aus dem Wald genauer besah.

»Hm«, brummte er.

Es war ein Stück biegsamer Kunststoff mit einer Metallniete. Zu weich für einen Gürtel. Vielleicht war es mal Teil einer Maske gewesen?

Campanard legte es mit einem Seufzen auf sein Nachttischchen.

Er zog seinen Bartschoner über und stieß ein unzufriedenes Grunzen aus. Wenn er sich streckte, drückte ihn die Kante des Bettes in die Unterschenkel, während seine Füße über den Boden baumelten. Und wenn er die Beine einzog, war das Bett zu schmal und der Bettkasten drückte auf seine Knie.

Campanard respektierte Menschen, die sich für ein einfaches Leben entschieden, aber warum man sich freiwillig quälte, das hatte sich ihm nie erschlossen. Wenn man glaubte, dass das Gott gefiel, musste man ihn für einen Sadisten halten.

Eine Weile starrte er in die Dunkelheit, hörte auf das Klopfen des Regens, das tiefe Sausen des Winds, dessen Böen immer wieder einen lauteren Regenschwall gegen sein kleines Fenster fegten. Das Kloster schien unter dem Gewittersturm zu ächzen. Von überallher konnte er Knacken und Schieben hören, als wären die alten Mauern selbst von unheimlichem Leben erfüllt.

Campanard schloss die Augen, riss sie aber bei einem lauten Donnern gleich wieder auf. Unwillkürlich musste er an den Schatten denken, den er in Bernards Quartier gesehen hatte und dann vielleicht auch noch draußen im Wald.

»Das ist ja wie eine Übernachtung in einem verdammten Geisterschloss«, knurrte er und klopfte sein Kissen weich.

***

»Madame Delacours, sind Sie wohlauf?«, fragte Georges, immer noch kreidebleich, als Olivier und Linda morgens die Treppe herunterkamen.

Seine ganze Gestalt schien zu schreien: *Bitte verklagen Sie mich nicht.* Olivier kannte sich nicht besonders gut mit rechtlichen Angelegenheiten aus, aber die Sache könnte Georges' Hotel in große Schwierigkeiten bringen, sollte Linda sich zu einem solchen Schritt entscheiden.

»Salut, Georges. Es geht mir gut, vielen Dank.«

»Oh.« Georges schenkte ihr das strahlende Lächeln, das er bisher immer für Campanard reserviert hatte. »Es freut mich wirklich, das zu hören. Ich habe darüber nachgedacht, wie ich die Sache wiedergutmachen kann. Kennen Sie Thomas Gampe? Er ist Haubenkoch in Avignon und zufällig ein guter Freund von mir. Vielleicht würde es Ihnen gefallen, wenn er hier mal für Sie kochen würde? Ein ganz exquisites Abendessen, nur für Sie beide ... und Monsieur Campanard natürlich, falls er dann wieder da ist. Wissen Sie schon, wann er zurückkommt?«

»Leider nein«, erwiderte Linda. »Und lieb von Ihnen, vielen Dank für das Angebot. Aber vorher habe ich ein paar Termine. Ich fürchte, Sie werden sich in nächster Zeit mit meinem Kollegen Olivier begnügen müssen.«

Georges' Gesichtsausdruck wirkte, als hätte man ihn gerade über den Tod eines Verwandten informiert.

»Aber das Theaterstück. Geht das denn, ganz ohne kreativen Austausch?«

»Zuerst muss ich leider an einem Monolog arbeiten«, antwortete Linda mit einem Seitenblick auf Olivier, dessen Miene sich merklich verfinsterte.

Während des Frühstücks wechselten sie kaum ein Wort. Olivier beobachtete, wie sie mit ihren schlanken Fingern die Kaffeetasse hob, wie ihre grünen Augen zufrieden den Espresso in der Tasse musterten. Ihre Haare wirkten noch etwas durcheinander, aber irgendwie stand ihr das, genauso wie die sommerliche Bluse. Sie war zitronengelb. Eine Farbe, die er noch nie an ihr gesehen hatte. Er ertappte sich bei dem Wunsch, ihre nackten Oberarme zu streicheln und dann …

Mist. Wieso konnte er nicht einfach sauer auf sie sein?

»Ich fahre dich später zum TGV-Bahnhof nach Avignon«, erklärte er. Der Superschnellzug aus Paris zischte mit mehr als dreihundert Kilometern in der Stunde von dort aus weiter nach Marseille und dann nach Cannes, von wo aus Linda mit der Fähre nach Lérins übersetzen konnte.

»Danke«, erwiderte sie schlicht.

»Ich habe den dortigen Abt informiert. Er weiß, dass du kommst, und steht dir für Fragen zur Verfügung.«

»Du denkst wirklich an alles.«

»So ist eben der Ablauf«, erwiderte er kühl.

Linda musterte ihn eingehend und trommelte mit den Fingern auf den Tisch.

»Du siehst ... ein bisschen blass aus heute. Geht's dir gut?«

Die Wahrheit lautete, dass heute wieder einer dieser Tage war, an denen er kaum Kraft zum Aufstehen gehabt hatte. Aber er tat alles, um Linda das nicht zu zeigen. Trépied hingegen wusste immer, wie es um ihn stand. Er hatte maunzend am Bettrand gewartet und nicht lockergelassen, bis Olivier sich aufgesetzt hatte. Immerhin wurden diese Tage seltener. Glaubte er zumindest. Musste er glauben.

»Alles gut.«

Linda betrachtete ihn noch einen Moment, dann wandte sie sich wieder ihrem Frühstück zu.

**

Der TGV-Bahnhof lag ein wenig außerhalb von Avignon, dessen regulären Bahnhof der Superschnellzug gar nicht anlief. Das Gebäude wirkte ein bisschen wie eine riesige Glasskulptur mitten im Nirgendwo. Es gab einen Starbucks und einen Buchladen, zwei Bahnsteige und einen Parkplatz.

Olivier und Linda betraten den Bahnsteig, an dem jede Minute der Zug einfahren würde. Eine Weile lang standen Sie einander gegenüber und wichen ihren Blicken aus.

»Hör zu«, begann Olivier schließlich. »Fahr nicht. Ich hab echt ein beschissenes Gefühl bei der Sache. Niemals würde ich dich von irgendetwas abhalten, bitte glaub mir das. Ich mache mir nur Sorgen, verstehst du?«

Zu seiner Überraschung lächelte Linda.

»Du musst dir keine Sorgen machen, Quatschkopf«, erklärte sie und verwuschelte ihm die Haare, die er vor der Abfahrt mühsam mit Wachs gebändigt hatte. »Wenn hier irgendetwas passiert, wenn du in Gefahr bist, ruf mich an, und ich komme sofort. Ich, deine Ritterin in strahlender Rüstung.«

Olivier musste lachen, obwohl ihm nicht wirklich danach zumute war. »So habe ich das nicht ...«

Der Zug fuhr mit einem lauten Quietschen in den Bahnhof ein.

»Salut, Pierre«, sagte Linda und drückte ihm einen Kuss auf die Wange. Dann verschwand sie im Zug.

Er wartete noch, bis der Zug außer Sicht war, dann wandte er sich ab.

***

Campanard war überzeugt, es müsse sich um einen Fehler handeln, als sein Handywecker kurz vor halb fünf bimmelte. Obwohl das im Sommer eine Herausforderung war, schafften die Mönche es trotzdem, ihren Tag deutlich vor Sonnenaufgang zu beginnen. Für Campanard fühlte es sich an, als wäre es mitten in der Nacht. Seine Kleidung war noch nicht völlig getrocknet und hatte den müffelnden Geruch von vergessener Wäsche angenommen. Er würde sie reinigen lassen müssen. Immerhin hatte er nur zwei Garnituren und konnte nicht immer dieselbe tragen.

Nachdem er sich wieder in Frère Albéric verwandelt hatte, rieb er sich noch ein bisschen von seinem Bartöl mit Whiskey-Tabak-Duft in den Schnauzer und kämmte ihn ein wenig. Auf sein Parfum verzichtete er bewusst. Der Geruch des Bartöls war dezent genug, um nicht weiter aufzufallen, und gab Campanard in der Klosterzelle, in der das schummrige Licht der Morgendämmerung herrschte, einen Hauch von Normalität.

Er hatte kaum geschlafen. Obwohl es albern und kindisch war, hatte er ständig daran denken müssen, dass der Schatten sich nachts direkt an sein Bett schleichen könnte, um ihn … nun ja, alles, was in irrationalen Angstvorstellungen eben Platz hatte. Anzuzünden, zu erwürgen, aufzuschlitzen, ihm eine Sandviper ins Bett zu legen.

Campanard verließ die Zelle, sperrte ab und taumelte schlaftrunken in den Speisesaal. Alle Mönche waren bereits da und saßen an der Tafel. Da Luc in der Küche aushalf, beschloss Campanard, sich dessen Platz zu schnappen, um nicht wieder am Rand der Gesellschaft zu sitzen.

Jetzt saß er neben Michel, der ihm zunickte, und gegenüber dem korpulenten Mönch, der ihn mit seinem weißen Rauschebart an den Weihnachtsmann erinnert hatte.

Das Frühstück selbst war einfach. Ein noch warmes Fladenbrot, das Bruder Jacques selbst gebacken hatte. Dazu Schafkäse, Butter und eine Schale mit eingelegten Oliven.

Campanard nahm sich ein großes Stück Brot. Er war zwar noch nicht hungrig, wusste aber, dass er es sein würde, sobald sein Magen aufwachte.

»Gut geschlafen?«, fragte Michel leise.

»Vorzüglich«, erwiderte Campanard wenig überzeugt.

»Ich habe gehört, wie Sie auf Ihr Zimmer gegangen sind«, flüsterte der Mönch. »Die Schritte der anderen kenne ich, deswegen wusste ich, dass Sie es sind. Außerdem klangen Sie ein wenig …«

»Nass, da liegen Sie richtig.«

Campanard versuchte, seine Gedanken zu ordnen.

»Ein bemerkenswertes Talent ... Haben Sie in letzter Zeit öfter Schritte gehört, die Sie nicht zuordnen konnten?«

Michel neigte den Kopf, als wäre es nicht so einfach, die Frage zu beantworten. »Nein, ich konnte sie immer zuordnen, außer bei Ihnen. Aber was gestern seltsam war ...«

»Gott zum Gruße, Bruder Albéric«, unterbrach der Weihnachtsmannmönch ihr Gespräch und streckte ihm eine fleischige Hand entgegen. »Ich bin Raphaël.«

»Die Freude ist ganz auf meiner Seite.«

Raphaël – der Mönch, der die Nachtruhe gebrochen hatte.

»Raphaël kümmert sich bei uns um die Weiterverarbeitung des Lavendels von den Feldern«, erklärte Michel.

»Wir machen damit Duftkissen, ätherisches Öl, Likör und Seife«, ergänzte Raphaël gut gelaunt. »Für unseren Shop. Der leider gerade geschlossen ist.«

»Sénanque wird sicher bald wieder seine Pforten für Besucher öffnen«, entgegnete Campanard.

Raphaël und Michel tauschten einen Blick.

»Ist etwas nicht in Ordnung?«

»Nein. Nein.« Besorgnis hatte sich in Raphaëls heitere Miene gemischt. »Es ist nur ... Wir haben ja vor ein paar Jahren renoviert. Unser Kloster hat schon an allen Ecken und Enden zu verfallen begonnen, egal, wie wir uns angestrengt haben, die Löcher zu flicken. In der Kirche gibt es immer noch ein Gewölbe, das einsturzgefährdet ist. Um den Rest steht es inzwischen besser, aber dafür mussten wir einen großen Kredit aufnehmen – und den zahlen wir mit dem Geld ab, das die Besucher hierlassen.«

»Gewiss fallen ein paar Wochen nicht so sehr ins Gewicht, oder?«

»Leider doch, wenn sie in den Sommer fallen. Die meisten besuchen uns während der Lavendelzeit, weil das Kloster mit den blühenden Feldern am schönsten aussieht. Ansonsten kommen nur wenige Seelen hier raus. Schon Gordes ist mit öffentlichen Verkehrsmitteln kaum erreichbar.«

»Umso mehr werde ich mich bemühen, rasch Licht in die jüngsten Vorfälle zu bringen. Bruder Raphaël, dürfte ich Sie bitten, im Anschluss an das Essen auf das Morgengebet zu verzichten und einen kleinen Spaziergang mit mir zu machen?«

Raphaël spielte nervös mit den Fingern. »Natürlich. Ich sage Gérard Bescheid.«

***

Zumindest regnete es nicht, während er mit Raphaël durch den Kräutergarten spazierte. Der Mönch wirkte etwas angespannt, als würde er sich bereits Antworten auf alles zurechtlegen, was er ihn fragen könnte. Campanard hatte sich angewöhnt, in so einem Fall mit einer unkonventionellen Frage zu beginnen, um die Leute ein wenig aus dem Konzept zu bringen.

»Bruder Raphaël, was hielten Sie von Bruder Bernards Bart?«

»Bruder Bernard war ein wirklich wunderbarer … Wie bitte?«

»Seinem Bart. Sie tragen selbst einen ganz prächtigen, also haben Sie gewiss auch darauf geachtet, wie er ihn trug?«

»Nun ja …« Raphaël blinzelte verwirrt. »Für meinen Begriff zu kurz. Aber immer gut gepflegt. Hat zu seinem Gesicht gepasst, würde ich sagen.«

»Und der von Arbogast?«

»Meiner Meinung nach war er nicht mit gutem Bartwuchs ges...« Er schüttelte den Kopf. »Verzeihen Sie, Bruder, warum ist das wichtig?«

Campanard musste an die bunten Kondome in Bernards Geheimversteck denken.

»Nun, die beiden haben sich gut verstanden. Sie hätten einander bei der Bartpflege helfen können.«

»Ich kenne *niemanden*, der so etwas tut.«

»Nein, Sie haben recht, ein absurder Gedanke. Aber die beiden waren sehr gut befreundet, da hätte man sich das doch zumindest vorstellen können.«

»Ich bin nicht gänzlich sicher, was Sie meinen ...«

»Oh, ich bin gänzlich sicher, Sie sind gänzlich sicher, was ich meine.«

»*Befreundet* waren die beiden, ja, aber ...«

»Es gibt nichts Wunderbareres, als Zeit mit einem richtig guten Freund zu verbringen und dabei alles um sich herum zu vergessen. Haben die beiden ab und an ihre Pflichten vernachlässigt?«

»Nun ja, Sie haben schon den ein oder anderen Gottesdienst verpasst. Aber Arbogast litt unter Migräne, und die hat ihn vor seinem Verschwinden besonders geplagt. Ihm war dauernd übel.«

»Und Bernard?«

»Der hatte die Freigabe vom Abt, mit Luc an diesem YouTube-Kanal zu arbeiten. Der lief richtig gut, und ich habe Ihnen ja erzählt, wie sehr wir auf die Touristen angewiesen sind.«

»Interessant. Ist Luc deshalb mit Bernard nach Lérins gefahren? Wollten die beiden dort noch eine düstere Prophezeiung hochladen?«

»Dieses Video ... Gérard hat getobt, als er es gesehen hat. Bernard meinte, Luc hätte den Livestream eigenmächtig gestartet und diese ... diese Dinge erzählt.«

»Und dann ist wirklich etwas passiert. Hat Luc so etwas schon einmal getan?«

»Meinen Sie, in die Zukunft zu sehen?«

»Kryptische Sätze über den Teufel, Prophezeiungen über Unheil und Tod.«

»O ja. Gérard war damals unsicher, ob er wirklich in der Lage sei, sich diesem Leben hinzugeben. Aber wir müssen darauf achten, dass unser Kloster bewohnt bleibt, und nicht viele junge Menschen zieht es heutzutage ins Kloster. Luc ist im Moment unser einziger Novize.«

»Meinen Sie, Arbogast und Bernard hätten ihn gern adoptiert?«

»Wie ... wie meinen Sie ...«

»Verzeihung, manchmal rede ich, bevor ich nachdenke. Der Herr möge mir verzeihen. Wenden wir uns wieder ernsthafteren Themen zu: Was haben Sie an der Feuerstelle bei den Ruinen im Wald getrieben?«

»Ich ...«

Es war ein Schuss ins Blaue, aber er konnte sehen, wie Raphaëls rote Backen mit einem Mal blass wurden. Winzige Schweißtropfen erschienen auf seiner Stirn.

»Welche ... welche Feuerstelle meinen Sie?«

Campanard hob eine Augenbraue. »Sie wissen doch, dass eine falsche Aussage straf... Ich meine, Sie kennen doch das vierte Gebot?«

Raphaël wirkte nur noch verwirrter. »Du sollst deinen Vater und deine Mutter ehren?«

»Ähm, das *andere*, meine ich: Du sollst nicht lügen!«

»Ich ...«

»Sie haben einige Male nach Beginn des Silentium nocturnum das Kloster verlassen. Schlaflosigkeit ist schon eine schlimme Sache. Man ist nicht man selbst – und ist viel anfälliger für Dummheiten. Das kann ich vergeben. Aber nicht, wenn jemand die Unwahrheit ...«

»Es gab dort eine Art geheimer Treffen«, platzte es aus Raphaël heraus. »Unsere Regeln sind ansonsten sehr streng. Wir wollten einfach einen Rahmen, wo ... wo wir uns ungezwungen unterhalten konnten.«

»Waren Bernard und Arbogast Teil davon?«

Raphaël schwieg.

»Nun?«

»Arbogast von Anfang an. Bernard, kurz nachdem er in unser Kloster kam.«

»Hat der Abt etwas herausgefunden?«

»Ich denke nicht ...«

»Wird er mir dasselbe sagen, wenn ich ihn darauf anspreche?«

Raphaël lief rot an. »Bitte fragen Sie ihn das nicht. Ich bitte Sie ...«

»Jemand hat die Mauern beschmiert. Eine Drohung an Arbogast. Luc redet vom Teufel innerhalb der Mauern. Bernard ist tot – könnte das etwas mit Ihren Treffen zu tun haben?«

Raphaël schnappte nach Luft. »Ich ... ich weiß es nicht. Wenn ich ehrlich bin, fühlt es sich so an, als hätte sich etwas

Unsichtbares hier eingenistet. Etwas, das sich Stück für Stück unseres Verstandes bemächtigt.«

Campanard betrachtete ihn lange.

»Ich will, dass Sie mich noch mal dorthin begleiten.«

KAPITEL 15
LÉRINS

Es war ein bisschen wie Nachhausekommen. Die Zuglinie von Avignon über Aix-en-Provence und Marseille führte Linda die Küste entlang. Nur ein paar Hundert Meter von der mondänen Promenade Croisette, wo sich im Frühling die Filmstars tummelten, war Linda in den Regionalzug nach Grasse gestiegen, der sie in ihr neues Leben gebracht hatte.

Diesmal war Cannes ihre Endstation. Sie spazierte durch die Stadt mit ihren verspielten, hellen Fassaden hinunter zum Meer und machte einen Bogen um die Strandclubs, wo sich an einem Sommertag wie heute Tausende Touristen rekelten. Kurze Zeit später fand sie sich auf einer lange Mole mitten im Meer wieder, von deren Spitze die Fähren die beiden Inseln Sainte-Marguerite und Saint-Honorat anfuhren.

Am Schalter für die Überfahrt nach Sainte-Marguerite sah Linda eine lange Schlange von Touristen. Bilder von Buchten, die im Schatten der Pinien lagen, verrieten perfektes Freizeitvergnügen auf einer kleinen Mittelmeerinsel. Die Überfahrt nach Saint-Honorat, auf der das Kloster Lérins lag, schien nicht ganz so beliebt. Linda konnte direkt zum Schalter gehen und sich ein Ticket kaufen, und als sie die Fähre bestieg, waren nur drei andere Besucher an Bord. Noch war es sonnig, aber vom Meer her zogen dunkle Wolken auf, die dem Badevergnügen der Gäste an der Côte d'Azur einen Strich durch die Rechnung zu machen drohten.

Linda genoss die Meeresbrise im Gesicht und den Haaren, als das Schiff lostuckerte. Zuerst war es beinahe Slalomfahren zwischen den vielen Segelbooten und Jachten. Doch sobald sie Sainte-Marguerite passiert hatten, wurde es schlagartig ruhiger … und das Meer ein wenig rauer.

Von Weitem erkannte Linda bereits die Klosterinsel. Eine felsige Küste, Weingärten und vereinzelte Dächer von Gebäuden weiter im Inselinneren. Inzwischen hatten sich Wolken vor die Sonne geschoben, und die Brise hatte merklich aufgefrischt.

Wenig später verließ Linda das Boot an einem hölzernen Pier und betrat die Insel. Der Geruch von Meer, Pinien, Seetang und süßherbem Strandginster stieg ihr in die Nase.

Ein kleines Restaurant neben der Anlegestelle war die einzige Spur von Zivilisation, die Linda entdecken konnte. Ein paar Wegweiser zeigten einen Rundweg um die Insel und den Weg zum Kloster an.

Waren Bernard und Luc auch mit dieser Fähre hergekommen? Wohl kaum. Bestimmt hatte das Kloster ein eigenes Boot, vielleicht auch eines, auf das sie mit dem Auto fahren konnten.

»Na dann …«, murmelte Linda vor sich hin und ging los, zuerst ein Stück die Küste entlang. Eine Fasanenmutter mit einer Schar schwarz-weiß gestreifter Küken lief über den Weg und duckte sich ins Dickicht.

Den Wegweisern folgend, bog sie ins Inselinnere ab und durchquerte einen Weingarten, in dem schon jede Menge unreife Trauben hingen. Zwei Mönche in Zisterzienserhabit und mit breiten Strohhüten arbeiteten an den Reben.

Durch die Tür in einer Mauer trat Linda in den eigentlichen Klostergarten und hob überrascht die Augenbrauen. Die Klosterkirche und die umliegenden Gebäude erinnerten mit den schmucken Bogengängen und hohen Dattelpalmen, die hier überall wuchsen, fast an einen maurischen Palast. Ein ausgedehnter Kräuter- und Gemüsegarten erstreckte sich über das Areal. Kirche und Wohngebäude waren mit einem gusseisernen Tor von den öffentlich zugänglichen Bereichen getrennt.

Da es keine Gegensprechanlage oder etwas Ähnliches gab, betrat Linda den Touristenshop. Ein wenig fühlte es sich an, als wäre sie bei einem Spirituosenhändler. Das Hauptprodukt war offensichtlich der selbst gekelterte Wein. Linda verstand nicht viel davon, aber zumindest waren das Klima und der Boden hier draußen sicher speziell, was einem guten Tropfen nicht abträglich sein dürfte. Das zweite Produkt, das einen anzuspringen schien, war ein Kräuterlikör, den die Mönche ebenfalls selbst herstellten.

»Kann ich Ihnen helfen?«, fragte eine etwas verhärmt aussehende Verkäuferin. Der Tonfall und ihr Gesichtsausdruck sagten ganz klar, dass Linda unter Beobachtung stand und gar nicht erst versuchen sollte, etwas zu klauen.

Wie charmant.

Linda lächelte. »Können Sie.«

Mit einer etwas unbeholfenen Bewegung zog sie ihren Dienstausweis aus der Tasche. Daran musste sie noch etwas arbeiten.

»Sonderermittlerin Linda Delacours.«

Gott, klang das cool, wenn man es aussprach.

»Ich bin mit dem Abt verabredet. Würden Sie ihn informieren, dass ich warte?«

»Dem Abt?« Die Verkäuferin blinzelte einen Moment, schien widersprechen zu wollen, aber besann sich dann.

»Natürlich.«

Sie verschwand in eine Ecke und telefonierte mit einem altmodisch wirkenden Festnetzapparat, nicht ohne Linda immer wieder feindselige Blicke zuzuwerfen.

»Er kommt gleich«, erklärte sie kurz. Dann begann sie, sich irgendwelchen Bestandslisten zu widmen, obwohl Linda immer noch unmittelbar vor ihr stand.

Ein paar Minuten verstrichen, in denen Linda einfach nur aus Spaß eine Flasche aus dem Regal nahm und testete, ob sie in ihre Umhängetasche passte, ehe sie sie wieder zurückstellte.

Kurz darauf kam ein schwarzhaariger Mann mit grauen Augen in den Shop. Hätte er kein Zisterzienserhabit getragen, dann hätte Linda ihn niemals für einen Mönch gehalten. Er war so ... *attraktiv.*

Der Gedanke war natürlich dumm, aber in ihrem Inneren schlug jemand einen Gong und rief bei jedem Schlag: *Verschwendung! Verschwendung!*

Jedenfalls gab es einiges an ihm, was einem gefallen konnte: sein kantiges Gesicht mit dem Grübchen, die breiten Schultern, die darauf hinwiesen, dass er sich abseits der Gottesdienste körperlich betätigte, und die hellgrauen Augen, die sich wohlwollend auf sie richteten. Er konnte kaum älter als Mitte dreißig sein. War das jung für einen Abt? Sie hatte keine Ahnung.

»Madame Delacours, willkommen!« Gott, wieso musste er nur so freundlich lächeln? Sie spürte, wie sie rot wurde, und sah rasch zur Seite, während sie seine Hand schüttelte.

»Ich habe Sie bereits erwartet. Mein Name ist Frère Grégor. Bitte, folgen Sie mir.«

Als Linda der Verkäuferin einen letzten Blick zuwarf, schien diese für einen Moment etwas sagen zu wollen, ließ es dann aber und widmete sich wieder ihren Listen.

Grégor führte sie durch den Kräutergarten und sperrte das schmiedeeiserne Tor auf, das zur Kirche und den inneren Bereichen des Klosters führte.

»Zu bestimmten Zeiten lassen wir Touristen hier herein, wenn sie die Messe besuchen wollen. Schön, wenn dann ab und an auch ein paar neue Gesichter dabei sind.«

Er betrat einen Seitentrakt, in dem es ein bisschen nach Meersalz roch, und führte Linda in ein schlichtes Arbeitszimmer mit ein paar altmodischen Bücherregalen. Durch das Fenster konnte man das mittlerweile stürmische Meer sehen und eine Palme, deren Wedel im Wind wehten.

»Kaffee?«, fragte Grégor und wandte sich einer kleinen Espressomaschine zu.

Das Lächeln auf seinen Lippen ließ kein Nein zu.

»Gern. Einen Espresso.«

»Willkommen in meinem Reich«, erklärte er, nachdem er ihr eine kleine Tasse gereicht hatte. Dann runzelte er ein wenig die Stirn. »Wenn ich ganz ehrlich sein soll, hätte ich mir unter einer Sonderermittlerin eine ältere Dame vorgestellt.«

»Und ich mir unter einem Zisterzienserabt einen Mann mit einem knielangen weißen Bart.«

Sie hob die Espressotasse, als würde sie ihm zuzuprosten.

»Touché.« Grégor lachte leise. »Ich glaube, ich habe diese Position nur bekommen, weil sich die erfahreneren Brüder nicht mit dem ganzen administrativen Quatsch abgeben wollen. Wer die Stille und Besinnlichkeit des Klosterlebens sucht, sollte auf so ein Amt verzichten oder sich an ein abgelegeneres Kloster binden.«

»Wie Sénanque?«, fragte Linda.

Gregor musterte sie kurz, dann nickte er. »Ja, das Kloster umgibt eine eigenartige Atmosphäre. Als wäre es aus der Zeit gefallen.«

»Den Eindruck hatte ich auch.« Linda neigte den Kopf. »Aber das ist nichts Schlechtes.«

Grégor klatschte in die Hände. »Was kann ich also für Sie tun?«

Gleich zur Sache. Warum nicht? Linda holte ihr Tablet aus der Tasche, auf dem sie ein paar Besprechungsnotizen vorbereitet hatte.

»Ich bin hier wegen eines Besuchs zweier Zisterzienser aus Sénanque. Frère Bernard und der Novize Luc. Die Geschichte ist wichtig für einen Kriminalfall.«

Olivier hatte in seinem Schreiben nichts von Bernards Tod erwähnt, und Dubac hatte keinen Kontakt wegen Arbogasts Verschwinden aufgenommen. Linda wollte austesten, wie gut man in Sénanque mit der Mutterabtei kommunizierte.

»Was ist passiert?«, fragte Grégor mit leicht erhobenen Augenbrauen. Er bemühte sich, seine Mundpartie reglos entspannt zu halten, was suggerierte, dass er mehr wusste, als er zugab.

Jemand aus Sénanque, vermutlich der Abt, hatte ihn also bereits informiert. Das hieß, Linda konnte die Katze aus dem Sack lassen. In kurzen Worten berichtete sie von Arbogasts Verschwinden und Bernards Unfalltod, verschwieg aber den Mordverdacht.

Grégors Miene zeigte Anteilnahme, aber es war ein wenig zu viel, um authentisch zu sein. Wer wirklich überrascht wurde, reagierte im ersten Moment gar nicht mitfühlend. Unglaube, das wäre die authentischste Reaktion gewesen.

»Bernard war ein guter Freund von Arbogast. Deshalb würden wir gern etwas mehr über seinen Aufenthalt hier erfahren.«

»Eine furchtbare Geschichte. Ehrlicherweise habe ich gestern schon davon gehört.«

Er gab es also zu. Das gefiel Linda.

»Abt Grégor ... Warum waren Bernard und Luc bei Ihnen? Soweit ich verstehe, geloben die Mönche Stabilitas loci. Sie binden sich an ein Kloster und reisen nicht allzu viel herum.«

»Das ist richtig. Aber auch wenn wir unsere Lebensweise bewahren, können wir uns der Gegenwart nicht völlig verschließen. Bernard und Luc hatten da etwas, für das auch wir uns interessiert haben.«

»*Un coin de paradis*«, antwortete Linda. »Ihr YouTube-Kanal.«

»Korrekt. Der Kanal hat wahrscheinlich Tausende von Besuchern nach Sénanque gelockt. Ich habe mit Abt Gérard gesprochen, ob die beiden Betreiber vielleicht zu uns kommen würden, um hier auch einen Kanal zu starten und ein paar meiner Brüder anzuleiten, wie man ihn am besten betreibt.«

»Klingt nach einer guten Idee.«

»War es auch. Aber die beiden waren noch nicht lange hier, da hieß es plötzlich, Arbogast sei verschwunden. Und Bernard wollte unverzüglich zurück nach Sénanque.«

Genau das, was sie von Dubac wusste. Das deckte sich also.

»Wollte er noch mal wiederkommen?«

Grégor nahm einen kleinen Schluck von seinem Kaffee. »Aber ja, sie haben auch ihr Gästezimmer behalten. Niemand ging davon aus, dass er ...«

Sein Blick verlor sich einen Moment lang in der Ferne, dann schüttelte er den Kopf. »Verzeihung. Das alles ist so surreal. Mir ist, als hätten wir gerade noch miteinander gesprochen.«

»Das muss furchtbar sein.«

Linda beobachtete eine verstärkte Kontraktion seines Musculus frontalis, des Stirnmuskels. Trauer ließ das ganze Gesicht meist schlaff und resigniert wirken, es sei denn, die trauernde Person weinte gerade. Das hier erinnerte eher an Sorge. Aber weswegen könnte Grégor besorgt sein? Wegen seiner Brüder in Sénanque und was die Ermittlungen dort zutage fördern könnten?

Sein Blick wandte sich wieder Linda zu. Er betrachtete sie aufmerksam. Ein warmes Gefühl machte sich in ihrem Inneren breit, gegen das sie sich vergeblich zu wehren versuchte. Zu allem Überfluss lehnte er sich auch noch ein wenig in ihre Richtung. Linda wusste nicht, ob sie dankbar oder enttäuscht war, dass sein Schreibtisch sie voneinander trennte.

»Erzählen Sie mir etwas von sich, Madame Delacours. Verstehe ich richtig, dass Sie eigentlich keine Polizistin sind?«

»Ich arbeite für die Polizei, bin aber keine Polizistin, das ist korrekt.«

»Ich werde mich freuen, mehr darüber zu erfahren.« Er lächelte. »Sie bleiben doch ein wenig bei uns, nicht wahr?«

»So lange es nötig ist. Ein Quartier wäre daher nett.«

»Ich habe Ihnen ein Zimmer in unserem Gästetrakt vorbereiten lassen.«

»Gästetrakt?«

»Hier in Lérins heißen wir Besucher herzlich willkommen. Allerdings sind wir keine Touristenherberge. Wer bei uns Zeit verbringt, sollte auch an unserem Alltag teilnehmen.«

Linda lächelte. »Ich werde mich allerdings auf meine Arbeit konzentrieren müssen.«

»Natürlich.«

»Wenn ich noch einmal auf Bernards Besuch zurückkommen darf: Erzählen Sie mir bitte von der Zeit, als er hier war.«

»Das werde ich gerne tun. Lassen Sie mich Ihnen aber erst einmal Ihr Quartier zeigen. Ich muss im Anschluss unser Chorgebet leiten. Sie verstehen bestimmt, dass ich meine Brüder nicht im Stich lassen möchte.«

»Natürlich. Wie lange wird das dauern?«

»Etwa eine Stunde.«

»Gut.«

Grégor erhob sich und reichte Linda die Hand, als hätte sie sie nötig, um von ihrem Stuhl aufzustehen.

»Folgen Sie mir bitte.«

Er führte sie aus dem Gebäude.

»Was ist dort drüben?«, fragte Linda und zeigte auf ein paar Bauten und Gärten, die mit einem weiteren Tor vom Rest des Areals abgetrennt waren.

»Oh, das sind unsere Wohnbereiche. Dort haben nur die Mönche Zutritt, manchmal auch Handwerker, wenn wir welche brauchen. Es tut mir leid, aber Frauen sind dort streng verboten.«

Linda unterdrückte ein Lachen. »Natürlich. Wir sind ja auch wollüstige Versuchungen auf zwei Beinen.«

Zu ihrer Erleichterung lachte Grégor. »Das ist natürlich

übertrieben. Aber Sie verstehen bestimmt ...« Er wandte sich ihr zu. »Wenn einem ständig die Lieblingsschokolade an einer Schnur vor dem Gesicht baumelt, dann denkt man auch ständig daran, dass man ein Stückchen davon haben will.«

»Was ist denn falsch an einem Stück Schokolade?«, fragte sie unschuldig.

»Sie schmeckt süß, sie zergeht auf der Zunge, sie kann aber auch ein Leben zerstören«, erwiderte Grégor mit einem rätselhaften Lächeln.

Für einen Moment waren sie sich ein wenig zu nahe. Linda wandte sich ab und hätte sich am liebsten selbst geohrfeigt. Sie war nicht hier, um zu flirten, schon gar nicht mit einem Mönch. Wobei ... Pierre flirtete praktisch jedes Mal, wenn er den Mund aufmachte. Aber solange es dabei blieb, war alles okay.

»Hier rein«, sagte Gregor und führte sie in einen weiteren Trakt des Klosters. Über ein paar Steintreppen gelangten sie in den zweiten Stock, wo er ihr einen Schlüssel reichte und eine schwere Holztür öffnete.

Es war ein schlicht eingerichtetes Zimmer mit einem Kruzifix an der Wand. Für eine gebürtige Pariserin wie Linda kein alltäglicher Anblick. Durch ein großes Fenster blickte man auf die felsige Küste und ein verfallenes Fort, das dem Meer mit einer großen Portion Sturheit trotzte.

Linda stellte ihre Tasche auf das schmale Bett und sah sich um. Grégor war in der Tür stehen geblieben. Vielleicht war es ihm verboten, das Schlafzimmer einer Frau zu betreten, selbst wenn es sich im eigenen Kloster befand.

»Danke«, erwiderte Linda schlicht und sah ihn direkt an. »Die Aussicht ist großartig.«

Grégor erwiderte ihren Blick starr. »Das finde ich auch.«
Die Kirchenglocken ertönten.

»Ich muss los«, erklärte er. »Lassen Sie uns nachher ein wenig am Meer spazieren gehen. Ich denke, das hilft mir beim Nachdenken und dabei, Ihre Fragen zu beantworten.«

»Aber gern«, erwiderte Linda. Er schenkte ihr noch ein Lächeln, dann war er verschwunden.

Linda ließ sich auf ihr Bett fallen und presste sich das Kissen auf das Gesicht. Der Commissaire und Pierre vertrauten darauf, dass sie ihnen etwas lieferte – und das würde sie. Definitiv.

Hoffentlich.

KAPITEL 16
GANZ ALLEIN

Er fühlte sich, als hätte man ihn an einem einsamen Außenposten in der Antarktis zurückgelassen. Natürlich machte Olivier das Alleinsein nichts aus. Aber wenn Trépied sich jetzt auch noch verabschiedet hätte, dann hätte es ihm endgültig gereicht.

Er saß mit einer Cola auf seinem Balkon und starrte in die liebliche Landschaft des Luberon. Es gewitterte leicht, und immer wieder wehte der Wind einzelne Regenschauer über die Gegend.

Trépied saß auf seinem Schoß und betrachtete die vorbeizischenden Segler und Schwalben interessiert.

»Die sind eine Nummer zu schnell für dich, mein Freund«, murmelte Olivier und kraulte den Kater am Kopf. Dann nahm er sein Telefon zur Hand und wählte die Nummer des Reviers in Grasse. Langsam kam es ihm so vor, als ob bei *Projet Obscur* nichts lief, ohne dass er sich im Hintergrund um die Arbeit kümmerte.

»Verbinden Sie mich mit Madère«, bat Olivier, als sich der Junge vom Empfang meldete.

»Madère hier«, antworte schließlich die junge Polizistin.

»Ich bin's.«

»Ah, der Abtrünnige«, neckte ihn Madère. »Wie läuft's bei euch, treibt der Chef wieder was Ausgefallenes?«

»Du hast keine Ahnung. Hey, wenn sich die Gendarmerie bei euch meldet, besonders eine gewisse Dubac – dann musst du so tun, als wäre der Chef bei euch in Grasse und nicht bei uns, ja?«

»Wieso, was ist los?«

»Frag nicht.«

Madère lachte. »Ich verstehe. Kommt ihr gut voran?«

Olivier atmete langsam aus und kratzte sich am Kopf. Irgendwie hatte er im Moment eher das Gefühl, dass sie den Geschehnissen hinterherhechelten.

»Es wird, denke ich.«

»Beeilt euch mal«, erwiderte Madère. »Wir könnten euch hier gerade richtig gut brauchen.«

Olivier richtete sich ein wenig auf. »Was ist los?«

»Du weißt ja, die Sache, an der wir dran waren, bevor ihr gefahren seid.«

»Die Bande aus Marseille?«

»Genau. Olivier, die Sache ist in den letzten Tagen *explodiert*.«

»Wie meinst du das?«

»Na ja, weißt du noch, dass deren Boss bei einer Verfolgungsjagd getötet wurde?«

»O ja, die nannten den Typen nur Caché.«

Der Verborgene. Kein Spitzname hätte besser zu diesem Mistkerl gepasst. Das war passiert, bevor Campanard wie aus dem Nichts in Grasse aufgetaucht war und die Leitung des Reviers übernommen hatte. Die klassischen Banden aus Marseille waren eigentlich auch nur dort tätig, aber nicht die von Caché. Der Kerl hatte sich wie eine Seuche über die ganze Region ausgebreitet. Drogengeschäfte, dubiose Immobiliendeals, illegale Prostitution. Selbst in Grasse hatten sie alle Hände voll zu tun gehabt, um zu verhindern, dass Cachés Einfluss wuchs.

»Aber nach seinem Tod war doch Ruhe.«

»Ja, genau«, bestätigte Madère. »Doch jetzt beginnt alles von vorn. Wir vermuten, dass es einen neuen Boss gibt, einen neuen Caché.«

»Mist«, murmelte er. »Das wäre echt übel.«

»Wir haben gestern drei Typen festgenommen, die vor der Schule gedealt haben. Keiner von denen sagt was, die fürchten sich zu Tode.«

Olivier rieb sich das Gesicht. Und sie saßen hier mitten im Nirgendwo. Er würde Campanard bei ihrem nächsten Telefonat davon berichten. Vielleicht wäre es das Beste, den Einsatz abzubrechen.

»Kommt ihr zurecht?«, fragte er.

»Einstweilen. Aber Olivier, bleibt nicht zu lange.«

»Klar.«

Er legte auf und starrte noch einen Moment auf das Display.

***

Campanard war nicht sicher, ob er die Feuerstelle so schnell wiedergefunden hätte, wenn er nicht Bruder Raphaël bei sich gehabt hätte. Am Tag wirkte der Ort bei Weitem nicht so gruselig wie gestern während des Gewitters. Aber für welchen Ort galt das nicht?

»Bitte sehr«, erklärte Raphaël, der deutlich mehr keuchte als Campanard. Er hatte keine Ahnung, wie der Zisterzienser es geschafft hatte, bei der kärglichen Kost in Sénanque so füllig zu werden.

»Wie oft haben Sie sich hier getroffen?«

»Jeden Monat.«

»Bei Vollmond?«

»J... Kann sein.«

»Wie darf ich mir das vorstellen? Sie haben sich alle nachts rausgeschlichen und sind hier raufgestiegen?«

Raphaël nickte. »Wir haben immer gewartet, bis die anderen zu Bett gehen.«

»Und niemand im Kloster hat euch gehört, als ihr euch hier zusammengefunden habt?«

Raphaël lächelte nervös. »Fällt Ihnen etwas auf? Solange man hier raufsteigt, kann man das Kloster die ganze Zeit sehen. Nur von hier aus nicht mehr. Die Lichtung bildet eine Senke, die Lärm recht gut abschirmt.«

Campanard sah sich in aller Ruhe um. »Sind das römische Ruinen?«

»Wir glauben, es war mal eine Art Tempel«, bestätigte Raphaël. »An manchen Stellen findet man Reliefs, deren Formen an Bacchus erinnern.«

»Der Gott des Weines und der Vergnügungen«, murmelte Campanard. »Ihr feiert hier also jeden Monat ein Bacchanal, ein Fest zu Ehren von Bachus?«

»Wir würden nie einen heidnischen Gott feiern.«

»Dann nennt ihr es eben anders.«

Campanard ging zu der Feuerstelle und besah sie sich genauer, jetzt wo er besseres Licht hatte. Er bückte sich und durchforstete die Kohlestücke mit der Hand.

Mit einem Mal sah er etwas aufblitzen. Campanard hob es

mit Daumen und Zeigefinger auf und wischte den Ruß auf dem kleinen Ding mit dem Stoff seines Skapuliers ab.

»Sieh mal an«, murmelte er.

»Was haben Sie da?«, fragte der weißbärtige Mönch nervös.

Campanard erhob sich. Einen Moment lang wog er ab, ob er Raphaël seinen Fund zeigen sollte, entschied sich dann jedoch dafür.

»Eigenartig, nicht wahr?«

Raphaël wurde merklich blass, als er den Zahn zwischen Campanards Fingern erkannte.

»Ist der ... von einem Menschen?«

»Eine Goldfüllung könnte sich ein Wildschwein wohl nicht leisten.«

»D-das ist ...«

»Welcher Natur waren diese Treffen noch mal?«

»Friedlich. Bitte, das müssen Sie mir glauben. Und trotzdem fürchte ich, dass ...«

»Ja?«

Raphaël sah aus, als würde er jeden Moment in Ohnmacht fallen. »Ich glaube, das ist Arbogasts Zahn. Zumindest weiß ich, dass er ein paar Goldfüllungen hatte, noch aus der Zeit vor dem Kloster.«

Campanard ließ seinen Blick noch einmal forschend über die Feuerstelle schweifen. Das ergab keinen Sinn. Wenn Arbogast hier ermordet worden wäre, hätte es zumindest Knochen geben müssen. Und selbst wenn, eine Leiche so gründlich zu verbrennen, dass nur Knochen überblieben, dauerte ewig. Viele Stunden. Man wäre erwischt worden. Und Dubacs Spürhunde hätten die Überreste entdeckt.

Wie also kam dieser Zahn hierher?

»Finden diese Treffen immer noch statt?«

»K-kann sein.«

»Obwohl zwei Ihrer Brüder fort sind?«

»E-es sind ja nicht nur wir ...«

»Was soll das bedeuten?«

Raphaël presste die Lippen zusammen und schwieg.

»Der nächste Vollmond ist morgen. Vielleicht mache ich mir selbst ein Bild von der Sache«, sagte Campanard schließlich.

»Wollen Sie ... Soll das eine Falle sein?«

»Bruder Raphaël, lassen Sie mich Ihnen eine Sache versichern: Die einzige Person, die etwas von mir zu befürchten hat, ist die, die für das Verschwinden und den Tod Ihrer Brüder verantwortlich ist. Verraten Sie mir, wann Ihre kleine Feier losgeht, und ich werde mir das vom Wald aus ansehen.«

»Das kann ich nicht erlauben«, erwiderte Raphaël trotzig.

Campanard unterdrückte ein Grinsen. Wie sollte er ihn denn daran hindern?

»Wir haben eine Regel«, flüsterte der Mönch, während er rot anlief. »Wer teilnehmen möchte, muss auch ... *dabei* sein. Das haben wir uns versprochen.«

Campanard hob eine Augenbraue.

»Es wird Ihnen auch helfen, die Antworten zu bekommen, die Sie suchen, glauben Sie mir. Wenn Sie nur zusehen, wird alles ein Rätsel für Sie bleiben.«

»Dann überdenke ich eine Teilnahme.«

»Vater im Himmel«, murmelte Raphaël. »Versprechen Sie, dass Sie mich nicht verraten ... und verurteilen Sie mich nicht.«

»Warum sollte ich das?«, fragte Campanard.

»Wir haben nicht die Möglichkeiten, die Sie haben. Von Ort zu Ort zu reisen, im Auftrag des Generalabts. Unsere Tage frei zu gestalten …«

Campanard bemühte sich, ernst zu bleiben. Was taten die Mönche dort wohl so Schlimmes? Heavy Metal hören?

»Es ist nicht an mir, jemanden für irgendetwas zu verurteilen, es sei denn, es handelt sich um eine Straftat.«

»Ein bisschen klingen Sie wie ein Polizist, Frère.«

Campanard lachte und klopfte Raphaël auf die Schulter. Ein einziger unachtsamer Moment, und schon war er wieder ein Commissaire gewesen. Er musste besser aufpassen.

»Straftaten vor unserm Herrn, alles andere sei gerne der weltlichen Gerichtsbarkeit überlassen.«

»Und wenn es genau das ist?«

Campanard neigte den Kopf. »Ich denke, der Herr ist wesentlich vergebender, als die meisten von uns glauben. Ein bisschen menschliche Schwäche gesteht er uns gewiss zu.«

»Ich bete, dass Sie Ihre Meinung nicht ändern.« Er schluckte. »Es geht hier um mein Leben. Und das der anderen ebenfalls.«

Für einen Moment war er versucht, auch das letzte bisschen Information aus dem Mönch herauszuquetschen. Aber es schien ihm klüger, sich erst das Vertrauen zu verdienen, das er brauchte, um Licht in diese obskure Geschichte zu bringen.

»Lassen Sie uns zurückgehen. Und machen Sie sich keine Sorgen.«

Es sei denn, Raphaël hatte etwas mit Bernards Tod zu tun, aber das sprach er nicht aus.

»Der Generalabt, wie ist der denn so?«, fragte Raphaël, während sie wieder zum Kloster heruntersteigen.

»Ausgesprochen hilfsbereit«, erwiderte Campanard. Bis auf die Bereitwilligkeit, keinen echten Abgesandten nach Sénanque zu schicken, wusste er absolut nichts über den Mann.

***

Grégor flanierte neben Linda den Weg an der Küste entlang, hinter ihnen nur steiniger Strand und die grauen Fluten des Meeres. Es war windig und über den schaumgekrönten Wellen sah Linda immer wieder Wetterleuchten. Obwohl die Sonne nicht schien, leuchtete das Weiß von Grégors Tunika förmlich. Wie es sich wohl anfühlen würde, sich an diesen Stoff und die breite Brust darunter zu schmiegen?

Schluss damit, besann sich Linda.

»Ein schönes Fleckchen zum Leben.«

Grégor lächelte ein wenig. »Das ist es. Aber man verkennt leicht den Unterschied zwischen einem kurzen Besuch, der alles bezaubernd wirken lässt, und unserer Realität, in der wir hier jeden Tag verbringen.«

»Das klingt, als würde Ihnen der Trubel der echten Welt fehlen.«

»Meistens nicht«, erwiderte Grégor. »Aber in seltenen Momenten der Schwäche überkommt mich die Lust nach einem Big Mac.«

Linda lachte.

»Um wieder auf Bernards Besuch zurückzukommen – wo haben Luc und er denn übernachtet?«

»In unserem Wohngebäude natürlich.«

»Kann ich mir das Zimmer ansehen?«

Grégor presste die Lippen zusammen. »Der Bereich ist wirklich nur den Mönchen vorbehalten. Ich kann im Sinne unserer Lebensweise nicht erlauben, dass eine Frau den Bereich betritt. Das tut mir sehr leid.«

Ein leichtes Beben in seiner Oberlippe. Grégor war nicht ganz ehrlich, was sein Bedauern anbelangte.

»Aber es ist doch rein beruflich. Ich bin Sonderermittlerin.«

Wieso hatte sie gerade wie ein trotziges Kind geklungen? Sie musste an ihrer Ausstrahlung arbeiten.

»Es tut mir leid, ich kann es Ihnen nicht gestatten. Wenn Sie einen Durchsuchungsbeschluss hätten, müsste ich mich dem wohl beugen. Ich hoffe aber, Sie respektieren unsere Würde in dieser Angelegenheit.«

Kurz war Linda versucht, weiter Druck auszuüben, entschied sich dann aber anders.

»Natürlich. Sie könnten mir ja ein paar Fotos anfertigen.«

Grégors Miene hellte sich merklich auf.

»Es handelt sich tatsächlich nur um zwei leere Gästezimmer. Ich schicke Ihnen ein paar Aufnahmen.«

»Was können Sie mir von Bernards Aufenthalt erzählen?«

»Er unterwies die Mönche. Ganz grundlegende Dinge, die ich ihnen auch hätte sagen können, aber Bernard hatte eine gute Art, mit Menschen umzugehen. Sie waren ganz fasziniert von ihm.«

»Können Sie näher beschreiben, was er ihnen beigebracht hat?«

»Ich war nicht rund um die Uhr dabei, aber es ging um

Dinge wie Storytelling, ohne zu sprechen. Wie man das Mikrofon kalibriert, um ganz leise Geräusche aufzufangen. Der Kanal sollte unsere stille Lebensweise widerspiegeln.«

»Hat er auf Sie nervös gewirkt? Vielleicht sogar ängstlich?«

»Er wirkte ganz entspannt. Keine Anzeichen von Nervosität, in meiner Gegenwart zumindest nicht. Wir haben uns allerdings auch nicht länger unterhalten.«

Entspannte Stirnmuskulatur, weite Lidspalte. Lockerer Mund.

Ziemlich sicher die Wahrheit.

»Und Luc?«

»Er war die meiste Zeit dabei. Manchmal ist er auch allein durch das Kloster spaziert. Verzeihen Sie ...« Er senkte den Kopf. »In meiner Position sollte ich das nicht sagen, aber der Junge hatte etwas von einem Geist. Manchmal ist er unvermittelt hinter einem aufgetaucht, ohne das geringste Geräusch. Einmal hat er mich damit richtig erschreckt.«

»Irgendwelche düsteren Prophezeiungen wie die in dem Video?«

Die Frage schien Grégor etwas unangenehm zu sein.

»Immer wieder«, gestand er. »Meistens ging es um den Leibhaftigen persönlich.«

»Und was genau?«

»Dass Luzifer nun hier leben würde. Dass ... dass er nachts hervorkäme und er seinen Atem hören könne.«

»Muss der Teufel denn atmen?«, fragte Linda.

»Ich befasse mich lieber mit Gott als mit dem Teufel.«

»Aber glauben Sie an seine Existenz? Ich meine, wenn man an etwas wie Gott glaubt, dann ...«

»Etwas wie?«, wiederholte Grégor mit einem verschmitzten Blitzen in den Augen.

»Pardon, ich bin nicht sonderlich religiös. Ich dachte nur, wenn man an das personifizierte Gute glaubt, dann vielleicht auch an das Böse.«

Grégor dachte über die Frage nach.

»Wenn ich an den Teufel denke, dann sehe ich keinen gefallenen Engel, keinen schwarzen Cherub oder einen gehörnten Dämon mit Dreizack, der nach Schwefel stinkt.«

»Sondern?«

»Eine unsichtbare Macht, die ständig versucht, unsere Gedanken und Gefühle zu vergiften. Die dafür sorgt, dass wir Hass auf uns selbst und andere verspüren. Eine Macht, gegen die wir uns im ständigen Kampf befinden.«

Mit seinen hellgrauen Augen fixierte er Linda, während er sprach.

Linda neigte den Kopf. »Was sagt diese unsichtbare Macht Ihnen jetzt gerade?«

»Ich würde diesen Gedanken Macht verleihen, wenn ich sie aussprächen.«

Für einen Augenblick hatte sie den Eindruck, er würde sie jeden Moment packen und an sich reißen. Doch der Augenblick verstrich.

»Aber Luc glaubt etwas anderes. Kann es sein, dass er hier wirklich etwas Seltsames erlebt hat?«

Grégor zuckte mit den Schultern und wandte sich ab. »Ausschließen kann ich es nicht. Aber diese Prophezeiungen traten ja nicht erst hier in Lérins auf. Soviel ich weiß, hat er schon öfter solche Dinge behauptet.«

Linda nickte.

»Hat Bernard vielleicht erwähnt, warum Luc mitgekommen ist? Mit Arbogast hat er ja deutlich mehr unternommen.«

»Hat er nicht. Und natürlich mische ich mich auch nicht in die Belange des Abts von Sénanque ein. Aber es schien mir logisch. Luc half Bernard manchmal mit den Videos.«

Zu ihrer Linken tauchte eine Lagune auf, an deren Ufer sich Schilf und knorrige Bäume erhoben. Ein Silberreiher stand im flachen Wasser und beäugte die beiden misstrauisch.

Grégor stieg über einen im Sturm umgestürzten Baum und reichte Linda die Hand. Linda genoss für einen Moment das Gefühl, in der Berührung zu versinken.

»Ich muss jemanden anrufen, der das hier beseitigt. Diese Unwetterfront hat es wirklich in sich. Ich bin sicher, heute Abend zieht vom Meer wieder eines über die Insel.«

»Kann ich morgen mit den Brüdern sprechen, die mit Bernard zu tun hatten?«

»Natürlich. Ich wäre allerdings fast ein bisschen unglücklich, nicht mehr Ihre volle Aufmerksamkeit zu bekommen.«

Er lachte, aber Linda war sicher, dass es nicht nur ein Witz war.

Bei der Ruine des Forts wandten sie sich wieder dem Inselinneren zu und spazierten zum Kloster. Bevor Linda zu ihrem Quartier abbog, blieben sie stehen und Grégor fasste sie behutsam an den Schultern.

»Was immer Sie brauchen, ich werde dafür sorgen, dass Sie es bekommen. Ich werde Ihnen etwas zu essen aufs Zimmer bringen lassen. Das Restaurant an der Anlegestelle hat später geschlossen, und ich möchte vermeiden, dass Sie hungrig bleiben.«

»Danke«, erwiderte Linda schlicht, während Grégor ihr die Tür öffnete.

Zurück in ihrem Zimmer wartete sie einige Minuten ab, dann schlich sie sich wieder hinaus auf den Gang und dann die Treppen hinunter. Der Hof vor der Klosterkirche wirkte verwaist. Leiser Gesang drang an ihr Ohr. Wieder ein Gebet. Das bedeutete, es war ein guter Zeitpunkt, um sich umzusehen.

Sie spazierte möglichst unschuldig in Richtung des schmiedeeisernen Tors, das den Wohnbereich der Mönche, den *Frauen verboten*-Bereich, vom Rest des Klosters trennte. Pierre hätte dieses Problem nicht gehabt. Vielleicht hätte Grégor ihm einfach auf die Schulter geklopft und ihn mit einem »Sicher, Kumpel!« dort hineingelassen.

Linda verengte die Augen, dann ergriff sie den Torknauf und rüttelte ein wenig daran. Verschlossen. Und selbst wenn sie gut im Klettern gewesen wäre – die vier Meter hohen, spitz zulaufenden Stangen des Tors hätten das wenig vergnüglich gemacht.

»Mist«, murmelte sie enttäuscht. Ohne dass jemand ihr aufsperrte, hatte sie keine Chance.

Sie musste an all die cleveren, geschickten Ermittler aus dem Fernsehen denken, die Schlösser knackten, glatte Fassaden hinaufkletterten oder sich verkleideten, um dort hinzukommen, wo sie hinmussten. Sie war nichts davon. Ihre beste Waffe war es, freundlich zu fragen. Ziemlich erbärmlich.

Zwei Männer in Arbeitskleidung kamen auf das Tor zu. Linda wich ein paar Schritte zurück, um nicht zu verdächtig zu wirken. Einer von ihnen öffnete das Tor mit einem Schlüssel. Für einen Moment überlegte Linda, ob sie sich einfach an den Männern vorbeidrängen und hineinlaufen sollte, doch die beiden wirkten ziemlich aufmerksam und hätten sie bestimmt aufgehalten.

Beim Hinausgehen warf der Mann erst scheppernd das Tor zu, versperrte es dann aber sorgfältig.

»Ich habe wirklich genug von dem Mist«, erklärte er an seinen Kollegen gewandt. »Ich meine, ich bin Haustechniker. *Das* fällt wohl kaum in meinen Aufgabenbereich.«

»Ehrlich?«, lachte der andere. »Als *Maurer* fühle ich mich da natürlich viel berufener.«

Der Haustechniker machte eine wegwerfende Bewegung. »Ich sag dir was, im nächsten Leben werde ich Installateur. Die lassen sich hofieren wie der König von England.«

»Ich verstehe auch gar nicht, warum wir uns damit herumschlagen müssen.«

»Kann ich dir sagen: Die meisten Firmen verlangen schon mal dreihundert Euro, nur damit ein Installateur hier rauskommt – und das wollen die Brüder nicht zahlen.«

»Also ich fummel nicht noch mal in irgendeinem Klo rum. Das ist was Gröberes, da braucht's einen Profi, nicht nur zwei Typen mit einer großen Saugglocke. Das ganze Erdgeschoss schwimmt.«

»Dann sag ich dem Abt, dass er sich selbst drum kümmern soll, aber nicht mit …«

Der Maurer blieb stehen und blinzelte, als er Linda entdeckte.

»Salut!« Sie winkte unschuldig.

Einen Moment schien er sich zu fragen, was sie hier verloren hatte, aber dann nickte er nur, und die beiden gingen weiter in Richtung Shop und Verwaltungsgebäude. Linda sah den beiden Handwerkern eine Weile nach. Dann zückte sie ihr Telefon.

»Salut«, murmelte sie, als sich am anderen Ende jemand meldete. »Leider keine Zeit zum Plaudern, ich habe eine ganz schräge Bitte …«

KAPITEL 17
EROS

Es war Abend, und Dubac und Olivier saßen unter einer weißen Glyzinienlaube auf der Veranda eines Restaurants in der Nähe seines Hotels. Es duftete stark nach Blüten, und man konnte den Blick weit in die Landschaft des Luberon schweifen lassen.

Sie hatte den Ort ausgesucht. Ihm hätte es ehrlicherweise auch genügt, wenn sie einfach telefoniert hätten, aber in Wahrheit hatte er sowieso nichts Besseres zu tun, als darauf zu warten, dass Campanard anrief.

Dubac betrachtete ihn belustigt.

»Ist Delacours etwa immer noch beleidigt, oder wieso ist sie nicht hier?«

Olivier verzog den Mund.

»Der Chef braucht sie in Grasse, aber … sie kommt bald zurück.«

»Sieht so aus, als gehörten Sie zu einer aussterbenden Spezies.«

Ihre kurzärmlige schwarze Bluse mit dem tiefem Ausschnitt machte es ihm schwer, den Blick nicht unter ihr Kinn fallen zu lassen.

»Tss, tss, tss. Und Sie Armer wurden einfach zurückgelassen. Wie ein Hund an einer Raststätte.«

»Charmanter Vergleich.«

Die Gendarmin zuckte mit den Schultern. »Aus meiner Sicht ein Kompliment.« Sie musterte ihn mit ihren cognacfarbenen Augen. »Wenn einer so treuherzig dreinblickt, kann ich nicht widerstehen.«

»Meinen Sie Hunde oder Männer?«

»Ja.«

Olivier starrte sie mit großen Augen an, aber Dubac sagte nichts, sondern musterte ihn mit einem süffisanten Gesichtsausdruck.

»Sie haben am Telefon gesagt, dass die Resultate der Toxikologie vorliegen?«, wechselte er das Thema.

»Zug zum Ziel, wie immer, Inspecteur.« Sie legte ein Tablet auf den Tisch, auf dessen Display eine Tabelle mit Analyseergebnissen zu sehen war.

»Wie ich von Anfang an gesagt habe, die Werte sind völlig beliebig«, erklärte sie, während Olivier das Tablet zu sich herüberzog und den Bildschirm genauer betrachtete.

»Negativ auf so gut wie alle Betäubungsmittel«, ergänzte Dubac. »Aber das heißt nicht, dass sie nicht da gewesen sein können. Hashtag: komplett verkohlte Leiche.«

»Mich interessiert eher das, was man gefunden hat, als das, was man nicht gefunden hat«, erwiderte Olivier. Sein Zeigefinger glitt zu einer Tabelle, über der *Nebenbefunde* stand.

»Spuren von Metamizol und Cisplatin«, murmelte er. »Steht da auch drin, was das sein soll?«

»Weiter hinten«, räumte Dubac ein.

Olivier hob die Augenbrauen. »Und?«

»Diese Mittel haben jedenfalls nichts mit dem Unfall zu tun.«

»Weil?«

»Metamizol ist ein mittelstarkes Schmerzmittel. Es führt aber zu keiner Bewusstseinsdämpfung. Und Cisplatin ...«
Sie senkte den Blick.

»Also?«

»Es ist ein Zytostatikum. Häufiger Bestandteil einer ... Chemotherapie.«

»Krebs?« Olivier lehnte sich zurück und runzelte die Stirn.

»So was Heftiges würde niemand versehentlich einnehmen.« Dubac schüttelte den Kopf. »Und man kann damit niemanden betäuben.«

»Das bedeutet«, murmelte Olivier, »unser toter Mönch war schwer krank.«

Das ergab doch keinen Sinn. Wenn Bernard und der Chef wirklich so eng befreundet waren, hätte er ihm dann nicht von einer Krebserkrankung geschrieben? Oder hatte der Commissaire davon gewusst und die Privatsphäre seines Freundes geschützt?

»Haben Sie irgendwelche Hinweise, dass Bernard krank war?«

Dubac schüttelte den Kopf.

»Ich habe Bernard schon vor dem Unfall befragt. Er wirkte ziemlich gesund. Im privaten Ordensspital in Avignon, wo die Mönche betreut werden, ist er auch nicht aktenkundig. Der Gute war das letzte Mal bei einer Gesundheitsuntersuchung, bevor er vor drei oder vier Jahren nach Sénanque gekommen ist.«

Olivier blinzelte. »Irgendwie hatte ich angenommen, Bernard wäre schon richtig lange in Sénanque gewesen. Wo war er denn davor?«

»Was weiß ich, in irgendeinem anderen Zisterzienserkloster.«

»Aber die Mönche binden sich doch an ein Kloster, dachte ich. Da wechselt man nicht munter hin und her.«

»In diesem Fall war es im Interesse des Ordens. Die Mönche hier draußen hatten offenbar Rekrutierungsprobleme. Es stand wohl immer wieder zur Debatte, Sénanque aufzugeben. Offenbar hat man in den größeren Klöstern rumgefragt, ob jemand bereit wäre hierherzuziehen.«

»Und Bernard hat Ja gesagt. Verstehe.«

Dubac trommelte mit ihren bordeauxrot lackierten Fingernägeln auf den Tisch. »Eigentlich seltsam, das mit seinem Tod.«

»Genau darüber reden wir doch die ganze Zeit.«

»Das meine ich nicht. Bernard wäre schon einmal fast bei einem Autounfall gestorben. Als er sich auf den Weg nach Sénanque gemacht hat, gab es eine schlimme Kollision. Ein Auto rammte den Wagen des Klosters. Der Unfallverursacher und leider auch Bernards Fahrer starben. Er selbst hat wie durch ein Wunder überlebt. Er war mit nichts weiter als einer Gehirnerschütterung und ein paar Platzwunden davongekommen. Vielleicht ist was an dem Spruch dran: Gott gibt, und Gott nimmt.«

»Hm.«

»Also.« Dubac lächelte. »Was werden Sie in der Angelegenheit nun tun, jetzt, wo Sie ganz allein sind?«

»Den verdammten Fall lösen.« Und zwar rasch, bevor der Commissaire aufflog, Linda in Schwierigkeiten geriet und die Dinge zu Hause in Grasse aus dem Ruder liefen. Aber all das konnte er Dubac natürlich nicht sagen. Der Anschlag auf

Linda, vielleicht war das ein Anfang. Mehr Spuren konnte er hier in Gordes nicht folgen.

»Woran denken Sie?«, fragte Dubac.

»Dass uns hier jemand weit voraus ist. Uns an der Nase rumführt.«

Dubac beugte sich zu ihm und stützte sich auf ihre Ellbogen. Er konnte ihr süß-herbes Parfum riechen. »Diesen Eindruck teile ich.«

Olivier wurde ganz anders. Früher war ihm das Flirten ganz natürlich vorgekommen. Alles hatte sich so spielerisch angefühlt. Ehrlicherweise war er auch kein Kostverächter gewesen. Doch dann hatte sich alles verändert. Und jetzt fühlte er sich wieder wie mit vierzehn, als er seine ersten Erfahrungen mit Mädchen gemacht hatte.

Und Dubac, die Linda regelrecht gemobbt hatte, was er ihr ehrlich übel nahm ... er konnte doch nicht einfach ...

Aber eigentlich standen Dubac und er in keinem direkten Dienstverhältnis. Und Olivier war Single. Im Grunde konnte er doch tun, was er wollte, oder nicht?

Er nahm einen Schluck aus seinem Weinglas.

»Vielleicht sollten wir unsere Zusammenarbeit ein wenig vertiefen«, erklärte sie und ließ die Fingerspitzen wie zufällig über die zarte Haut ihres Halsansatzes gleiten.

Zusammenarbeit vertiefen. Das war früher einer seiner Sprüche gewesen. Einer, bei dem er mehr als einmal ein Augenrollen kassiert hatte.

Olivier räusperte sich. »Fällt Ihnen noch ein loses Ende ein, wo Sie anknüpfen könnten?«

Verdammt, wenn man einmal anfing, begann einfach alles, sich zweideutig anzuhören.

»Ich habe da etwas im Auge«, erwiderte sie amüsiert.

Olivier spürte, wie er rot wurde. Er hatte das viele Male erlebt. Die nächste Phase war die, in der man begann, sich wie zufällig zu berühren. Die Beine unter dem Tisch, ein flüchtiges Streifen der Finger.

So würde es eine Weile gehen, bis selbst ein Blinder sehen konnte, dass es sich um keinen Zufall mehr handelte – und sie auch nicht mehr versuchen würden, es zu verstecken. Und dann … ein flüchtiges Berühren der Lippen, und nur einen Moment später …

Als wären seine Gedanken das Stichwort gewesen, spürte er das flüchtige Vorbeistreichen ihres Unterschenkels an seinem, während sie sich etwas aufsetzte.

Warum eigentlich nicht … Warum nicht?

* * *

Campanard stand mit seinem Handy im Wald und sah durch die Baumstämme auf das im Dämmerlicht liegende Sénanque hinunter.

Der Empfang war schlecht. Ziemlich schlecht sogar, aber immerhin drang ein wackeliges Freizeichen durch den Lautsprecher.

»Kommen Sie schon, Olivier, wo sind Sie?«, murmelte er laut vor sich hin.

Er probierte noch dreimal, ihn anzurufen, und ließ es so lange wie möglich läuten.

Das war seltsam. Niemand war verlässlicher als Olivier. Vielleicht hatte sich einfach gerade eine Situation ergeben, in der er nicht telefonieren konnte.

Campanard seufzte, dann begann er eine Nachricht zu tippen.

Mein geschätzter Olivier,
habe herausgefunden, dass Bernard und Arbogast an einer Art Geheimtreffen teilgenommen haben, das hier regelmäßig stattfindet. Noch nicht sicher, wer alles involviert ist, aber könnte etwas mit dem Mord zu tun haben. Schlüsselkontakt ist ein Frère Raphaël. Alle haben Angst und glauben, hier wohnt eine Art unsichtbares Böses, das Besitz von den Mönchen ergreift.
Hoffe, Sie hatten einen ganz wunderbaren Tag,
Commissaire Campanard

Er sah auf. Es gewitterte zwar nicht mehr wie gestern Nacht, aber über dem Kloster und den Bergen ballten sich immer noch dunkle Wolken zusammen.

Langsam begann er den Hang herunterzuschlendern. Da es diesmal nicht aus Kübeln schüttete, kam er nicht vom Weg ab und erreichte kurz darauf die Felsenbank unter der Steineiche. Zu seiner Überraschung war die Sitzgelegenheit nicht verwaist. Einer der Mönche saß unter der knorrigen Eiche, die schwarze Kapuze tief ins Gesicht gezogen.

Da hatte er wohl überschätzt, wie lange das Chorgebet dauern würde. Für einen Moment erwog er, sich zu verstecken, ehe ihm bewusst wurde, dass es dafür keinen Grund gab.

Im Westen lugten ein paar Strahlen der tief stehenden Sonne unter den Wolken hervor und beleuchteten das Gesicht des Abts unter seiner Kapuze. Nur der Bereich um seine Augen blieb im Schatten. Sobald Campanard näher kam, erkannte er wieder den Rosenkranz in seinen Fingern und hörte Fetzen der geflüsterten Gebete, die er sprach.

Campanard zögerte, dann nahm er neben dem Abt auf der Bank Platz und wartete.

Eine Weile lang wanderten die Perlen des Rosenkranzes einfach weiter durch Gérards Finger, und sein Flüstern drang unbeirrt unter seinem dunklen Bart hervor.

Wenn der Abt in Ruhe zu Ende beten wollte, würde Campanard ihn nicht unterbrechen. Abgesehen davon hatte er Zeit. Außer einem unbequemen Bett und einer ungemütlichen Klosterzelle wartete nichts auf ihn. Also lehnte er sich ein wenig zurück und beobachtete das Kloster und den letzten violetten Schimmer des Lavendelfelds vor der Dämmerung. Es roch nach Heu und Pinienharz. Das ferne Blöken von Schafen drang an sein Ohr. Als er in die Richtung sah, erkannte er Bruder Michel, der mit einem Strohhut auf dem Kopf eine kleine Herde brauner Schafe den Abhang hinuntertrieb. Vermutlich gab es irgendwo ein Gatter oder einen Stall, wo die Tiere die Nacht verbrachten.

Campanard blinzelte. Etwas an seinem Verstand fand diese Information wichtig, aber er war nicht sicher, warum.

Irgendwann sah er, wie die kräftigen Finger des Abts das kupferne Kreuz am Ende des Rosenkranzes erreichten. Ein Seufzen drang aus seiner Kehle, dann schlug er die Kapuze von seinem rasierten Kopf zurück.

»Albéric«, murmelte er schlicht, ohne Campanard anzusehen.

»Ich hoffe, ich habe Sie nicht gestört.«

»Das haben Sie, aber es spielt keine Rolle.«

»Wieso beten Sie hier allein?«, fragte Campanard.

Gérard atmete tief durch. »Ich hatte immer das Gefühl, dass es Orte gibt, an denen ich die Gegenwart des Herrn stärker spüre als anderswo. Das hier ist ein solcher Ort.«

Campanard ließ den Blick über die Umgebung schweifen. »Ich denke, ich verstehe, was Sie meinen.«

»Und ich hoffe, dass der Herr meine Gedanken und mein Bitten hier auch stärker spürt.«

»Ein Gebet für die verlorenen Brüder?«

»Diesmal nicht«, erwiderte Gérard. »Dieses ist für die Überlebenden.«

»Haben die es denn nötig?«

Jetzt wandte Gérard sich ihm zu, und der Blick aus seinen schwarzen Augen bohrte sich in seine.

»Spielen Sie nicht mit mir. Ich weiß, wer Sie sind. Ich weiß, warum Sie gekommen sind.«

Für einen Moment spürte Campanard, wie ihm die Farbe aus dem Gesicht wich. Wenn das die Wahrheit war, dann steckte er in ziemlichen Schwierigkeiten. Und was noch viel schlimmer war, seine *Obscurs* und Christelle ebenso.

Gérard wandte sich wieder ab und starrte in die Ferne. »Also machen Sie sich nicht über mich lustig. Mir ist bewusst, dass unsere Zeit hier vorbei ist.«

Campanard blinzelte, ließ sich seine Verwirrung jedoch nicht anmerken.

»Tausend Jahre.« Gérard schüttelte den Kopf. »Natürlich mit Unterbrechungen. Aber nun bin ich der Abt, unter dem es zu Ende geht.«

»Wieso sollten Sie das sein? Sie alle sind noch immer eine Gemeinschaft, obwohl Ihnen Schlimmes zugestoßen ist.«

Ein halbes Lächeln erschien auf Gérards Miene. »Gemeinschaft erhält kein Kloster. Sie wissen, wie es um uns steht.«

Für einen Moment erinnerte Campanard sich an das Gespräch mit den Mönchen beim Frühstück. Die notwendige Renovierung, das Ausbleiben der Besucher, der Lebensader des Klosters. Konnte es sein, dass die finanzielle Situation von Sénanque noch prekärer war, als die Mönche glaubten?

»Wenn diese Sache geklärt ist, kehren die Touristen zurück und damit eure Einnahmen.«

»Dafür ist es zu spät. Ich habe bei unserem Mutterkloster um Unterstützung zur Überbrückung gebeten, aber Lérins kämpft ja selbst ums Überleben. Es wird schon über den Verkauf des Klosters verhandelt.«

Campanard runzelte die Stirn.

»Abt Grégor hat mir geraten, zu tun, was nötig ist, wenn es nicht anders geht.«

Er hätte zu gern gefragt, was es für die Mönche aus Sénanque bedeuten würde, das Kloster aufzugeben. Aber er fürchtete, dass er das als Abgesandter des Ordens wissen sollte.

»Sie sind hier, um uns auf den Abschied vorzubereiten«, murmelte Gérard. »Kein Grund, es abzustreiten.«

Campanard atmete tief ein und suchte einen Moment nach den richtigen Worten. »Noch ist nichts beschlossen.«

Gérard schnaubte spöttisch. »Natürlich nicht.« Er presste die Lippen zu einem dünnen Strich zusammen. »Bei all dem Unheil, das uns gerade passiert, beschleicht mich das Gefühl, dass das alles meine Schuld ist.«

Campanard hob eine Augenbraue.

»Das ist es nicht. Es sei denn, Sie hätten Arbogast und Bernard etwas angetan ... Haben Sie das, Frère?«

Gérard schwieg lange.

»Nein«, erwiderte er schließlich.

»Warum plagt Sie dann das schlechte Gewissen?«

Gérard erhob sich unvermittelt und warf Campanard einen kühlen Blick über seine Schulter zu.

»Das ist nicht von Interesse.«

»Ich denke, das entscheide immer noch ich.«

Gérard ging vor Campanard in die Hocke, bis sie sich auf Augenhöhe befanden. Dann ergriff er zur Verwirrung des Commissaires dessen Hände und drückte sie. Er beugte sich vor, um Campanard ins Ohr zu flüstern.

»Vergebt mir, Bruder. Was ich getan habe, bleibt zwischen dem Herrn und mir. Es geschah zum Schutz unserer Gemeinschaft.« Er zog sich wieder ein Stück zurück. »Aber lassen Sie sich eins gesagt sein: Ich habe niemanden ermordet und weiß auch nicht, wer es getan haben soll.«

Sein Griff lockerte sich, und er richtete sich mit einer geschmeidigen Bewegung auf.

»Wir stehen auf derselben Seite«, erklärte Campanard. »Mir nicht alles zu sagen, setzt Ihre Lebensweise hier nur noch weiter aufs Spiel.«

Eine kleine Unsicherheit flackerte in Gérards Blick auf.

»Ich wurde um Vergebung gebeten«, sagte er mit rauer Stimme. »Aber habe sie verweigert.«

Er wandte sich ab, setzte seine schwarze Kapuze auf und marschierte auf das abendliche Kloster zu.

Campanard blieb noch eine Weile sitzen. Das Kloster stand also vor der Auflösung. Eine Gruppe um Bernard und Arbogast hatte geheime Treffen im Wald abgehalten, und der Abt hatte etwas getan, weswegen er sich schuldig fühlte.

Campanard wartete noch darauf, dass sich alles zu einem Bild zusammenfügte. Ein Luftzug streifte ihn, ließ ihn herumfahren. Mit zusammengekniffenen Augen suchte er den Waldrand ab.

Dieses Gefühl, beobachtet zu werden. Es hatte ihn erfasst, seit er angekommen war … und seither kein einziges Mal verlassen.

***

Es war das altbekannte Gefühl von Hitze und Ekstase, das jeden rationalen Gedanken von Oliviers Bewusstsein abprallen ließ. Dubac und er taumelten eng umschlungen durch sein Hotelzimmer. Er drückte sie gegen die Wand und küsste sie innig, während sie ihm das T-Shirt auszog und ihre Finger in die Muskeln an seinem Rücken grub. Dubac trug nur noch ihre Unterwäsche, und Olivier konnte sein Glück kaum fassen. Er zog sie von der Wand weg. Sie stolperten über die Matratze am Boden und plumpsten mehr auf das Bett, als dass sie sich hinlegten.

Wieso hatte er sich bloß Sorgen gemacht, eingerostet zu sein? Wenn man einmal dabei war, kam alles einfach von selbst.

Monsieur de Plaisir.

Wieso schoss ihm dieser Mist jetzt durch den Kopf? Er wollte nicht an Linda denken. Das tat nur weh, und gerade wollte er einfach wieder Spaß an etwas haben dürfen. Unbeschwert sein.

Und die Grube über Dubacs Schlüsselbein zu küssen, während er seine Hände an ihrem Körper entlangwandern ließ, kam seiner Vorstellung von Spaß ziemlich nahe.

Sein Herz begann wild zu hämmern, während Dubac ihm durch leises Stöhnen zu verstehen gab, dass sie mochte, was er da tat. Natürlich hämmerte sein Herz, völlig normal in so einer Situation ... oder etwa nicht?

Und dieser Schwindel? Nein, der war neu. Und das war gar nicht gut. Dubac stöhnte, aber mit einem Mal klang der Laut für ihn wie das Bersten von Metall und Glas, kaum erträglich. Sein Atem beschleunigte sich. Trotzdem schien er nicht genug Luft zu bekommen.

Von irgendwoher hörte er Trépied maunzen. Trépied, der immer merkte, wenn etwas mit Olivier nicht stimmte. Er rollte von Dubac herunter und schnappte nach Luft.

»Alles in Ordnung?«, hörte er sie wie von fern fragen, aber alles wurde vom Hämmern seines Herzens überlagert, während die Welt über ihm im Kreis wirbelte.

»Genug«, brachte er irgendwie hervor.

Er sah ihr stirnrunzelndes Gesicht über ihm.

»Bist du etwa schon ...«

Olivier wollte reflektorisch widersprechen. Aber was sollte er ihr schon sagen? Die Wahrheit? Dass er seit Jahren nicht mehr ... aber trotzdem gehofft hatte, schon wieder so weit zu sein, doch gerade eines Besseren belehrt wurde?

»Scheint so«, murmelte er.

Dubac musterte ihn einen Moment, als würde sie ihm nicht glauben, dann zuckte sie mit einer Schulter und schüttelte ihre Haare zurück.

»Ist nicht so ungewöhnlich. Passiert den Kerlen mit mir öfter.«

Sie setzte sich auf, während sich Oliviers Herzschlag langsam wieder normalisierte.

»Meinst du, das wird heute noch was?«

Olivier setzte sich ebenfalls auf. »Vielleicht ... vielleicht sollten wir diese Geschichte lassen. Immerhin arbeiten wir zusammen.«

»Bis gerade eben hat dich das noch nicht gestört.«

Olivier schenkte ihr ein schiefes Lächeln. »Deine Argumente waren recht überzeugend.«

Sie seufzte. »Na gut, dann mach ich mich fertig. Dann muss heute wohl eine Folge *Bridgerton* als Höhepunkt herhalten.«

Autsch. Olivier wäre am liebsten im Boden versunken. Er fühlte sich an seine Jugend erinnert. Mit fünfzehn hatte er ein Mädchen kennengelernt, Violaine, die drei Jahre älter gewesen war ... und damals einfach ein bisschen zu viel für ihn.

»Gute Serie?«, fragte er, um das Thema auf etwas weniger Peinliches zu lenken.

Zu seiner Erleichterung lächelte sie. »Wenn du im Herzen eine alberne Dreizehnjährige bist, dann schon.« Sie blickte ihm in die Augen. »Irgendwann würde ich gern den ganzen Olivier kennenlernen, vor dem Fehlstart war das schon sehr vielversprechend.«

Olivier erwiderte ihr Lächeln.

Ein Schnurren ertönte. Dubac bückte sich und kraulte Trépied am Kopf.

»Den mag ich, der hat noch nicht genug von mir.«

***

Nachdem Dubac gegangen war, ließ Olivier das warme Wasser der Dusche über sein Gesicht rinnen. Er hätte das viel langsamer angehen müssen, aber er hatte sich so fit gefühlt – und jetzt das.

Schritt für Schritt, sagte er sich. Auch wenn er mit seiner Geduld längst am Ende war, die Dinge brauchten eben ihre Zeit. Und er war den Großteil des Weges bereits gegangen, das durfte er nie vergessen.

Trotzdem unangenehm.

Und dann noch der Gedanke, dass Dubac es bestimmt Linda unter die Nase reiben würde, wenn sich die Gelegenheit bot. Gut, daran war er selbst schuld. Und eigentlich war auch nichts dabei, wenn Linda nicht diese Fehde mit Dubac am Laufen hätte.

Olivier rieb sich das Gesicht. Mit Linda wäre es sowieso anders gewesen. Sie hätten sich nicht einfach wie zwei brünstige Hirsche aufeinandergestürzt, sondern hätten sich Zeit genommen fürs …

Wieso dachte er jetzt daran? Nicht, dass Linda irgendwelche Anstalten gemacht hätte. Aber wenn es mit ihr nicht funktioniert hätte, dann hätte ihn das viel mehr getroffen.

Er zog sich an und beschloss, noch etwas an die frische Luft zu gehen, um einen klaren Kopf zu bekommen.

»Ah, Monsieur Olivier?«

Gott, Georges. Musste er gerade jetzt an der Rezeption sitzen? Zumindest hatte Olivier Glück gehabt, und er war nicht da gewesen, als er mit Dubac raufgegangen war.

»Vorhin kam eine sehr interessante junge Dame hier herunter. Sie sagte, sie hatte mit Ihnen zu tun …«

»Ja, genau. Eine Bekannte«, erklärte er betont leutselig.

Georges winkte ihn näher zu sich an die Theke. »Wissen Sie, Sie war so … auffällig gekleidet. Und dann diese gefärbten Haare. Ich frage mich, ob sie etwa, Sie wissen schon ...«

Bitte nicht, dachte Olivier und spürte, wie er rot wurde.

»... eine Schauspielerin aus Cannes ist.«

Olivier atmete erleichtert auf. »Ja – ja genau. Eine Schauspielerin. Wir haben ein paar Szenen geübt.«

»Ah, ich habe gehört, wie Sie mit ihr nach oben gegangen sind. Sie waren aber ziemlich schnell fertig.«

»So schnell nun auch wieder nicht.«

»Ist sie sehr bekannt? Vielleicht könnte ich das nächste Mal ein Selfie mit ihr machen? Das wäre gut fürs Hotel, verstehen Sie? Wenn ich schreiben könnte, dass sie hier war. Wie heißt sie denn?«

»Sie will leider anonym bleiben. Wir sehen uns!«

Bevor Georges noch etwas sagen konnte, hob Olivier die Hand und verließ das Hotel mit raschem Schritt. Kühle Nachtluft umfing ihn und ließ ihn leichter atmen.

Ehrlicherweise war Gordes nachts ziemlich gruselig. Die größeren Gassen waren zwar beleuchtet, aber abseits der wenigen Restaurants hörte man kein menschliches Geräusch. Nur Grillen. Und irgendwo weiter unten im Tal den Ruf einer Eule. Um eine Straßenlaterne flatterten so riesige Nachtfalter, wie Olivier sie nie zuvor gesehen hatte. Dazwischen flitzten immer wieder Fledermäuse durch den Lichtkegel und schnappten sich einen von ihnen.

Ihr hohes Klicken drang an sein Ohr.

Olivier schlenderte eine steil bergab führende Gasse hinunter. Wie es Linda wohl ging? Eigentlich sollte sie sich heute auch noch irgendwann bei ihm melden und ihm berichten, was sie im Kloster rausgefunden hatte. Natürlich hätte er sie auch einfach anrufen und fragen können. War ja nicht so wie bei Campanard, der irgendwo in einem Empfangsloch hockte. Apropos ... Olivier zückte sein Telefon und stieß einen leisen Fluch aus. Zwei Anrufe vom Chef in Abwesenheit. Während der ganzen Dubac-Geschichte musste er das Klingeln überhört haben.

Olivier stöhnte und legte den Kopf in den Nacken. Genau genommen bestand seine einzige Aufgabe darin, der Kontaktpunkt für Campanard zu sein, und selbst das hatte er vermasselt. Sofort wählte er die Nummer des Commissaires. Mailbox.

Bestimmt war er wieder zurück im Kloster. Aber halt. Eine Nachricht. Olivier atmete erleichtert auf. Immerhin schien er wohlauf zu sein.

Geheime Treffen. Frère Raphaël ... Er musste sich die Liste der Mönche noch einmal durchschauen.

Das Geräusch von Schritten ließ ihn vom Display aufblicken.

Stöckelschuhe. Olivier beugte sich über die Steinmauer, an der er lehnte. Eine Etage tiefer sah er, wie auf einem steingepflasterten Weg eine elegante Dame entlangging. Der Weg verlor sich bald in einem Tunnel aus dichtem Wacholder und Ginstergestrüpp.

Olivier runzelte die Stirn. Wenn er nicht falschlag, dann musste das hier der Fußweg nach Sénanque sein.

Aber warum würde jemand um diese Zeit dorthin gehen wollen? Vor allem mit hochhackigen Schuhen?

Er kniff die Augen zusammen. Das war doch ... Er kannte diese Frau. Kandidatin Nummer 1. Die Touristin, von der er gedacht hatte, sie hätte vielleicht etwas mit Campanard gehabt.

Kurz bevor sich der Weg in der finsteren Vegetation verlor, verharrte sie und sah sich prüfend um. Olivier ließ sich instinktiv ein wenig in die Deckung der Mauer sinken. Als sie sich abwandte, erkannte er einen Schatten, der der Frau im Dunkeln regungslos gegenüberstand.

Olivier schlich ein Stück weiter, bis er sich fast direkt über ihr befand.

»Erledigt?«, flüsterte der Schatten.

Die Frau nickte leicht.

»Sie ist fort.«

»Gut. Also nur noch einer ...«

Die Frau blickte sich unsicher um.

»Nicht *so* ... Sie ist in Lérins.«

Olivier spürte, wie sich sein Inneres krampfhaft zusammenzog.

Linda ...

Die Art, wie die Frau dem Schatten die Nachricht überbracht hatte ... als wäre es eine Hiobsbotschaft. Olivier war nicht sicher, ob es darum ging, dass Linda noch lebte oder dass sie nach Lérins gereist war.

Der Schatten schwieg eine Weile, was die Frau sichtlich nervös machte.

»Man wird sich dort um sie kümmern«, erklärte er schließlich.

»Und ... der Rest?«

»Beobachten.«

»Ich könnte ihn ...«

»*Beobachten.*«

»Natürlich«, flüsterte die Frau. »Wie lange werdet ihr ...«

»So lange es braucht.«

Die Frau strich sich durch die Haare und schien einen Moment nach den richtigen Worten zu suchen.

»Wieso ... bedeutet das so viel? Ich meine ...«

»Tu, was dir gesagt wurde.«

Der Schatten starrte sie noch eine Weile an, dann verschwand er ohne ein Geräusch in der Dunkelheit.

Olivier dachte kurz darüber nach, ihm nachzulaufen. Aber er war unbewaffnet, und er glaubte nicht, dass er den Schatten verfolgen könnte, ohne dass dieser etwas davon bemerkte. Aber da war noch die Frau. Die Frau, die angeboten hatte, ihn umzubringen, aber nur beobachten sollte. Keine Touristin. Alles Scharade.

Gott, er hoffte, dass der Chef nicht wirklich mit ihr geschlafen hatte.

Was als Nächstes? Linda warnen. Sie musste wissen, dass sie in Lérins nicht sicher war. Den Chef informieren. Und diese Dame observieren.

Linda,
unsere Kandidatin Nummer 1 hängt in der Sache mit drin. Die Touristin. Sie kommuniziert mit jemandem in Sénanque. Ich glaube, sie war das mit dem Balkon. Sie wissen, wo du bist. Wahrscheinlich ist dort jemand hinter dir her. Fahr nach Grasse, dort bist du sicher.
Pierre

Olivier hörte wieder klackernde Schritte. Die Frau hatte kehrtgemacht und ging zurück in Richtung Dorfzentrum.

Er könnte sie festnehmen und befragen, aber nicht jetzt und nicht hier. Vielleicht war sie bewaffnet, und Skrupel kannte sie wohl auch keine.

Nein, er würde das Ganze schlauer angehen. Sie beobachten, während sie ihn beobachtete, und mehr darüber herausfinden, mit wem sie zusammenarbeitete … und vor allem, warum.

KAPITEL 18
DAS BLÜHENDE BÖSE

Die Sonne brannte auf Sénanque und sein Lavendelfeld herunter. Die Mönche hatten breite Strohhüte aufgesetzt und sich mit Spagatschnur und Heckenscheren bewaffnet zwischen die blühenden Sträucher begeben.

Campanard wusste, wie die großen Lavendelbauern die duftenden Blütenstände normalerweise einbrachten – mit modernen Erntemaschinen, die die Blüten über ein Rohr gleich auf einen Anhänger katapultierten. Er schätzte, für ein kleines Feld wie das hier würde man damit kaum fünfzehn Minuten brauchen. Aber so eine Maschine rentierte sich für die Mönche nicht, und in der Nachbarschaft gab es wohl niemanden, von dem sie die entsprechende Gerätschaft leihen konnten.

Immerhin freuten sich die meisten von ihnen auf die Arbeit. Campanard konnte es in ihren zufriedenen Gesichtern erkennen. Ehrlicherweise hatte ihn der Gedanke, bei einer Lavendelernte zu helfen, schon immer gereizt, sodass er seine Hilfe angeboten hatte. Außerdem kam man bei so einer Arbeit bestimmt ein bisschen ungezwungener ins Gespräch.

»Eigentlich ist es meine Lieblingszeit im Jahr«, erklärte Bruder Jacques neben ihm. Er bückte sich gerade, sodass sein roter Bart fast die Lavendelblüten streifte, band die Blütenstände mit Spagat zu ein paar Bündeln und schnitt sie dann mit der Heckenschere.

»Der Duft, das Zirpen der Grillen ... Nach den Erntetagen ist unsere Kleidung regelrecht imprägniert mit dem Duft. Egal, wo man ist, der Geruch hängt noch wochenlang in der Luft.«

Campanard lächelte.

Und legte die geschnittenen Bündel in einen großen Jutesack neben ihnen, der zwar schon ziemlich voll und duftend, aber immer noch leicht wie eine Feder war.

»Nur Raphaël ist sonst freudiger bei der Sache. Aber wen wundert es, bei allem, was passiert ist.«

Campanard hob den Blick und sah zu Raphaël hinüber. Der Strohhut warf einen Schatten auf sein rundes Weihnachtsmanngesicht, das seltsam in sich gekehrt wirkte, während er die Erntearbeiten überblickte. Vermutlich dachte er bereits an heute Abend. Und dass Campanard alles mitbekommen würde, was hier geschah.

Sein Blick glitt weiter. Luc, in seinem strahlend weißen Novizengewand, stand abwesend zwischen den Sträuchern. Immer wieder schnitt er ein paar Stängel, nur um dann wieder ins Leere zu starren und mit den Fingern über die Blütenköpfe zu streichen. Campanard fand, dass er ein wunderbares Motiv für ein Gemälde abgegeben hätte. Immerhin schien er das Ganze auf seine Art zu genießen.

Der Abt arbeitete ein paar Schritte weit entfernt. Mit verbissener Miene und kraftvollen Bewegungen wirkte es auf Campanard fast so, als würde er gegen den Lavendel kämpfen. Mit zusammengepressten Lippen stopfte er die dicken Bündel in seinen Jutesack.

Campanard bückte sich und band ein Bündel Blütenstände zusammen.

Ein paar Bienen und Hummeln flogen mit indigniertem Gebrumm davon, und Campanard hatte ein bisschen Mitleid mit den Insekten, die er gerade aus ihrem violetten Schlaraffenland vertrieb.

»Bruder Jacques«, setzte er an. »Mir fiel auf, dass der Handyempfang hier mehr als bescheiden ist. Wenn nun in Sénanque etwas passieren würde …«

»Nun, wir haben ja das Festnetz. Bei einem Brand zum Beispiel wäre es meine Aufgabe, die Feuerwehr zu rufen und die Glocken zu läuten«, antwortete der Mönch.

»Bestimmt *hören* Sie dann auch die Glocken, Frère Jacques«, erwiderte Campanard amüsiert.

»Wie bitte?«

»Nichts weiter.« Campanards Magen knurrte. Er hatte zwar diesmal beim Frühstück kräftiger zugelangt, aber im Großen und Ganzen blieb die Verpflegung hier viel zu spärlich.

Er schnitt die Bündel und richtete sich auf. Ein paar Meter weiter sammelte Frère Michel gerade ebenfalls Lavendelbündel auf, so viele, dass er sie kaum tragen konnte. Ein zufriedener Ausdruck lag auf seinem kindlichen Gesicht. Campanard hörte, wie er leise vor sich hinsang, während er die geernteten Blüten fast liebevoll in seinen Sack schichtete.

»Vergessen Sie nicht zu trinken, Albéric«, erklärte Jacques. »Man ist doch den ganzen Tag an der Sonne und bewegt sich.«

Er reichte ihm eine Wasserflasche aus einem Korb neben ihm.

Campanard nahm dankbar einen Schluck.

»Gestern habe ich Ihre Schafe bewundert«, erklärte er. »Haltet ihr noch andere Tiere hier?«

»O ja, Hühner«, erklärte Jacques. »Die Frühstückseier heute Morgen waren ganz frisch. Luc holt sie jeden Morgen und nimmt das sehr ernst. Er luchst sie den Hennen förmlich ab.« Jaques lachte.

»Oh.« Campanard verdrängte die absurde Vorstellung, wie Luc in einem Hühnerkostüm durch den Stall schlich und unachtsamen Hennen das Gelege klaute. Christelle hatte recht. Er war und blieb ein Kindskopf.

»Sonst noch irgendwelche Tiere?«

»Nein. Das heißt ... ja. Ich habe hinten im Wald mit dem Wasser der Sénancole einen kleinen Teich angelegt, in dem wir Karpfen halten. Ist nur ein Versuch, der niedrige Wasserstand im Sommer ist ein ziemliches Problem. Aber ich dachte, wir bringen so ein bisschen Abwechslung in unseren Speiseplan. Besonders während der Fastenzeit.«

»Hat Sie der Abt bei diesem Unterfangen unterstützt?«

Jacques schnitt ein dickes Bündel Lavendel durch.

»Aber ja, Gérard unterstützt mich immer, wenn ich neue Ideen habe. Er ist ein guter Mann.«

Campanard zuckte mit den Schultern. »Auch gute Männer machen Fehler. Ich zum Beispiel habe heute Morgen eine violette und eine gelbe Socke angezogen.«

»Sie haben violette und gelbe So...«

»Hat euer lieber Gérard vielleicht kürzlich auch einen Fehler gemacht? Mit den besten Absichten versteht sich.«

Jacques runzelte die Stirn und sah nachdenklich nach oben.

»Da fällt mir nichts ein.«

»Irgendein Streit vielleicht?«

»Bei uns ging es ziemlich friedlich zu.«

»Wirklich immer? Ich finde ja, in jeder echten Freundschaft muss schon mal gepflegt gestritten werden.«

»Also, da müsste ich schon etwas weiter zurückgehen.«

»Tun Sie mir den Gefallen.«

Jacques sah sich unsicher nach seinen Brüdern um. »Ich möchte niemanden schlecht dastehen lassen. Und die Sache geht mich auch nichts an.«

»Frère Jacques, ich bitte Sie darum, als offizieller Gesandter des Generalabts. Mir ist bewusst, dass Sie niemandem schaden wollen.«

Jacques schluckte. »Nun gut, aber die Sache ist sicher ein Jahr her. Und ich denke nicht, dass sie etwas mit dem Grund für Ihr Hiersein zu tun hat.«

»Überlassen Sie diese Einschätzung gerne mir.«

»Eigentlich war es ein ganz normaler Tag. Alle waren im Speisesaal, nur zwei Brüder fehlten. Also wollte ich sie holen, weil sonst alles kalt geworden wäre.«

»Wer fehlte?«, murmelte Campanard. »Arbogast?«

»Nein, unser Abt Gérard und Bruder Bernard.«

Campanard sah Jacques erwartungsvoll an.

»Ich lief in die Sakristei, aber dann hörte ich hinter der Tür zum Kapitelsaal laute Stimmen.«

»Von wem?«

»Es war Gérards Stimme. Ich hatte ihn noch nie so erlebt. Richtig gebrüllt hat er. Dazwischen hat Bernard nur leise und kleinlaut geantwortet.«

»Irgendeine Ahnung, was ihn so aufgebracht hat?«

Jacques schüttelte stumm den Kopf.

»Aber ich hatte beinahe Angst vor ihm, so zornig war er. Die Worte, die ich verstehen konnte, waren furchtbar.«

»Hat er Bernard bedroht?«

»Das ist ... schwer zu sagen. Aber sicher weiß ich, dass er ihn beschimpft hat. ›Du bist keiner von uns! Du verdienst es nicht!‹«

Campanard hob die Augenbrauen. »Das klingt ziemlich harsch.«

»Zu glauben, was ich da hörte, fiel mir schwer. Ausgerechnet Gérard. Er mag hart sein, aber dass er jemanden geringschätzig oder ungerecht behandelt hätte, hatte ich zuvor noch nie erlebt.«

Campanard sah zu Abt Gérard hinüber, der immer noch mit finsterer Miene Lavendel in seinen Jutesack stopfte.

»Wie hat Bernard reagiert?«

»Er war zu leise, um ihn zu verstehen. Aber wenig später öffnete sich die Tür. Zu meiner Schande muss ich gestehen, dass ich mich hinter einer Ecke versteckt habe. Ich dachte, Bernard wäre es unangenehm, wenn er wüsste, dass ich alles gehört habe.«

»Wie hat er auf sie gewirkt?«

Jacques schlug die Augen nieder.

»Tief aufgewühlt. Zuerst ist er rasch davonmarschiert, aber dann noch einmal stehen geblieben und hat die Fäuste geballt. An der Stelle, gegenüber vom Kapitelsaal, befindet sich eine Dämonenbüste in der Mauer. Bernard hat sie angestarrt. Diese Bestie mit ihren wilden Augen. Eine lange Zeit. Danach ist er weitermarschiert.«

»Und Gérard?«

In ein paar Schritten Entfernung hörte Campanard Michel husten und sich räuspern. Der Mann hatte Ohren wie ein Luchs, er musste darauf achten, leise zu sprechen.

»Das weiß ich nicht, ich bin rasch zurück in den Speisesaal. Ich wollte nicht erwischt werden. Gérard tauchte kurz darauf auf. Bernard blieb dem Essen und den Abendgebeten fern.«

»Hm«, brummte Campanard. Ein Streit zwischen Bernard und dem Abt. Bernard hatte nichts davon in seinen Briefen erwähnt. Was hatte er noch alles für sich behalten?

Wieder hörte er Michel husten.

»Es beginnt«, hörte Campanard eine unverwechselbare Stimme sagen.

Er blinzelte verwirrt und hob den Blick. Luc stand mit seiner blütenweißen Tunika zwischen den Lavendelsträuchern wie eine Statue. Aber seine blasse Miene war auf furchtbare Weise verändert. Während er unverwandt vor sich hinstarrte, lösten sich zwei Blutstropfen aus seinen Augen und rannen über seine Wangen.

»O mein Gott«, flüsterte Jacques. Campanard sah aus den Augenwinkeln, wie er sich bekreuzigte. Auch die anderen Mönche richteten sich auf und starrten zu Luc hinüber. Während die meisten von ihnen erschrocken wirkten, las Campanard in den dunklen Augen des Abts nur eine stumme Wut.

Er musste zu dem Novizen und feststellen, was es mit diesem Humbug auf sich hatte. Er wollte Jacques gerade seine Heckenschere in die Hand drücken, als Michels Husten unangenehm laut wurde. Immer wieder räusperte er sich, klopfte sich mit der Faust auf die Brust und hustete erneut. Sein Gesicht war seltsam rot angelaufen.

Campanards Augenbrauen schoben sich zusammen. »Michel?«

Der Mönch hob den Kopf und sah zu ihm.

»Alles in Ordnung?«

Michel wollte etwas sagen, aber als er einatmete, drang nur ein ungesund klingendes Pfeifen aus seiner Kehle. Sofort ließ Campanard die Heckenschere fallen und lief zu ihm hinüber.

Michels babyblaue Augen traten weit aus ihren Höhlen, während er nach Luft rang und hastig auf seinen Hals deutete.

»Mund auf!«, befahl Campanard und sah ihm in die Rachenhöhle. Sehen konnte er nichts, aber das musste nichts heißen. Ein Fremdkörper konnte tiefer liegen. Aber an was sollte Michel sich hier draußen verschluckt haben?

Michels babyblaue Augen weiteten sich panisch, als er immer weniger Luft bekam. Aus einiger Entfernung hörte Campanard die aufgeregten Stimmen der anderen Mönche wie das Summen eines Bienenschwarms ...

Er blinzelte. Aus den Augenwinkeln erkannte er eine Hummel, die wild brummend davonflog. Ein Stich ... eine allergische Reaktion.

Er stützte Michel und half ihm, sich auf den Boden zu setzen.

»Schnell«, rief Campanard. »Wir brauchen einen EpiPen!«

Die Mönche starrten ihn erschrocken an.

»Los! Adrenalin. Habt ihr so etwas hier?«

Campanard wollte nicht daran denken, was passieren würde, wenn die Antwort Nein wäre. Bis die Rettung hier rauskam, konnte es ewig dauern.

»Jacques«, rief er. In Extremsituationen musste man einzelne Personen direkt anzusprechen. »Habt ihr einen EpiPen?«

Zu Campanards Erleichterung löste sich der rotbärtige Mönch aus seiner Erstarrung. »Ja«, hauchte er. »Ja, ich glaube wir haben einen.« Er wandte sich ab und eilte davon.

Luc stand noch immer regungslos zwischen den Lavendelsträuchern und starrte mit seinen blutenden Augen zu ihnen herüber. Seine Miene bebte. Ganz langsam hob er den Arm und zeigte auf Michel.

Campanard wandte sich wieder Michel zu. So wie er röchelte, würden seine Atemwege gleich völlig zuschwellen.

»Versuchen Sie durch die Nase zu atmen, Michel.«

Campanard machte ihm einen tiefen Atemzug durch die Nase vor, während der nach Luft ringende Michel ihn mit aufkeimender Panik anstarrte und zu atmen versuchte.

»Kommen Sie, noch einmal«, erklärte Campanard möglichst ruhig und freundlich, während sich die anderen Mönche um sie gruppierten.

»Was ist hier los?«, fragte Gérard mit finsterer Miene. Sein Blick streifte den röchelnden Michel. Sofort bückte er sich und nahm die Hand seines Bruders. »Was ist mit dir?«

»Ich denke, ein Bienenstich«, murmelte Campanard. »Er scheint allergisch zu sein.«

Gérard wandte sich ihm zu. »Das ist unmöglich.«

»Lassen Sie uns das gerne diskutieren, nachdem Michel wieder richtig atmen kann.«

Wo blieb denn nur dieser EpiPen?

»Krempeln Sie schon mal seinen Ärmel hoch. Und Sie, Michel, schön durch die Nase atmen, ja?«

Es gefiel Campanard gar nicht, dass die Gesichtsfarbe des Mönchs langsam einen bläulichen Ton annahm. Er zwang sich offensichtlich, seinem Rat zu folgen, aber seine Bronchien mussten fast vollständig zugeschwollen sein.

»Da kommt Jacques!«, rief Raphaël und deutete auf den heranhastenden Bruder.

Jacques blieb keuchend neben ihnen stehen und überreichte Campanard einen eingeschweißten Autoinjektor. Ohne zu zögern, riss er die Verpackung auf und verabreichte Michel das Adrenalin in den Oberarm.

»Gleich wird es besser«, erklärte Campanard beruhigend, während Michels Augen panisch hin und her flitzten.

Er wünschte sich, dass er damit recht behalten würde. Immerhin hatte er so etwas noch nie gemacht.

»Wieso glauben Sie, dass ihm das hilft?«, zischte Gérard.

»Bei Verdacht auf allergischen Schock verabreicht man Adrenalin«, murmelte Campanard, ohne Michel aus den Augen zu lassen. »Das lernt man schon im Basistraining. Kommen Sie, Michel, schön einatmen, ja?«

Campanard war nicht ganz sicher, aber das Atmen schien ihm etwas leichter zu fallen. Auch die rote Schwellung seines Gesichts ging langsam zurück.

»Es funktioniert«, murmelte Jacques erfreut.

Campanard merkte, wie der Mönch sich immer mehr aus eigener Kraft aufsetzte.

»I-ich glaube, es geht wieder«, hauchte er nach einer Weile und nahm ein paar normale Atemzüge zur Probe.

»Freut mich zu hören«, murmelte Campanard. »Aber jemand sollte Sie ins Krankenhaus fahren. Sicher ist sicher.«

»Ich kann fahren«, erbot sich Jacques.

»Sehr gut. Michel, wurden Sie von etwas gestochen?«

»Ich glaube nicht«, keuchte Michel. »Ich habe keine Erklärung. Es ist einfach so passiert.«

Campanard verengte die Augen.

»Noch jemand sollte Jacques begleiten.«

Ein eher bullig aussehender Mönch, mit dem Campanard noch nicht gesprochen hatte, hob die Hand.

»Dann fahren Jacques und Stéphane«, beschloss der Abt.

Die beiden stützten Michel und halfen ihm auf die Füße, dann verschwanden sie langsam mit ihm Richtung Kloster.

Campanards Gedanken wirbelten durcheinander. Das hier konnte doch alles nicht zufällig passiert sein. Mit raschem Schritt marschierte er zu Luc hinüber und musterte sein Gesicht.

Das Blut, das aus seinen eisgrauen Augen geronnen war, war verschwunden. Er starrte Campanard stumm entgegen.

Campanard wusste, dass es übergriffig war, aber in diesem Moment war es ihm egal.

»Bitte kurz still halten, Luc.«

Zu seiner Überraschung ließ Luc es widerstandslos geschehen, als er ihn mit der einen Hand am Kinn stützte und mit der anderen die Augen aufspreizte.

Natürlich war Campanard kein Arzt, aber auf ihn wirkten die Augen völlig normal und gesund. Die Bindehäute waren unversehrt und blassrosa. Nur ein paar minimale Blutreste konnte er an ihnen erkennen, aber keine Wunde.

Wie praktisch wäre es gewesen, ein forensisches Team vor Ort zu haben.

»Wer hat das gemacht?«, fragte Campanard. »Wer hat gemacht, dass du blutest?«

Einer von Lucs Mundwinkeln verzog sich zu so etwas wie einem Lächeln.

»Er«, flüsterte der Novize. »Er wollte Michel und hat ihn geholt.«

»Wer?«

Lucs Körper begann zu zittern.

»Er ist hier hereingekrochen, hat sich eingenistet, und wir

haben ihn nicht bemerkt. Er lebt unter uns, ist in unseren Köpfen.«

»Den Teufel gibt es nicht, Junge.«

Luc presste die Lippen aufeinander.

»O doch. Sie sind der Nächste, den er will. Und bald wird er Sie holen.«

Campanard blinzelte.

»Was genau erzählt er dir?«

»Er spricht mit der Stimme eines Engels«, murmelte Luc. »Sanft und freundlich kann er sein und doch wie der gehörnte Dämon, der er ist.«

KAPITEL 19
VON ROHREN UND BÄREN

Linda stand am Landungssteg, während ihr der Wind ins Gesicht blies. Die Fähre vom Festland hüpfte auf den grauen Wellen auf und ab, ehe sie in die ruhigeren, küstennäheren Bereiche einfuhr.

Kaum eine Handvoll Touristen stieg aus. Als Letztes ein bärtiger Riese mit Schultern, die doppelt so breit wie Lindas waren.

Sie hob die Hand und winkte begeistert, dann lief sie auf ihn zu und umarmte ihn kurz.

»Du bist einfach der Beste«, murmelte sie, während Matthieu eine schwer aussehende Tasche abstellte.

»Salut, Linda«, brummte er und trat unsicher von einem Fuß auf den anderen.

»Das ist so cool, dass du wirklich hier bist.«

»Hm, mach dir nicht zu viele Hoffnungen. Ich glaub nicht, dass ich das kann, was du von mir erwartest.«

Für einen Moment wirkte er so ängstlich, dass Linda ihn am liebsten noch einmal gedrückt hätte.

»Aber klar kannst du das. Einfach an den Plan halten.«

Sie sah sich forschend um.

»Ab jetzt muss ich mich leider von dir fernhalten, sonst funktioniert es nicht.«

»Und wenn ich alles falsch mache?«

»Wenn du reingehst, sorgst du einfach dafür, dass du die Tür nur anlehnst. Das ist alles.«

»Aber ... wenn dich einer erwischt ...«

»Dann hab ich mich verlaufen, ich Dummerchen.« Linda legte den Zeigefinger auf ihre Unterlippe, dann grinste sie. »Kann ja passieren. Ich übernachte immerhin im Kloster, mein Zimmer ist im Trakt schräg gegenüber. Großartige Aussicht vom zweiten Stock.«

Für einen Moment wich die Unsicherheit aus Matthieus Miene. »Manu wollte unbedingt mitkommen. Er findet das alles sehr aufregend.«

Das konnte Linda sich lebhaft vorstellen. Manu war schon am Telefon fast geplatzt vor Neugier.

»Nächstes Mal, aber jetzt musst du los. Viel Glück.« Sie tätschelte Matthieus Wange.

Matthieu nickte zögernd, dann hob er seine Arbeitstasche wieder auf und marschierte los. Linda wartete, bis er auf den Weg zum Kloster eingebogen war, dann folgte sie ihm.

Die frische Meeresluft half ihr, sich wacher zu fühlen. Sie hatte denkbar schlecht geschlafen, und am nächsten Morgen hatte die kryptische Nachricht von Pierre auf sie gewartet, die er ihr mitten in der Nacht geschickt hatte. Daraufhin hatte sie zweimal versucht, ihn anzurufen – leider ohne Erfolg.

Ein bisschen bevormundend hatte sie Pierres Nachricht schon gefunden. Wem half sie denn, wenn sie nach Grasse fuhr und sich dort verkroch? Wenn überhaupt, dann würde sie zurück nach Gordes fahren und ihm bei den weiteren Ermittlungen helfen – aber erst, wenn sie hier fertig war.

Als sie wieder zurück auf dem Klostergelände war, entdeckte sie Matthieu in seinem gelben T-Shirt rasch. Er stand vor dem Eingang des Shops und sprach mit jemandem in schwarz-weißer Zisterzienserkluft. Es handelte sich ganz offenbar nicht um Grégor. Aber wer der Mönch war, der ihn als Installateur in Empfang genommen hatte, konnte sie nicht sagen. Vorsichtig spazierte sie näher und blieb im Schutz einer blühenden Hibiskushecke stehen.

»Wurde aber auch Zeit«, hörte sie den Zisterzienser sagen. Er war kahlköpfig und erinnerte Linda mehr an einen Boxer als an einen Mönch. Seine Statur ähnelte der von Matthieu, und sein Gesicht wurde von neandertalerartigen Stirnwülsten dominiert.

Leider hatte sich bisher nicht die Gelegenheit ergeben, mit anderen Mönchen außer Grégor zu sprechen. Ab dem Nachmittag waren die Ordensbrüder mit Gebeten beschäftigt gewesen, und zum Abendessen hatte Linda keinen Zutritt erhalten. Netterweise hatte Grégor ihr abends noch Sauerteigbrot mit Meerrettichaufstrich und Kräutern auf ihr Zimmer gebracht und sie auf die nächsten Tage vertröstet. Aber so einnehmend Grégors Art auch sein mochte, sie würde hier nicht rumsitzen und Däumchen drehen.

»Was ist denn das Problem?«, brummte Matthieu.

»Das sollen Sie uns sagen«, erwiderte der Bruder ungehalten. »In einem ganzen Stockwerk steht das Wasser.«

»Klingt übel. Lassen Sie mal sehen.«

Der kahlköpfige Mönch bedeutete Matthieu mit einem Kopfnicken, ihm zu folgen.

Linda folgte ihnen in sicherem Abstand und tat dabei so, als würde sie einen Spaziergang durch den Klostergarten machen.

Im Inneren der Anlage vor der Kirche ließ sie sich in den

Schatten der maurisch anmutenden Säulen gleiten, während Matthieu und der Mönch in Richtung des gusseisernen Tors zu den Wohnbereichen der Mönche marschierten.

Vor dem Tor wandte er sich noch mal zu Matthieu um und musterte ihn mit einem kritischen Blick.

»Damit das klar ist, dieser Bereich ist ein höchst privater Rückzugsraum. Keine Fotos, und wenn Sie einen meiner Brüder sehen, sprechen Sie ihn nicht an. Kein Wort, verstanden?«

Linda hob eine Augenbraue. Der Mönch meinte das ernst. Bisher hatte sie nicht den Eindruck gehabt, dass es den Mönchen verboten war, mit Außenstehenden zu sprechen. Dafür war Grégor viel zu redselig gewesen.

»Oh, keine Sorge«, erwiderte Matthieu und breitete die Arme aus. »Manchmal sagt eine Umarmung mehr als tausend Worte.«

Der Mönch starrte ihn perplex an, dann den Bärenkopf auf seinem T-Shirt.

Hug me! If you can Bear it!

Sofort hörte Linda in Gedanken Manu schimpfen und unterdrückte ein Lachen.

»Nur Spaß!« Matthieu winkte ab und ließ seine Arme sinken, während sein Gegenüber den Scherz offenbar gar nicht lustig fand.

»Das hier ist ein Kloster. Benehmen Sie sich entsprechend, sonst suchen wir uns jemand anderen.«

Lindas Miene verfinsterte sich. Ganz schön dreist, wenn man bedachte, wie lange das Kloster vergeblich nach einem Installateur gesucht hatte, der das Abwasserproblem lösen konnte.

Normalerweise hätte sie Matthieu ermutigt, sofort zu gehen, aber dafür war er ohnehin viel zu nett.

»Keine Sorge«, erwiderte Manus Verlobter. »Die meisten Leute bemerken mich gar nicht.«

Für einen Moment starrte der Mönch sein riesenhaftes Gegenüber in dem leuchtend gelben T-Shirt misstrauisch an.

»Na gut«, erklärte er schließlich. »Also dann ...« Er sperrte das Tor auf. Linda machte sich bereit für einen Sprint. Wenn Matthieu das Tor angelehnt hatte, musste sie den beiden umgehend folgen, bevor jemand es wieder schließen konnte.

Matthieu schulterte seine Tasche. Sobald der Mönch aufgesperrt hatte, streckte er einen seiner Baumstammarme aus und drückte das Tor auf.

»Nach Ihnen, bitte«, brummte er.

Der Zisterzienser warf ihm einen Seitenblick zu und ging hindurch. Mit einer raschen Bewegung drückte Matthieu die Tür zu und folgte dem Mönch.

Perfekt. Linda hatte aufmerksam gelauscht, aber kein Einrasten des Türschlosses gehört.

Sie machte einen entschlossenen Schritt in Richtung Tor.

»Moment!« Matthieus Führer verharrte, dann drehte er sich zu Lindas Entsetzen um und ging zum Tor zurück.

»Dachte ich mir doch.« Er drückte das Tür endgültig zu. »Sie sollten wissen, dass man so eine Pforte kräftig schließen muss.« Er winkte Matthieu hinter sich her. Für einen Moment sah dieser in Lindas Richtung und zuckte ratlos mit den Schultern, dann folgte er dem Mönch.

Linda fluchte leise und sprang frustriert auf und ab. So knapp. Sie legte den Kopf in den Nacken und stöhnte.

Was sollte sie jetzt machen? Bis Matthieu mit seiner Arbeit fertig war, konnte es ewig dauern, und in der Zwischenzeit war sie ziemlich lahmgelegt. Vielleicht könnte sie Grégor überreden, sie endlich mit den anderen Mönchen sprechen zu lassen?

Sie ließ ihren Blick über den Hof des Klosters schweifen. Alles wirkte so friedlich, trotzdem hatte Pierre ihr geschrieben, dass sie hier möglicherweise nicht sicher war. Dass dieselben Kräfte, die sie gerne von ihrem Balkon in Gordes stürzen wollten, auch hier am Werk waren und sie bereits beobachteten.

Heute noch. Der Commissaire zählte auf sie. Sie würde nicht mit leeren Händen zurück nach Gordes fahren, und schon gar nicht nach Grasse, wie Pierre vorgeschlagen hatte.

Linda seufzte. Aus der Kirche kam leiser Gesang. Also machte es jetzt wohl auch keinen Sinn, hinauf in Grégors Arbeitszimmer zu gehen und ihn zu …

Linda blinzelte. Hinter dem Fenster zum Zimmer des Abts brannte Licht. Hatte Grégor es nur vergessen, oder nahm er nicht am gemeinsamen Gebet teil? Linda wusste zu wenig über das Leben der Mönche, aber sie konnte sich nicht vorstellen, dass das üblich war.

Etwas Helles am Rand ihres Sichtfelds erregte ihre Aufmerksamkeit.

»Ich glaub's nicht«, flüsterte sie, als sie sich umwandte.

Matthieu lief geduckt zum Tor. Dass er versuchte, sich unauffällig zu bewegen, wirkte fast ein bisschen komisch.

Am Tor angekommen, verharrte er und sah sich um.

»Linda?«, flüsterte er hektisch.

Sie versicherte sich kurz, dass niemand in der Nähe war, dann lief sie zu ihm hinüber.

»Gott sei Dank«, seufzte er, als er sie erblickte, dann öffnete er rasch die Tür.

»Du bist unglaublich«, hauchte Linda.

»Pass auf dich auf«, brummte er. »Der Typ ist hier noch irgendwo. Ich muss gleich wieder an die Arbeit, sonst merkt er was. Hatte nur Glück, dass es ihn zu sehr vor der Schweinerei im Erdgeschoss graust, sonst hätte er mir sicher die ganze Zeit über die Schulter gesehen, so wie der drauf ist.«

»Komischer Kerl. Ich werde vorsichtig sein. Was hast du bis jetzt gesehen?«

»Ich war nur im Erdgeschoss, dort gibt's bloß eine große Waschküche und ein paar Abstellräume, soweit ich das gesehen habe.«

»Gut, dann muss ich wohl weiter nach oben.«

Matthieu kratzte sich am Kopf. »Irgendwie hab ich ein schlechtes Gefühl, dich da drin allein zu lassen. Weiß auch nicht, warum.«

»Du bist süß, aber ich komm klar. Jetzt geh rasch wieder an die Arbeit, bevor die Bulldogge was merkt.«

Matthieu lachte leise, dann wandte er sich ab und lief zurück ins Gebäude, während Linda in den Schatten einer Zypresse glitt, damit man sie von außen nicht sehen konnte.

Ein paar Minuten ließ sie verstreichen, dann schlich sie aus einem etwas verwilderten Vorgarten mit Olivenbäumen, Zypressen und Palmen in den Wohntrakt hinein.

Ein leises Platschen ließ sie innehalten, sobald sie den Gang betrat.

»Großartig«, flüsterte sie, als sie ihren weißen Sneaker hob. Sie spürte, wie kühle Nässe ins Innere des Schuhs sickerte.

Der ganze Flur des Erdgeschosses stand etwa einen Zentimeter unter Wasser. Von fern hörte sie ein metallisches Schaben und Hämmern, vielleicht Matthieu, der irgendwo hier unten arbeitete.

Mit möglichst weiten Sätzen sprang Linda in Richtung einer Treppe und rettete sich auf die erste Stufe. Einen Moment lang lauschte sie, ob sie von irgendwoher Schritte hörte. Dem Bulldoggenmönch wollte sie hier auf keinen Fall über den Weg laufen. Aber außer Matthieus Gehämmer war es ziemlich still. Linda schlich die Treppen hinauf in den eigentlichen Wohntrakt und sah sich um. Ein langer Gang nach links und rechts. Kleine Fenster in den Steinmauern, von denen man aufs Meer hinaussah.

Recht viel weiter als bis hierher hatte sie nicht gedacht. Die Wohneinheiten der Mönche interessierten sie jedenfalls nicht besonders, kein Grund, diese mit ihrer Gegenwart zu entweihen.

Stattdessen musste sie die Räumlichkeiten finden, in denen Bernard und Luc während ihres kurzen Aufenthalts gelebt hatten. An den Türen zu ihrer Linken gab es Schilder, vor manchen lagen sogar Türmatten, was darauf schließen ließ, dass diese Räume bewohnt waren. Wahrscheinlich hockte die Bulldogge gerade in irgendeinem davon. In ihrer Vorstellung begann er wild zu kläffen, sobald sie versuchte, die Tür zu öffnen.

Also wandte Linda sich lieber nach rechts. An den schweren Holztüren in diesem Trakt waren keine Schilder angebracht. Vermutlich hatten hier früher mehr Mönche gelebt als heute.

Sie ergriff den Knauf der ersten Tür und drehte ihn. Immerhin. Offen.

Zu Lindas Enttäuschung fand sie dahinter jedoch nur einen völlig leeren Raum vor, auf dessen Boden sich schon eine dünne Staubschicht abgesetzt hatte.

Langsam schlich sie weiter. Das Bild wiederholte sich hinter den nächsten zwei Türen. Lindas Mut sank. Vielleicht war sie hier doch falsch, und die beiden waren in den Wohneinheiten der anderen Mönche untergekommen, die sicher verschlossen waren.

Ein Klicken erklang. Dann öffnete sich auf der anderen Seite des Ganges eine Tür. Linda schlüpfte rasch durch die nächste Tür.

Durch einen Spalt sah sie, wie sich die breitschultrige Gestalt der Bulldogge aus einer der Wohneinheiten schälte. Mit grantiger Miene marschierte er in Richtung der Treppe. Vielleicht fühlte er sich von Matthieus Hämmern gestört.

Linda verstand nicht, warum er überhaupt hier oben war. Er könnte doch einfach mit den anderen Brüdern in der Kirche das Gebet zelebrieren. Vielleicht hatte Grégor ihn beauftragt, darauf achtzugeben, dass der Installateur seine Arbeit auch richtig machte.

Als der Mönch zur Treppe gelangte, hielt er plötzlich inne und starrte auf etwas am Boden. Linda riss erschrocken die Augen auf. Sie hatte durchs Wasser laufen müssen ... und nasse Fußabdrücke hinterlassen. Wie hatte sie so unachtsam sein können?

Die Bulldogge stellte seinen viel größeren Fuß neben einen der Fußabdrücke, dann hob er ruckartig den Kopf und sah in ihre Richtung.

Linda duckte sich unwillkürlich. Warum beunruhigte sie dieser Mann so? Wer sein Leben freiwillig in den Dienst Gottes stellte, würde einem anderen Menschen doch sicher nichts antun. Ohne dass sie es verhindern konnte, begannen ihre Hände zu zittern, als die Bulldogge einen langsamen Schritt in ihre Richtung machte. Und noch einen.

Mit einer ruckartigen Bewegung riss er die erste Tür im Gang auf, so heftig, dass Linda befürchtete, er hätte sie aus den Angeln gerissen.

Vom Eingang aus bedachte er den leeren Raum mit einem grimmigen Blick, dann marschierte er entschlossen zur nächsten Tür weiter. Wieder öffnete er die Tür ruckartig und sah hinein. Hinter der nächsten würde er Linda vorfinden.

Ihre Hände begannen noch heftiger zu zittern. Ihre alte Freundin, die Panikattacke, klopfte ganz deutlich an. Es fühlte sich an, als würde jemand die Hand auf ihre Gurgel legen und langsam zudrücken, so wie damals, als dieser Mistkerl sie …

Ein metallisches Krachen wurde laut, dann ein Rattern wie von einer Pumpe.

Die Bulldogge sah auf. »Was zum Teufel treibt dieser …«

Er wandte sich ab und lief die Treppe hinunter. Linda seufzte auf und ließ sich zu Boden sinken.

Sie blinzelte. Keine Zeit zum Ausruhen. Der Kerl würde wiederkommen. Rasch richtete sie sich wieder auf. Erst jetzt warf sie einen Blick in das Zimmer, in dem sie sich befand.

Einen Moment lang starrte Linda nur vor sich hin. Dann hob sie ihr Telefon und machte rasch ein paar Bilder, die sie sofort an Pierre schickte.

Das hier war seltsam, oder nicht?

Der Raum wirkte wie ein Ärztezimmer in einer größeren Schule oder Firma. Nur schien er zumindest provisorisch für einen stationären Aufenthalt eingerichtet worden zu sein. Es gab ein Bett mit einem schlichten Metallrahmen und einen leeren Infusionsständer mit Rollen. Das Bett war nicht bezogen, aber auf einem Nachttischchen lag noch ein kleiner Stapel Bücher.

Neugierig näherte sich Linda und besah sich die Werke. Zuoberst die Bibel – natürlich. Darunter ein anderes Buch von einem Autor, den Linda nicht kannte.

Bernhard von Clairvaux. *Das Leben nach dem Tod.*

Linda drehte es um.

Bernhard von Clairvaux, der Schutzheilige der Zisterzienser und der Todesstunde. Was wir von ihm für unsere letzten Momente auf Erden lernen können.

»Schutzheiliger der Todesstunde«, murmelte Linda. Sie kannte sich im Katholizismus nicht besonders gut aus, aber anscheinend fiel wirklich alles im Leben in das Ressort eines der vielen Heiligen. Als wollte auch Gott gewisse Dinge delegieren ...

Sie ging zu den Wandschränken, die in dem Raum angebracht waren, und öffnete sie. Wieder fotografierte sie alles, obwohl Pierre sie vielleicht auslachen würde, weil sie ihm Bilder einer gewöhnlichen Hausapotheke schickte.

Sie nahm ein paar Schachteln aus einem Schrank. In einer der Verpackungen befanden sich kleine Einstichfläschchen. Alle davon leer. Linda runzelte die Stirn. Diese Medikamente hatte man normalerweise nicht unbedingt zu Hause rumliegen, zumindest nicht, wenn man halbwegs gesund war. *Fentanyl* stand auf dem Etikett.

Natürlich war Linda keine Medizinerin, aber in ihrem Psychologiestudium hatte sie sämtliche Medikamente kennengelernt, die die Psyche beeinflussen konnten und abhängig machten. Das hier war eines davon. Ein extrem starkes Opioid. Ein Schmerzmittel, das man nur in schweren Fällen anwendete.

Der Anzahl der leeren Fläschchen nach litt hier jemand an besonders heftigen Schmerzen. Ob Bernard und Luc das alles gesehen hatten? Wussten sie, wer diese beträchtlichen Mengen an Fentanyl konsumiert hatte?

Linda durchforstete den Rest des Schranks und fand noch ein paar transparente Plastikbeutel, die sie mit einem Stirnrunzeln herauszog. Ein Lächeln huschte über ihre Lippen, als sie einen davon öffnete. Diesen Geruch würde sie überall erkennen.

Marihuana.

Rasch steckte sie einen Beutel Gras und ein leeres Fentanylfläschchen ein.

Zurück an der Tür lauschte sie und trat dann auf den Gang hinaus. Noch immer keine Spur von der Bulldogge. Linda sah noch kurz in die verbliebenen zwei Räume hinein. Zwei kleine Schlafzimmer. Unbewohnt. Jeweils ein leerer Schrank. Vielleicht waren Luc und Bernard während ihres Aufenthalts hier untergekommen.

Wenn das der Fall war, verriet nichts mehr, dass sie hier gewesen waren. Die Matratzen waren abgedeckt, aber nicht bezogen, wie in dem Krankenzimmer. Linda hatte durch ihre Zeit in Grasse gelernt, sich mehr auf ihre Nase zu verlassen, aber auch hier verriet kein Geruch die Anwesenheit eines Menschen. Nur etwas an der Wand. Linda ging langsam auf die weiße Mauer zu und fuhr mit den Fingern über die Furchen im Putz. Jemand hatte etwas eingeritzt. Nur ein paar Worte.

Er ist hier.

Sie machte schnell ein Foto. Beim Heraustreten hörte Linda, wie die Bulldogge mit unfreundlicher Stimme sprach – offenbar mit Matthieu. Wenn sie wieder zu Hause war, würde sie ihn und Manu zu einem richtig großartigen Essen einladen. Am besten in einem guten Restaurant, da Lindas Kochkünste nicht mit dem guten Vorsatz mithalten konnten. Sie stieg die Treppe hinunter, schlich durch den kleinen Vorgarten und schlüpfte durch das Tor hinaus.

Sie atmete tief durch. Geschafft. Und niemand hatte sie gesehen. Die Erleichterung versetzte sie in einen richtigen Rausch. Am besten gleich Pierre anrufen und ihm alles erzählen.

Als sie ihr Zimmer betrat, war Linda in Gedanken vertieft und bemerkte darum gar nicht, dass sie nicht allein war. Nur am Rand ihres Sichtfelds sah sie, wie sich etwas Dunkles bewegte. Ein Schatten, der ihr aufgelauert hatte. Mit einer raschen Bewegung stürzte er auf sie zu.

Bevor sie schreien konnte, versank alles um sie herum in Dunkelheit.

KAPITEL 20
VON FALSCHEN SCHAFEN

Campanard saß auf einer Steinbank im Schatten der Klostermauer von Sénanque und sah nachdenklich auf das halb abgeerntete Lavendelfeld hinaus. Das Brummen der Bienen und Hummeln war gegen Abend leiser geworden. Das Zirpen der Grillen umso lauter.

Der Lavendelduft beruhigte ihn zwar etwas, konnte seine innere Unruhe aber nicht besänftigen. Den ganzen Nachmittag über hatte er sich umgehört. Niemand wusste, dass Michel eine Bienenallergie gehabt hatte – sonst hätte man ihn gar nicht bei der Lavendelernte mithelfen lassen.

Außerdem hatte Raphaël ihm versichert, dass jeder von ihnen bei dieser Arbeit normalerweise den einen oder anderen Bienenstich abbekam. Auch Michel musste während seines etwa zehnjährigen Aufenthalts in Sénanque schon mehrfach gestochen worden sein.

Woher kam dann plötzlich diese allergische Reaktion? Oder hatte Campanard sich geirrt? Aber wenn etwas anderes als ein allergischer Schock Michels Zustand ausgelöst hatte, dann hätte Campanards Einsatz mit dem EpiPen keine Wirkung gezeigt.

»Nüsse«, hatte Raphaël erklärt. »Das Einzige, worauf Michel richtig allergisch ist, sind Nüsse. Wenn er denen zu nahe kommt, kann das übel für ihn ausgehen.«

Nüsse ... Die Küche im Kloster kochte kaum mit verarbeiteten Produkten. Alles war sehr einfach. Dass sich da irgendwo eine Nuss hineingeschmuggelt hätte, hielt Campanard für ausgesprochen unwahrscheinlich.

Außerdem reagierte man bei einer Allergie meist sehr unmittelbar auf den Kontakt, nicht erst Stunden später.

Seltsam.

Natürlich konnte das alles Zufall sein. Es musste eine Verbindung geben zwischen Luc, der wieder eine seiner düsteren Prophezeiungen von sich gab und es dabei fertigbrachte, aus den Augen zu bluten, und Michel, der beinahe im selben Moment einen lebensgefährlichen Anfall bekam.

Jemand wollte ihn aus dem Weg haben. Oder etwas ...

Campanard schüttelte den Kopf. Er durfte sich von diesem Ort nicht wahnsinnig machen lassen. Für Mord brauchte es keinen Luzifer.

Jemand hätte Michel das Allergen verabreichen können. Vielleicht ein paar zerriebene Nüsse in den Wasserflaschen? Niemand würde bemerken, wenn das Wasser an einem heißen Tag einen kaum wahrnehmbaren Eigengeschmack entwickelte.

Aber warum? Mit Michel hatte er bereits einige Male geredet. Wieso der gutmütige Mönch für irgendjemanden eine Gefahr darstellen sollte, konnte er nicht sagen.

»Diese geheimen Treffen«, hatte Campanard Raphaël gefragt. »War Michel Teil davon? Wusste er etwas?«

»Michel?« Raphaël hatte entgeistert den Kopf geschüttelt. »Nie ... Er würde gar nicht verstehen ...«

»Und wenn er doch etwas wusste?«

»Das kann ich ausschließen. Geheimniskrämerei ist nicht

seine Art. Ein paarmal hat er gehört, wie ich und ein paar andere abends unsere Zimmer verlassen haben. Da hat er uns nur dafür bewundert, dass wir noch ein nächtliches Rosenkranzbeten einschieben. Ich meine, er ist das reinste Unschuldslamm.«

Raphaël hatte den Kopf gesenkt und ihm eine Papiertüte überreicht. »Hier. Für heute Abend, Albéric. Das werden Sie brauchen. Ich fand, es passt zu Ihnen ... Sie werden ja sehen.« Bevor er eine Frage stellen konnte, war Raphaël rasch davongestapft.

Campanard verengte leicht die Augen.

»Unschuldslamm«, wiederholte er nachdenklich. Nicht jeder in dieser Herde war ein Schaf. Hier verbarg sich noch etwas anderes zwischen den brav weidenden Wiederkäuern.

Wie passend, dass die Mönche abgesehen von ein paar Hühnern wirklich nur Schafe hielten und keine ...

Campanard richtete sich auf.

Jetzt begriff er endlich, was ihn an der Schafherde von Sénanque so irritiert hatte. Dabei hatte sein Unbehagen gar nichts mit den flauschigen Tierchen an sich zu tun. Campanard liebte Schafe. Sie hatten etwas unglaublich Zufriedenes an sich. Wenn ihr Speiseplan nicht so einseitig wäre, hätte er selbst nichts dagegen gehabt, ein Schaf zu sein.

Nein, sein Unbehagen rührte woandersher. Von einer Behauptung – etwas, das sich für ihn gerade als ganz dreiste Lüge entpuppt hatte.

In Gedanken ging er alles noch mal durch. Zufriedene Miene, aber schiefes Gesicht. Enge Freundschaft. Verletzung ... Verletzung durch eine Ziege. Eine *erfundene* Ziege, denn in Sénanque gab es nur Schafe.

Vielleicht hatte sich die Schneiderin einfach falsch an Arbogasts Geschichte erinnert, und er hatte in Wahrheit erzählt, dass er von einem Schaf verletzt worden war. Aber die Schafe hier hatten keine Hörner, waren klein und wirkten ... *lammfromm*.

Und wenn es, wie Campanard vermutete, eine Lüge gewesen war, was hatte man der Schneiderin dann nicht erzählen wollen? Was war die wahre Ursache für Arbogasts Verletzung gewesen?

Campanard seufzte und erhob sich. Wie einfach wäre alles, wenn sein Freund noch hier wäre. Wenn er Bernard all die Fragen hätte stellen können, die ihn quälten. Aber er war fort, und Campanard war allein an diesem geheimnisvollen Ort, der hinter jeder Antwort fünf neue Fragen für ihn bereithielt.

Langsam spazierte er in Richtung seiner Zelle. In ein paar Stunden, wenn es dunkel war, würde er zu den Ruinen und der Feuerstelle im Wald hinaufsteigen. Ansonsten gingen ihm bald die Ideen aus. Heute Nachmittag hatte er noch Lucs Quartier durchsucht, auf der Suche nach einem Hinweis, der seine blutenden Augen erklären konnte, aber ohne Erfolg.

Der Junge war das Tor zur Erkenntnis, da war sich Campanard sicher. Allerdings blieb es verschlossen, egal wie stark man daran rüttelte. Und auch wenn es die logischste Erklärung war, Campanard glaubte nicht, dass Luc ein Betrüger war und sie alle an der Nase herumführte. Zumindest nicht wissentlich.

Das Geräusch eines Automotors riss Campanard aus seinen Gedanken. Nicht weil es laut gewesen wäre, sondern weil es in der Stille von Sénanque völlig fehl am Platz wirkte.

Er beobachtete, wie sich ein schwarzer Van auf dem Weg näherte, den auch Olivier bei ihrer Ankunft genommen hatte. Die Türen öffneten sich. Jacques und der zweite Mönch stiegen aus, öffneten die Schiebetüren und halfen Michel beim Aussteigen, obwohl dieser die Hilfe gar nicht zu benötigen schien. Lächelnd sah er sich um, als sehe er sein Zuhause zum ersten Mal.

Auf ihn würde Campanard ein Auge haben müssen – nur für den Fall, dass sein Schock doch nicht so ein unerhörter Zufall gewesen war, wie alle glaubten.

* * *

»Toll, Linda, ganz toll«, brummte Olivier. Irgendwann spätnachts hatte sie wohl angerufen, aber in diesem verdammten Gordes kam empfangsbedingt auch nicht jeder Anruf an. Immerhin hatte sie ihm auf die Mailbox gesprochen.

Salut, Pierre. Hey, ich bin hier noch an etwas dran. Der Abt will mir keinen Zugang zu den Wohneinheiten geben, wo Luc und Bernard abgestiegen sind. Vielleicht ist dort irgendwas, und ich glaube, ich krieg das hin. Ich melde mich, wenn ich was habe, und dann fahre ich zurück – zu dir nach Gordes. Bis bald!

Er starrte Trépied an, der ihn mit großen Augen musterte. »Warum muss sie nur so stur sein, kannst du mir das sagen?«

Trépied antwortete mit einem Miauen.

Olivier stöhnte und ließ den Kopf sinken. Natürlich hatte er gestern noch dem Chef Nachrichten geschrieben und ihn wissen lassen, was er alles beobachtet hatte. Die Frau. Den

Schatten. Aber vermutlich würde Campanard das alles frühestens heute Abend lesen.

Vielleicht sollte er sich einfach den Wagen schnappen und nach Sénanque fahren. Er konnte ja behaupten, er käme aus ... Wie hieß das große Mutterkloster noch gleich? Citane? Von dort jedenfalls. Und dass er dringend mit Frère ... Wie nannte sich der Chef dort noch gleich? Irgendwas aus der Literatur war es gewesen, er würde den Namen einfach vermeiden und etwas Schwülstiges wie »der Gesandte« benutzen.

Pierre seufzte. Natürlich war das eine blöde Idee. Es gab keinen vernünftigen Grund, Campanards Tarnung wegen ein paar Stunden zu gefährden. Das konnte noch ein wenig warten, und mit etwas Glück konnte er ihm dann schon etwas mehr berichten. Immerhin plante er, sich heute an die Fersen der mysteriösen Touristin zu heften.

Das konnte interessant werden, zu versuchen, jemanden zu beschatten, der den Auftrag hatte, ihn zu beschatten. In Oliviers Job wurde es nie langweilig.

Das Einzige, das ihm keine Ruhe ließ, war Linda. Dass sie in Lebensgefahr schwebte, war ihr offensichtlich völlig egal. Lieber versuchte sie sich in den Wohntrakt der Mönche einzuschleichen.

Alles wäre so viel einfacher, wenn er wüsste, dass sie in Sicherheit war. Natürlich begriff er, dass die Arbeit bei *Projet Obscur* nie wirklich sicher sein würde, und Linda hatte sich bewusst dazu entschieden, was er zu respektieren hatte. Aber seine Sorge ließ sich nun einmal nicht durch gute Argumente beschwichtigen. So oder so, sie schwebte in Gefahr, und den Gedanken daran ertrug er kaum.

Trépied maunzte erneut.

»Hast recht, mein Freund, ich sollte mich auf mich selbst fokussieren«, erklärte Olivier. Dann zog er sich an, nahm seine Jeansjacke und lief die Treppen hinunter.

»Salut, Georges«, rief er und lächelte, als er den Hotelbesitzer erblickte. Dieser überreichte gerade einem jungen Paar einen Zimmerschlüssel und wandte sich ihm zu.

»Oh, Monsieur Olivier«, erklärte Georges und winkte freundlich. »Verzeihung. Keine Ahnung, was los ist. Um diese Zeit im Monat habe ich immer viel mehr Gäste als sonst. Dummerweise bucht aber keiner von denen das Abendessen mit. Wie auch immer, was kann ich denn für Sie tun?«

Olivier seufzte und stützte sich mit den Ellbogen auf der Rezeption auf. Dann winkte er Georges mit einer verschwörerischen Handbewegung näher zu sich heran.

»Können Sie ein Geheimnis bewahren?«

»Ich?« Olivier sah, wie Georges' Wangen Farbe bekamen und sich ein feierlich ernster Ausdruck auf seinem Gesicht breitmachte. »Natürlich«, hauchte er. »Wissen Sie, früher bei der Armee hatte ich eine sehr hohe Sicherheitsfreigabe. Mein Vorgesetzter, Lieutenant Duplat, hat mir damals alle wichtigen Informationen anvertraut. Zum Beispiel, dass in unserem größten Stützpunkt in Mali nur fünfhundert Franzosen stationiert waren anstatt der angeblichen zehntausend. Können Sie sich das vorstellen?«

»Beeindruckend«, erwiderte Olivier.

»Ja ... Schade, dass er dann meinen Vertrag nicht verlängert hat, wenn ich so darüber nachdenke. Wie auch immer, was kann ich für Sie tun?«

Olivier sah sich um, als wolle er sichergehen, dass ihnen niemand zuhörte.

»Es ist sehr heikel …«

»Oho!«, flüsterte Georges begeistert.

»Ich weiß gar nicht, ob ich Sie darum bitten darf. Aber der Chef, ich meine Monsieur Campanard, meinte, Sie wären ab-so-lut vertrauenswürdig.«

»D-das hat Monsieur Campanard über mich gesagt?«

Olivier nickte ernst.

»Also, es ist so«, erklärte Olivier. »Wenn wir ein Stück schreiben, dann denken wir immer schon darüber nach, wer die Rollen später spielen könnte. Welche Schauspieler, verstehen Sie?«

»Sie sind bereits bei der Besetzung?«

»Wir überlegen und suchen nach Inspirationen. Und wissen Sie, hier im Hotel wohnt eine sehr elegante Dame, die Monsieur Campanard sofort aufgefallen ist.«

Olivier beschrieb sie in raschen Worten.

»Ah, natürlich.«

»Und in unserem Stück gibt es eine Figur namens Monique, auf die sie sehr gut passen würde.«

»Das wäre ja großartig, wenn Sie in meinem Hotel eine Schauspielerin entdecken würden. Haben Sie für die Frau von gestern auch schon eine Rolle vorgesehen?«

Beim Gedanken an Dubac wurde Olivier ein wenig rot.

»Nun, bevor wir uns entscheiden, müssen wir ein bisschen mehr über die Dame wissen. Und ich dachte, vielleicht können Sie uns …«

»Private Details über einen Gast erzählen?«, fragte Georges erstaunt.

»Nun …«

»Aber gern. Also die Dame ist einen Tag vor Ihnen angekommen. Sie reist allein, hat sich aber mit anderen Gästen angefreundet, wie mir beim Abendessen auffiel.«

»Wissen Sie, woher sie kommt?«

»O ja, Marseille. Eine ziemlich schicke Adresse, nun für Marseille jedenfalls, mit Blick auf den alten Hafen. Habe ich gegoogelt.«

»Ah, und wie heißt die Dame eigentlich?« Natürlich erwartete Olivier nicht, dass sie hier unter ihrem echten Namen eingecheckt hatte.

»Claire Giroux. Sie ist Anwältin, die sich in Gordes eine kleine Auszeit nimmt.«

Nicht gerade die klassische Erholungskur, dachte Pierre mit bitterer Miene.

»Wissen Sie sonst noch etwas über sie?«

»Sie war ein bisschen neugierig auf Monsieur Campanard, aber mal ehrlich, wer ist das nicht?«

»Ah. Vielleicht auch auf Linda?«

»Nun ja, ich war so freundlich, ihr gleich zu erzählen, was Sie drei hier machen. Offenbar ein gutes Vorzeichen, dass sie schon Interesse an Ihrer Arbeit hier hatte.«

»Ich verstehe. Vielen Dank, Georges. Aber bitte erzählen Sie Claire Giroux nichts von unserem Gespräch.«

Er warf Georges einen ernsten Blick zu und begriff im gleichen Moment, dass es ähnlich realistisch wäre, ihn darum zu bitten, sich sein Herz herauszuschneiden und es ihm als Carpaccio zu servieren.

»Ich meine, wenn sie es erfahren würde, dann würde sie sich nicht mehr natürlich verhalten und den Job sicher nicht bekommen. Und es wäre doch auch schade, wenn sie später nicht erzählen könnte, wo sie entdeckt worden ist.«

»Oh. Ich verstehe.«

»Ich zähle auf Sie«, erwiderte Olivier und klopfte ihm auf die Schulter.

Er ging zurück auf sein Zimmer und öffnete seinen Laptop. Claire Giroux. Keinerlei Einträge bei der Polizei. Das zentrale Melderegister spuckte ihm tatsächlich eine Person mit diesem Namen aus, die in Marseille wohnte und Anwältin war.

Allerdings zeigte das Passfoto eine völlig andere Frau.

»Wer bist du, und für wen arbeitest du?«

Nun gut, wer einen Fisch fangen wollte, brauchte einen guten Köder. Und wie der Zufall es wollte, wusste er, dass die Dame den Auftrag hatte, ihn zu beobachten.

Olivier grinste in sich hinein. Dann sollte sich die Gute mal anstrengen.

***

Die Aussicht von dem mittelalterlichen Château, das über Gordes thronte, war atemberaubend. Die Felder leuchteten in der Morgensonne, und in der Ferne ragten die Hügel des Luberon empor.

Olivier lehnte an der Fassade und genoss die Wärme, die die alten Steinmauern abstrahlten. Bis auf die laut tschilpenden Spatzen war es noch ziemlich ruhig. Beobachtete sie ihn bereits? Vielleicht musste er ihr einen besseren Grund dafür liefern.

Er setzte seine Sonnenbrille auf und marschierte los, dem Weg folgend, den er gestern Nacht genommen hatte, dorthin, wo der Fußweg nach Sénanque abzweigte und er die Dame im Gespräch mit jemandem beobachtet hatte. Olivier erkannte, dass der Steinweg in einen Tunnel aus mediterranen Gebüschen und Pinien eintauchte. Selbst tagsüber wirkte der Weg dunkel. Wen hatte er da gestern stehen gesehen? Oder vielleicht lautete die korrektere Frage ... was?

Olivier schüttelte den Gedanken ab. Natürlich war es ein Mensch gewesen. Es musste einfach so sein.

Wenn er so tat, als würde er nach Sénanque gehen, wäre das etwas, das seine Verfolgerin in Alarmbereitschaft versetzen sollte. Vorausgesetzt, sie war da.

Irgendwo über ihm, dort wo er selbst gestern Nacht gestanden hatte, hörte er ein leises Schaben.

Sie *war* da.

Ein kleines Lächeln erschien auf seinen Lippen. Olivier schlenderte ein paar Schritte den Weg hinunter, dann machte er wieder kehrt.

Wenn er den Spieß irgendwann umdrehen und sie beschatten wollte, würde er das nur irgendwo im Gassengewirr von Gordes schaffen. Er hob sein Smartphone ans Ohr.

»Ja, ja. Verstanden. Ich seh mir das sofort an.« Er sprach zwar leise, aber er hatte gestern festgestellt, dass die Akustik nach oben sehr günstig war.

Mit ernster Miene verwahrte er sein Smartphone und marschierte los. Während er sich zwischen den engen Gassen hindurchschlängelte und ihm immer wieder der köstliche Geruch von Essen in die Nase stieg, musste er sich eingestehen, dass er es nicht mit einer Anfängerin zu tun hatte. Sie kam ihm nie nahe genug, dass er sie sehen konnte, und verlor doch nie seine Spur. Nur wenn man wusste, dass sie da war – und wenn nicht gerade eine Schar Mauersegler mit ihren schrillen Rufen durch die Gassen fegte –, konnte man manchmal das leise Tappen ihrer Schritte vernehmen.

Olivier erreichte einen kleinen Platz mit einem Brunnen, der mit Weinranken umwunden war und eine Nymphe beim Baden zeigte. Mittlerweile wusste Pierre, dass es hier eine halbrunde Gasse gab, die vom Brunnen weg und dann in einem Bogen wieder zurück auf den Platz führte. Ideal.

Abrupt bog er in die Gasse ein. Sobald er um die Kurve gebogen war, rannte er los.

Ziemlich außer Atem kam er wieder auf dem Platz mit dem Brunnen an. Und – bingo. Da war sie, mit Sonnenbrille, einem eleganten Hut und Schuhen, mit denen sie ihm wohl nicht hätte nachlaufen können. Olivier hatte sich immer schon gefragt, warum manche Frauen sich so etwas antaten. Er hatte sich jedenfalls noch nie für eine Frau wegen ihrer Schuhe interessiert. Linda trug nie hohe Schuhe, und er mochte, wie unbeschwert sie sich dadurch bewegte.

Die Dame sah sich rasch auf dem Platz um, dann machte sie ein paar Schritte in die Gasse hinein.

Er konnte erkennen, wie sie sich umsah und lauschte, dann stieß sie einen unhörbaren Fluch aus.

Jetzt zeig mir, wo du herkommst. Mit wem arbeitest du zusammen? Du bist doch bestimmt nicht allein in Gordes.

Die Dame zückte ihr Smartphone und murmelte etwas hinein, was Olivier nicht verstehen konnte. Dann wandte sie sich ab und stolzierte mit weit ausladenden Schritten davon.

Bingo.

Die Art, wie die Frau sich bewegte, immer wieder abrupt stoppte und sich misstrauisch umblickte, war herausfordernd. Aber irgendwie gelang es Olivier, außer Sicht zu bleiben, ohne sie zu verlieren.

Vor der Kirche des Dorfes verharrte sie, sah sich noch ein

letztes Mal um, dann stieg sie die Treppe vor dem Eingang hinauf und verschwand im Inneren. Olivier wartete kurz, dann näherte er sich dem Eingang.

Église Saint-Fermin, stand auf einer Tafel. Das Gebäude wirkte uralt, vielleicht mittelalterlich, aber so genau kannte Olivier sich nicht aus. Ehrlicherweise hatte er nicht unbedingt erwartet, dass sie eine Kirche aufsuchen würde. Hineinzugehen kam nicht infrage. Die Kirche war um diese Zeit vermutlich leer, und man würde ihn sofort sehen. Trotzdem drängte ihn etwas, hineinzulaufen und dieser Claire Giroux, oder wie immer sie auch heißen mochte, Handschellen anzulegen.

Für einen Moment schloss er die Augen, bis seine Wut verraucht war, dann konzentrierte er sich wieder auf den Eingang.

Das Telefon in seiner Tasche vibrierte. Vielleicht Linda? Olivier kramte es hervor.

Tatsächlich. Eine ganze Reihe von Bildern. Eine Art Krankenzimmer, Medikamentenpackungen, das Foto einer weißen Steinmauer, in die jemand etwas eingeritzt hatte.

Er ist hier.

Olivier runzelte die Stirn. Gerade wollte er etwas zurückschreiben, als er sah, wie sich eine Gestalt aus dem Inneren der Kirche schälte. Die Dame. Sie schüttelte ihre brünetten Haare zurück, stieg die Treppe vor dem Eingang hinunter und verschwand kurz darauf.

Olivier zögerte. Natürlich konnte er sie weiter verfolgen, aber nachdem sie ihn verloren hatte, war sie schnurstracks hierhergelaufen. Das konnte kein Zufall sein.

Er nahm sein Telefon zur Hand, um das Team zu informieren – er würde Linda nichts predigen, um es dann selbst zu vergessen. Hastig tippte er eine Nachricht.

Bin der Dame nach Saint-Fermin gefolgt. Sehe mir das mal an.

Olivier presste die Lippen zusammen, dann lief er die Treppe hinauf und tauchte in die kühle Dunkelheit der Kirche ein. Das Einzige, was er hören konnte, war das Echo seiner Schritte und das dumpfe Heulen des Windes. Alles schien gedämpft, als hätte jemand die grelle Außenwelt mit einem Klick ausgeblendet.

Ein leises Flattern ließ ihn zusammenfahren. Als er aufsah, bemerkte er eine Schleiereule, die vor einem der schmalen Kirchenfenster saß und mit schwarzen Augen auf ihn herabblickte. Olivier widerstand der Versuchung, das schöne Tier länger zu betrachten, und konzentrierte sich auf den Innenraum der Kirche. Die Sitzbänke waren verwaist. Eine ferne Note von Weihrauch lag in der Luft. Er machte ein paar zögerliche Schritte.

Als Kind hatte man ihn öfter zu Gottesdiensten mitgenommen. Eine Herausforderung für einen Jungen wie ihn, dem es immer schon schwergefallen war still zu halten. Damals hatte er sich gefragt, weshalb Gott verlangte, dass man ihn still sitzend, stehend oder kniend feiern sollte. Warum nicht beim Klettern auf einen Baum oder beim Schwimmen in einem kühlen Fluss? Das wäre ihm auf jeden Fall leichter gefallen.

Er seufzte und lauschte auf den leisen Widerhall des Geräuschs. Niemand war hier. Er war einer falschen Fährte gefolgt. Vielleicht hatte die Dame hier nur kurz ihre Gedanken ordnen oder in Ruhe telefonieren wollen. Enttäuscht fuhr er sich durch die Haare. Alles noch mal von vorn. Vielleicht hatte sie keinen weiteren Kontakt hier in Gordes. Dann könnte er sie gleich von Dubac festnehmen lassen und befragen.

Ein leises Rascheln hinter ihm ließ ihn herumfahren und überrascht die Augen aufreißen. Ein fast schon verklärter Gesichtsausdruck lag auf der Miene der Dame, während sie mit einer Pistole auf ihn zielte.

»Jeder andere wäre nun tot«, hauchte sie.

Oliviers Hand schoss in Richtung seiner Dienstwaffe, doch in diesem Moment packte jemand von hinten seinen Arm und drehte ihn auf den Rücken. Aus den Augenwinkeln sah er noch das Blitzen einer Nadel, bevor diese sich schmerzhaft in die Grube zwischen seinem Hals und Schlüsselbein bohrte.

Er spürte, wie seine Glieder erschlafften und er zusammensackte, während die Dame ihn mit einem milden Lächeln beobachtete.

»Sie haben Glück«, hauchte sie mit beseelter Miene.

Wenn ihn der Angreifer hinter ihm nicht gestützt hätte, wäre er wie ein Beutel Wasser zu Boden gesackt. Das Denken fiel ihm immer schwerer. Er sah kaum noch etwas. Alles, was er tun konnte, war zu atmen.

»Er will, dass ich Sie für ihn hole«, war das Letzte, was er hörte, bevor er das Bewusstsein verlor.

KAPITEL 21
DIE BEICHTE

Bei Sonnenuntergang machte Campanard sich auf den Weg und stieg über die Steineichenweide hinauf zu der Feuerstelle. Trotz der friedlichen Abendstimmung drehte er sich unterwegs mehrmals um, immer in Erwartung, eine Gestalt in den Schatten gleiten zu sehen.

»*Es ist normal, Angst zu haben, Einfach-nur-Campanard.*«

Bernard suchte seinen Blick und lächelte. »*Aber es ist nur deine Freiheit, du ziehst nicht in den Krieg.*«

Er hob den Kopf. »*Wie soll ich jemals wieder ein normales Leben führen?*«

Sein Freund neigte den Kopf und zwinkerte. »*Mhm, also besonders normal scheinst du mir ohnehin nicht zu sein.*«

Campanard musste gegen seinen Willen lächeln.

Die Miene des Mönchs wurde mit einem Mal ernster. »*Und niemand weiß wirklich, was geschehen ist, so wie ich dich verstanden habe.*«

»*Ich weiß es.*«

Bernard seufzte. »*Schritt für Schritt. Du bist nicht allein. Wann immer du jemanden zum Reden brauchst, werde ich da sein. Und ich bin wohl auch nicht der Einzige.*«

»*Christelle*«, *antwortete er.* »*Sie war gestern hier.*«

»*Man hat dich also nicht vergessen.*«

Campanard trommelte mit den Fingern auf den Tisch und starrte das Backgammon-Brett an.

»Sie sagte, in einem halben Jahr, wenn Gras über die Sache gewachsen ist, geht der alte Duranne in Pension. Er leitet die Polizei in Grasse.«

»In deiner Heimatstadt?«

»Genau.«

»Kennst du ihn?«

»Nicht besonders gut. Ein ziemlich zäher Kerl, war mein Eindruck. Ich wohne zwar in Grasse, war dort aber nie stationiert.«

Campanard nahm einen der Würfel und drehte ihn nachdenklich in seinen breiten Fingern. »Sie hat mir seinen Job angeboten.«

Bernards Augen weiteten sich. »Das ist großartig.«

»Ich weiß nicht, wie ich mich damit fühle.«

Bernard beugte sich nach vorn und umfasste Campanards Hände. »Aber das ist genau das, worüber wir gesprochen haben. Selbst zu heilen, indem man anderen hilft.«

Ein Lächeln huschte über Campanards Miene, dann stand er auf. In der Enge der Zelle musste er jede Bewegung mit Sorgfalt ausführen. Behutsam nahm er einen Papierordner von seinem Bett und öffnete ihn.

»Sie hat mir alles hiergelassen. Die Leute, mit denen ich arbeiten würde, Statistiken über die Art der Fälle.«

»Eine kluge Frau. Sie weiß, dass du Ablenkung brauchst.«

»Bei dem hier bin ich hängen geblieben.«

Er schob Bernard den Ordner hinüber.

Er zeigte das Gesicht eines jungen Manns. Sein Lächeln sorgte sicher oft dafür, dass er nicht allein nach Hause ging, wenn er es darauf anlegte.

Während Bernards Augen über die Zeilen unter dem Bild flogen, sog Campanard die Luft ein. »Ich konnte nicht aufhören, über ihn nachzudenken. Seine Geschichte berührt mich irgendwie.«

Bernard hob den Blick. Seine Miene wirkte plötzlich ernst. »Es scheint nicht, als würde er je wieder arbeiten.«

»Ja, aber ...« *Von einem Moment zum nächsten spürte Campanard, wie sich sein Inneres zusammenkrampfte. Ohne dass er wirklich wusste, warum, kämpfte er plötzlich mit den Tränen.* »Vielleicht braucht er aber auch nur jemanden, der ihm den Glauben daran zurückgibt, dass er es schaffen kann.« *Er schlug mit dem Handrücken auf das Papier.* »Ich meine, sieh ihn dir an, was er alles geschafft hat. Er ist ein guter Mensch. Und gute Menschen verdienen eine zweite Chance.«

Bernard betrachtete ihn eine Weile mit seinen aufmerksamen braunen Augen.

»Und da hast du es: deine Aufgabe. Dein Anfang. Konzentriere dich darauf, diesem jungen Mann zu helfen.«

Sein Blick wanderte hinüber zum Topf mit dem Lavendel, den er Campanard geschenkt hatte. Mittlerweile stand die Pflanze in voller Blüte, und ihre blauvioletten Stängel reckten sich dem kleinen Fenster entgegen.

»Und der hier wartet schon dringend auf sein neues Beet«, *erklärte er.*

Campanard blinzelte. »Ich weiß nicht, wie ich die letzten Wochen ohne dich überlebt hätte.«

Bernard lächelte. »Ich werde immer da sein, wenn du mich brauchst. Aber jetzt lenk nicht ab, Einfach-nur-Campanard. Nur weil ich wieder mal am Gewinnen bin ...«

Campanard schloss die Augen und senkte den Kopf. Er war nicht da gewesen, als Bernard ihn gebraucht hatte. Während Bernard ihn in den dunkelsten Stunden seines Lebens begleitet hatte, hatte Campanard nicht einmal gewusst, dass bei seinem Freund etwas nicht in Ordnung war. Er konnte es nicht wiedergutmachen, aber er würde diesen Fall aufklären, zumindest das.

Zwischen den Ruinen verharrte er mit Blick auf die verkohlte Feuerstelle und checkte sein Handy. Nur ein magerer Strich, aber wie aus dem Nichts begann das Ding, in seiner Hand wild zu vibrieren. Das Geräusch wirkte hier draußen so fehl am Platz und störend, dass Campanard hastig versuchte, das Telefon zum Schweigen zu bringen, während Nachricht um Nachricht eintrudelte.

Die ersten stammten von Olivier. Campanard las fassungslos, was sich in seiner Abwesenheit ereignet hatte. In Bernards Blut waren Rückstände von Krebsmedikamenten gefunden worden? Und was hatte sein Autounfall mit all dem zu tun? Bernard hatte ihm einmal von einem Wunder erzählt …

Stirnrunzelnd blickte der Commissaire in den Himmel.

Davon hast du mir nie erzählt, alter Freund.

Er wandte sich wieder seinem Handy zu. Delacours hatte Bilder aus Lérins geschickt. Ein Krankenzimmer, leere Medikamentenfläschchen und ein in die Wand geritzter Schriftzug, der ihn an Luc denken ließ.

Gerade wollte er sein Handy wieder einstecken, als eine weitere Nachricht von Olivier eintraf.

Bin der Dame nach Saint-Fermin gefolgt. Sehe mir das mal an.

Saint-Fermin ... Campanard bildete sich ein, den Namen schon ein paarmal bei den kärglichen Mahlzeiten der Mönche gehört zu haben. Wenn er sich nicht irrte, handelte es sich dabei um die Kirche in Gordes.

Aber warum darüber nachdenken? Er würde Olivier einfach selbst fragen.

Rasch wählte er seine Nummer. Es klingelte. Campanard zwirbelte nervös an seiner Schnauzerspitze. Plötzlich ertönte Oliviers Stimme. Mailbox.

Campanard stöhnte. Die Sache beunruhigte ihn mehr, als er sich eingestehen wollte.

Eigentlich hatte er gedacht, dass er selbst den größten Teil der Gefahr auf sich ziehen würde. Aber jetzt hatte es einen Mordanschlag auf Delacours gegeben, und auch Olivier befand sich mitten in einem gefährlichen Einsatz. Das gefiel ihm ganz und gar nicht.

Rasch wählte er Delacours' Nummer.

Ein Freizeichen. Immerhin schien sie auf der Klosterinsel Empfang zu haben. »Komm schon«, murmelte er. Dann hörte er nur die Stimme von ihrer Mailbox.

Salut, ihr seid schon richtig, habt mich aber wohl gerade nicht erwischt. Ich sag's gleich, meine Mailbox höre ich kaum ab, schreibt mir lieber.

Ah. Vielleicht war das sein Fehler gewesen. Erst unlängst hatte er morgens beim Kaffeetrinken unter seinem Orangenbaum gelesen, dass die junge Generation es fast schon übergriffig fand, wenn man einfach bei ihnen anrief. Man textete sich vorher, um ein Telefonat zu vereinbaren, aber auch nur, wenn es nicht anders ging. Ob das wohl auch für dienstliche Telefonate galt?

Rasch erstellte er eine Gruppe (warum hatte er das nicht schon längst getan?), taufte sie *Les Obscurs* und schrieb hastig eine Nachricht. Schnell tippen war für Campanard ein Problem. Seine Fingerkuppen waren einfach zu breit für die schmalen Tastenfelder. Trotzdem brachte er es rascher hin als gedacht.

> Delacours, Olivier, ich bin zutiefst besorgt. Sind Sie wohlauf?
> Campanard

Er steckte das Smartphone weg und atmete tief durch. Er würde so lange hier oben bleiben, bis ihm einer der beiden antwortete. Und wenn das nicht der Fall war ...

Er versuchte, sich zu beruhigen. Es gab im Moment keinen Grund, anzunehmen, dass es den beiden nicht gut ging. Und so lange das so blieb, musste er sich auf seine Aufgabe konzentrieren.

Campanard zog sich in Richtung Waldrand zurück, bis ihn der süßlich harzige Geruch der Pinien umfing. Er setzte sich seine schwarze Kapuze auf und ließ sich auf einem Stein nieder, von dem er einen guten Blick auf den Feuerplatz hatte.

Während die Dämmerung hereinbrach, wurde es still um Campanard. Nur das hohe Pfeifen junger Eulen, die um Futter bettelten, konnte er irgendwo hinter sich im Wald hören. Er wusste nicht, auf was er dringlicher wartete: dass die Mönche auftauchten und hier ihr Treffen abhielten oder dass sich Delacours und Olivier endlich meldeten.

Vermutlich war es schlauer, in der Zwischenzeit über den

Fall nachzudenken. Die Information von Olivier war interessant. Ein Krebsmedikament. War es möglich, dass Bernard ihm eine schwere Krankheit verheimlicht hatte? Aber warum hätte er das tun sollen? Nach allem, was er gesehen hatte, bedeutete die Klostergemeinschaft, dass man sich umeinander kümmerte und die Kranken nicht im Stich ließ. Campanard fiel kein guter Grund ein, warum man sich zusätzlich zur Last der Krankheit auch noch die der Geheimhaltung aufbürden sollte. Vor allem Bernard, der gerne ausgedrückt hatte, was ihm gerade durch den Kopf ging. Konnte es mit dem heftigen Streit zu tun haben, den Bernard mit dem Abt gehabt hatte? Gérard hatte selbst eingeräumt, dass er vielleicht an allem, was passiert war, schuld war. Obwohl er dementierte, jemanden verletzt oder getötet zu haben.

Was war los gewesen? Hatte der Abt Bernards Krankheit nicht ernst genommen oder ihm Hilfe verweigert? War er dahintergekommen, dass Bernard an den Geheimtreffen der Mönche teilnahm, und hatte ihm deshalb gedroht? Keine dieser Geschichten schien Campanard sonderlich rund. Doch er musste sich eingestehen, dass seine Überlegungen immer wieder an derselben Stelle endeten: bei Frère Gérard. Dessen große, finstere Gestalt könnte den armen Luc glauben lassen, er hätte den Teufel gesehen. Und er wäre stark genug, um Arbogast bei einem Spaziergang zu überwältigen und seine Leiche irgendwo verschwinden zu lassen.

Aber was war mit Bernard? Vielleicht hatte der Abt ihn sogar gehasst, wenn die Aussage über die Intensität des Streits nicht übertrieben war. Gérards größte Sorge war der Erhalt des Klosters. Waren die beiden dafür eine Gefahr gewesen? Aber auch das ergab keinen Sinn, denn was das Kloster wirklich an den Rand des Abgrunds gebracht hatte, war das Verschwinden von Arbogast und der Tod von Bernard. Der Wegfall aller Einkünfte. Die Angst vor dem Bösen, das hier angeblich umging. Wer Sénanque und die uralte Lebensweise der Mönche retten wollte, hätte sich damit keinen Gefallen getan.

Der Gedanke beschäftigte Campanard eine Weile. Wieso sollte Gérard sich außerdem weigern, ihm zu erzählen, was ihm solche Gewissensbisse bereitete? Nach allem, was Gérard wusste, war Campanard von der höchsten Autorität seines Ordens entsandt worden. Er war ihm zur Vertraulichkeit verpflichtet. Wenn er ihm Informationen verweigerte, musste es einen triftigen Grund geben.

Er dachte wieder zurück an seine Zeit in der Zelle, als Bernard zu ihm gesagt hatte: »Wenn es dir hilft, dir endlich diese Steine vom Herzen zu reden, weißt du, um was du mich bitten kannst. Niemand wird mich je dazu bringen können, dein Geheimnis offenzulegen.«

Es war eine Woche vor seiner Entlassung gewesen, und Campanard sah Bernards Miene immer noch vor sich. Er hatte geschluckt und dann tief eingeatmet.

»Muss ich es sagen?«, hatte er mit rauer Stimme geflüstert. »So wie damals vor meiner Erstkommunion?«

»Wenn es dir hilft.«

Campanard hatte für einen Moment die Augen geschlossen. »Vergib mir, Vater, denn ich habe gesündigt.«

Und dann hatte er es Bernard erzählt. Alles, was an jenem Tag passiert war und was ihn ins Gefängnis gebracht hatte. Am Ende hatte er kaum mehr sprechen können, so heftig hatte er schluchzen müssen. Er hatte sich darauf vorbereitet, dass es das Ende ihrer Freundschaft sein würde. Stattdessen war der viel kleinere Bernard schweigend zu ihm getreten und hatte ihn in den Arm genommen, so lange, bis Campanards Schluchzen verebbt war.

Bernard hatte Wort gehalten. Und bis zum heutigen Tag wusste außer Campanard niemand, was damals wirklich passiert war – niemand außer Christelle.

Er erinnerte sich an ihre erschrockene Miene, wie aus einem Traum. An den Geruch von Feuer ... und von Blut.

»Louis, Louis, um Himmels willen, sprich mit mir!«, hatte sie gesagt.

Aber er hatte nicht antworten können. Alles in ihm war wie gelähmt gewesen. Und dann ... dann hatte sie ihn gerettet. Obwohl Louis Campanard zu diesem Zeitpunkt nur noch eines vom Leben gewollt hatte – sterben.

Campanard merkte, dass ihm eine Träne über die Wange rann. Hastig wischte er sie mit dem Ärmel seiner Tunika weg. Es wurde Zeit, dass er diesen Ort verließ. Die Stille hier, der Mangel an Ablenkung, die Natur, die alten Klostermauern – das alles gab ihm kein gutes Gefühl, ganz und gar nicht. Es ließ alles wieder emporschwimmen, gegen das er sich so lange gewehrt hatte. Ließ ihn all den Schmerz wieder empfinden, als wären seine Wunden in der Zwischenzeit kein bisschen geheilt. Ging es den Mönchen genauso? Wurden sie hier in der Stille von Sénanque auch immer und immer wieder mit ihren schlimmsten Erlebnissen konfrontiert? Oder war das, was Campanard erlebte, die erste Phase einer tiefgreifenden Veränderung, die einen erfasste, wenn man hier lebte? Was immer die Menschen darüber glaubten, wie friedlich und besinnlich das Leben hier wäre, sie hatten jedenfalls keine Ahnung, wie schmerzvoll das sein konnte.

Manche Leute sehnten sich nach geistiger Erleuchtung, Campanard nach seinen Navettes.

Sein Smartphone vibrierte. Delacours.

Es geht mir gut, alles in Ordnung.

Campanard atmete erleichtert auf. Was hatte er denn geglaubt? Delacours war absolut in der Lage, auf sich aufzupassen – und Olivier ging es bestimmt auch gut.

Campanard besann sich und konzentrierte sich wieder auf die Ermittlungen. War vielleicht etwas Wahres an Lucs Visionen, dass sich hier übersinnliche Dinge abspielten? Campanard *hatte* etwas gesehen, damals in Bernards Quartier. Irgendetwas war da gewesen und hatte ihn beobachtet. Und dann noch einmal. Nachts während des Gewitters. So groß war seine Fantasie nicht, dass er sich das zweimal eingebildet hätte.

Aber was genau hatte er wahrgenommen? Den Umriss einer Gestalt. Dunkel. Mehr war es nicht gewesen. Und die Kleidung der Zisterzienser hatte diese Gestalt nicht getragen. Denn die weiße Tunika hätte Campanard förmlich entgegengeleuchtet, und er hatte nichts Helles gesehen. Falls dieser Schatten also ein Mensch war, dann kein Mönch. Aber seit Campanards Ankunft war niemand außer den Mönchen hier gewesen, das hatten ihm mehrere Brüder bestätigt.

Und dann blieb noch die Sache mit Michels beinahe tödlichem Schock. Wenn er wirklich mit Nüssen vergiftet worden war, dann hätte das nur jemand seiner Brüder tun können. Jemand, der von seiner Allergie wusste – und ihn aus dem Weg haben wollte.

Michel besaß ein besonderes Talent, davon hatte er ihm gleich bei seiner Ankunft berichtet. Ein außergewöhnliches Gehör. Er vergaß nie die Stimme eines Menschen. Das hatte Campanard schon ordentlich in die Bredouille gebracht. Sogar Schritte konnte er zweifelsfrei zuordnen.

Campanard ließ seinen Gedanken freien Lauf, während er seine Bartspitzen zwirbelte. Er war so tief in seine Überlegungen versunken, dass es eine Weile dauerte, bis er den Lichtschein bemerkte, der sich den Ruinen näherte.

KAPITEL 22
REALITÄT

Linda öffnete die Augen und blinzelte. Über sich sah sie eine einfache weiß verputzte Decke. Wo war sie?

Sie runzelte die Stirn. Sie lag weich. Vermutlich in einem Bett. Sie hatte das seltsame Gefühl, als habe man sie aus ihrem Kurzzeitgedächtnis rausgeworfen und hinter ihr zugesperrt.

Paris. Ihre kleine Wohnung in Buttes Chaumont? Nein ... das passte nicht. Dort hatte sie eine Hängelampe in Form einer Orchideenblüte besessen. Hier war die Decke kahl.

Sie drehte den Kopf, der sofort ein wenig schmerzte. Ein kleines Zimmer, kaum Einrichtungsgegenstände. Was tat sie hier, wieso war sie hier? Sie wohnte doch in Grasse, aber das hier war nicht Grasse. Wieso fühlte sie sich so benommen?

Langsam setzte sie sich auf. Der Raum besaß ein winziges Fenster, hinter dem man das Meer sehen, und wenn man genau horchte, auch hören konnte.

Irgendwie kam ihr das alles bekannt vor, aber sie war noch nicht fit genug, um zu begreifen, wie sie hierhergekommen war. Sie trug ihre normale Kleidung, ein schwarz-weiß gestreiftes T-Shirt und Skinny Jeans. Ein Paar weiße Sneaker standen neben dem Bett. So ging sie nachts doch nicht schlafen. Und außerdem schien es eher Abend als Morgen zu sein. Irgendwie fühlte sich alles ganz verkehrt an.

Ihr Telefon lag neben dem Bett auf einem Nachttischchen. Verwirrt griff sie danach. Es war ausgeschaltet, sprang aber an, als Linda den Knopf drückte.

Sie begann sich etwas klarer zu fühlen, während ihr Smartphone hochfuhr. Lérins. Sie war im Kloster Lérins auf der Klosterinsel Saint-Honorat. Aber warum nur hatte sie so dermaßen tief geschlafen? Sie wischte sich die Haare aus dem Gesicht.

18:30 Uhr. Was war das Letzte, woran sie sich erinnerte? Sie hatte sich hier umgesehen, mit dem Abt geredet. Aber das war doch gestern gewesen, oder? Und heute? Irgendwas musste sie heute doch gemacht haben?

Sie durchsuchte ihren Nachrichtenverlauf. Eine Nachricht von Pierre, der wohl irgendjemanden observierte. Das war heute gewesen. Davor nur der Hinweis, dass jemand Nachrichten gelöscht hatte. Vermutlich Pierre. Dann war da eine neue Chatgruppe. *Les Obscurs*.

Linda öffnete sie. Eine Nachricht von Campanard. Und darunter eine von ihr selbst.

Nein, nein, nein, das konnte nicht sein, das war vor einer halben Stunde gewesen. Sie war doch eben erst aufgewacht. Sie müsste sich doch erinnern, wenn sie das geschrieben hatte. Aber auf der anderen Seite … die Erinnerung an alles, was sie an diesem Tag getan hatte, fehlte ihr.

Da waren noch mehr Nachrichten.

> Linda, ist alles gut gelaufen? Ist noch immer ganz schön viel Arbeit hier.

Linda kratzte sich am Kopf. Matthieu. Richtig. Sie hatte ihn gestern überredet, herzukommen, um den Wasserschaden im Wohntrakt zu beheben und sie dort reinzubringen. Ja ... Sie erinnerte sich, wie sie ihn abgeholt hatte. Der Rest wirkte so verschwommen. War sie wirklich drin gewesen? Hatte der Plan funktioniert? Irgendwie bildete sie sich ein, sie hätte Fotos gemacht, aber als sie durch ihre Galerie scrollte, zeigte das letzte Bild Pierre und Trépied auf ihrem Balkon in Gordes.

Ein richtiger Filmriss.

Ein richtiger Filmriss?

Linda setzte sich kerzengerade auf. Panik schoss durch ihren Körper und wischte den letzten Rest Benommenheit fort. Hatte man sie betäubt? Sie hatte von unzähligen Frauen gehört, die mit Filmrissen aufgewacht waren und festgestellt hatten, dass man sie vergewaltigt hatte. Und Linda war selbst einer solchen Situation nur knapp entronnen.

Hatte jemand sie ... Nein. Nein, bitte nicht. Sie unterdrückte die Panik und suchte ihren Körper hastig nach Zeichen für ein Sexualverbrechen ab, aber es schien alles in Ordnung zu sein. Sie seufzte erleichtert auf.

Trotzdem. Wenn ihre nebligen Erinnerungen sie nicht täuschten, war sie tatsächlich gestern im Wohntrakt der Mönche gewesen. Aber was war danach geschehen?

Matthieu. Matthieu musste es wissen. Hastig wählte sie seine Nummer.

»Linda? Gott, ich hab mir Sorgen gemacht.«

»Matthieu!« Sie atmete erleichtert auf, als sie seine Stimme hörte. »Bist du noch auf der Insel?«

»Und ob«, brummte Matthieu. »Die Rohre hier sind über hundert Jahre alt. Ich fahr um acht mit der letzten Fähre zurück. Muss morgen wohl noch mal her.«

»Hör zu, mir ist irgendetwas passiert, ich … Ich weiß nicht mehr genau, was geschehen ist. Hab ich es hineingeschafft?«

Auf der anderen Seite der Leitung herrschte betroffenes Schweigen.

»Wo bist du?«, flüsterte Matthieu.

»In meinem Zimmer.«

Ein lautes Klopfen an der Tür ließ sie zusammenfahren. Noch bevor sie »Herein« gesagt hatte, betrat Grégor das Zimmer.

»Alles klar, Papa, hab dich lieb«, sagte Linda mit einem gekünstelten Lächeln ins Telefon.

»Linda …«

Sie legte auf.

»Verzeihung, ich hoffe, ich störe nicht.«

Hastig erhob sie sich.

»Salut!«

Der Blick aus den Husky-Augen des Abts glitt über ihre Gestalt. Ein besorgter Ausdruck machte sich auf seinem Gesicht breit.

»Ist alles in Ordnung?«

»Ja«, erwiderte Linda ein wenig zu schnell. »Schwacher Kreislauf. Ich reagiere sensibel auf Wetterwechsel.«

Grégor nickte. »Ich wollte nur kurz vorbeikommen, weil ich Sie den ganzen Tag nicht gesehen habe.«

Linda blinzelte.

»Ich dachte mir, dass Sie vermutlich noch Fragen an mich haben. Im Moment hätte ich ein wenig Luft.«

Er sah sie erwartungsvoll an, aber es dauerte eine Weile, bis Linda ein Wort herausbrachte.

»Ich ... ich wollte gerade eine Runde spazieren gehen, um einen klaren Kopf zu bekommen.«

Grégor machte einen Schritt auf sie zu und lächelte. »Vielleicht sollten wir lieber hierbleiben. Jeden Augenblick kann ein Gewitter losbrechen. Wir haben bereits eine Unwetterwarnung für die Insel erhalten.«

Lindas Finger begannen zu zittern. Sie verschränkte sie rasch, damit Grégor es nicht sah.

Ein Teil von ihr fand ihn immer noch anziehend. Ein Teil von ihr hätte es immer noch gemocht, wenn er sie in die Arme genommen und sie an seine breite Brust gedrückt hätte, aber irgendetwas beunruhigte sie auch. Zum Beispiel die Tatsache, dass Grégor schon zweimal gelogen hatte, seit er ihr Zimmer betreten hatte.

»Darf ich mich setzen?« Er wies auf den leeren Holzstuhl vor dem schmucklosen Schreibtisch. Zögernd nickte sie.

Pierre. Pierre hatte sie gewarnt hierzubleiben. Warum musste sie nur immer so ein Sturkopf sein? Aber wovor genau fürchtete sie sich? Grégor war der Abt von Lérins. Völlig undenkbar, dass er das Balkongeländer in Gordes manipuliert hatte.

Langsam setzte sie sich auf ihren Bettrand.

Als er ihr das Zimmer zugewiesen hatte, war er zögerlich gewesen, es zu betreten. Diese Hemmungen hatte er mittlerweile wohl abgelegt.

»Hat Ihnen der Besuch bei uns bisher weiterhelfen können?«

Linda räusperte sich.

»O ja«, erwiderte sie schüchtern und versuchte, ihre Gedanken zu ordnen. »Ich denke, Lucs und Bernards Besuch hier hatte keinerlei Zusammenhang mit den Geschehnissen in Sénanque.« Sie zwang sich zu einem Lächeln. »Eigentlich habe ich das von Anfang an geglaubt, wenn ich ehrlich sein soll.«

»Wir würden uns alle darüber freuen, Antworten zu bekommen, nicht wahr?«

Nein. *Nicht* wahr. Ganz eindeutig nicht wahr.

Grégor lachte verlegten und senkte den Blick. »Ist es vermessen, zu sagen, dass ich mir wünsche, Sie würden uns nicht gleich wieder verlassen?«

Dieses Mal sagte der Abt offensichtlich die Wahrheit, auch wenn das Linda nicht unbedingt beruhigte. Er räusperte sich, dann nahm er seinen Stuhl und rückte ein wenig näher zu ihr.

»Ich will ehrlich sein.« Für einen Moment suchte er nach den richtigen Worten. »Auch wenn wir uns nur flüchtig kennen, hat Ihre Gegenwart etwas Belebendes.«

»Dürfen Sie so etwas überhaupt sagen?«

Linda hatte die Worte ausgesprochen, bevor sie über sie nachdenken konnte.

»Und genau das ist einer der Gründe dafür.« Sein Lächeln ließ ihr das Blut ins Gesicht schießen. »Vielleicht darf ich das eigentlich nicht«, fuhr Grégor fort. »Aber ich bin ohnehin der Meinung, dass sich unsere Lebensweise ändern muss, wenn es in Zukunft noch Menschen geben soll, die sich für diesen Weg entscheiden.« Er hob seine Hand und berührte flüchtig seine Brust. »Und außerdem: Können Sie an dem Gespräch, das wir beide führen, etwas Verwerfliches entdecken? Sollte das der Fall sein, werde ich auf der Stelle gehen.«

Linda neigte den Kopf. Natürlich wollte sie, dass er ging. Aber was würde sie auslösen, wenn sie ihm das sagte? Sollte ihre Vermutung stimmen und jemand sie betäubt haben, dann gab es hier im Kloster zumindest einen Menschen, der vor Gewalt nicht zurückschreckte.

Sie zuckte mit den Schultern. »Ich denke nicht.«

»Gut!« Grégor wirkte erleichtert, dann streckte er die Hände aus und ergriff Linda an den Schultern. »Ich hoffe, wir können einander vertrauen.«

Geschah das gerade wirklich? Mittlerweile kam ihr dieses Gespräch genauso surreal vor wie die Erinnerungsfetzen dieses Tages.

Sie lächelte und zog sich so zufällig wie möglich zurück. Immerhin nahm Grégor es ihr offenbar nicht übel.

»Bleiben Sie noch ein paar Tage, wenn Sie es einrichten können. Diese Momente mit Ihnen werden mir mein Leben hier noch lange erhellen, wenn Sie fort sind.«

Linda sah ihn lange an.

»Wieso haben Sie sich für das Leben als Mönch entschieden?«

Grégor hielt ihrem Blick eine Weile stand, dann seufzte er.

»Das können nur wenige verstehen ... Ich habe auf die Welt geblickt und so viel gesehen, was falsch war, oberflächlich und unecht. Ich dachte, wenn ich einen Funken Wahrheit finden will, muss ich mich radikal von allen Ablenkungen dieser Welt lösen und mein Leben Gott widmen.«

Diese Erklärung konnte Linda sehr gut verstehen. Vielleicht sogar besser als die meisten. Nicht erst einmal hatte sie das Gefühl gehabt, dass das Leben in dieser modernen Welt seltsam sinnbefreit wirkte. Pierre hatte sie auf der Fahrt nach Gordes anvertraut, dass sie sich nach dem überstandenen Vergewaltigungsversuch damals nach einem Ort der Sicherheit und der Ruhe gesehnt hatte. Und wären Klöster nicht aus Prinzip mit dem religiösen Glauben verbunden, sondern einfach nur ein Ort der Gemeinschaft, wer weiß, vielleicht hätte sie diesen Schritt auch getan.

Alles an Grégors Erklärung klang also plausibel. Wie unpraktisch nur, dass er log.

»Wer sind Sie wirklich?«, hauchte Linda.

Grégor blinzelte. »Wie bitte?«

Linda presste die Lippen zusammen und schwieg.

»Ich verstehe nicht ... Ich bin Frère ...«

»Sind Sie nicht.«

Grégor schüttelte den Kopf. »Geht es Ihnen nicht gut? Wenn ich Sie aufgewühlt habe, tut es mir leid.«

Sein Mund öffnete sich ein wenig. »Vielleicht sollten Sie sich ein kleines bisschen hinlegen.«

Linda spürte, wie sie eine Gänsehaut bekam. Hastig sprang sie auf.

»Sie haben recht. Ich werde kurz an die frische Luft gehen.«

Sie wandte jedes schauspielerische Talent auf, das sie noch zusammenkratzen konnte. »Vielleicht wollen Sie mich ja begleiten?«

Grégor erhob sich mit einer geschmeidigen Bewegung. Seine Gewänder regten sich ein wenig im Luftzug der Bewegung.

»Draußen ist es nicht sicher.«

»Bestimmt müssen wir uns nicht vor ein bisschen schlechtem Wetter fürchten.«

»Sie verstehen nicht.« Er kam auf sie zu und ergriff sie an den Schultern. »Sie gehen zu lassen, würde Ihren Tod bedeuten.«

Ein paar Augenblicke verstrichen, ehe Linda begriff, was er da gesagt hatte. Sie hob ihr Kinn und entwand sich seiner Berührung. »Ich bin Sonderermittlerin der Polizei von Grasse. Wenn Sie mich hier festhalten, hat das ernsthafte Konsequenzen.« Es klang wesentlich selbstbewusster, als Linda sich fühlte, aber die Wahrscheinlichkeit, dass ihr Gegenüber ebenfalls Experte für das Lesen von Mikroexpressionen war, war ziemlich unwahrscheinlich.

Grégor lachte.

»Sie behandeln mich wie jemanden, der Sie bedroht. Dabei bin ich derjenige, der Sie beschützen will.«

»Vor was?«, fragte Linda forsch.

Grégors Augen wirkten glasig.

»Er wird Sie umbringen, wenn Sie gehen.«

»Wer?«

»Oh«, flüsterte Grégor und schüttelte den Kopf. »Wenn Sie wüssten, für wen ich arbeite. Sie würden es mir nicht glauben.«

»Was ich glaube, ist, dass nur ein Gestörter versuchen würde, mich hier festzuhalten. Die ganze Welt weiß, wo ich bin.«

»Wirklich?« Gregor neigte den Kopf. »Das glaube ich nicht.«

»Meine Kollegen wissen es. Sie werden Sie festnehmen, wenn Sie mich nicht gehen lassen.«

Gregor schaukelte mit dem Kopf und tat, als würde er Lindas Worte abwägen.

»Das wird nicht geschehen.«

Linda verengte die Augen. Seine Miene wirkte völlig entspannt, das kleine Lächeln ungezwungen.

Langsam wich ihr die Farbe aus dem Gesicht, während sich ihr Mund ungläubig öffnete.

»Sie haben ihnen etwas angetan«, hauchte sie.

»Bald ist alles vorbei«, erwiderte Grégor. »Ich werde dafür sorgen, dass Sie sicher sind. Hier, nahe bei mir.«

Linda schluckte. »Was … Was haben Sie mit …«

»Wen meinen Sie? Pierre Olivier, den Mann, auf den Sie vielleicht hätten hören sollen?«

O nein. Nicht Pierre. Er durfte nicht …

»Leider musste er aus dem Spiel genommen werden«, unterbrach Grégor ihre Gedanken.

Noch nie hatte Linda sich mehr gewünscht, Anzeichen für eine Lüge zu entdecken. Doch so sehr sie auch suchte, es gab keine.

»O mein Gott«, flüsterte sie.

»Dabei hat er eigentlich Sie als die größere Gefahr betrachtet. Ein naheliegender Schluss bei jemandem, der so was wie ein wandelnder Lügendetektor ist.«

»Der Balkon«, hauchte Linda. »Aber wieso, ich … Ich wusste doch nichts.«

»Selbst der Teufel von Sénanque weiß, dass ein Talent wie Ihres gefährlich werden kann.«

»Also arbeiten Sie für einen der Mönche?«

Grégor lächelte nur.

»Sie können mich hier nicht ewig festhalten.«

»Und das muss ich auch nicht«, erwiderte Grégor. »Nur so lange, bis alles vorüber ist.«

»Sie planen also etwas. In Sénanque?«

»Warum setzen Sie sich nicht wieder? Wir können es uns leicht oder auch schwer machen.«

»Ich werde gar nichts tun, bevor Sie mir nicht sagen, was Sie mit Pierre gemacht haben.«

»Mittlerweile sollte er sich ganz im Zentrum des Geschehens befinden.«

»Geht es ihm gut?«

Grégor zuckte mit den Schultern. »Leben. Sterben. Es liegt nun alles in *seiner* Hand.«

»Könnten Sie sich vielleicht etwas klarer ausdrücken und den esoterischen Mist subtrahieren?«

»Wenn Sie gesehen hätten, was ich gesehen habe, würden Sie sehr schnell von Ihrem hohen Ross heruntersteigen, Madame Delacours.«

Linda blinzelte. Die Erinnerung an heute Morgen war immer noch neblig, aber ein paar Fetzen waren zurückgekehrt.

»Ich war in einem Krankenzimmer«, erklärte sie. »Sie haben hier jemanden aufgenommen, der schwer krank war. Luc war wohl in einem Nebenzimmer und hat gedacht, er hätte den Teufel gehört, aber vielleicht war da nur jemand, der unter höllischen Schmerzen gestöhnt hat ...«

»Etwas, das keine Rolle mehr spielt«, erwiderte Grégor.

»Wieso haben Sie mich dann betäubt?«

»Eine Gnade. Ich wollte, dass Sie morgen aufwachen, als wäre nichts geschehen. Sie hätten unbeschwert die Heimreise antreten können, aber die Menge an Adrenalin in Ihrem Körper hat das wohl verhindert.«

Das zumindest war Linda nicht neu. Das Einzige, wofür ihre Panikattacken offensichtlich gut waren.

»Was passiert heute? Warum mussten Sie Pierre und mich aus dem Spiel nehmen? Was wird in Sénanque geschehen?«

Grégor hielt ihrem Blick stand.

»Eine Wiederkehr.«

Linda runzelte die Stirn.

Was immer das bedeutete, offenbar hatte man Pierre nach Sénanque gebracht, wo auch der Commissaire weilte. Eine leise Hoffnung keimte in ihr auf. Ob Grégor von seinem Undercover-Einsatz wusste, konnte Linda nicht sagen. Offenbar hatte er ihre Nachrichten gelesen, aber darin hatten sie Campanards Einsatz nie erwähnt.

Auf jeden Fall musste sie verhindern, dass Grégor sie hier weiter festhielt. Nur wie? Körperlich hatte sie ihm nichts entgegenzusetzen. In ihrer Handtasche befand sich ein Pfefferspray, aber die stand auf dem Schreibtisch hinter Grégor. Unmöglich, da ranzukommen. Und wahrscheinlich wusste er das auch.

Hilfe zu rufen, war hier ebenfalls schwer möglich. Bevor sie jemanden anrufen könnte, hätte er ihr das Smartphone längst abgenommen. Außerdem arbeitete Grégor offensichtlich nicht allein.

»Sie sind kein Mönch. Was sind Sie dann? Wo sind die echten Mönche?«

»Ich bin nur so lange hier, bis meine Aufgabe erfüllt ist.«

Was würde Pierre ihr raten, wenn er jetzt hier wäre? Zu kooperieren, damit Grégor ihr nichts antat ... Aber es gab ein massives Problem mit dieser Strategie. Sie ließ außer Acht, dass es für die anderen *Obscurs* vielleicht um Leben und Tod ging. Und sie hatte es Pierre versprochen. Dass sie kommen würde, wenn er sie brauchte.

Gegen ihren Instinkt machte sie einen Schritt auf Grégor zu.

»Ich glaube, ich verstehe Sie jetzt.« Vorsichtig legte sie die

Hand auf seine Brust. »Sie sind ... sein loyalster Mitstreiter. Für wen immer Sie arbeiten, er vertraut Ihnen. Deshalb hat er Sie ausgewählt, um diese heikle Aufgabe zu übernehmen. Sein Erster Offizier.«

Mit der anderen Hand umfasste sie seine, und er ließ es geschehen. Kurz wünschte sich Linda, sie befände sich auf einem Date mit einem normalen Typen, der zufällig genauso aussah wie dieser falsche Mönch. Falls sie hier heil rauskam, sollte sie dringend mit einem Therapeuten darüber reden, warum sie so ein Psychopathenmagnet war.

»Wie lange halten Sie hier schon aus?«, flüsterte sie.

»Länger, als ich wollte«, gab er zu. Eine klare Aussage von Grégor zu bekommen, war ungefähr so einfach, wie einen Aal festzuhalten.

»Wieso setzen wir uns nicht?«, murmelte er.

»Ja, warum nicht«, erwiderte sie schüchtern. »Wir haben ja etwas Zeit zusammen.«

»Wie schön, dass Sie es endlich verstehen.« Er legte den Arm um Linda und drückte sie sanft auf das Bett. Dann setzte er sich neben sie, sodass er sich zwischen ihr und dem Ausgang befand.

»Es wäre doch schade, wenn ich Ihnen noch eine Spritze verabreichen müsste. Ich konnte an Ihrem Gesicht sehen, dass Ihnen das Schmerzen bereitet hat. Auch wenn Sie danach friedlich geschlummert haben.«

Linda schluckte.

Er umarmte sie vorsichtig und drückte sie an sich. »Lassen Sie einfach zu, dass ich auf Sie aufpasse«, flüsterte er. »Sie wollen gar nicht dort hinaus«, hauchte er ihr ins Ohr. »Was er mit Ihnen anstellen würde ... Dafür sind Sie viel zu kostbar.«

»Wie schmeichelhaft«, erwiderte Linda mit einem gezwungenen Lächeln.

Langsam begann er, sie mit seinen bestimmt hundert Kilo auf das Bett zu drücken.

»Wie schade, dass Sie bei dem, was in Sénanque passieren wird, nicht dabei sind.«

Das saß. Linda konnte es an den vielen kleinen Kontraktionen der Wangenmuskeln sehen, die seine Lippen minimal auseinanderzogen.

Sie strich ihm mitfühlend über die Wange. »Warum so traurig?«

»Sie glauben ja gar nicht, was ich durchmachen musste, um es bis hierher zu schaffen.«

Zu Lindas Verwunderung zog er sich Tunika und Skapulier über den Kopf, sodass er mit nacktem Oberkörper vor ihr saß. Seine Arme waren vom Handgelenk bis zur Schulter tätowiert, auf einer Seite eine Mutter Maria, die ein Herz in ihren Händen wog, auf der anderen Seite ein trauernder Christus mit gesenktem Haupt und Dornenkrone.

Aber es waren nicht Grégors Tätowierungen, die ihre Aufmerksamkeit erregten. Seine Haut war von unzähligen Narben übersät. Mehrere wirkten wie die Überreste von Messerschnitten und -stichen, aber unter seinem Schlüsselbein befand sich eindeutig auch eine alte Schusswunde.

Er nahm ihre Hand und legte ihre Finger auf die Narbe. Linda widerstand der Versuchung, sie zurückzuziehen. Stattdessen spürte sie die raue Haut, die Brusthaare um die Narbe und seine Muskeln darunter.

»Jahrelang war ich vogelfrei. Jahrelang hat man Jagd auf mich gemacht. Dass ich noch lebe, ist pures Glück.«

»Also sind Sie hierhergekommen, um sich zu retten?«, fragte sie und löste ganz langsam die Hand von seiner Haut.

»Nein. Das hier in Lérins ist meine Aufgabe. Meine Bewährungsprobe.«

»Und die Mönche hier glauben, Sie wären Ihr Anführer?«

Sie hatte keine Ahnung, womit sie es hier zu tun hatte. Gab es noch echte Mönche auf Saint-Honorat, oder hatte Grégor sie aus dem Weg geschafft? Wie viele Mitstreiter hatte er?

»Natürlich.« Er neigte den Kopf. »Was sollten sie sonst glauben, wenn ihnen ein junger Abt aus Cîteaux geschickt wird? Der gleiche Trick, den Sie benutzt haben, um Ihren Commissaire einzuschleusen.«

Linda fühlte eisige Kälte in ihrem Inneren aufsteigen.

»Und niemand zweifelt an Ihnen?«

»Ich habe alles über das Leben im Kloster gelernt«, erklärte Grégor. »Und auch ansonsten«, er betrachtete Linda mit einem lauernden Blick, »kann ich sehr überzeugend sein.«

Für einen Moment erinnerte sich Linda an ihre Ankunft. Die Frau im Shop. Kurz hatte sie das Gefühl gehabt, dass sie Linda hatte warnen wollen. Möglicherweise hatte er die Leute hier eingeschüchtert, vielleicht sogar bedroht.

»Wieso wurden Sie hierhergeschickt?«

Er neigte den Kopf und verengte ein wenig die Augen.

»Lérins ist das Mutterkloster von Sénanque«, erklärte er schlicht.

Linda sah ihn schweigend an.

»Mehr kann ich nicht sagen, sonst müsste ich Ihnen wehtun, und das möchte ich nicht.«

»Ah ja?« Wieder hätte Linda sich auf die Zunge beißen sollen, aber nachdem er ihr gewaltsam irgendein Betäubungsmittel gespritzt hatte, konnte sie sich nicht zurückhalten.

»Ja«, beteuerte Grégor. »Weil wir uns ähnlich sind.«

»Aber Sie kennen mich doch gar nicht.«

»Oh, ich wusste schon alles über Sie, bevor Sie hergekommen sind. Denn er wusste, dass Sie und ihre Kollegen eine Gefahr sein könnten.«

Er. Immer dieser Er, der Grégor offensichtlich Anweisungen gab. Zwecklos, nach seinem Namen zu fragen. Der falsche Mönch gab sich zwar offen, verriet aber kaum etwas von Wert.

»Deshalb weiß ich so gut wie alles über Sie, Linda. Ihre Karriere in Paris, was Ihnen zugestoßen ist. Wir sind uns nicht unähnlich. Wir waren beide am Boden, ein Nichts. Und beide sind wir wie der Phönix aus der Asche aufgestiegen.«

Linda ergriff seine Hände.

»Wenn wir uns ähnlich sind, dann helfen Sie mir bitte, zu verstehen, was hier passiert. Was ist mit den beiden Mönchen in Sénanque geschehen? Es würde mir so viel besser gehen, wenn ich wüsste, dass mein Kollege Olivier wohlauf ist.«

»Morgen werden Sie diesen Ort verlassen und weiterleben, als wäre nichts geschehen.«

Gut, das funktionierte also nicht. Dann eben anders.

»Und wenn ich Sie wiedersehen will?«

Bei seinen hellen Augen konnte man gut beobachten, dass sich seine Pupillen etwas weiteten.

»Ich ... Ich werde auch fort sein.«

»Das heißt, ich sehe Sie nie wieder?«

Grégor wollte etwas sagen, schüttelte aber dann nur den Kopf. Die Frage schien ihn gänzlich aus dem Konzept zu bringen.

»Was, wenn ich das möchte? Es könnte unser Geheimnis bleiben.«

»Nein ... Unmöglich. Es sei denn ...« In seine Miene mischte sich ein Funken Hoffnung. »Wenn Sie die Polizei verlassen und mit mir kommen würden.«

»Mitkommen wohin?«, fragte sie mit gespielter Aufregung.

»Sie würden wie eine Prinzessin leben.«

Linda unterdrückte einen Würgereflex. Sie hatte nie verstehen können, warum manche Frauen davon träumten, eine Prinzessin zu sein. Prinzessinnen hatten weder Kompetenz noch Befugnis. Eigentlich warteten sie nur darauf, verheiratet zu werden.

Königin. *Das* wäre mal ein reizvoller Vorschlag gewesen.

»Ich kann doch nicht mitkommen, wenn ich nicht weiß, wohin ...«

»Sie würden mir vertrauen müssen, ganz und gar.«

»Ich glaube, das kann ich, wenn ich weiß, wohin wir gehen.«

Grégor lächelte.

»Sie wirken angespannt.« Der Griff um ihre Hände verstärkte sich. »Lassen Sie mich Ihnen das nehmen.« Er strich über ihre Schulter.

»Das klingt interessant«, murmelte sie und beugte sich zu ihm.

Kaum hatte sie es ausgesprochen, drückte er seine Lippen auf ihre. Linda ließ es geschehen, spürte, wie sich ihre Zungen berührten. Ihre Hand glitt an seinem Körper hinab, fuhr in den Hosenbund hinein, tastete nach etwas, viel kleiner als Pétanque-Kugeln ... und drückte zu.

Grégor heulte auf und krümmte sich, aber Linda ließ nicht los. Wenn sie hier heil rauskommen wollte, brauchte sie ein paar Sekunden Vorsprung, also verstärkte sie ihren Griff. Gregor wimmerte und versuchte, nach ihr zu schlagen und sie erhöhte den Druck noch einmal.

Erst als Grégor nur noch japste und nach Luft schnappte, ließ sie los und sprang auf. Keine Zeit, irgendwas mitzunehmen, sie musste hier raus und …

Etwas packte sie am Sprunggelenk. Linda prallte der Länge nach auf den kalten Steinboden.

Grégor hatte sich blitzschnell gedreht und nach ihr gegriffen. Seine Miene wirkte verzerrt vor Schmerz und Wut. Linda trat nach ihm und erwischte seine Nase. Ein leises Knacksen erklang, und Grégor schrie erneut auf. Trotzdem hielt er Linda weiter fest. Die Narben an seinem Körper hätten es ihr verraten müssen. Grégor war zu sehr an Schmerz gewöhnt, als dass ihn dieser handlungsunfähig machte. Mit einem Ruck zog er sie zu sich zurück und ließ sich gleichzeitig auf sie fallen. Der Aufprall trieb ihr die Luft aus den Lungen. Er packte ihre Hände, bevor sie nach ihm schlagen konnte, und drückte sie zu Boden.

»Runter von mir!«, ächzte sie.

Seine blutüberströmte Miene tauchte über ihr auf. Plötzlich sah Linda sich wieder dort liegen, in Paris, zwischen den Mülltonnen, wo der Serienkiller sie überfallen hatte, den sie für ihren Freund gehalten hatte. Damals hatte sie ihre Hand freibekommen und ihm ihre Finger in sein Auge gedrückt. Doch Grégors Griff war eisern.

»Wenn du's nicht zärtlich willst …«, krächzte er. Das Blut aus seiner Nase war auf seinen Mund geronnen und sprühte beim Sprechen in ihr Gesicht. »Dann willst du's eben so.«

Er beugte sich über sie. Linda spürte, wie ihr die Panik in die Glieder schoss. Irgendetwas knarrte. Dann hörte sie ein dumpfes Poltern gepaart mit einem metallischen Schwingen.

Für einen winzigen Augenblick erstarrte Grégors Miene, dann verlor sein Blick den Fokus. Der Griff um Lindas Arme lockerte sich, seine ganze Gestalt erschlaffte. Sie rollte ihn mit einem Keuchen von sich herunter und kroch von ihm weg. Auf Grégors Hinterkopf befand sich eine klaffende Wunde, aus der dickes Blut hervorsickerte und zu Boden tropfte.

Linda hob den Kopf. Matthieu stand keuchend in der offenen Tür. Über seinem Kopf hielt er eine Rohrzange, mit der er Grégor wohl gerade eins übergebraten hatte.

»Linda«, brummte er besorgt. Er erwachte aus seiner Erstarrung und ging neben ihr in die Hocke. »Geht's dir gut?«

»Glaub schon«, keuchte sie. Vorsichtig half er ihr auf die Füße. »Danke«, flüsterte sie.

»Nach deinem Anruf hab ich mir Sorgen gemacht«, murmelte er. »Also bin ich hier von Tür zu Tür gegangen, bis ich dich schreien gehört hab.«

»Gott sei Dank«, hauchte sie und fiel ihm um den Hals. Matthieus Blick fiel auf den reglosen Grégor.

»Oje!« Er griff sich an den Kopf. »Oje, oje, oje, was habe ich nur gemacht. Ich hab doch noch nie jemandem wehgetan.«

Mit hochgezogenen Augenbrauen musterte Linda seine baumstammdicken Oberarme, dann legte sie ihm die Hand auf die Schulter.

»Du hast mir gerade das Leben gerettet«, beruhigte sie ihn. »Und außerdem ist er am Leben.« Sie deutete auf Grégors Brust, die sich rasch hob und senkte. Ein Stöhnen drang aus seiner Kehle.

»Komm.« Sie nahm Matthieu an der Hand. »Wir müssen hier verschwinden. Es ist nicht sicher. Und ich fürchte, er ist nicht allein.« In ihrer nebelhaften Erinnerung tauchte das unfreundliche Gesicht des kahlköpfigen Mönchs auf, der Matthieu in Empfang genommen hatte.

»Und was ist mit ihm?«

»Ich sage der Polizei Bescheid.« Sie schnappte ihr Handy und ihre Handtasche. Alles andere konnte vorerst hierbleiben. Dann zog sie Matthieu zur Tür hinaus auf den Gang.

»Sag mal«, murmelte sie einer plötzlichen Eingebung folgend. »Bist du mit dem Auto zur Fähre gefahren?«

KAPITEL 23
DAS BACCHANAL

Campanard saß auf seinem Felsen. Angespannt beobachtete er, wie sich der Lichtschein den Ruinen näherte. In der Dunkelheit sah das Ganze aus wie ein mit Wachstumshormonen gedoptes Glühwürmchen, das träge durch den Wald schwebte.

Nach einer Weile erkannte Campanard dann menschliche Umrisse. Drei ... Nein, vier ... Moment. Das konnte doch nicht sein.

Das waren gut und gerne zwei Dutzend Gestalten, die sich vom Wald aus näherten. Viel mehr, als es Mönche in Sénanque gab. Der Anführer leuchtete den anderen den Weg mit einer kleinen Laterne. Vielleicht war ihnen eine Handytaschenlampe zu wenig stimmungsvoll.

Die Leute versammelten sich allmählich um die Feuerstelle, dann sah Campanard ein paar Funken fliegen, und kurz darauf loderte ein Feuer auf. Ein paar der Umstehenden klatschten und jubelten.

Im Kloster wäre das viel zu laut gewesen. Aber hier in der Senke, die wie eine natürliche Schalldämmung wirkte und verhinderte, dass die Laute bis zu den Mauern von Sénanque drangen, konnte man sich diese Ausgelassenheit erlauben.

Campanard fiel auf, dass niemand die auffällige Tracht der Zisterzienser trug, sondern stattdessen dunkle Umhänge mit Kapuzen.

Ein paar Momente lang sahen die Feiernden sich gegenseitig an, dann zogen sie sich alle gleichzeitig, wie einem geheimen Signal folgend, ihre Umhänge aus.

»Sacre bleu!«, murmelte Campanard, als er erkannte, dass alle darunter splitterfasernackt waren.

Nun, nicht ganz. Jeder der Feiernden trug eine Tiermaske auf dem Kopf, die das ganze Gesicht bedeckte. Manche davon wirkten eher selbst gemacht, andere ziemlich professionell. Campanard fasste in die Papiertüte, die er von Raphaël bekommen hatte, und zog eine plüschige Pandamaske daraus hervor.

»Verstehe«, murmelte er.

Zu Campanards Überraschung waren fast ebenso viele Frauen wie Männer anwesend. Einer der Umstehenden, der eine Eselmaske trug, setzte sich ans Feuer, schlug die Beine übereinander und platzierte zwei kleine Trommeln darauf, die er sich umgehängt hatte.

Im Rhythmus seiner Schläge begann die Gesellschaft sich merklich zu entspannen. Manche ließen sich gemeinsam am Feuer nieder und unterhielten sich, andere fielen in einen Tanz, jeder in seinem ganz individuellen Stil und doch dem Rhythmus der Trommel folgend. Am Rand der Lichtung wurden Körbe abgestellt, und Campanard konnte sehen, wie sich ein paar Leute an den Rotweinflaschen darin bedienten, tranken und sich den Wein über ihre eigenen oder die Körper der anderen gossen.

Er konnte nicht verhindern, die Szenerie ein kleines bisschen zu mögen. Nacktheit war etwas Natürliches, und menschliche Körper in all ihrer Buntheit und Unvollkommenheit hatten etwas erfrischend Echtes im Vergleich zu den hochglanzgefilterten Photoshop-Schönheiten, mit denen man sonst bombardiert wurde.

Früher war er ein Anhänger der Freikörperkultur gewesen und hatte ab und an mit Freunden einen Nacktbadestrand im Naturpark Esterel aufgesucht. Das Gefühl, im kühlen Mittelmeer zu baden und dann im warmen Sand zu liegen, ohne dass nasse Badekleidung an einem klebte, hatte er immer in vollen Zügen genossen. Leider hatte sich der Kontakt irgendwann verloren. Vielleicht sollte er mal wieder anrufen.

Er besann sich. Wenn es einen guten Moment gab, um sich unauffällig zu den Feiernden zu gesellen, dann wohl jetzt.

Campanard zog seine Kleidung aus und legte sie über den Stein, auf dem er gerade gesessen hatte. Die kühle Nachtluft fühlte sich angenehm auf seiner Haut an, während er die weiche Pandamaske aufsetzte. Hoffentlich waren nicht zu viele Bremsen und Stechmücken unterwegs. Speziell auf Bremsenstiche reagierte er besonders empfindlich.

Vorsichtig schlich er über den dunklen Waldboden. Die Piniennadeln fühlten sich zwar weich unter seinen nackten Füßen an, aber manchmal bohrte sich auch ein spitzes Ende schmerzhaft in die Haut. Er trat aus dem Schatten des Waldes in den Schein des Feuers hinaus.

Jetzt Konzentration!

Offensichtlich hatten die Initiatoren der Zusammenkünfte diese auf Feierwillige der Umgebung ausgedehnt. Verständlich. Eine Handvoll Mönche nackt vor dem Feuer entsprach vielleicht nicht jedermanns Vorstellung eines rauschenden Fests, wie es die Römer in der Antike abgehalten hatten.

Wenn er sich an das totenstille Gordes erinnerte, dann war er sicher, dass fast alle Dörfer des Luberon zum Einzugsgebiet gehören mussten. Hatten Bernard und Arbogast auf ihren Fahrten auch nach Menschen gesucht, die sich nach Abwechslung sehnten?

Campanards Blick glitt über die vielen nackten Körper. Wie viele Mönche waren darunter? Vielleicht drei? Es konnten nicht mehr viele sein, nachdem Arbogast und Bernard weggefallen waren. Ohne die Gesichter zu sehen, war eine genaue Antwort allerdings schwierig.

Nun ja, zumindest Raphaël konnte er ausmachen. Er stand ein wenig abseits und trug eine überdimensionale Koalabärmaske, unter der sein Weihnachtsmannbart hervorlugte. Ein junger Mann nahm ihn an der Hand und wollte ihn zu einer Gruppe von Tanzenden dazuholen, aber der übergroße Koala schüttelte nur den Kopf.

Campanard verstand, warum. Zu wissen, dass ein Gesandter des Generalabts zusah, hatte wohl keine enthemmende Wirkung – zumindest auf die meisten Leute.

Die anderen Feiernden wirkten auf jeden Fall ganz und gar nicht verklemmt. Mittlerweile hatten sie begonnen, sich zu berühren und zu streicheln, Paare und auch Gruppen fanden sich und begannen zu tun, was immer ihnen gemeinsam gerade Spaß machte. Mit dem bevorzugten Geschlecht nahm es niemand besonders ernst. Offenbar waren alle frei, sich zu vergnügen, mit wem sie gerade Lust hatten.

Viele neugierige Blicke glitten über seine Gestalt, als er sich näherte. Zwei Frauen mit Schwanenmasken näherten sich ihm, und bevor Campanard sich versah, nahmen sie ihn in ihre Mitte und hakten sich in seine Arme ein. Der Schwan zu seiner Linken erinnerte an einen Kuchen, der gerade im richtigen Ausmaß aus der Form gequollen war. Der andere war, wie Campanard nach einem flüchtigen Blick nach unten bemerken musste, unter der Schwanenmaske bestimmt auch rothaarig.

»Willst du mit in unser Nest kommen, großer Bär?«

»Vielen Dank, enchanté – ganz bezaubernd, die Damen, aber ich bin leider schon verabredet.«

Eine der Schwäninnen stellte sich auf die Zehenspitzen. »Ganz sicher?«, hauchte sie ihm ins Ohr. Campanard bekam eine Gänsehaut.

Er räusperte sich. »Leider. Das nächste Mal aber bestimmt.«

Die Schwäninnen lösten sich widerwillig von ihm, und er tappte weiter in Richtung Feuer. Eine Dame mittleren Alters kam ihm entgegen und musterte ihn neugierig. »Bonsoir, Madame«, murmelte Campanard, während er sie passierte. Ein junger Mann hatte sich gegen einen Baum gelehnt und nickte ihm zu, was Campanard erwiderte.

»Bonsoir, Monsieur.«

Jemand mit einer Adlermaske hob den Arm und winkte Campanard freundlich zu. Verwirrt betrachtete er den androgynen Körper des Adlers. »Bonsoir, Mada... Pardon. Bonsoir, Mons...« Campanard überlegte fieberhaft. »Ähm ... Bonsoir!« Er winkte freundlich und ging weiter.

Beim Feuer angekommen, ließ er sich mitten auf einem verwitterten Stein nieder, sodass niemand außer ihm Platz darauf hatte. Er wollte keine unterschwelligen Einladungen aussprechen. Rund um ihn herum vergnügten sich die Gäste auf unterschiedliche Weise, in ganz klassischen Stellungen bis hin zu eher ... ungewöhnlichen Praktiken.

Ein Stück vor ihm saß eine rundliche Frau mit einer Kuhmaske am Feuer. In ihrem Schoß lagen die Köpfe von zwei bärtigen Männern mit Wolfsmasken, die sie offenbar gerade stillte.

Campanard kratzte sich hinter seinem Pandaohr. Solange es allen Beteiligten Spaß machte. Er löste sich von dem Anblick und versuchte, seine Gedanken zu ordnen.

Also waren Arbogast und Bernard Teil dieser Bacchusfeste gewesen. Warum auch nicht? Was für den Abt unaussprechlich gewesen wäre, fand Campanard nicht unbedingt überraschend. Immerhin hatte er in Bernards Zelle Kondome gefunden. Und man verhielt sich scheinbar verantwortungsvoll. Vielleicht fiel es einem durch diese gelegentliche Abwechslung leichter, den ansonsten ziemlich harten Klosteralltag zu erdulden.

Möglicherweise hatte Arbogast deshalb immer so zufrieden gewirkt. Hier hatte er bekommen, was er ansonsten vermisst hätte. Campanards Blick schweifte über die Feiernden, die Tierköpfe, die vielen verschiedenen Praktiken.

»Pardon«, murmelte eine schüchterne Stimme.

Verwirrt sah er auf.

Vor ihm stand ein junger Mann mit einer Dachsmaske. Campanard konnte sein Gesicht nicht sehen, aber mit seiner rundlichen Gestalt, der hellen Haut und dem lockigen Haar, das unter der Maske hervorlugte, hätte man ihn als Amor besetzen können.

»Bonsoir«, erwiderte Campanard freundlich.

»Sind ... Sind Sie noch allein?«

Campanard neigte den Kopf.

»In der Tat. Ich würde mich aber tatsächlich nur gerne mit jemandem unterhalten, da ich hier neu bin. Allerdings habe ich den Zeitpunkt zum Reden wohl verpasst ...«

»Oh«, erwiderte der Junge niedergeschlagen.
»Aber gewiss finden Sie hier jemanden ...«
»Das glaube ich nicht.«
»Aber, aber. Wieso denn?«
»Ich will doch überhaupt keinen Sex.«
»Ach so?«
»Nein, nein.«
»Vielleicht darf ich *Ihnen* dann ein paar Fragen stellen?«

Campanard rückte zur Seite, so gut es ging, damit sich der Junge zu ihm setzen konnte, auch wenn es etwas eng war.

»Natürlich, aber ... Vielleicht könnten Sie mir vorher einen Gefallen tun?«

Campanard schwante Übles. »Was denn?«

»Würden Sie ...« Campanard war sicher, dass der Junge unter seiner Dachsmaske gerade knallrot wurde. »Würden Sie mich ... würden Sie mich umarmen?«

»Wie bitte?«

»Nun, mich umarmen. Ganz fest. Mehr möchte ich gar nicht. Und währenddessen erzähle ich Ihnen gern alles, was Sie wollen.«

»Aber wieso möchten Sie denn, dass ich Sie umarme?«

»Na ja, sonst tut es niemand.«

»Das kann ich mir bei jemandem wie Ihnen kaum vorstellen.«

»Leider doch. Und Sie sehen aus, als wären Sie richtig gut darin.«

»Aber bin ich Ihnen dafür nicht zu alt? Sie können kaum zwanzig ein.«

»Einundzwanzig, und das macht mir nichts. Meine Eltern haben mich schon ewig nicht mehr umarmt, meine Freunde an der Uni interessieren sich nur für Wirtschaft. Manchmal sitze ich in einer Gruppe von Menschen und fühle mich richtig einsam. Als wäre ich von einer dicken Mauer umgeben, die niemand durchbrechen will, und dann wünsche ich mir ...«

Campanard beugte sich vor und schloss den Jungen fest in seine Arme. Nur die Oberkörper berührten sich, also was war schon dabei.

Der Junge schluckte überrascht, dann drang ein tiefes Seufzen aus seiner Kehle.

»Was möchten Sie wissen?«, hauchte er Campanard ins Ohr.

»Ich vermisse zwei Freunde«, brummte Campanard. »Einer groß und schon älter. Der andere kleiner und mit braunem Bart ...« Campanard überlegte. Natürlich hatte er Bernard nie nackt gesehen. Er musste Vermutungen anstellen. »Wahrscheinlich recht behaart, mit einem kleinen Bauch.«

»Ah.« Die Stimme des Jungen erinnerte an jemanden, der gerade eine Wellnessbehandlung bekam. »Der Bock und das Lamm. Die waren immer dabei.«

Campanard runzelte die Stirn. »Haben Sie je mit den beiden gesprochen?«

»Nein, die waren eher miteinander beschäftigt.«

»Ein Liebespaar?«

Der Junge lachte leise und ließ seinen Kopf auf Campanards Schulter ruhen.

»Das weiß ich nicht. Was die gemacht haben, war schon speziell.«

»Inwiefern?«

»Nun ich weiß nicht, ob ...«

Campanard umarmte den Jungen etwas fester.

»O ja … Also die beiden, die haben sich geprügelt.«

»Wie bitte?«

»Ja, ja, ehrlich gesagt nur der Bock das Lamm. Das Lamm hat vor ihm gekniet und sich ins Gesicht schlagen lassen.«

»Jedes Mal?«

»Jedes Mal.«

»Sonst nichts?«

»Sonst nichts. Aber dem Lamm hat das richtig gefallen, das konnte man sehen. Einmal hat es sich verletzt, so stark hat der Bock zugeschlagen. Trotzdem hat es vor Glück geseufzt.«

Campanard schwieg. Seine Gedanken wirbelten durcheinander. »Ist Ihnen sonst noch etwas an dem Lamm aufgefallen?«

»Nicht direkt.«

Campanard lockerte seine Umarmung ein wenig.

»Oh, ein paar Dinge schon noch, also … Ich glaube nicht, dass er gute Umarmungen gegeben hätte.«

»Wieso das?«

»Na ja, die Male, wo er da war, hat er immer so zittrig gewirkt, und er roch immer ziemlich süßlich nach Schweiß. Nicht so wie Sie, Sie riechen nach Whiskey und Tabak. Verwenden Sie ein Bartöl?«

Campanard hörte ihm kaum noch zu. Ja. *Ja.* Jetzt begriff er allmählich. Es war doch keine Lüge gewesen. Ein Puzzlestück fügte sich ins nächste. Campanard schüttelte den Kopf. Zwei Autounfälle, einer zu Bernards Eintritt ins Kloster und einer zu seinem Tod.

Aber warum das alles? Er hatte eine Theorie. Eine sehr gewagte. Aber wenn es stimmte, dann blieb nur einer als Täter übrig. Und damit hätte Luc am Ende doch recht behalten. Der Teufel höchstpersönlich.

***

»Abt Gérard«, flüsterte Campanard und klopfte an die Tür der Zelle. »Machen Sie auf!«

Obwohl sich Campanard große Mühe gab, leise zu sein, hallte sein Klopfen unangenehm laut über den nächtlichen Gang. Dabei musste er sich still verhalten. Immerhin hatte er nicht vor, das Böse hinter diesen Mauern aufzuschrecken.

Keine Antwort. Campanard wusste, dass die Mönche um diese Zeit längst schliefen, selbst das letzte Rosenkranzgebet wäre bereits vorbei gewesen. Aber wer die Stille des Klosters gewohnt war, sollte doch durch ein Klopfen rasch zu wecken sein.

Campanard klopfte noch einmal. Nichts.

Verdammt. Ihm blieb keine Zeit. Vorsichtig drückte er die Klinke hinunter. Hoffentlich würde der Abt ihm den Schrecken verzeihen, aber was er ihm zu sagen hatte, erlaubte keinen Aufschub.

In der Zelle war es finster, nur das Licht des Vollmonds, der über den Lavendelfeldern des Klosters stand, tauchte alles in einen mattsilbrigen Schein.

»Gérard«, flüsterte er und sah sich um.

Campanard runzelte die Stirn. Das Bett war leer. Mit raschem Schritt näherte er sich und ignorierte vorerst, dass Gérard ein wesentlich längeres und breiteres Bett besaß als das, das er Campanard zugewiesen hatte. Etwas anderes hatte seine Aufmerksamkeit erregt. Auf der Bettwäsche war eine klebrig schimmernde Flüssigkeit. Behutsam strich er mit dem Finger darüber. Sie war noch warm. Vorsichtig schnüffelte er daran. Leicht eisenartig ... *Blut.*

Campanard richtete sich auf und fuhr herum. Er war zu spät gekommen. Zeit, die Masken fallen zu lassen.

Er stürmte aus dem Gang hinaus, schaltete die Taschenlampe seines Telefons ein und suchte die Türen ab, bis er die richtige gefunden hatte. Diesmal hielt Campanard sich nicht mit Klopfen auf, sondern stürmte gleich hinein. Zu seiner Erleichterung hörte er ein Schnarchen, das ihm verriet, dass dieser Mönch sich gerade nicht draußen im Wald vergnügte.

Campanard lief zum Bett und rüttelte den schlafenden Mann sanft an der Schulter.

»Frère Jacques. Hey, Frère Jacques.«

Der Mönch schien mit einem tiefen Schlaf gesegnet zu sein und sägte weiter vor sich hin. Campanard rüttelte heftiger. Immer noch nichts. Er rollte mit den Augen und räusperte sich.

»Frère Jacques, schläfst du noch?«

Jacques schrak zusammen und fuchtelte wild mit den Armen.

Einen Moment lang blinzelte er ins Licht von Campanards Taschenlampe.

»Albéric? Aber was ...«

»Keine Zeit, ich brauche Ihre Hilfe. Ich fürchte, es ist ziemlich dringend.«

»Ich verstehe nicht.«

Campanard seufzte.

»Ich fürchte, der Teufel hat Gérard geholt.«

»Ist das Ihr Ernst?«

»Ja, zum Teu… Ich meine, *ja*.«

»Aber gegen den Leibhaftigen … Was sollten wir da schon …«

»Ihn erst mal zu finden, wäre ein Anfang. Aber Sie müssen etwas anderes für mich tun.«

KAPITEL 24
DER SCHATTEN VON SÉNANQUE

Um ihn herum herrschte undurchdringliche Finsternis. Grundsätzlich war Olivier durchaus dankbar dafür. So stark, wie sein Schädel dröhnte, wäre zu helles Licht nicht förderlich gewesen. Aber zumindest hätte er gerne gewusst, wo er war. So konnte er sich nur auf seine anderen Sinne verlassen. Es roch feucht und modrig wie in einem Keller. Unter ihm war der Boden hart und uneben, genauso wie die Mauer, gegen die er lehnte.

Keine Ahnung, wie lange er schon hier war. Gefühlt war er schon länger wieder bei Bewusstsein, aber in absoluter Finsternis schien sich die Zeit ins Unendliche zu strecken.

Normalerweise hätte er versucht, hier rauszukommen, aber seine Hände waren hinter dem Rücken mit Handschellen arretiert und seine Beine an den Knöcheln zusammengebunden, vermutlich mit dicken Kabelbindern. Olivier hatte schon einige Male versucht, sich gegen die Mauer zu pressen und mit den Füßen nach oben zu drücken, aber nach ein paar schmerzhaften Stürzen hatte er es aufgegeben. Danach hatte er versucht, den Raum zu erkunden, mit der einzigen Bewegungsweise, die ihm noch zur Verfügung stand – frei nach Raupenart.

Immerhin hatte er auf diese Weise herausgefunden, dass der Raum nicht sonderlich groß war. Jede Seite etwa eine

Cheflänge. Und es gab eine Tür aus schwerem Holz. Auch hier hatte Olivier noch einmal versucht, sich in die Höhe zu stemmen, nur um festzustellen, dass die Tür verschlossen war – und danach schmerzhaft aufs Steißbein zu stürzen.

Also hatte er sich wieder von der Tür weggerollt und wartete seitdem. Seine Kidnapper hatten ihn nicht umbringen wollen. Nicht sofort wenigstens. Und hier drin, ohne Licht, Handy, Waffe und Bewegungsfreiheit war an Flucht nicht zu denken.

Er saß tief in der Scheiße, da machte er sich nichts vor. Denn genauso drängend wie die Frage, warum man ihn nicht umgebracht hatte, war die Frage, warum man ihn lebend hier rauslassen sollte.

Draußen im Gang hörte er Schritte. Es waren definitiv nicht die Stöckelschuhe der Dame, die er verfolgt hatte. Aber in der Kirche war noch jemand gewesen ...

Olivier hörte, wie ein Riegel gelöst wurde. Licht fiel in den Raum und ließ ihn blinzeln. Als seine Augen sich an die Helligkeit gewöhnt hatten, sah er jemanden im Lichtkegel stehen.

Ein Mönch. Ein ganz schön gewaltiger.

Mit ein paar Schritten war er bei Olivier und zog ihn unsanft auf die Füße. Sein Eindruck hatte Olivier nicht getäuscht. Der Mönch war einen guten Kopf größer als er und ziemlich breitschultrig. Sein Kopf war völlig kahl.

»Sagen Sie bloß, der Herrgott findet gut, was Sie da machen?«, krächzte er.

Der Mönch funkelte ihn an, dann hob er ein Stanleymesser und schob die Klinge heraus. Mit konzentrierter Miene drückte er die Spitze gegen die Haut an Oliviers Kehle, nahm dann etwas Druck weg und ließ sie an seinem Hals herunterwandern.

»Ab jetzt hältst du besser die Klappe«, hauchte der Mönch. Dann bückte er sich und durchschnitt den Kabelbinder, der Oliviers Beine fixierte.

»Mitkommen!«

***

Olivier stolperte durch einen dunklen Steintunnel. Der Mönch hatte eine kleine Stirnlampe aufgesetzt, durch die Olivier wenigstens sehen konnte, wo er hintrat. An manchen Stellen wirkten die Wände nass, und Olivier vermeinte, das Gurgeln von Wasser zu hören, doch auch das verebbte wieder. Nach einer Weile erreichten sie eine unebene, schmale Treppe, die nach oben führte. Doch statt Olivier hinaufzutreiben, öffnete der Mönch eine schmale Tür zu ihrer Rechten und stieß ihn hindurch.

Nach ein paar gestolperten Schritten gelang es Olivier, sein Gleichgewicht wiederzuerlangen. Verwirrt sah er sich um. Dieser Raum war ebenfalls fensterlos, aber ansonsten kaum mit dem zu vergleichen, in dem er aufgewacht war. Ein Deckenfluter zauberte warmes Licht. Es gab eine Schlafcouch und einen Schreibtisch. Und hinter dem Schreibtisch saß jemand und musterte Olivier neugierig.

»Ah, Inspecteur Olivier.« Der Mann stand auf, breitete die Arme aus und wies dann auf einen Stuhl vor seinem Schreibtisch. »Bitte!«

Der Mönch trieb ihn nach vorn und drückte ihn nieder. Für einen Moment blickte der Mann ihn beinahe erwartungsvoll an, dann setzte er sich wieder und strich sich über sein Kinn.

»Verzeihen Sie die ganzen Unannehmlichkeiten, aber ich war ein wenig neugierig darauf, Sie kennenzulernen.«

Olivier hob die Augenbrauen.

»Leider habe ich heute keinen meiner unterhaltsamen Tage.«

Olivier nahm sich die Zeit, sein Gegenüber zu betrachten. Der Mann war kleiner als er, trug weiße Leinenhosen und ein schwarzes, edel aussehendes Hemd, dessen oberster Knopf geöffnet war, sodass man eine Kette mit einem Kreuz sehen konnte. Sein Haar war kurz und nussbraun. Der Bartschatten auf seinem Kinn verriet, dass er sich oft rasieren musste. Der Blick seiner kleinen dunklen Augen hatte etwas trügerisch Freundliches.

»Wer sind Sie?«, fragte Olivier rundheraus.

Der Mann goss sich Cognac in ein Glas. Olivier erkannte perfekt maniküre Fingernägel, als er den Drink griff und gedankenversunken schwenkte.

»Ich denke, dass Sie mich kennen«, erklärte er. »Obwohl Sie mir noch nie begegnet sind.«

»An die tolle Gastfreundschaft würde ich mich erinnern.«

Der Blick des Mannes wanderte für einen Moment zu dem Mönch, der Olivier hergebracht hatte.

»Lass uns allein!«

»Das ist keine gute Idee«, widersprach dieser. »Es war schon keine gute Idee, ihn herzubringen. Dass er Sie gesehen hat ...«

»Darüber mache ich mir keine Sorgen. Geh jetzt.«

Olivier hörte, wie der Mönch sich entfernte und hinter

sich die Tür schloss. Sein Gegenüber lehnte sich zurück und schlug die Beine übereinander. Er trug bequem aussehende Leinenslipper, als wäre er gerade über eine Strandpromenade flaniert.

»Wo sind wir?«, fragte Olivier.

Der Mann lächelte freundlich und hob dann den Blick zur Decke. »Was glauben Sie?«

Olivier hatte keine Ahnung, aber er schätzte, dass alles hier ziemlich alt war.

»Irgendwo unter Gordes ...« Er kniff die Augen zusammen. Ein riesiges Kreuz war in eine der Mauern graviert. »Nein ... Unter Sénanque.«

»Vielleicht sind Sie nicht umsonst Campanards Nummer eins.«

Olivier kniff die Augen zusammen. Woher wusste der Kerl so viel über ihn? Das war übel. Das konnte auch bedeuten, dass der Chef enttarnt war.

»Haben Sie Bernard ermordet?«, fragte Olivier direkt.

Sein Gegenüber betrachtete ihn amüsiert.

»Das kann ich nicht abstreiten.«

Olivier schluckte. »Und Arbogast?«

»Hier wird es ein wenig ... kompliziert.«

»Was hat man davon, Mönche umzubringen?«

Ohne den Blick von Olivier zu nehmen, trank der Mann einen Schluck Cognac.

»Wenn Sie Campanards Schützling sind, sollten Sie doch wissen, dass kaum jemand alle seine Pläne offenbart. Zumindest nicht freiwillig.«

»Schön, dann was ganz Persönliches. Warum lebe ich noch? Sie hatten keine Skrupel, Linda umzubringen.«

»Umbringen?«, wiederholte der Mann betroffen. »Wenn es unglücklich zugegangen wäre, vielleicht. Genau genommen wollte ich sie nur aus dem Weg haben, auf die eine oder andere Art.«

»Warum?«

Der Mann schnaubte.

»Ihr Talent wurde zu einer Gefahr. Einer meiner Mitarbeiterinnen – Sie haben sie kennengelernt – fiel auf, dass Madame Delacours sie verdächtig oft musterte.«

Gott. Olivier hätte sich am liebsten an die Stirn gefasst. Deshalb also. Dabei war das mit Sicherheit nur wegen Lindas und seiner blöden Wette gewesen.

»Das beantwortet nicht, wieso ich noch lebe.«

Der Mann hob die Augenbrauen. »Möchten Sie, dass ich es mir anders überlege?«

»Warum überhaupt überlegen?«

Sein Gegenüber lächelte und nahm noch einen Schluck.

»Das, mein Lieber, bleibt meine Angelegenheit.« Er sah auf eine teuer aussehende Uhr. Eine Breitling, wenn Olivier richtiglag.

»Ich habe noch ein kleines bisschen Zeit für Sie übrig.« Er erhob sich und ging um den Tisch herum. Vor Olivier blieb er stehen, beugte sich ein Stück herunter und betrachtete ihn konzentriert vom Scheitel bis zum Kinn.

»Sie wirken wieder ziemlich fit. Wer hätte das für möglich gehalten?«

»Was soll der Mist?«

»Was hat Campanard getan, um Sie wieder ins Leben zurückzuholen? Wie hat er das angestellt?«

Olivier spürte, wie er rot wurde. Nicht mal Linda wusste,

was er durchlebt hatte. Wie konnte dieser Kerl davon wissen?

»Sie wirken überrascht.« Er ging um den Stuhl herum und legte Olivier die Hände auf die Schultern. »Aber bitte, sparen wir uns die Rückfragen. Also?«

Olivier presste die Lippen zusammen. »Das geht Sie nichts an.«

»Ah, zu persönlich.« Er tätschelte Oliviers Schultern, ging langsam zum Schreibtisch zurück, nahm sein Glas und nippte an seinem Cognac. »Was uns wichtig ist, tut immer auch ein bisschen weh, nicht wahr?«

Olivier schwieg und wich seinem Blick aus.

»Dabei hatten alle anderen Sie schon aufgegeben, liege ich da richtig? Sie wollten wieder arbeiten, aber alle haben Sie aufgegeben. Sie haben gebettelt und gefleht, so war es doch? Aber man hat Sie zurückgelassen. Allein. Weggeworfen …«

»Halten Sie die Klappe«, krächzte Olivier und spürte, wie ihm Tränen in die Augen stiegen.

»Schämen Sie sich nicht«, erwiderte sein Gegenüber sanft. »Ich weiß, wie es sich anfühlt.«

»Einen Scheiß wissen Sie.«

Der Mann lachte leise.

»Leider doch. Denn im Gegensatz zu Ihnen, Inspecteur Olivier, war ich wirklich tot und bin erst kürzlich wieder zum Leben erwacht.«

Olivier blinzelte. Tot, verschwunden. Wieder da. Wie eine Seuche …

Er starrte den Mann lange an.

»Ich weiß, wer Sie sind«, hauchte er und schüttelte den

Kopf. Nicht, dass irgendetwas sonst dadurch mehr Sinn ergeben hätte, aber immerhin diese Sache begriff er nun.

Unsichtbar, schwerer zu fassen als Rauch. Von den Toten auferstanden und gefährlicher denn je. »Sie sind Caché.«

Sein Gegenüber schloss die Augen. »Ah, jetzt, wo Sie es sagen, begreife ich, wie sehr ich diesen Namen vermisst habe.«

»Aber wieso …«

»Das möchte ich Sie fragen«, unterbrach ihn Caché. »Was hat Campanard an Ihnen gefunden? Warum hat er Sie zu seinem kleinen Projekt gemacht?«

Olivier schwieg, während Caché ihn eingehend musterte. »Ich verstehe es bei Delacours. Aber bei Ihnen … Da ist absolut nichts Besonderes. Es muss reines Mitleid gewesen sein. Was für ein Fehler, Sie dann auch noch in sein kleines Geheimteam aufzunehmen.«

»Was soll dieser …«

»Leider ist unsere Zeit abgelaufen, Inspecteur. Ich glaube, ich konnte mir ein Bild machen. Auf mich wartet ein wichtiger Termin.«

»Wohin gehen Sie?«

»An einen Ort wahrer Brüderlichkeit.«

Er leerte seinen Cognac in einem Zug und stellte das Glas auf den Tisch. Dann spazierte er gemächlich zur Tür.

»Keine Sorge, Sie bekommen gleich Gesellschaft.«

»Um mich umzubringen?«, krächzte Olivier.

Caché schenkte ihm ein undeutbares Lächeln, dann verließ er den Raum und schloss die Tür hinter sich.

Olivier wartete ein paar Sekunden, dann stand er auf. Hierzubleiben, bedeutete, auf den Tod zu warten. Und zumindest konnte er jetzt seine Beine frei bewegen.

Er stolperte zur Tür hinüber. Caché hatte einen Riegel vorgeschoben, aber vielleicht war dieser gar nicht so stabil.

Er machte einen Schritt zurück, dann rammte er die Tür mit der Schulter.

Ein scharfer Schmerz schoss durch seinen Körper. Olivier stöhnte und stieß ein paar Flüche aus.

Verdammt. Vielleicht war Caché ja unachtsam gewesen und bewahrte eine Waffe in seinem Schreibtisch auf. Olivier hatte nicht die geringste Ahnung, wie er sie bedienen sollte, aber alles war besser, als einfach nur auf den Tod zu warten. Er lief zum Schreibtisch zurück und begann mit den Zähnen die Schubladen aufzuziehen.

In der ersten befand sich nur ein Silberetui für Zigarren, in der zweiten ein ledergebundenes Notizbuch. Ihm lief die Zeit davon. Olivier betete, dass sich in der letzten Lade auf wundersame Weise Schlüssel für seine Handschellen befinden würden, aber stattdessen …

»Das gibt's nicht«, murmelte er.

Da lag sein Handy. Finster und ausgeschaltet, aber intakt. Vielleicht hatte Caché es ausgelesen und wusste deshalb so viel über ihn.

Olivier drehte sich mit dem Rücken zur Lade, fischte das Telefon hinaus und schaltete es an, dann legte er es auf den Tisch. PIN-Code. Olivier bückte sich und begann mit der Zungenspitze die Zahlen einzugeben.

Bingo. Sein Display war zwar voller Spucke, aber entsperrt.

Und jetzt? Olivier war so ein Idiot. Der Empfang in Sénanque war zu schwach, um Hilfe zu rufen.

Es sei denn …

Sein Blick saugte sich an einer schlanken schwarzen Antenne fest, die auf dem Schreibtisch stand. Wenn ihn nicht alles täuschte, war es ein Empfangsverstärker. Natürlich! Caché verbrachte hier wohl viel Zeit und musste kommunizieren.

Vielleicht reichte das ja für eine ganz altmodische SMS?

Olivier überlegte kurz. Dem Chef konnte er nicht schreiben, der würde seine SMS nicht empfangen können. Er tippte auf das SMS-Icon. Mit der Zunge durch die Kontakte zu scrollen, war herausfordernder, denn er rutschte dabei ständig ab. Als es ihm schließlich gelungen war, tippte er seine Nachricht in das Textfeld.

Ich Unter Kloster Gefangen Raum bei Treppe

Er betrachtete das flächige Kreuz an der Wand. So eine Arbeit machte man sich nicht für einen Weinkeller oder einen Wohntrakt. Es war Spekulation, aber versuchen musste er es.

Unter Kirche Hilfe

Olivier gab dem *Senden*-Icon einen gezielten Zungenkuss.

Auf dem Display begann ein Rädchen sich zu drehen. Selbst wenn die Nachricht irgendwann durchging, niemand würde ihn rechtzeitig finden. Aber immerhin wussten sie dann, was mit ihm passiert war.

Er seufzte, als er hörte, wie der Riegel zurückgeschoben wurde. Kurz darauf öffnete sich die Tür. Für einen Moment war in Olivier die wilde Hoffnung aufgekeimt, dass ihn irgendjemand gesucht und gefunden haben könnte.

»Hallo, mein Liebling«, erklärte die Dame und lächelte.

Sie hatte einnehmend grüne Augen, wie Olivier jetzt, da sie keine Sonnenbrille mehr trug, erkennen konnte. Weniger einnehmend war die Pistole, die sie auf ihn richtete.

»Ich würde ja die Hände heben, aber ...« Er rasselte mit den Handschellen. Keine Ahnung, warum er jetzt noch schlechte Scherze machte. Vielleicht der letzte Schutzmechanismus seines Gehirns vor der absoluten Panik.

»Ach mein Liebling, du bist fast zu süß zum Sterben. *Fast*«, erklärte sie.

»Caché sagt, er will mich lebend«, erklärte er.

Die Dame neigte den Kopf.

»In dem Fall muss ich ihn wohl vor sich selbst schützen.«

Sie hob die Waffe ein wenig.

»Dann wird er noch enttäuschter von Ihnen sein«, erwiderte Olivier rasch. Alles, was sie für den Moment daran hinderte, abzudrücken, war ihm nur recht.

»Bestimmt«, legte er mit einem Lächeln auf den Lippen nach, »hat er Ihnen das auch schon gesagt. Dass Sie ihn einfach vergessen konnten ...«

Olivier war nicht besonders gut darin, etwas aus dem Blauen heraus zu erfinden, aber zumindest hatte sie noch nicht geschossen – er hätte also schlechter abschneiden können.

Die Dame lachte, aber Olivier entging die Note von Unsicherheit nicht. »Er weiß, dass ich *alles* getan hätte, hätte es nur irgendein Zeichen gegeben.«

Olivier lachte. »Nein, nein, Madame. Er sagt, Sie hätten ihn gefunden, wenn Sie nur gewollt hätten.«

Die Dame schüttelte ihr Haar zurück, dann stolzierte sie mit ein paar raschen Schritten auf ihn zu und drückte ihm die Mündung der Pistole an die Schläfe.

»Auf niemanden kann er sich mehr verlassen als auf mich. Ich habe Himmel und Erde in Bewegung gesetzt. Ich habe ihm deine kleine Freundin vom Hals geschafft und dich aus dem Verkehr gezogen. Zwischen uns passt nicht mal ein Blatt Papier.«

Olivier grinste. »Sie stehen auf ihn, oder? Das würde ich mir gut überlegen – ich glaube nicht, dass er Ihnen verzeihen würde, vor allem, wenn Sie ihn wieder enttäuschen.«

»Du willst doch nur deine Haut retten, Schätzchen.«

»Natürlich.« Olivier zuckte vorsichtig mit den Schultern. »Aber wenn Sie mich leben lassen und dadurch Pluspunkte beim Chef sammeln, gewinnen wir beide.«

Die Frau hob eine Augenbraue.

»Ein wenig zu warten, würde Sie nicht umbringen ... und mich auch nicht, was mir recht wäre, ehrlich gesagt.«

Die Dame neigte den Kopf. Dann trat sie hinter ihn und presste ihm die Pistole in den Rücken.

»Los, da nach vorn, setz dich!«

Sie drückte ihn in den Stuhl, in dem er schon vorher gesessen hatte.

»So, mein Süßer. Jetzt sag mir, wieso er dich noch am Leben lassen sollte.«

»Er will nicht, dass Sie das wissen.«

»Dann muss ich wohl schießen.« Olivier hörte das leise Klicken, als die Waffe entsichert wurde.

»Okay, okay, ich sag's Ihnen.«

Olivier überlegte fieberhaft. Am besten, er pickte sich irgendetwas aus dem gemeinsamen Gespräch heraus.

»Er interessiert sich für meine Vergangenheit.«

»Was sollte ihn daran interessieren? Sie sind ein Nichts,

vollkommen unbedeutend. Ihre kleine Freundin, das könnte ich verstehen, immerhin ist sie einzigartig, aber Sie ...« Sie blies verständnislos die Luft aus. »Ganz süß, aber auch ziemlich gewöhnlich.«

»Vielen Dank auch.«

»Warum also? Und beeilen Sie sich.«

Olivier überlegte. »Er will verstehen, wie der Ch... wie Campanard mich gerettet hat.«

Die Dame schnaubte. »Das wird uns noch alle den Kopf kosten.«

Olivier runzelte die Stirn. Irgendeinen Nerv hatte er wohl getroffen, aber welchen?

»Was wollt ihr hier?«, versuchte er es. »Warum ist dieses Kloster wichtig für euch?«

Olivier hörte, wie sie die Luft einsog.

»Ich muss das hier beenden«, flüsterte sie mehr zu sich selbst als zu ihm. »Es gerät aus dem Ruder. Vielleicht wird er wütend, aber bald wird er sehen, was ich für ihn getan habe.«

Das klang nicht gut. Gar nicht gut.

»Man wird nie aufhören, Sie zu jagen, wenn Sie einen Polizisten umbringen.«

»Das wird man auch nicht, wenn Sie am Leben bleiben ... Also«, hauchte sie ihm mit zuckersüßer Stimme ins Ohr, »noch irgendein guter Grund, warum ich Sie nicht erschießen sollte?«

»Ja«, erwiderte Olivier hastig. »Ja, natürlich. Ich ... ich, ähm ... Die Wahrheit ist ...« Das war's mit den guten Ideen. Sosehr er sich auch anstrengte, ihm fiel nichts Sinnvolles mehr ein. »Ich liebe Sie?«

Die Frau stöhnte und rollte mit den Augen »Dann heißt es jetzt wohl: Au revoir, Inspecteur Olivier.«

Olivier presste die Augen zusammen und wartete auf den Schuss. Und dann kam er.

KAPITEL 25

SCHWARZ UND WEISS

Campanard schlich durch den Kräutergarten des Klosters. Die ansonsten so bunten und duftenden Pflanzen wirkten im Mondlicht wie zu Eis erstarrt.

Von weit weg hörte er den Ruf einer Eule. Seine Hand hatte er ständig am Holster, seine Taschenlampe anzuschalten wagte er nicht.

Er erreichte den maurisch anmutenden Innenhof und verharrte. Die Dämonenbüste. Mit ihren riesigen Augen schien sie Campanard zu betrachten. Für einen winzigen Moment hatte er den Eindruck, ihr Maul würde sich bewegen.

Campanard riss sich von dem Anblick los und wandte sich dem Kapitelsaal zu. Die Tür war nur angelehnt. Matter Lichtschein drang daraus hervor. Campanard zog seine Waffe und lauschte hinein.

Zuerst hörte er nichts. Dann, ganz leise, ein schmerzerfülltes Stöhnen. Ein paar stille Momente verstrichen, dann erneut ein Stöhnen.

Keine Schritte, keine weiteren Stimmen, kein Anzeichen, dass sich mehrere Personen im Saal befanden. Aber natürlich konnte das täuschen. Er atmete tief durch, dann trat er die Tür auf und sicherte mit der Pistole in alle Richtungen.

In Millisekunden erfasste er die Szenerie im Saal. Zwei Fackeln spendeten mattes Licht. Der Raum war leer, bis auf den

Stuhl des Abts zwischen den beiden mächtigen Pfeilern. Und darauf ... der Abt. Bis auf schwarze Boxershorts, die er wohl zum Schlafen getragen hatte, war er unbekleidet.

Seine Arme waren nach hinten gedreht und an den Stuhl gekettet. Sein breiter Oberkörper war nach vorne gekrümmt. Von einer Wunde an seinem Kopf lief Blut über die weiße Haut, die Schläfe und das Gesicht in seinen schwarzen Bart, von wo aus es auf den Steinboden tropfte. Sein Blick war stumpf nach unten gerichtet.

Campanard scannte den Raum noch einmal, dann lief er zu dem Gefesselten.

»Gérard«, flüsterte er und legte dem Abt die Hand auf die Schulter.

Immerhin schien er bei Bewusstsein zu sein. Er hob den Kopf und starrte Campanard aus seinen schwarzen Augen an.

»Albéric«, drang es heiser aus seiner Kehle. Er flüsterte noch etwas, das in einem schwachen Röcheln unterging.

Campanard sah, dass ihm Handschellen angelegt worden waren. Der Mann wog wahrscheinlich ähnlich viel wie er selbst. Die einzige Möglichkeit, ihn hier rauszuschaffen, war, ihn mitsamt dem Stuhl wegzuschleifen. Nicht gerade so leise, wie er gehofft hatte.

Gérards Lippen bewegten sich erneut. Zuerst hörte Campanard nur ein undefinierbares Wispern, doch dann war es ganz eindeutig.

»Laufen Sie!«

Campanard wollte gerade etwas erwidern, als er einen kalten Gegenstand in seinem Rücken spürte.

»Die Waffe fallen lassen«, erklärte eine Stimme.

Campanards Gedanken rasten. Wenn er sich schnell umwandte und zur Seite …

»Ich werde schießen«, erklärte die Stimme kühl.

Campanard presste die Lippen zusammen, dann öffnete er die Hand und sah zu, wie seine Dienstwaffe mit einem lauten Klackern auf dem Steinboden aufschlug.

»Wegschieben!«

Campanard kickte die Waffe halbherzig weg.

»Umdrehen!«

Campanard wandte sich um und sah in das Gesicht eines Mönchs. Keines, das er kannte. Ein hagerer Kerl mit auffällig blauen Augen. Auf dem Weiß seiner Tunika erkannte er ein paar Blutspritzer, die vermutlich von Gérard stammten.

Campanard musterte ihn kurz, dann hob er den Blick.

»Kein Grund, sich zu verstecken«, erklärte Campanard ruhig. Die Akustik im Kapitelsaal sorgte dafür, dass seine Stimme jeden Winkel zu durchdringen schien. »Ich habe meinen Zug gemacht. Kann der Teufel nun herauskommen und seinen machen? Oder fürchtest du dich, mir gegenüberzutreten?«

Ein leises Lachen hallte durch den Raum. Kurz darauf löste sich ein Schatten von einem Pfeiler des Kapitelsaals und trat ins flackernde Licht, bis er genau zwischen Campanard und der Dämonenstatue draußen stand. Er trug ein schwarzes Hemd und eine helle Leinenhose. Aufmerksam blitzende Augen musterten Campanard von oben bis unten.

»Du enttäuschst mich nicht … Einfach-nur-Campanard.«

Campanard spürte, wie ihm Tränen in die Augen schossen, aber er hielt sie, so gut es ging, im Zaum.

»Wie schade«, murmelte er heiser. »Der Bart stand dir gut, alter Freund.«

Es war Bernard. Der freundliche geistreiche Mönch, ohne den er das Gefängnis nie verlassen hätte. Aber es war auch Caché, der mysteriöse Verbrecher, der die ganze Region in Atem gehalten hatte.

»Also war das Wunder Gottes, von dem du mir erzählt hast, der Autounfall, in dem der echte Frère Bernard ums Leben kam?«

Ein angedeutetes Lächeln erschien auf Cachés Miene.

»Ich war am Ende«, räumte er ein. »Die Polizei war mir dicht auf den Fersen. Keine Ahnung, wo ich noch Unterschlupf finden sollte. Natürlich war ich etwas schnell unterwegs und verlor in einer Kurve die Kontrolle über den Wagen, schlitterte in den Gegenverkehr. Kurz vor dem Aufprall schloss ich die Augen, bereit meinen Tod zu umarmen.«

Er zögerte.

»Als ich aufwachte, roch ich Feuer. Der andere Unfallwagen hatte zu brennen begonnen, und die Flammen griffen auf meinen Wagen über. Wie durch ein Wunder war ich kaum verletzt.

Die anderen hatten weniger Glück. Keine Ahnung, warum, aber ich zerrte sie aus dem brennenden Van heraus. Der eine war tot, der andere, ein Zisterziensermönch, noch am Leben, aber sein ganzer Körper war zertrümmert – also nur eine Frage der Zeit.

Er hob seine blutende Hand und berührte mich mit seinem Anhänger, dem heiligen Bernhard von Clairvaux. Dann starb er. Als ich in der Ferne Polizeisirenen hörte, begriff ich, dass mir etwas geschenkt worden war. Die Chance auf ein neues Leben. Vor allem da der Mönch und ich uns nicht ganz unähnlich sahen. Also zog ich mir rasch seine blutüberströmte Tunika an und ihm meine Sachen. Das Feuer hatte schon begonnen, auf meinen Wagen überzugreifen. Alles, was ich tun musste, war, den toten Bernard in meinen Wagen zu setzen. Und dann fand die Polizei Cachés verbrannte Leiche und einen Mönch, der einen schweren Unfall überlebt hatte.«

Er sah zur Decke. »Ich war frei. Gott hatte mich von der Sünde reingewaschen und ein neues Leben für mich vorgesehen. Hier in Sénanque, in der Gemeinschaft der Mönche. Er hat gewusst, dass ich meines Lebens schon lange überdrüssig geworden war und mich nach der Ruhe und Einfachheit sehnte, die ich hier fand.«

»Also war Sénanque mehr als nur ein Versteck für dich?«

Bernard hob die Augenbrauen. »Aber ja, ich glaubte an dieses Wunder, und ich ergriff die Chance, die Gott mir gegeben hatte.«

»War es Zufall, dass du mich damals aufgesucht hast?«

Bernard musterte ihn eingehend.

»Ja und nein. In der Seelsorge ging ich auf. Ich meinte es ernst mit den Häftlingen und dachte, ich könnte etwas bewirken. Zugegebenermaßen war ich etwas neugierig. Der legendäre Campanard, von dem ich sogar in Marseille gehört hatte, so tief gefallen, wie man nur fallen kann. Noch bevor ich dich kannte, hat mich das auf ganz eigentümliche Weise berührt.«

Campanard schluckte. »Also war es Schadenfreude?«

»Nein.« Bernard kam langsam auf ihn zu. »Ein tiefes Verstehen. Ich weiß, was es bedeutet, in die Dunkelheit einzutauchen. Und wie schwer man sie wieder loswird. Jedes Wort, jede Geste zwischen uns war echt.«

Campanard betrachtete ihn stumm. Ein leises Stöhnen

hinter ihm erinnerte ihn daran, dass Gérard medizinische Hilfe benötigte. Wahrscheinlich bekam er von dem, was besprochen wurde, kaum etwas mit.

»Und wann war dein neues Leben nicht mehr perfekt? Als du begonnen hast, es dir mit den Bacchusfesten zu versüßen?«

»Du weißt, wir würden niemals ein Fest nach einem heidnischen Gott benennen. Wir bevorzugen den Begriff *Vollmondfest*.« Bernard zuckte mit den Schultern. »Ein bisschen Spaß, ein bisschen Zerstreuung, mehr war es nicht. Es bedeutete nicht, dass ich hier nicht glücklich war. Das war ich. *Sehr* sogar.«

Seine Stimme hatte beim letzten Satz einen rauen Ton angenommen.

»Aber dann kam es zum Zerwürfnis zwischen Gérard und dir.«

»Zerwürfnis.« Bernards Blick ging an Campanard vorbei und fixierte den blutenden Abt. Bernard breitete die Arme aus. »Weißt du denn, wozu dieser Ort dient, Louis? Hier bitten die Brüder einander um Vergebung. Und um nichts anderes habe ich gebeten.«

Campanard schwieg.

»Ich wollte mein Leben hier nicht mehr auf einer Lüge fußen lassen, also bat ich Gérard, mir die Beichte abzunehmen – und dann sagte ich ihm alles. Wer ich war, was ich getan hatte.« Bernard schloss die Augen. Sobald er sie wieder öffnete, glitzerten sie feucht.

»Zuerst dachte ich, er würde mich verstehen und mir vergeben, doch dann ...«

Bernard ballte die Fäuste.

»Er schrie mich an, nannte mich einen Betrüger, erklärte mir, er würde dafür sorgen, dass ich niemals einer von ihnen sein würde. Zwar durfte er mich nicht verraten, aber er würde es mich spüren lassen, und er hoffte, dass andere mein Geheimnis bald lüften würden und ich verhaftet werden könnte.«

Bernards Blick schien ins Leere zu gehen.

»Als ich hinausging, sah ich diese Dämonenfratze. Aber sie wirkte nicht mehr hässlich auf mich, sondern … mächtig, bedrohlich, aber auch voller Leben. Alles, was ich früher gewesen war. Ich begriff, dass ich im Inneren nie aufgehört hatte, Caché zu sein. Dass es ein Irrglaube war, sich so tiefgreifend ändern zu können. Ich akzeptierte das. Ich *umarmte* es.«

»Also hast du Kontakt zu deinen Gefolgsleuten gesucht.«

»Sehr vorsichtig. Vorher musste ich herausfinden, auf wen ich nach all der Zeit noch zählen konnte. Auf einige meiner treuesten Anhänger war tatsächlich Verlass. Und so begann ich Schritt für Schritt, meine Rückkehr zu arrangieren, bevor Gérard auf die eine oder andere Art dafür sorgte, dass ich entlarvt wurde.«

»Und einfach zu gehen, war keine Option«, schloss Campanard. »Möglicherweise wäre bei der Durchsicht der Papiere aufgefallen, dass du gar nicht der echte Bernard bist.«

»Exakt. Außerdem war der Tod ein Luxus, den ich nur ungern aufgegeben hätte. Also durfte niemand sich fragen, wo ich abgeblieben war.«

»Deshalb musstest du noch mal sterben«, erklärte Campanard. »Und dazu hast du Arbogast gebraucht. Schwer krebskrank, der Arme, nicht wahr?«

»Terminal«, ergänzte Bernard. »Es war sein Geheimnis, nur mir hat er auf einem der Feste davon erzählt. Er wollte nicht in einem Krankenhaus oder einer Einrichtung sterben. Also organisierte ich ihm eine mobile Chemotherapie.«

»Aus reiner Nächstenliebe?«

»Wir waren Freunde, und ich hätte das auch ohne unseren Deal für ihn getan.«

»Ein Deal, bei dem er seinen Körper verkauft hat?«

»Verkauft ...« Bernard schüttelte spöttisch den Kopf. »Dafür hat er etwas ganz anderes als Geld bekommen.«

»Dass du ihn geschlagen hast ...«

»Du beeindruckst mich immer wieder«, erklärte Bernard anerkennend. »Tatsächlich. Arbogasts Vorlieben waren ... eigen. Es bereitete ihm das größte Vergnügen, wenn ihn jemand schlug. Nichts hat ihn glücklicher gemacht. Und unser kleiner Deal unter Freunden war, dass ich ihm dieses Vergnügen bis zu seinem Tod gewähren würde.«

»Im Austausch für seine Leiche.«

»Ich sehe nichts Verwerfliches daran. Ich habe sichergestellt, dass er bis zum Ende die bestmögliche Versorgung bekam.«

»Mag sein, dass du dir das nur schönredest, mein Guter. Unser lieber Freund, der Junge Luc, dachte, er hätte in Lérins den Teufel gehört. Dabei waren es die Schreie von Arbogast im Todeskampf.«

»Sterben ist keine saubere Angelegenheit, das weißt du. Er bekam die stärksten Schmerzmittel, die es gibt.«

»Sein Verschwinden war also eine Finte. In Wahrheit fuhr er mit Luc und dir, versteckt auf der Rückbank, nach Lérins, wo deine Leute bereits auf euch gewartet haben, ohne dass der Junge es mitbekam.

Es ging nie um den YouTube-Kanal, sondern darum, dass Arbogast im Sterben lag. Du bist nicht zurückgefahren, weil du von seinem Verschwinden gehört hattest, sondern weil Arbogast endlich verstorben war. Oben an der Feuerstelle hast du ihn verbrannt, zumindest ein Stück weit, dann hast du ihn ins Auto gesetzt, einen Unfall fingiert und den Wagen angezündet.«

»Auf dich ist Verlass.«

Campanard schüttelte den Kopf. »All das kann ich nachvollziehen. Der fingierte Tod von Bernard. Niemand würde dich vermissen. Caché hielt man immer noch für tot. Wie du sagst, ausgesprochen praktisch in der Welt des organisierten Verbrechens. Wieso also der Teufel? Lucs blutende Tränen, der Schriftzug an der Mauer, Frère Michel … und …«, er wandte sich Gérard zu, »… dieses seltsame Schauspiel? Geht es nur darum, deine ehemaligen Brüder zu terrorisieren? Du hättest einfach fortgehen können.«

»Sagen wir einfach, ich hatte meine Gründe, zu bleiben. Und es war so einfach, als Schatten in Sénanque zu bleiben. Wenn man den Tagesablauf kennt, weiß man, wie man sieht, ohne gesehen zu werden. Und was Luc angeht … ich habe seiner Fantasie nur ein klein wenig auf die Sprünge geholfen.«

»Der arme Junge. Er muss sich zu Tode gefürchtet haben, als du ihn nach deinem Tod heimgesucht hast, wahrscheinlich mit derselben Bockmaske, mit der du dich mit Arbogast beim Bacchusfest getroffen hast. Ich vermute, du hast ihm selbst auflösende Kapseln mit Theaterblut unter das Augenlid geklemmt …«

»Zu Beginn. Später war mein Einfluss auf ihn so groß, dass ich ihm befehlen konnte, wann er es zu tun hatte.«

»Und den armen Michel hast du vergiftet. Ich verstehe nun auch, warum. Der Gute ist mit einem außergewöhnlichen Gehör gesegnet. Er erkennt die Leute, wenn er nur ihre Schritte hört. Und einmal hat er dich herumschleichen gehört, nur war das schon nach deinem Tod. Ich glaube, das wollte er mir erzählen, obwohl er selbst an einen Irrtum geglaubt hat. Grund genug, um einen Mordanschlag zu verüben.«

»Ein paar geriebene Nüsse ins Wasser, das ist doch wohl kaum ein Anschlag.«

»Und mich hast du hergelockt, mich beobachtet, wieso?«

»Deine Anwesenheit war wichtig für mich. Wenn der scharfsinnige Commissaire Campanard vermutet, dass es mehr als bloß ein Unfall war, und ein Mörder, ja vielleicht sogar der Teufel, in Sénanque umgeht, werden es alle glauben. Dass du so weit gehen würdest, dich hier einzuschleichen, hätte ich nicht gedacht.«

Campanard warf einen Blick auf den falschen Mönch neben sich. »Da hatten wir wohl ähnliche Ideen. Aber warum sollen die Leute glauben, dass hier ein Mörder oder gar der Teufel umgeht?«

Bernard presste die Lippen ein Stück weit zusammen und wandte sich seinem Schergen zu, der Campanard immer noch mit der Waffe bedrohte.

»Behalt ihn im Auge.«

Bernard ging an Campanard vorbei zu dem angeketteten Gérard.

»Sieh ruhig her, Louis«, meinte er.

Bernard hatte die Hand auf Gérards Rücken gelegt und sich zu ihm runtergebeugt. Der Blick des Abts wirkte verschleiert, als wäre er nicht völlig bei Bewusstsein.

»Du willst ihn umbringen? Nur wegen dieses Streits?«

»Aber nein, warte doch einfach ab.« Bernard lächelte freundlich. »Gérard?« Er tätschelte die Wange des Abts sanft. »Gérard! Wach auf.«

Der Abt blinzelte, dann sah er ihm ins Gesicht. »Erkennst du mich? Ich bin von den Toten auferstanden.«

Gérards Augen weiteten sich erschrocken. »Du ...«

Er richtete seinen Oberkörper ein Stück auf.

»Sieh dich um. Weißt du, wo du bist?«

Mit flachem Atem funkelte Gérard Bernard unter seinen buschigen Augenbrauen an. Nach Campanards Ermessen war der Abt gerade dabei, zu Bewusstsein zu kommen.

»Natürlich weißt du es. Ich wollte es dich noch ein letztes Mal sehen lassen.«

Campanard hob eine Augenbraue. »Ich dachte, du willst ihn leben lassen.«

»Korrekt«, erwiderte Bernard und richtete sich auf. »Gérard weiß, von was ich spreche, nicht wahr?«

»Was immer es ist, Bernard, du weißt, ich bin nicht allein. Lass diese Sache bleiben und ...«, begann Campanard.

»Und was dann?«, fragte Bernard deutlich lauter und machte einen Schritt auf den Commissaire zu. »Ich habe ehrlich versucht, das zu sein ... was man einen guten Menschen nennt, und man hat es mir verwehrt. Man hat in mir nur den Teufel gesehen. Nun habt ihr ihn.«

»Ich nicht«, erklärte Campanard.

»Ach nein?«, fragte Bernard gefasster und kam noch weiter auf ihn zu. »Hätte ich dir damals die Wahrheit gesagt, hättest du mir dann alles vergeben und das Monster, das ich gewesen bin, einfach beiseitegeschoben?«

»Das weiß ich nicht«, erwiderte Campanard. »Ich weiß aber, was ich jetzt denke: Stell dich. Schluss mit dem Versteckspiel. Ich werde für dich da sein.«

»So wie nach deiner Entlassung?«

Campanard schwieg, während Bernard nur langsam nickte.

»Du warst der Freund, den ich niemals hatte, eine verwandte Seele. Und als ich dich gebraucht hätte, als ich von Zweifeln zerfressen vergessen hatte, wer ich sein wollte, wo warst du da?«

Campanard neigte den Kopf. »Es tut mir leid.«

»Tut es nicht. Du hattest dein neues Leben. Und dein neues Projekt, Olivier.«

»Wozu du mir geraten hast.«

Bernard runzelte die Stirn. »Worüber *sprecht* ihr beide überhaupt miteinander? Literatur, Philosophie, Gartenkunst? Der Junge ist doch nicht mehr als ein Draufgänger, der sich nach deiner Anerkennung sehnt.«

Unwillkürlich hob Campanard ein wenig das Kinn. »Du willst eine Aussprache? Gerne, ich kenne da ein reizendes Hotel in Gordes, aber lass Gérard gehen. Zieh deine Leute aus Sénanque ab. Und was Olivier anbelangt, jemanden kleinzureden, den du nicht kennst, ist unter deiner Würde.«

Bernard schloss die Augen und nickte, dann entfernte er sich ein paar Schritte und stützte sich an einem der Pfeiler ab. »Du verkennst mich. Monsieur Olivier und ich *hatten* ein kleines Kennenlernen.«

Campanard wollte gerade etwas sagen, als er erstarrte. Sein Herz begann wie wild zu schlagen, trotzdem spürte er, wie ihm das Blut aus dem Gesicht wich.

»Hast du ihm etwas angetan?«

Bernard musterte ihn zufrieden, während Campanard seine Hände zu Fäusten ballte, damit man nicht sehen konnte, wie sie zitterten.

»Er musste aus dem Spiel genommen werden, genauso wie die talentierte Madame Delacours.«

»Leben Sie?«

»Oh, wenn Madame Delacours keinen Ärger macht, kann sie morgen ihrer Wege ziehen. Und Olivier ... Um ehrlich zu sein weiß ich nicht, was meine Leute mit ihm getan haben, nachdem ich ihn verlassen habe. Aber am Ende des Tages war er doch ein ziemlich gewöhnlicher Junge, du wirst also ...«

Campanard brüllte auf. Er wollte sich gerade auf Bernard stürzen, als ein Schuss die Luft durchschnitt. Campanard spürte den heißen Strahl der Kugel neben seinem Ohr vorbeizischen.

»Ein Schritt und Sie sind tot«, erklärte der falsche Mönch hinter ihm.

Bernard lachte und breitete die Arme aus. »Endlich, ich wusste ja, du trägst deine eigene Dunkelheit noch mit dir herum. Erfrischend, das zu sehen.«

Campanard zitterte. Alles in ihm kämpfte gegen den überwältigenden Drang, Bernard niederzuringen und ihm das Genick zu brechen.

»Wenn Olivier wirklich tot ist«, presste er mit gequälter Stimme hervor, »dann werde ich dich finden.«

»Und ich werde mit Freuden zusehen, wie du es versuchst.« Bernard blickte auf die Uhr. Was er sah, stimmte ihn offensichtlich zufrieden.

»Noch zwanzig Minuten«, erklärte er. »Hast du das gehört, Gérard? Willst du wissen, was dann passiert?«

Der Mönch stöhnte und senkte den Kopf.

»Ich sage es dir … Dann werden deine Brüder und du euer Zuhause verlieren. Dann gehört Sénanque endlich mir.«

KAPITEL 26
ALLEIN

»Au revoir, Inspecteur Olivier.«

Ein lauter Schuss löste sich. Olivier kniff zuckend die Augen zusammen. *Ich bin tot*, schoss es ihm durch den Kopf, doch seltsamerweise blieb der Schmerz aus.

»Salut, Miststück!«

Olivier hörte ein zischendes Geräusch, dann einen spitzen Schrei.

»Scheiße!«, brüllte die Dame. Instinktiv ließ Olivier sich von seinem Stuhl fallen, rollte sich ab und öffnete die Augen.

Was er sah, ließ ihn glauben, dass er halluzinierte. Die Augen der Dame waren so rot und geschwollen, dass sie sie kaum öffnen konnte. Sie knurrte und versuchte, den Arm mit der Pistole freizubekommen – den niemand anders festhielt als Linda, die sich gerade verzweifelt zu einer riesigen Gestalt umwandte, die in der Tür stand.

»Matthieu, hilf mir!«

»Aber sie ist doch eine Frau«, rief eine gequälte Stimme.

»*Mach schon!*«

Während Olivier sich auf die Füße kämpfte, erschien ein riesenhafter Mann in einem gelben T-Shirt im Raum, packte das Handgelenk der Frau mit seiner Pranke und drückte so fest zu, dass sie aufstöhnte. Mit der anderen Hand packte er ihren Halsansatz und schnitt ihr die Luft ab.

Die Frau röchelte und ließ die Waffe fallen, während sie in die Knie ging. Sofort hob Linda die Pistole auf und richtete sie auf die Killerin.

»Keine Bewegung!« Ihr Gesichtsausdruck verriet Olivier, dass sie keine Ahnung hatte, ob man das bei der Polizei wirklich sagte. Jedenfalls wäre der Spruch ohnehin unnötig gewesen. Die Frau sank unter dem Griff des Riesen bereits bewusstlos zu Boden.

»Was hast du gemacht?«, fragte Linda verwundert und stupste die Frau mit ihrem Fuß an.

»Was weiß ich? Ich hab doch keine Ahnung, wie man kämpft, also hab ich den vulkanischen Nervengriff probiert.«

»Den *was*?«

»Manu und ich sind *Star Trek*-Fans. Anscheinend funktioniert der wirklich.«

»Mit ausreichend Kraft drückt man jemandem so die Halsschlagader ab.« Olivier humpelte ihnen entgegen und schüttelte ungläubig den Kopf.

»Matthieu, halt mal kurz.« Sie drückte ihm die Waffe in die Hand und trat auf Pierre zu.

»Linda.« Er lachte erleichtert. »Wie hast du mich nur gefunden?« Wie gerne hätte er sie umarmt. Gott sei Dank erledigte sie das für ihn.

»Pierre, ich bin so froh, dass du okay bist«, hauchte sie ihm ins Ohr. »Ich hab's dir doch gesagt, ich bin deine Ritterin in strahlender Rüstung. Du hast um Hilfe gerufen, also bin ich gekommen.«

»Das war vor *zehn Minuten*.«

»Perfektes Timing. Kurz bevor Matthieu und ich hier angekommen sind und die Verbindung weg war.«

»Aber wieso bist du *überhaupt* …«

»Eine etwas längere Geschichte. Die Kurzfassung: Du hattest recht, jemand in Lérins war hinter mir her.«

Olivier runzelte die Stirn. »Hast du gerade gesagt, dass ich recht hatte?«

»Nein, du musst dir den Kopf gestoßen haben. Auf jeden Fall …« Sie brach ab, sobald sich ihre Blicke trafen. Olivier konnte nicht anders, als zu lächeln. Er beugte sich ein wenig zu ihr.

Matthieu räusperte sich.

»Was sollen wir denn mit der und dem Kerl auf dem Gang machen?«

»Kerl auf dem Gang?«

»Ah ja.« Linda bückte sich und hob ihr Pfefferspray auf. »Bulldogge, der falsche Mönch. Wir kennen ihn aus Lérins. Ich hab ihn *gepfeffersprayt,* und Matthieu hat ihn niedergeschlagen. Arbeitsteilung.«

»Keine Ahnung, wie ich das geschafft habe«, ergänzte Matthieu schulterzuckend.

Olivier schloss die Augen. Darüber, dass Linda einen Zivilisten in diese Sache reingezogen hatte, wollte er gerade lieber nicht nachdenken.

»Wir brauchen Verstärkung. Caché ist hier.«

»Der Verbrecherboss aus Marseille? Von dem hat Grégor also die ganze Zeit geredet.«

»Wer ist Grégor?«

»So was wie sein Thronerbe, glaube ich. Ich hab Madère in Grasse benachrichtigt. Mittlerweile sollte er in Gewahrsam sein.«

»Madère kennt dich doch gar nicht.«

»Ich habe ihr erzählt, mit wem ich arbeite. Sie war sehr hilfsbereit.«

»Okay, okay, vergessen wir das für einen Moment. Wir ...«

»... haben keine Zeit, ich weiß.«

»Weißt du, wo der Chef ist?«

Linda schüttelte den Kopf.

»Matthieu und ich haben niemanden gesehen. Alles finster und ausgestorben. Wir sind sofort in die Kirche und haben hinter dem Altar eine Treppe hinunter zur Krypta gefunden. Und dort war dann wieder eine Tür.«

»Hinter einem Schild, das vor der Einsturzgefahr hier unten warnte«, ergänzte Matthieu und sah sich um. »Vielleicht ist das alles wirklich einsturzgefährdet.«

»Caché meinte, er hätte einen wichtigen Termin – an einem Ort wahrer Brüderlichkeit.«

Linda blinzelte. »Wohin führt dieser Gang eigentlich?«

»Keine Ahnung«, murmelte Olivier. »Vielleicht ein alter Fluchttunnel, für den Fall, dass das Kloster überfallen wurde. Ich kann mir vorstellen, dass Caché und seine Leute auf diese Art unbemerkt reingekommen sind. Wie auch immer, ich muss aus diesen Handschellen raus. Vielleicht hatte der andere Kerl die Schlüssel? Bulldogge, oder wie du ihn nennst.«

»Ich seh nach«, rief Linda und verschwand draußen auf dem Gang.

»Also«, brummte Matthieu, als Linda draußen war. »Es gibt doch eigentlich gar nicht so viele Orte der Brüderlichkeit in einem Kloster, oder? Natürlich die Kirche, da war aber niemand.«

»Die Quartiere können auch nicht gemeint sein«, brummte Olivier.

»Na ja, *theoretisch* könnte man dort schon brüd…«

»Das hat er nicht gemeint, denke ich.«

Matthieu runzelte die Stirn. »Ich wollte ja mal mit Manu hierherkommen und hab da was gelesen, was er gemeint haben könnte.«

»Gefunden!«, rief Linda, während sie zurück in den Raum gelaufen kam.

»Ohhhh.« Pierre rieb sich seine schmerzenden Handgelenke. Es fühlte sich an, als würden sich seine Arme langsam wieder kribbelnd mit Leben füllen.

»Hatte dieser falsche Mönch auch eine Waffe?«, fragte Pierre.

»Nein, nur ein Stanleymesser.«

»Wir werden noch eine brauchen.«

»Nehmt die, ich weiß eh nicht, wie man mit so was umgeht«, brummte Matthieu und drückte Olivier die Waffe in die Hand.

»Wir tauschen, ja?« Linda reichte Matthieu ihr Pfefferspray. »Pass auf die beiden auf, wir sind bald zurück.«

Matthieu nickte grimmig.

»Danke«, kommentierte Pierre. »Und jetzt erzähl, welchen Ort hast du gerade gemeint?«

***

»Das war es also«, flüsterte Campanard. »Der Teufel, die erfundenen Morde. Du wusstest, dass das Kloster in einem finanziellen Engpass steckt, deshalb wolltest du ihm den Gnadenstoß geben, indem du die einzige Einnahmequelle versiegen lässt, die es hätte retten können: die Touristen.«

»Wir müssen wirklich mal wieder Backgammon spielen, alter Freund. Einen ebenbürtigen Gegner zu finden, ist nicht einfach.«

»Aber du hast nicht nur die Einnahmequellen des Klosters versiegen lassen«, spann Campanard den Gedanken weiter. Mit einem Mal konnte er sich Gérards Verzweiflung vorstellen, der gesehen hatte, wie die Lage immer aussichtsloser wurde. »Du hast auch die Hilfe von außen unterbunden.«

Bernard grinste unschuldig. »Oh, meinst du? Wer hätte denn helfen müssen, wenn sich das Kloster in einer Notlage befindet?«

»Lérins, das Mutterkloster. Du ... du hast es unterwandert, damit von dort keine Unterstützung kommt.«

Bernard lächelte. »Ich wurde aus meinem kleinen Garten Eden verbannt, also gab es für mich nur eine logische Konsequenz.«

»Ihn dir zu holen«, murmelte Campanard. »Und die zu verbannen, die dich nicht als einen der ihren akzeptiert haben ... Ein bisschen melodramatisch, findest du nicht?«

»Ach, ich mag große Gefühle. Und die Vorstellung, diesen Ort zu besitzen, stimmt mich zufrieden.«

»Obwohl du nie hier sein wirst? Obwohl du nie wieder diesen Frieden spüren wirst? Die Polizei wird dich jagen, und was für Konstrukte auch immer du vorgeschoben hast ... man wird dich festnehmen, sobald du auch nur in die Nähe des Klosters kommst.«

»Oh, meine Spuren sind sorgfältig verwischt. Und ich muss nicht mehr hierher zurück. Sénanque ...« Er klopfte sich auf die Brust. »Sénanque bleibt in meinem Herzen.«

»Und Olivier zu töten, macht dich das auch zufrieden?«

Bernards Blick flackerte.

»Trauere nicht um Menschen, die dir nicht das Wasser reichen können.«

»Du hast keine Ahnung. Dieser Junge ist besser als wir beide zusammen. Wenn es noch irgendeine Chance gibt, dann lass ihn leben ...«

Bernard betrachtete ihn interessiert. Seine Hand wanderte abwesend zur Tasche seiner Leinenhose, wo Campanard sein Telefon vermutete, und verharrte dort.

»Du verkennst die Lage. Wer lebt und wer stirbt, spielt keine Rolle – nur wer am Ende das Spiel gewinnt.«

»Dann beende dein Spiel. Du bist der Sieger.«

Die beiden wandten sich dem Abt zu. Sein Gesicht war blutüberströmt, aber der Blick unter seinen dichten Augenbrauen war fest auf Bernard gerichtet.

»Wie war das?«

»Töte mich«, erklärte Gérard heiser. »Ich habe ein Gelübde geleistet, mein Leben Gott zu widmen. Etwas, das du nie verstehen wirst. Ich habe mich an dieses Kloster gebunden, und ich verlasse es nicht, solange ich lebe.«

»Das wirst du müssen, mein Freund.«

»Nein ... Ich kann den Tod wählen.«

Seine Miene verkrampfte sich, dann erhob er sich gekrümmt, mitsamt dem Holzstuhl, an den er gefesselt war.

»Gérard, setzen Sie sich«, versuchte Campanard ihn zu beschwichtigen. »Überlassen Sie das mir.«

Gérard wandte ihm kurz den Blick zu, ein wildes Lächeln erschien auf seiner Miene. »Ich habe meinen Frieden gemacht.«

Verblüffend schnell taumelte er auf Bernard zu. Der falsche Mönch schwenkte die Pistole auf Gérard.

Wenn Campanard eine Chance hatte, dann jetzt. Er machte einen Satz nach vorne. Doch der Mönch war weniger unvorbereitet, als Campanard gehofft hatte. Er wich dessen Griff aus, drehte sich halb in seine Richtung und traf mit dem Ellbogen Campanards Kinn. Seine Zähne schlugen schmerzhaft zusammen, und sein Kopf wurde nach hinten geschleudert, während er zu Boden sank. Hinter ihm hörte er ein Krachen, dann ein heiseres Stöhnen.

Für einen Moment lag er benommen da. Als der Schmerz nachließ, erkannte er über sich die wütend aufgerissenen Augen von Cachés Gefolgsmann. Er packte Campanard an den Haaren, zog ihn zurück und drückte die Waffe an seine Kehle.

Ein leises Lachen drang an sein Ohr. »Das war also dein bester Zug, Einfach-nur-Campard?«

Bernards belustigte Miene erschien neben seinem Schergen, und er blickte auf den knieenden Campanard herab. Aus den Augenwinkeln konnte er Gérards Gestalt reglos am Boden liegen sehen.

»Offensichtlich muss ich dich doch töten. Ich habe zwar versucht, das zu vermeiden, aber wenn du mir keine Wahl lässt ...«

Campanard schloss seine Augen. »Das wäre dein Recht.«
»Wie bitte?«
»Damals hast du mich gerettet. Ich bin nicht sicher, ob du das weißt, aber es war so.«

Bernard verengte die Augen.

»Und was hast du aus deinem Leben gemacht? Ich bin der Einzige, der weiß, wer du wirklich bist. Und vor lauter Scham davor lässt du niemanden an dich heran.« Bernard blickte verächtlich auf ihn herab. »Das ist der Grund, warum du verlierst. Das ist der Grund, warum du jetzt stirbst. Weil du in Wahrheit völlig allein bist ...«

»Nicht ganz!«, rief jemand.

Der falsche Mönch richtete sich schlagartig auf. Ein Schuss durchschnitt die Luft. Blut spritzte in Campanards Gesicht, ein schriller Schrei erscholl. Die Waffe fiel zu Boden. Sein Bewacher brach zusammen und hielt sich die Schulter.

Campanard sah auf. Am Eingang sah er Olivier stehen, mit erhobener Waffe und einer Platzwunde seitlich am Kopf. Dahinter, halb in Deckung der Tür, Delacours.

Am liebsten hätte er vor Freude geweint, aber schon ein kurzer Moment der Ablenkung hätte fatale Folgen gehabt. Aus den Augenwinkeln sah er etwas Glänzendes an Bernards Seite aufblitzen. Eine zweite Waffe. Und Oliviers Aufmerksamkeit war noch auf den falschen Mönch gerichtet.

Mit der Routine eines Mannes, dem der Schuss auf einen Menschen kein Zögern abnötigte, hob Caché die Pistole.

Brüllend warf Campanard sich gegen ihn und riss ihn zu Boden. Bernard trat ihm mit dem Knie in den Solarplexus, trotzdem bekam er den Arm mit der Waffe zu fassen und drückte ihn zu Boden. Wilder Hass blitzte in Bernards Augen auf, als Campanard sein Knie auf dessen Brust setzte, um ihn zu fixieren.

Langsam beugte er sich zu ihm runter.

»Es tut mir leid«, flüsterte er ihm zu. Dann schlug er ihm mit der Faust gegen die Schläfe. Die zappelnde Gestalt unter ihm erschlaffte. Ein tiefes Seufzen drang aus Campanards Kehle, als er von Bernards Körper herunterrollte.

»*Chef!*«

Er hörte Oliviers Schritte und wandte sich um. Aber die Gefahr war noch nicht vorbei. Der falsche Mönch war zwar angeschossen, aber der erste Schock des Schmerzes war abgeflaut. Gerade streckte er seinen Arm aus, um die Waffe aufzuheben, als ihm schlanke, elfenhafte Finger zuvorkamen.

»Keine Bewegung!«, erklärte Delacours lautstark und fragte flüsternd: »Richtig so, Commissaire?«

»Ähm, ja, ja, ausgezeichnet.« Im Geiste notierte er sich, Delacours dringend zu einem Schießtraining zu schicken, aber das konnte warten.

»Salut, übrigens.«

»Bonne nuit!«

»Chef!« Olivier tauchte an seiner Seite auf und half ihm auf die Füße. Für einen Moment stand er den beiden *Obscurs* fassungslos gegenüber.

»Olivier … Delacours …«, hauchte er nur mühsam beherrscht, dann schüttelte er den Kopf. »Wo waren Sie so lange?«

Olivier starrte ihn an, dann lachte er plötzlich. »Hab versucht, am Leben zu bleiben, schätze ich.«

»Oh, ich auch, übrigens«, ergänzte Delacours.

Campanard kratzte sich am Kopf. »Ja, das hat mich ebenfalls beschäftigt.«

Alle drei wirkten sie mitgenommen. Delacours' Ärmel war halb abgerissen, und auf der blassen Haut ihres Arms erkannte Campanard ein paar Blessuren. Oliviers Platzwunde war immerhin schon verkrustet, musste aber wohl oder übel genäht werden.

Mit einem Mal spürte er Delacours' forschenden Blick auf seiner Miene. Ein Kardinalfehler, den Gefangenen aus den

Augen zu lassen, aber er erkannte, dass Olivier sofort für sie eingesprungen war. Sie würde es lernen. Verblüffend schnell, so wie alles.

»Caché, der Verbrecherkönig«, murmelte sie. »Das ist Ihr Freund Bernard, oder?«

»In der Tat sieht es so aus.«

»Aber wie ...«

Auf einmal hallte das Glockengeläut von Sénanque durch die Nacht. Und irgendwo zwischen den Kirchenglocken konnte Campanard Polizeisirenen hören, die sich rasch näherten.

»Wer hat Alarm geschlagen?«, fragte Olivier.

»Ich habe einen der Brüder, Frère Jacques, damit betraut.«

Der gute Jacques hatte reichlich lange gebraucht. »Er hat Dubac gerufen.«

»Endlich hört auch Frère Jacques einmal die Glocken«, ergänzte Delacours.

Olivier rollte mit den Augen. »Wenn die Polizei gleich hier aufkreuzt, sollten Sie sich rasch umziehen, Chef.«

Es dauerte einen Moment, bis er begriff. Von seinem kleinen Undercover-Abenteuer sollten Dubac und ihre Gendarmen lieber nichts erfahren – auch wenn das Ganze, wie Campanard gehofft hatte, von Erfolg gekrönt war.

»Kommen Sie zurecht?«, fragte Campanard.

Die beiden sahen ihn an, als hätte er etwas Komisches gesagt.

»Klar, Chef, wir halten Ihnen den Rücken frei.«

Campanard nickte sacht. »Ja, das tut ihr.«

KAPITEL 27
ABSCHIED

»Ich glaube, ich kann wieder in meinem Zimmer übernachten. Es gibt gerade niemanden, der mir nach dem Leben trachtet.«

Linda bückte sich und streichelte Trépieds Kopf, während der Kater ihr hoppelnd um die Beine strich.

Pierre sah sie mit sorgenvollen Hundeaugen an. »Bist du sicher? Dieser Grégor war ein ziemlicher Psychopath.«

Linda neigte den Kopf. Sie wusste noch nicht, was das alles in ihr ausgelöst hatte, aber es war zehn Uhr morgens nach einer durchwachten Nacht. Im Moment wollte sie nichts anderes als schlafen.

»Ein bisschen verrückt war er, aber mittlerweile verstehe ich etwas besser, warum. Anscheinend war er Cachés Neffe und Nachfolger. Nachdem sein Onkel verschwand, ist die ganze Vereinigung zerbrochen – und offenbar hat die gesamte Unterwelt von Marseille Jagd auf ihn gemacht. Ich denke, das macht was mit einem.«

»Verteidigst du ihn gerade?«

Linda wurde ein wenig rot. »Sicher nicht. Ich glaube, ich habe mich damit abgefunden, dass sich nur kranke Idioten für mich interessieren.«

Pierre machte einen Schritt auf sie zu. »Linda, ich ...«

»Was ist das?« Sie kniff die Augen zusammen und nickte

in Richtung von Pierres Bett. Etwas rot Glänzendes hatte ihre Aufmerksamkeit erregt.

»Ähm.« Pierre wandte sich um und griff verlegen nach dem Gegenstand. Es war eine elegante Haarspange mit ein paar rot glitzernden Steinen.

»Das ist ... Das ist ...«

»Deine?«, fragte Linda amüsiert. »Keine Sorge. Tu, was du nicht lassen kannst.«

Sie wandte sich ab.

»He Linda, warte doch mal ...«

»Pardon, ich bin richtig müde.« Sie gähnte wie zur Bekräftigung und verließ das Zimmer rasch. Pierre sollte nicht das feuchte Glänzen in ihrem Blick sehen, das ihr die unerklärliche Traurigkeit unvermittelt in die Augen getrieben hatte.

***

Ein zufriedenes Gähnen drang aus Campanards Kehle, während er die Treppen herunterstieg. Es war bereits späterer Nachmittag, aber sein Körper hatte die paar Stunden Schlaf dringend nötig gehabt. Nachdem die Gendarmerie Caché und seine Leute verhaftet hatte, war er rasch nach Gordes zurückgekehrt, um Christelle anzurufen und ihr alles zu erzählen.

Natürlich war sie über seinen nicht gerade sorgsam geplanten Undercover-Einsatz verstimmt gewesen, aber sie selbst hatte die *Obscurs* mit größtmöglicher Flexibilität ausgestattet – und da sie ihr Caché persönlich serviert hatten, war am anderen Ende der Leitung kurz nur fassungsloses Schweigen zu hören gewesen.

Campanard hatte ausgiebig geduscht, seinen Bart gepflegt und dann ein Kurzarmhemd angezogen, auf dem ein riesiger Schmetterling vor hellem Hintergrund seine rot schillernden Flügel über Campanards Brust und Bauch ausstreckte. Dazu blutrote Bermudas und Sneaker in derselben Farbe. Wie frei man sich doch bewegte, wenn man seine eigene Kleidung trug.

Im Foyer wartete sie natürlich schon auf ihn. Campanard hatte sich zu seiner Schande auch wirklich etwas zu viel Zeit gelassen.

»Ah.« Campanard breitete seine Arme aus. »Bonjour, meine liebe Capitaine Dubac.«

Die Gendarmin wirkte nicht, als wäre sie in derselben Hochstimmung wie er. Ihre cognacfarbenen Augen funkelten ihm wild entgegen.

»Sparen Sie sich das!«

»Was meinen Sie?«

Mit ein wenig Verwunderung beobachtete er, wie Dubac ihm den Zeigefinger in die Brust bohrte, genau auf den Kopf des Riesenschmetterlings. Etwas, das sich sonst niemand erlauben würde.

»Was soll der Mist, Campanard, eh? Sie haben mir verschwiegen, dass Bernard Ihr Freund war. Sie verschwinden ohne Sang und Klang nach Grasse und spazieren gerade in dem Moment um die Ecke, als Ihre Leute ihn dingfest gemacht haben? Wer's glaubt, wird selig. Sie haben mich absichtlich im Dunkeln gelassen, obwohl Sie mir hoch und heilig Transparenz gelobt haben.«

»Pardon, Madame.« Er nahm seinen Hut ab. »Tatsächlich haben die Ereignisse sich am Ende etwas überschlagen. Sobald der Verdacht im Raum stand, dass Caché hinter allem steckte, war es fast zu spät, und wir mussten zugreifen.«

»Zugreifen?« Dubac hob eine Augenbraue. »Mit einer Psychologin und einem Installateur, der immer nur beteuert hat, dass er eigentlich Pazifist ist?«

Campanard setzte an, etwas zu sagen, aber ihm fiel keine vernünftige Ausrede ein. Also lächelte er und zuckte mit den Schultern. »Unsere Arbeitsweise ist höchst unorthodox, das ist mir bewusst.«

»Jemand hätte sterben können.«

»Das kann ich nicht leugnen. Aber wie viel gefährlicher wäre die Lage, wenn Caché entkommen wäre? Schon die paar Monate nach seiner Rückkehr haben mir gereicht … Jetzt haben wir ihn und seine Nummern zwei und drei in Gewahrsam.«

»Ich weiß nicht, wie die Präfektin so etwas gutheißen kann.«

»Das müssen Sie sie selbst fragen, Sie werden bald Gelegenheit dazu haben. Ich weiß, was Christelle gutheißt. Und das sind unter anderem Sie, Dubac. Den großen Anteil Ihrer Arbeit an Cachés Verhaftung habe ich selbstverständlich nicht unerwähnt gelassen. Zum Beispiel, dass Sie die toxikologische Untersuchung angeordnet haben, die zur Enttarnung von Caché geführt hat.«

»Also das schmeckt mir natürlich nicht, aber ehrlicherweise war das Delac…«

»Präfektin Dalmasso ist ganz angetan von Ihrer Arbeit und wird Sie und Ihr Team demnächst hier in Gordes besuchen.« Campanard suchte ihren Blick. »Sie sind eine hervorragende Ermittlerin. Ohne die Basis, die Sie geliefert haben, hätten wir keinen Erfolg gehabt. Wir wären ganz und gar verloren gewesen.«

Er ließ seine Worte kurz wirken, dann streckte er Dubac die Hand entgegen. »Frieden?«

Die Gendarmin musterte seine Pranke wie ein potenziell giftiges Tier. »Wenn Sie mir versprechen, sich aus meinem Revier rauszuhalten, Campanard ...« Sie ergriff sie fest.

»Wunderbar. Vielleicht essen Sie hier mit uns zu Abend ...«

Ihr Blick wanderte von Campanard weg zur Treppe, wo Olivier und Delacours gerade herunterkamen. Ein spöttisches Lächeln erschien auf ihrer Miene. »Normalerweise gern, aber heute könnte das ein wenig unangenehm werden.«

Campanard glaubte für einen Moment zu sehen, wie sich ihre Wangen röteten. »Sie haben ja wieder ein bisschen mehr Farbe im Gesicht, Delacours.«

Zu Campanards Überraschung lächelte Delacours, umarmte die Capitaine und küsste sie auf die Wange. »Ich bin einfach froh, Sie zu sehen«, murmelte sie der überrascht wirkenden Dubac zu.

»Bonjour, Olivier«, erklärte Dubac. Wenn die Gendarmin vorhin ein bisschen rot geworden war, erinnerte Olivier plötzlich an eine frische Klatschmohnblüte.

»Salut, Dubac«, brummte Olivier und wich ihrem Blick aus.

Delacours' Blick ruhte auf ihm. Von der übertriebenen Heiterkeit von gerade eben war keine Spur mehr geblieben.

»Gut.« Dubac klatschte in die Hände. »Ich denke, man sieht sich.«

»Oh, nein, nein, nein.«

Georges kam mit erhobenem Zeigefinger herangedackelt. »Sie können doch nicht einfach gehen. Jetzt, wo ich Sie alle mal beisammenhabe. Monsieur Campanard, würden Sie ...«

Er drückte ihm ein Telefon in die Hand und deutete auf Dubac und sich. Dann legte er seinen Arm auf die Schulter der Gendarmin und bedeutete ihr, in Campanards Richtung zu schauen.

Campanard hob zögernd das Smartphone und schoss ein paar Fotos, auf denen Georges strahlte und Dubac dreinblickte, als wäre sie in eine ungewollte Überraschungsparty gestolpert.

»Vielen Dank, Madame. Und Sie müssen mir natürlich auch in mein Gästebuch schreiben, bevor Sie gehen.«

»Ich war hier doch gar kein Gast.«

»Bitte fühlen Sie sich wie zu Hause. Wenn so eine Persönlichkeit mal in mein Haus kommt ...«

»Da sehen Sie, wie Ihre Arbeit geschätzt wird«, ergänzte Campanard, während Georges Dubac ein ledergebundenes Buch unter die Nase hielt.

»Wenn Sie es persönlich gestalten würden, etwa: *Bei meinem engen Freund Georges ist es einmalig.* Das wäre ganz großartig.«

»Ähm ... okay.«

Dubac kritzelte etwas in das Buch.

»Kommen Sie jederzeit wieder, Madame«, erklärte er freundlich.

Dubac funkelte sie der Reihe nach an; den strahlenden Georges, den grinsenden Campanard, Delacours, die gerade Husten vorschützte, damit man ihr Lachen nicht bemerkte, und Olivier, der versuchte, hinter den anderen zu verschwinden.

»Das hier ist wirklich das Haus der Verrückten«, erklärte sie, schüttelte ihr Haar zurück und stolzierte davon.

Campanard blickte ihr hinterher. »Ehrlicherweise bin auch ich ein klein wenig verwirrt«, gestand er.

Olivier räusperte sich. »Ich, ähm, habe Georges bestätigt, dass Dubac eine bekannte Schauspielerin ist.«

»Genau. Die beiden haben ja hier in meinem Hotel geprobt«, bestätigte Georges. Campanard sah gerade noch, wie Oliviers Gesicht jede Farbe verlor, als ein spitzer Schrei zu ihnen hereindrang.

»Was war das denn?«, fragte Olivier.

Delacours lächelte entspannt vor sich hin. »Keine Ahnung. Vielleicht hat Dubac eine Andouillette in ihrer Handtasche gefunden. Könnte doch sein.«

»Andouillette?«, fragte Campanard alarmiert. »Mit so etwas scherzt man nicht, Delacours. Ich bin ein großer Liebhaber. Sogar Mitglied der AAAAA, falls Ihnen das etwas sagt.«

Olivier stieß ein hohles Lachen aus. »Wunderbar, Chef. Vielleicht gehen wir lieber in den Speisesaal, bevor Dubac zurückkommt ... mit gezückter Waffe.«

***

Für die *Obscurs* war es nach den letzten Tagen ein ungewöhnlich entspanntes Abendessen. Campanard stellte fest, dass erstaunlich viele Gäste jeden Alters hier waren, die er vor seiner Abreise ins Kloster nicht gesehen hatte. Ein paar von ihnen musterten ihn interessiert, als würden sie ihn kennen. Bei Wildschweinfilet mit Trüffelsauce erzählte er den anderen von seinem Aufenthalt in Sénanque, obwohl ihn die Geschmacksexplosion bei jedem Bissen fast den Faden verlieren ließ.

»Sie sehen ein bisschen dünner aus«, konstatierte Delacours.

»Dabei waren es nur ein paar Tage«, fügte Olivier hinzu. »Wenn wir Sie erst einen Monat dort gelassen hätten, Chef ...«

»Für ein Leben ohne Genuss bin ich nicht gemacht. Die Brüder dort haben sich bessere Kameraden verdient.«

»Ich weiß nicht.« Delacours blinzelte. »Irgendwie würde ich Sie als Mönch mögen. Wenn Sie dann von den Versuchungen des Lebens erzählen, wüssten Sie wenigstens, wovon Sie sprechen.«

»Das kann ich nicht abstreiten. Aber nun zu Ihnen, Delacours. Wie geht es Ihnen nach einem vereitelten Mordanschlag und dem Intermezzo mit Cachés Thronfolger?«

Für einen Moment schien sie über Campanards Worte nachzudenken. »Verblüffend gut. Langsam glaube ich, dass ich dann am stärksten werde, wenn die Bedrohung am größten ist.«

»Was nicht bedeutet, dass man sich bewusst in Gefahr begeben sollte«, murmelte Olivier.

»Aber gerne. Ich hätte dich auch *nicht* retten können. Vielleicht wäre dir ja Dubac zu Hilfe gekommen.«

Olivier rieb sich die Stirn. »Schon gut.«

Rasch hob Campanard sein Glas Rosé. »Auf uns«, erklärte er. »Sie beide haben mehr geleistet, als ich zu hoffen gewagt habe. Sie überraschen mich immer wieder. Manchmal habe ich das Gefühl, nur ein glücklicher Statist zu sein, der von Ihnen in Szene gesetzt wird.«

»Santé«, rief Delacours grinsend und stieß mit ihm an.

»Santé«, erwiderte Olivier mit einem schiefen Lächeln.

Campanard nahm einen Schluck und wischte sich mit der Serviette über den Bart. »Woher hatten Sie eigentlich diesen überaus hilfreichen Installateur?«

»Der Verlobte eines Freundes.«

»Ausgesprochen sympathisch.«

»Ich dachte mir schon, dass Sie ihn mögen würden. Er liebt *Star Trek* so sehr wie Sie, Commissaire.«

***

Nach der ganzen Peinlichkeit mit Dubac war Olivier nicht unglücklich, als das Abendessen vorbei war. Er hatte schon genug Schaden angerichtet. Linda und der Chef wirkten zwar ziemlich beschwingt, aber das täuschte nicht über die eisigen Blicke von Linda hinweg, die er immer wieder kassierte. Olivier fühlte sich wie ein Idiot, dabei hatte er doch genau genommen nichts falsch gemacht. Trotzdem, Linda nahm ihm die Geschichte mit Dubac verdammt übel. Und das war Grund genug, um sich mies zu fühlen. Wenigstens wusste sie nicht, wie die Geschichte ausgegangen war. Das wäre das Schlimmste gewesen. Und dass sich Linda und Dubac auf einen Cocktail trafen, um über seine Verfehlungen zu quatschen, konnte er wohl ausschließen. Ein kleiner Trost.

Als er wieder auf seinem Zimmer war, bückte sich Olivier und rieb seine Stirn mit einem tiefen Stöhnen an der von Trépied.

»Kannst du morgen irgendwas unwiderstehlich Süßes während der Fahrt machen, damit sie uns wieder leiden kann, mon ami? Tu mir den Gefallen.«

Er kraulte den wild schnurrenden Trépied beidseits des

Kopfes, bevor er sich erhob und auf das Bett legte. Sein Rhythmus war völlig aus dem Tritt, deshalb war an Schlafen nicht zu denken. Ihm kam eine Idee. Wann hätte er sonst wieder Gelegenheit dazu?

Olivier holte den Bademantel und Frotteepantoffeln aus dem Kleiderschrank und zog sich um. Es war zwar spät, aber wenn er sich recht erinnerte, war der Wellnessbereich noch geöffnet.

Er trat auf den Gang hinaus und schloss die Tür.

»Oh, salut …«

Olivier wandte sich um und sah Linda, ohne ihre Brille, ebenfalls im Bademantel neben ihrer Zimmertür stehen.

»Ah, salut. Ich … Ich konnte nicht schlafen und …«

»Ich auch nicht. Betäubungsmittel und eine durchgemachte Nacht.« Sie zuckte mit den Schultern. »Ich glaube, für meinen Körper ist gerade gestern Mittag.«

»Kommt hin«, erwiderte Olivier mit einem vorsichtigen Lächeln. »Stört's dich, wenn dich ein ziemlicher Idiot begleitet?«

Einen Moment lang überdachte sie seinen Vorschlag, dann zuckte sie mit den Schultern. »Lässt mich in meiner Erhabenheit noch mehr strahlen.«

Olivier lachte leise. »Fein.«

Schweigend stiegen sie die Treppe hinunter.

»Schade mit unserer Wette«, bemerkte Linda schließlich.

»Wieso?«

»Na ja, offensichtlich hat der Chef mit niemandem geschlafen. Also darf niemand die *Eiscrème des Sieges* genießen.«

»Sieht so aus.« Olivier runzelte die Stirn. Sie hatten den zweiten Stock erreicht, wo etwas vor ihnen auf dem Boden lag.

»Was ist das denn?«, fragte Linda.

Oliver bückte sich und hob es verwirrt auf. »Sieht aus wie eine Pandamaske«, murmelte er.

»Gib mal her!« Linda besah sich die Maske interessiert. »Vielleicht sind hier ein paar Cosplayer abgestiegen. Du weißt schon, Leute, die sich wie Mangafiguren verkleiden.«

Das Geräusch amüsierten Gelächters riss sie aus ihren Überlegungen, dann wurde eine Tür geschlossen. Kurz darauf kam Ihnen Campanard, der ein Chanson von Jacques Brel summte, entgegengeschlapft – genau wie sie im Bademantel, aber mit breitem Lächeln und geröteten Wangen.

»Ch… Chef?«, fragte Olivier mit schwacher Stimme.

»Ah, Delacours und Olivier«, erklärte er vergnügt und breitete die Arme aus. »Wie schön, dass Sie auch noch die Nacht genießen.«

»Aber was …«, begann Linda und brach dann ab. »Unser Besprechungsraum ist doch im ersten Stock.«

»Aber was sollte ich denn dort wollen, ohne Sie?«, fragte Campanard konsterniert.

»Ich weiß es nicht«, murmelte Linda und sah peinlich berührt zu Boden.

»Chef, was …« Olivier war sicher, er würde die folgenden Worte bereuen. »Sie haben sich doch nicht verlaufen, oder?«

»Ganz im Gegenteil, Olivier. Sie verstehen, nach meinem Aufenthalt in Sénanque ist mir wieder bewusst geworden, welch wunderbare Vergnügungen das Leben bietet.« Er seufzte, dann klopfte er Olivier auf die Schulter. »Sollten Sie auch mal wieder ausprobieren. Bonne nuit, meine Lieben! Ah, und danke fürs Aufheben.«

Er nahm einer völlig verdutzten Linda im Vorbeigehen die

Pandamaske aus der Hand und stieg summend an ihnen vorbei die Treppe empor. Sie starrten ihm noch hinterher, als er schon längst verschwunden war.

Olivier wandte sich ihr zu. »Ich glaub, da drin waren mehr ...«

»Können wir ...« Linda schloss die Augen und hob die Hand. »Können wir vergessen, dass wir das je gesehen haben?«

Olivier lächelte und streckte ihr die Hand entgegen. »Für eine Kugel Eis vergesse ich alles.«

KAPITEL 28
IN STILLE

Der Dienstwagen rollte das letzte Stück des Schotterwegs entlang. Gedankenversunken beobachtete Campanard das halb abgeerntete Lavendelfeld zu seiner Linken.

»Sind Sie sicher, dass das eine gute Idee ist?«, fragte Olivier.

»Ich hoffe es.«

»Bis jetzt scheinen wir glimpflich davongekommen zu sein ...«

»Ganz genau«, bestätigte Campanard. »Gérard hat unseren Einsatz nicht auffliegen lassen, auch wenn er mitbekommen haben muss, dass ich nicht Frère Albéric bin.«

Olivier hielt an und stellte den Motor ab.

»Warten Sie bitte hier. Es wird nicht lange dauern«, erklärte Campanard und setzte seinen Panamahut auf.

Tatsächlich mied er das Innere des Klosters, spazierte außen um die Anlage herum und stieg über die Steineichenweide hinauf zu der Felsbank, wo er Gérard das erste Mal getroffen hatte. Von fern hörte er die Schafe blöken.

Wie verabredet saß der Abt in seiner schwarz-weißen Kleidung im Schatten der tief hängenden Äste der Steineiche.

»Stört es Sie, wenn ich mich dazusetze?«

Gérard wies ihm den Platz neben sich.

»Ich denke, ich schulde Ihnen eine neue Begrüßung: Louis Campanard, Commissaire, Chef de Police de Grasse.«

Gérard nickte leicht. Die Platzwunden an seinem Kopf waren genäht worden und, so weit Campanard das sehen konnte, bereits verkrustet. In seinen breiten Fingern lag ein Rosenkranz.

»Wenn Sie das Gefühl hatten, ich würde Ihre Lebensweise nicht ernst nehmen, muss ich mich entschuldigen«, erklärte Campanard. »Das Gegenteil ist der Fall. Ein Teil von mir begreift, wie besonders es ist, ein Leben wie das Ihre zu führen. Die Entscheidung, Sie zu täuschen, wurde daraus geboren, dass ich dachte, ich würde diesen Fall nicht anders lösen können.«

Gérard schnaubte. »Niemand, der regelmäßig in die Kirche geht, bedankt sich für die Kommunion. Ich hatte da so einen Verdacht. Trotzdem war ich überzeugt, Sie wären hier, um uns dabei zu helfen, unseren Abschied zu nehmen, wenn das Kloster verkauft wird.«

»Wie sieht es an dieser Front aus?«

»Nachdem Lérins nun wieder von einem echten Abt geführt wird, haben sie sich bereit erklärt, unsere finanziellen Nöte zu überbrücken. Ich hoffe, dass wir uns bald wieder über Besucher freuen können.«

Campanard lächelte. »Wer würde diesen verwunschenen Ort nicht besuchen wollen?«

Er sah hinunter auf das verschlafen daliegende Kloster.

»Ich verstehe nun, was Sie mir sagen wollten, auch wenn es Ihnen Ihr Gelübde verboten hat. Die Sache mit Bernard. Sie haben sich Vorwürfe gemacht, weil Sie ihm keine Chance gegeben haben.«

Gérard senkte den Blick. »Als er das ganze Ausmaß seiner Verbrechen vor mir ausbreitete, all das Leid, das er verursacht hat, dass er dem echten Bernard nicht nur das Leben, sondern auch die Identität gestohlen hat ... Ich war ... besinnungslos vor Wut. Hätte ich anders reagiert, wäre all das nicht passiert.«

»Dieses Gefühl teilen wir. Wenn ich mehr für meinen Freund da gewesen wäre, hätte einiges anders kommen können.«

Gérard sah ihn aus seinen dunklen Augen an, dann schenkte er ihm ein halbes Lächeln.

»Gott sei Dank glaube ich daran, dass einem seine Sünden vergeben werden, wenn man darum bittet. Sie auch, Commissaire?«

Campanard schloss für einen Moment die Augen. »Nicht alles.«

Gérard musterte ihn.

»Geht es dem armen Michel wieder gut?«, fragte Campanard schließlich.

»Da ich ihn schon wieder an das Schweigegebot während unseres Gebets erinnern musste, würde ich Ja sagen.«

»Und dem jungen Luc?«

»Er ist wieder viel ruhiger. Diese seltsamen Visionen hatte er schon immer. Aber Bernard hat sie gefördert, ihm Angst eingeflößt und ihn für seine Zwecke missbraucht.«

»Gut, dass das jetzt ein Ende hat. Ich wünsche Ihnen alles Gute, Gérard. Wenn ich darf, werde ich Sie hier einmal besuchen. Die Umgebung tut mir gut.«

Campanard wollte gerade aufstehen, als Gérard seine Hand nahm und behutsam seinen Rosenkranz hineinlegte.

»Ich glaube, Sie irren sich, was Vergebung anbelangt«, sagte der Abt und schaute ihm tief in die Augen. »Lassen

Sie mich Ihnen das schenken. Eine kleine Erinnerung, dass der Herr Sie liebt. Trotz allem. Sehen Sie es auch als kleines Dankeschön. Sosehr es mir widerstrebt, das zuzugeben: Ohne Sie hätten wir unser Zuhause für immer verloren.«

Die Holzkügelchen und das Kupferkreuz fühlten sich warm in Campanards Hand an.

»Leben Sie wohl, Campanard.«

***

Olivier atmete ein wenig leichter, als er den Wagen nach Grasse hineinfuhr und durch das Gewirr enger Gassen zur Pension Les Palmiers einbog.

»Wir sehen uns Montagmorgen, Delacours«, rief ihr Campanard hinterher, als Linda mit ihrer Tasche in Richtung Hotel ging. Sie stockte, wandte sich um und hob die Augenbrauen.

»Sicher, wo denn?«

»Was für eine Frage. Bei uns auf dem Revier natürlich!«

Ihr Grinsen war so breit, dass es sich in Oliviers Gedächtnis einbrannte, während er losfuhr. Als er wenig später beim Commissaire vorfuhr, atmete dieser tief durch.

»Olivier, auf ein Wort. Würden Sie mit mir aussteigen?«

»Klar, Chef, ich kann nur nicht mit rein. Wegen Trépied, verstehen Sie?«

»Natürlich, nur eine Minute.«

Olivier stieg aus und trat zu Campanard. Der Commissaire schien nach den richtigen Worten zu suchen.

»Olivier, ich … Ich habe das Gefühl, etwas belastet Sie – und ich wüsste gern, was es ist. Wenn Sie erlauben, natürlich.«

Olivier wich seinem Blick aus. »Ich weiß nicht, Chef. Sie sind doch auch manchmal ein verschlossenes Buch. Vielleicht muss man manche Dinge einfach mit sich selbst ausmachen.«

Campanard schloss die Augen.

»Bitte nehmen Sie sich an mir kein Beispiel«, erwiderte er. »Es wäre mir eine Freude, Ihnen zuzuhören.«

Olivier spürte den Blick von Campanards hellen Augen auf sich und sah zur Seite. Natürlich hatte er die kleine Disharmonie mit Linda mitbekommen. Aber Olivier war sicher, dass es nicht das war, was der Chef meinte.

»Es ist wegen Caché«, erklärte er mit gesenktem Blick. »Er nannte mich *Ihr Projekt*. Er konnte nicht verstehen, warum Sie mir so viel Zeit gewidmet haben, sagte, ich könne Ihnen nicht das Wasser reichen. Seine Mitarbeiterin meinte, im Vergleich zu Linda und Ihnen wäre ich ein Nichts. Normalerweise gebe ich nicht viel auf die Worte von irgendwelchen Gangstern, aber dann ist mir eingefallen, wie Sie damals in meiner Wohnung aufgetaucht sind. Wissen Sie das noch?«

»Ja, sehr genau«, erwiderte Campanard heiser.

Was er nicht wusste, war, welchen Entschluss Olivier zu diesem Zeitpunkt bereits gefasst hatte. Was er im Begriff war zu tun …

Olivier schüttelte die Erinnerung ab. »Einfach aus dem Nichts waren Sie da, ohne dass Sie mich kannten. Und ich dachte, dass Sie vielleicht … Sie sind ein sehr anständiger Mensch, und ich glaube, Sie hatten einfach Mitleid mit mir und haben es vielleicht noch immer. Deshalb bin ich Ihr Mann, deshalb haben Sie mich zu den *Obscurs* geholt. Nicht, weil ich Talent habe – sondern weil Sie mich bemitleiden.« Olivier kratzte sich am Kopf. »Deshalb habe ich überlegt, meinen Hut zu nehmen, ehrlich gesagt. Dann könnten Sie jemanden ins Team holen, der genauso talentiert ist wie Linda.«

Campanard sah ihn forschend an.

»Unterstehen Sie sich, Olivier«, brummte er. »Sie glauben, ich hätte Mitleid mit Ihnen? Keinen Augenblick! Ich habe Ihren Mut bewundert, schon vor dem ersten Tag. Ich hatte gehört, was zwischen Ihnen und meinem Vorgänger vorgefallen ist, als Sie zurückkommen wollten …«

»D-das wissen Sie?«, fragte Olivier betroffen.

»Und wegen Caché … Ich kann Ihnen sagen, warum er sich so für Sie interessiert hat. Er beneidet Sie. Darum, dass Leute von Ihren Fähigkeiten fasziniert sind. Er glaubt, er hätte diese Bewunderung verdient. Aber das stimmt nicht, zumindest für mich. Sie haben keine Inselbegabung, Sie sind eine Insel an Begabungen. Sie sind mein Gewissen, meine Inspiration, mein Erster Offizier …«

»Sie meinen Spock?«

Campanard ignorierte den Einwand.

»… mein Freund.«

Einen Moment standen Sie sich gegenüber. Campanard, der ihn direkt ansah, Olivier, der nicht wirklich wusste, was er sagen sollte.

»Meinen Sie das wirklich ernst, Ch…«

Campanard schloss seine Arme um ihn und drückte ihn an sich.

»Ähm …« Olivier klopfte Campanard auf den Rücken. »Chef?«

Campanard hielt ihn viel zu lange fest.

»Verzeihung«, erklärte der Commissaire. »Unsere Mitmenschen brauchen viel öfter eine Umarmung, als wir denken. Das habe ich im Kloster gelernt.«

Langsam löste er sich von Olivier.

»Ach ja?«

»Sie bleiben mir also erhalten.« Mit einem Mal wirkte Campanards Stimme fast drohend.

»Klar«, brummte Olivier.

»Ausgezeichnet.« Campanard tätschelte seine Schulter. »Schließlich sind Sie mein bester Mann.«

***

Als Campanard in den dunklen Flur seines Hauses eintrat, umfing ihn der Duft nach Zuhause, Holz und Stein, ein Hauch seines Colognes und noch etwas – vertraut, aber nicht an diesem Ort. Herb blumig.

Von der unbestimmten Sorge beseelt, er könnte eine dürre Halbwüste vorfinden, führte ihn sein erster Weg in seinen Garten. Das Erste, was er sah, war ein knurrender Schatten, der auf ihn zugerannt kam.

»Buddha! Aus!«, rief eine Stimme. Der Hund verharrte zwei Schritte vor Campanard und betrachtete ihn mit wedelndem Schwanz.

Christelle saß an dem Tisch unter dem Orangenbaum. Der Garten rund um sie grünte und blühte – ehrlicherweise viel üppiger als vor Campanards Abreise. Noten von frischem Kaffee schwebten zu ihm herüber und vermischten sich mit dem Blütenduft.

Verwirrt ging Campanard auf sie zu.

»Bonjour, Louis«, erklärte sie und schenkte ihm ein kleines Lächeln.

Sein Blick glitt über den liebevoll gedeckten Tisch. In der Mitte stand eine Schüssel mit frischen Navettes von Campanards Lieblingsbäckerin.

»Willkommen zu Hause!«

»Du hast dich um alles gekümmert«, bemerkte er.

»Du hast mich darum gebeten.«

»Und Kaffee gekocht.«

»So ist es.«

»Auch die Navettes ... Obwohl du sie hasst.«

»Allerdings.«

»Ist das meine Henkersmahlzeit, bevor du mich entlässt?«

Die Präfektin seufzte. »Louis, wenn ich *Projet Obscur* zu einem Fall hinzuziehe, ist mir völlig bewusst, dass ich ein gewisses Maß an Chaos in Kauf nehme. Jetzt setz dich endlich.«

Campanard gehorchte.

»Also bist du zufrieden mit unserer Arbeit, obwohl ich ...«

»Heute«, unterbrach sie ihn, »bin ich nicht als deine Vorgesetzte hier.« Sie musterte ihn mit ihren dunklen Augen. Einen Augenblick lang wirkte ihre Miene etwas weicher. »Ich dachte, nach dem, was du über Bernard rausgefunden hast, würdest du dich vielleicht freuen ...« Sie sah einen Moment zu Boden. »Ich dachte, vielleicht ist es netter, ich empfange dich, als dass du in ein leeres Haus kommst.«

Bedächtig goss Campanard sich eine Tasse Kaffee ein und hob sie der Präfektin entgegen.

»Das weiß ich zu schätzen.« Er nahm einen Schluck und grinste. »Nachdem du heute privat hier bist – heißt das, du wirst all die heiklen und vorschriftswidrigen Geschichten morgen vergessen haben, die ich dir jetzt erzähle?«

Für einen Moment sah er die Präfektin grinsen. »Auf keinen Fall!«

***

»Salut, Martine«, rief Linda wenig motiviert, als sie in den Flur mit den Schachbrettfliesen trat. Sie blickte sich um, doch die Hauswirtin war nirgends zu sehen. Nur aus dem Garten hörte sie das Gackern von Zwerghahn Astérix und seinen Hühnern.

»Martine?«

Linda zuckte mit den Schultern und stieg dann die Treppen zu ihrem Zimmer hinauf. Vielleicht war es besser, dass sie der Haushälterin nicht gleich begegnet war. Irgendwann in den nächsten Tagen musste sie ihr ohnehin gestehen, dass sie ausziehen würde. In ein richtiges Appartement, mit eigenem WC und Bad. Während sie die knarzenden Treppen hinaufstieg, erschien ihr dieser Gedanke gar nicht mal so reizvoll. Seltsamerweise fühlte sich das hier gerade an, wie – ja, wie nach Hause kommen.

Als sie den Gang zu ihrem Zimmer betrat, kollidierte sie beinahe mit einem riesigen Farbklecks. Zu ihrer Überraschung war es nicht Martine, sondern ...

»Matthieu?«, rief Linda mit großen Augen. Keine Ahnung, was er hier tat, aber er war es eindeutig. Heute steckte er in einem roten T-Shirt mit einem grimmigen Bulldoggenkopf, das Manu sicher nicht abgesegnet hatte.

»Ähm, salut, Linda.« Er wurde ein wenig rot.

»Was tust du denn hier?«

»Weißt du, das darf ich eigentlich nicht sagen. Dachte nicht, dass du so früh kommst.«

»Wovon sprichst du?«

»Na ja, ich denke, du kannst es dir ansehen.«

Er zeigte in Richtung ihres Zimmers. Neugierig trat Linda ein.

Ein leichter Geruch von Schutt und Fliesenkleber stieg ihr in die Nase, obwohl nichts mehr davon zeugte, dass hier gearbeitet worden war. Abgesehen von den Plastikplanen, die über dem Bett und all ihren Besitztümern ausgebreitet waren.

Die alte Tür, die immer versperrt gewesen war, hatte man herausgebrochen und durch eine etwas moderner aussehende Holztür ersetzt. Linda trat neugierig hindurch und fand sich in einer Wohnküche mit gemütlich aussehenden Holzmöbeln und einer Couch wieder. Und daneben führte eine Tür in ein …

»Ein Bad«, flüsterte Linda.

»Ich hätte dir ja gern ein abgetrenntes WC eingebaut, aber das war hier nicht möglich. Jetzt ist halt alles in einem.«

»Wie?«, flüsterte sie fassungslos. »Das ist alles für mich?«

Matthieu nickte lächelnd. »Sozusagen.«

»Aber wie hast du …«

Matthieu hob rasch die Hand. »Das war ich nicht. Ich meine, natürlich war ich's. Und ich hab der Dame natürlich einen kräftigen Rabatt gegeben, sobald ich gehört hab, dass es für dich sein soll. Aber das war alles ihre Idee. ›Ich seh doch schon, wie das junge Ding verkommt ohne eine anständige Wohnung.‹«

»Das klingt ganz nach Martine.« Linda umarmte Matthieu und drückte ihm einen Kuss auf die Wange, als sein Handy vibrierte.

»Manu«, erklärte er augenrollend. »Er ist schwer beleidigt, weil ich bei einem deiner *spannenden Abenteuer* dabei sein durfte und er nicht.«

»Das nächste Mal, wenn ich mich in Lebensgefahr begebe, werde ich an ihn denken«, erwiderte Linda amüsiert.

»Er hat dir trotzdem eine Duftmischung für dein neues Bad geschickt. Ich backe ihm heute einen Kuchen. Mit viel Schokolade.«

»Und ich backe dir einen – oder versuche es zumindest. Und der Commissaire sagt, die Präfektin würde sich gerne ganz persönlich bei dir bedanken.«

»Ich weiß ja nicht, ob ich das möchte.« Er kratzte sich schüchtern am Kopf.

»Sie ist nett, meistens ... glaube ich jedenfalls.«

***

Nachdem Matthieu gegangen war und Linda sich fassungslos in ihrem neuen Appartement eingerichtet hatte, lief sie wieder die Treppen hinunter. Sie würde Manu einen Überraschungsbesuch abstatten. Gemeinsam mit Matthieus Kuchen würde das seine Laune sicher heben.

Diesmal saß Martine an der Rezeption und blätterte mit violett lackierten Nägeln in einer Illustrierten mit der Schlagzeile: *Ist sie Macrons geheime Tochter?*

Linda musste daran denken, wie sie sich vor ihrer Abreise nach Gordes immer beschwert hatte, dass Linda so oft zu

Hause war. Hatte sie schon damals geplant, sie mit den Renovierungsarbeiten zu überraschen?

»Martine!«, rief sie erfreut. »Vielen Dank, dass Sie das gemacht haben. Ich liebe es, es ist wunderschön.«

Martine blätterte die Illustrierte um, als hätte sie Linda nicht gehört, dann hob sie langsam den Kopf und musterte sie über den Rand ihres Magazins hinweg.

»Sehen Sie nicht, dass ich lese?«

»Pardon?«

»Ich weiß, in Paris ist man es gewohnt, wild schreiend durch die Straßen zu laufen, aber hier legt man Wert auf gutes Benehmen.«

»Also, ich ...«

»Na, was ist, haben Sie denn nichts zu tun?«

Linda rollte mit den Augen. »Doch.«

Mit hochrotem Kopf wandte sie sich ab und marschierte zum Ausgang.

»Die Miete kostet jetzt hundert Euro mehr«, rief Martine ihr hinterher.

Ein Lächeln stahl sich auf Lindas Lippen.

EPILOG

Jetzt im Spätsommer war die Blumenwiese beidseits der kleinen Straße ausgedörrt. Hitze flimmerte über dem Horizont, und bis auf das vereinzelte Zirpen einer Grille war es verdächtig still, während Campanard auf das alte, fortartige Gebäude zuschritt. Kein Gezwitscher, keine Lerche, nur brütende Hitze und ein wüstenartiger Wind, der über die dürren Halme fegte.

Wenig später saß er dem Direktor in dessen Büro gegenüber. Die ständige Anspannung hatte dazu geführt, dass der Direktor seit ihrer letzten Begegnung vor drei Jahren merklich gealtert war. Graue Strähnen in seinen schwarzen Haaren und ein Gesicht, das blasser und hagerer wirkte.

»Sie«, hauchte er fassungslos. »Ich hätte mir ...«

»... gewünscht, mich niemals wiederzusehen?«

»Nun, ich ...«

»Verzeihen Sie, wenn ich Ihnen Unannehmlichkeiten bereite. Ich fürchte, das werde ich in Zukunft öfter müssen.«

»Sie meinen doch nicht ...«

»Allerdings.« Der Direktor nahm zitternd das Formular entgegen, das er ihm hingeschoben hatte. Die Unterschrift darunter ließ seine Miene verkrampfen.

»Was, wenn auffliegt, dass er hier einsitzt? Er hat immer noch Freunde dort draußen.«

Campanard beugte sich vor. »Und einer davon bin ich.«

***

Die Zelle wirkte noch kleiner, als Campanard sie in Erinnerung hatte. Aber im Gegensatz zu ihm wirkte Bernard von der Enge nicht erschlagen. Er saß seelenruhig an seinem kleinen Tisch und sah aus dem Fenster. Inzwischen hatte er sich auch wieder einen Bart wachsen lassen, was ihn vertrauter auf Campanard wirken ließ.

»Also kommst du, um dich an meiner Misere zu weiden, Einfach-nur-Campanard?«

»Ich komme, weil ich dasselbe für dich tun werde, was du für mich getan hast.«

»Mit dem Unterschied, dass ich niemals hier rauskommen werde.«

Campanard hob die Augenbrauen. »Dann komme ich eben öfter. Eine reizende Gegend. Es wird mir nicht schwerfallen.«

»Ich will dein Mitleid nicht.«

»Gut, denn du kannst alles von mir haben, nur bemitleiden werde ich dich nicht.«

Er wartete nicht ab, bis er dazu eingeladen wurde, sondern setzte sich einfach auf den viel zu kleinen Sessel gegenüber von Bernard.

Dieser musterte ihn sorgfältig, vor allem das Hemd mit den Dutzenden knallbunten Pop-Art-Pandas.

»So was trägst du also normalerweise?«

»Erklären kann ich es dir nicht, aber es macht mich einfach glücklich.«

»Mich macht es blind.«

»Wenn man jahrelang Schwarz-Weiß getragen hat, kann ich das verstehen.«

Bernard lachte leise und schüttelte den Kopf.

»Weißt du, mit deiner Freundlichkeit kannst du den

anderen etwas vormachen, Louis. Aber ich erkenne, wenn jemand Dunkelheit in sich trägt. Und du hast verdammt viel davon in dir, mein Freund. Irgendwann wird sie wieder die Oberhand gewinnen, so wie damals. Ich konnte ihr nicht davonlaufen – und du kannst es auch nicht.«

Campanard seufzte, dann griff er in seine Tasche und holte eine Lavendelstaude in einem Silikontopf hervor. »Bleu des Collines, ein Abkömmling von der Staude, die du mir geschenkt hast.« Campanard schob ihm den Topf hin, dann holte er noch etwas aus seiner Ledertasche. Bedächtig stellte er das Backgammon-Brett auf den Tisch.

»Ich glaube im Übrigen, dass du es immer noch schaffen kannst, mein Freund. Du hättest Delacours umbringen können und hast es nicht getan. Und auch bei Olivier bin ich mir nicht sicher, ob du seinen Tod wirklich wolltest.«

Er beugte sich nahe zu seinem Freund hinüber.

»Ich erkenne, wenn jemand Gutes in sich trägt.« Er hob zwei Spielsteine, einen weißen und einen schwarzen.

»Also, mein Freund. Was darf es sein?«

FIN

NACHWORT

Genau wie Campanard hege ich großen Respekt vor der Lebensweise der Mönche in Sénanque. Sollte ich diese, trotz redlichen Bemühens, nicht in jedem Detail getroffen haben, möge man mir vergeben.

Der direkte Kontakt zu meinen Leserinnen und Lesern, zu Ihnen, ist mir sehr wichtig. Auf Ihre Fragen und Anregungen freue ich mich sehr. Zu diesem Zweck betreibe ich einen monatlichen Newsletter und trete dabei gern mit Ihnen in Austausch. Auch stelle ich Ihnen auf diesem Weg immer wieder Kurzgeschichten und Bonuskapitel zur Verfügung, die Sie nirgendwo sonst lesen können.

Zusätzlich zu persönlichen Neuigkeiten informiere ich Sie darin auch über spannende Entwicklungen aus dem Gebiet der Medizin (meiner zweiten Leidenschaft neben dem Schreiben).

Es würde mich sehr freuen, wenn Sie sich unter www.reneanour.com/insider anmelden und wir bald voneinander lesen.

Alternativ finden Sie mich auch auf Instagram (@reneanour_autor).

Ihr
René Anour

DANKSAGUNG

Es gibt in meinem Leben ganz wichtige Menschen, die alle meine schlechten Seiten mit Langmut und Liebe ertragen, die wissend lächeln, wenn ich wieder etwas Besserwisserisches von mir gegeben habe, das kreative Chaos (innerhalb und außerhalb meines Kopfs) annehmen und mich überraschenderweise trotzdem gernhaben. Ihr wisst, wer ihr seid, und euch gehört mein Dank.

Speziell bedanken möchte ich mich bei den folgenden wunderbaren Buchmenschen: Meiner Agentin Anja Koeseling, die mich durch alle Auf und Abs der Achterbahnfahrt meines Autorenlebens begleitet.

Meinem Lektor Robin Hermenau, der Campanard und seinen geschätzten Autor mit tollen Ideen versorgt hat und seinen herausfordernden Job mit derselben Leichtigkeit meistert, als wäre es nicht mehr als ein Kaffeeplausch unter Freunden.

Lars Zwickies für eine gewohnt wunderbare Sprachredaktion.

Sarah Mainka, die dieser Geschichte überhaupt den ersten Schubs gegeben hat.

Stefan Mödritscher, dem ich Campanards Witze immer schon vorher schicken darf und der mir charmant zu verstehen gibt, wenn ich danebenliege.

René Anour

Es duftet nach Lavendel und Intrige

978-3-453-42880-5

Leseprobe unter **www.heyne.de**

HEYNE ‹